서툰
우리
사랑은

서툰 우리 사랑은

초판 1쇄 찍은 날 | 2014년 8월 12일
초판 1쇄 펴낸 날 | 2014년 8월 20일

지은이 | 김태영
펴낸이 | 예경원

편집 | 유경화

펴낸곳 | 예원북스
등록번호 | 제396-2012-000132호
등록일자 | 2012. 7. 25
YRN | 제1-0076호

주소 | 경기도 고양시 일산동구 무궁화로 8-28 삼성메르헨하우스 712호 (우) 410-837
전화 | 031-819-9431 팩스 | 031-817-9432
http://cafe.naver.com/yewonromance
E-mail | yewonbooks@naver.com

ISBN 979-11-5630-113-4 03810

서툰 우리 사랑은

김태영
장편 소설

YEWONBOOKS
ROMANCE
STORY

목차

프롤로그

"첫 등록금만 내주시면 그 후부터는…… 제가 알아서 할게요."

다원은 외삼촌과 외숙모 앞에 무릎을 꿇고 간절하게 말했다. 들어가기가 하늘의 별 따기라는 국립대학의 서류전형에서 합격했다는 것을 확인하고도 기뻐하지 못하고 며칠을 고민하다가 드디어 어른들에게 어렵게 입을 뗀 것이다.

외숙모는 벌써부터 기가 막힌다는 듯이 헛웃음을 웃었다.

"등록금? 그 큰돈이 뉘 집 애 이름이니? 등록금은 그렇다 치고 어디서 학교를 다닐 거야? 길바닥에서 잘 거니? 서울 방값이 얼만 줄이나 알고 있는 거냐? 이 집 팔아도 서울서 방 한 칸 구하기 힘들어. 말이 되는 소리를 해. 고집도 다리 뻗을 자리 봐가며 부려야지, 온."

"고시원 같은 델 알아볼게요. 한 번만 도와주시면 나머진 제가……."

"전액 장학금에 기숙사도 공짜로 갈 수 있는 곳이 있다는데 왜 꼭 서울로 가겠다는 거니? 한국대학? 가면 좋지, 근데 거긴 전국에서 내로라하는 공부 잘하는 애들이 다 모인 곳 아니야. 네가 아무리 여기서 공부를 잘한다 해도 날고 기는 애들 사이에서 장학금 받고 다닐 자신 있어? 어림없다고 본다, 나는. 그것도 허영이야. 다 제 처지에 맞는 게 있는 법이야. 까마귀가 황새 쫓아가려다가는가……."

외숙모는 말을 끝맺지 못했다. 외삼촌이 무서운 얼굴로 외숙모를 노려보았기 때문이다.

"저는 간호사는 못해요, 외숙모. 피만 보면 눈앞이 하얘지는걸요. 그곳이 국립이라 학비도 어느 곳보다 싸고 이왕이면 제가 하고 싶은 공부를 하고 싶어요. 처음만 도와주시면 그 후에는 제 힘으로 어떻게든 졸업할게요."

다원은 목소리가 떨렸지만 또박또박 다시 한 번 제 입장을 밝혔다.

"너는 어쩌면 끝까지 니 생각만 하니? 이런 시골 살림에 그런 목돈을 어디서 구해? 그렇잖아도 농협 빚에 깔려 죽을 판인데 또 거기서 대출을 받으란 말이냐? 이 년 후에는 정규도 대학 들어가는데 네 대학 보내려고 대출해 쓰면 정규는 어떡하니? 무정하다고 원망해도 어쩔 수 없다. 너 대학 보내자고 정규 졸업하자마자 군대 보낼 수는 없어. 간호대학 졸업하면 취업도 보장되고 얼마나 좋아. 한국대 나와도 취업 못하는 사람이 부지기수라더라. 요즘은."

다원은 고개를 숙이고 입술을 아프게 깨물었다. 눈앞이 캄캄했다. 언제고 이런 날이 올 줄 짐작은 하고 있었다.

"알았다. 원하는 대로 해라. 외삼촌이 어떻게든 해보마."

묵묵히 앉아 있던 외삼촌이 잠시 후 무겁게 입을 열었다. 하지만 말을 다 끝맺기도 전에 그 뒷말은 외숙모의 절규와도 같은 고함에 묻히고 말았다.

"안 돼요!! 이제껏 키워준 것만으로 우리 할 몫은 다했어. 정 네 뜻대로 하고 싶다면 그렇게 해. 하지만 나는 한 푼도 도와줄 수 없다. 조카 때문에 내 새끼 희생시킬 수는 없어!!"

"희생은 무슨 희생이야. 군대야 어차피 가야 할 거, 미리 갔다 와서 대학 간다고 무슨 큰일 나? 애 앞에서 추태 부리지 말고 조용히 해."

"군대 갔다 오면? 갔다 오면?! 그때는 무슨 뾰족한 수가 있어? 난 못해. 이제 더 안 해!"

외삼촌이 큰소리를 내면 찔끔 죽는 외숙모였지만 오늘은 지지 않고 대들었다. 다원은 저 때문에 벌어진 상황을 견딜 수 없어 그 자리를 벗어나고 싶었지만, 생각뿐이었다.

"이 여편네가 뭘 잘못 먹었나, 조용히 못해?! 뭘 해준 게 있다고 더는 못한데? 여태 해준 게 뭐가 있다고?!"

외삼촌이 벼락같이 소리를 지르자 외숙모는 억울해 죽겠다는 얼굴로 가슴을 쥐어뜯으며 자리를 박차고 나가 버렸다.

"미안하다. 이런 꼴까지 보여서. 너 볼 낯이 없어."

외삼촌이 땅이 꺼질 듯 한숨을 쉬었다.

"죄송해요."

다원은 눈물이 날 것 같은 걸 애써 참았다.

"죄송할 거 없다. 다 내 탓이야. 네 부모가 남긴 재산을 손에 꼭 쥐고만 있었어도 네 대학등록금이 문제였겠냐? 헛바람이 들어서 그 돈 헐어서 다 날린 내가 죄인이다. 미안하다. 외숙모를 너무 미워하지 마라. 저 사람 저렇게 변한 것도 다 나 때문이니까."

다원은 작게 고개를 끄덕였다. 미워하지 않았다. 외숙모 입장에서는 그럴 수밖에 없으리라.

"등록금, 내가 어떻게든 마련해 보마. 걱정 말고 공부 열심히 하고 있어라. 아직 수능도 봐야 하고 구술면접도 봐야 한다면서? 다른 생각 말고 공부에 집중해라."

외삼촌은 다원의 어깨를 두드려 주고 방을 나갔다. 다원은 그대로 한참 동안 눈을 감고 앉아 있었다. 정말 외숙모 말대로 그것이 자신의 허영심은 아닐지 생각해 보았지만, 다원은 곧 고개를 저었다. 그 대학으로 가려는 이유는 학교 간판보다는 학비가 싸다는 이유가 먼저였으므로 절대 허영심은 아니라고 결론을 내렸지만 마음이 편할 리가 없었다.

민 여사는 저녁을 먹고 나서 후식으로 차를 내오라 시키고 거실로 나갔다. 먼저 식사를 마친 준희가 소파에 앉아 텔레비전 채널을 이리저리 돌리고 있었다. 그는 깁스를 한 오른쪽 다리를 소파 위에 길게 뻗고 반쯤 누운 자세로 앉아 민 여사가 다가와 앉든 말든 쳐다보지도 않았다. 민 여사는 그런 준희의 차가운 얼굴을 바라보며 한숨을 한 번 내쉰 뒤 소파에 앉았다. 잠시 후 식당에서 뒷설거지를 돕던 별장 관리를 해주는 여자가 차와 과일을 쟁반에 담아 내왔다.

"앉으세요. 하실 말씀이 있다면서요."

민 여사는 쟁반을 두 손으로 모아 들고 머뭇대고 있는 여자에게 선심 쓰듯 말했다. 여자는 황송한 듯이 민 여사의 오른쪽 소파에 조심스럽게 엉덩이를 걸치고 앉았다.

"말씀하세요."

민 여사가 재촉할 때까지 여자는 입이 떨어지지 않는다는 듯 머뭇거리더니 이윽고 입을 열었다.

"저희 조카애가 요번에 대학에 들어가거든요. 그런데……."

민 여사는 피곤한 눈으로 어쩐지 보여주기 위해서 안절부절못하는 것 같은 연극적인 몸짓의 촌 아낙을 바라보았다.

준희는 만사가 귀찮고 짜증이 난 얼굴로 앉아 있다가 여자가 자

기 조카 얘기를 하는 순간 흥미가 생겨 호기심 어린 눈으로 여자
의 다음 말을 기다렸다. 그 여자의 조카를 알고 있었다. 가끔 여자
와 함께 별장으로 산나물 같은 걸 가지고 온 것을 먼발치에서 본
적도 있었고 차를 타고 오가다 길에서도 여러 차례 봤다. 시골 아
이답지 않은 하얀 피부에 부끄럼 많을 것 같은 예쁘장하고 작은
얼굴의 소녀.

"근데, 저희 형편으로는 어떻게 등록금 대기도 빠듯해서 서울
에 방을 구해준다는 것은 엄두도 낼 수가 없네요. 그래서…… 염
치를 무릅쓰고 부탁을 좀 드리려고……."

여자는 거기까지 말하고 아무런 반응도 없이 찻잔을 입에 대고
있는 민 여사를 흘끔 바라보았다. 민 여사는 조용하고 우아한 자
세로 차를 한 모금 마시고 나더니 여자를 무표정한 얼굴로 건너다
보았다.

"돈을 빌려달라는 말인가요?"

민 여사의 말에 여자는 두 손을 내저으며 강하게 도리질을 했
다.

"아이고, 그럴 리가요. 그게 아니라 그 애를, 사모님 댁에 데리
고 있어주실 수 있으신지 여쭤보려고요. 애가 보기보다 건강하고
똑똑해서 뭐든 시키는 일은 잘해내거든요."

여자의 말에 준희와 민 여사, 두 사람 모두 놀란 얼굴로 여자를
바라보았다.

"그러니까 일을 시키면서 데리고 있어라, 그 말인가요?"

민 여사가 뜨악한 얼굴로 그렇게 물었다.

"그렇게라도 그 애를 데리고 있어주신다면 저희야 감사하지요. 따로 돈을 드릴 처지도 아니고, 지 용돈이랑 학비도 벌어서 다녀야 하는 형편이니 많은 시간을 도와드릴 수는 없겠지만요."

여자는 비굴한 웃음을 지으며 민 여사의 눈치를 살폈다. 준희는 눈살을 찌푸리며 검게 그은 여자의 볼품없는 얼굴을 쏘아보았다.

"글쎄요. 남는 방이야 많지만 함부로 객식구를 들이는 건 또 다른 문제라 선뜻 대답하기 어렵네요. 생각은 해보죠."

민 여사는 거절이라고 봐도 무방한 말투로 그렇게 대답했다. 여자의 얼굴에 실망하는 기색이 떠올랐지만 애써 미소를 지으며 이해한다는 표정을 지었다.

"여기서 가까운 도시에 있는 간호전문대학에 들어가면 전액 장학금에 기숙사도 있으니 학교 다니기 저도 수월하고 우리도 신경이 들 쓰일 텐데, 그렇게 굳이 한국대학엘 가겠다고 그러는지 아주 속이 썩어 죽겠어요."

여자가 갑자기 넋두리를 늘어놓았다. 준희와 민 여사는 또 눈이 둥그레져서 여자를 바라보았다. 이런 시골에서 한국대학에 들어가는 아이가 있다니 신기한 생각이 들었던 것이다.

"조카가 한국대에 붙었다고요?"

"예, 수시 1단계 합격 발표가 지난주에 났어요. 수능을 봐서 최저등급인가 뭔가를 넘어야 최종 합격이라는데, 걔 실력으로 그 정도야 식은 죽 먹기이니 합격된 거나 마찬가지죠, 뭐."

"조카가 공부를 잘하나 봅니다."

민 여사가 물었다.

"다른 건 몰라도 공부 하나는 똑 부러지게 잘했지요. 학원 한 번 안 가고도 전교 일등을 놓쳐 본 적이 없으니까요."

"한국 대학에 붙었으면 무슨 수를 써서든 보내야지 간호대학은 또 무슨 말이에요?"

민 여사가 어이가 없다는 듯 그렇게 물었다.

"저희도 그러고 싶지요. 근데 우리 바깥양반이 버섯 농사를 짓는다고 비닐하우스를 여섯 동이나 지었다가 본전도 못 찾고 빚더미에 앉는 바람에 집안이 거덜이 났어요. 그 와중에 그래도 그 애는 할 수 있는 만큼 뒷바라지를 했어요. 그러니까 저 정도 공부를 한 거지, 저 혼자 힘으로 한 것은 아니지요."

갑자기 여자가 억울하다는 듯 안색이 변하더니 변명을 늘어놓기 시작했다.

"그럼, 대학에 들어가서도 학비랑 용돈을 스스로 벌어서 써야한다는 말인가요? 공부하기도 바쁠 텐데 그게 가능할까?"

"제 말씀이 그거지요. 힘들게 들어가서 공부는 공부대로 못해, 빚은 빚대로 져, 몸 상해. 그러느니 간호대학을……."

"알았어요. 제가 신중히 생각을 좀 해보죠. 혼자 결정할 일은 아니니까."

여자가 말을 다 마치지도 않았는데 민 여사가 말허리를 뚝 잘랐다.

여자가 식당으로 물러가고 나자 준희가 민 여사에게 물었다.

"어쩔 거야?"

"뭘?"

민 여사가 시침을 뚝 떼고 그렇게 되물었다. 준희는 인상을 써 보이더니 턱짓으로 여자가 들어간 식당을 가리켰다.

"우리가 자선 사업가니? 이런 사정 저런 사정 봐주다가는 끝도 없어. 객식구 집에 들여 좋을 게 뭐 있어. 다 제 팔자대로 사는 거지."

민 여사는 귀찮다는 듯이 인상을 찌푸리더니 차를 다 마셨는지 자리에서 일어서려고 했다.

"그 애 나한테 줘."

준희는 채널을 이리저리 돌리며 아무렇지도 않게 말했다. 민 여사의 시선이 날카로워졌다.

"또 무슨 꿍꿍이야. 말도 안 되는 소리 하지 말고, 물리치료나 열심히 받아."

민 여사가 역정을 냈지만 준희는 그런 그녀를 동요 없는 눈빛으로 건너다보았다.

"데려와. 내 시중들게 하면 되잖아."

"신 비서가 있는데 무슨 시중을 들어?"

"걔 나한테 주면, 물리치료도 열심히 받고 말썽 안 부리고 얌전히 지낼게. 할아버지 돌아가실 때까지는 사고 치지 말아야 한다며? 엄마 원대로 노인네 돌아가시기 전에 계열사 하나 뚝 떼어줄 때까지 몸 사리고 있을게."

준희는 어린애가 장난감 사달라고 조르듯이 민 여사에게 아무렇지도 않게 말했다.

"사람이 물건이야? 주긴 뭘 줘?"

민 여사는 차가운 말투로 내뱉었지만, 머릿속으로 계산기를 두들길 때나 짓는 골똘한 표정으로 준희를 잠시 노려보더니 이윽고 말없이 등을 돌리고 방으로 들어가 버렸다.

준희는 민 여사가 들어간 방문을 바라보며 한쪽 입꼬리를 올리고 회심의 미소를 지었다.

1

별장 주인 여자는 쉰이 가까워 온다는 나이가 무색하게 아직 삼십대라고 해도 믿을 만큼 젊고 화사해 보였다. 그녀는 가는 목선이 드러나도록 머리를 높이 올리고 목 주변이 둥그렇고 우아하게 열린 피치 핑크 계열의 블라우스를 입고 있었다. 그녀는 뭔가 탐탁지 않은 눈빛으로 소파에 앉아 그들을 바라보았다.

여자 앞에 양손을 앞으로 모아 쥐고 서 있는 외숙모의 자세가 영락없이 주인마님을 대하는 아랫사람의 태도라 다원은 기분이 별로 좋지 않았다.

다원이 무표정하게 서 있자 외숙모가 옆구리를 쿡 찔렀다. 다원은 하는 수 없이 시키는 대로 얌전히 고개를 숙여 여자에게 인사를 했다.

"예쁘게 생겼네? 공부도 그렇게 잘한다니, 외숙모가 자랑하실 만하구나."

별장 주인 여자는 입은 웃고 있었지만 눈은 웃지 않고 있어서 왠지 오싹해지는 그런 타입이었다. 그녀는 관자놀이 주변의 피부가 얇아서 파란색의 핏줄이 그대로 드러나 보여 무척 예민하고 신경질적으로 보였다.

여자는 그들에게 소파에 앉으라고 권하고 일하는 도우미에게 차를 내오라고 시켰다. 다원은 고급스러워 보이는 짙은 색 가죽 소파에 앉으며 화려한 내부 인테리어를 태 나지 않게 둘러보았다.

이 별장은 마을에 있는 여러 개의 별장 중에서도 외관이 가장 웅장하고 멋스러웠다. 호수를 사이에 둔, 외삼촌 집 마루에서 건너다보면 마치 중세 유럽의 고성처럼 위엄 있고 고풍스러웠다.

이 마을에서 농사와 고기잡이로 생활을 이어가는 외숙모와 외삼촌은 이 별장이 지어질 때부터 별장 관리를 해주고 있었다. 주인이 다니러 오겠다고 연락을 해오면 미리 가서 주변을 손질하고 깨끗이 청소를 해놓는 일이 그들이 하는 일이었다. 비어 있는 평상시에도 외삼촌은 수시로 별장에 들러 정원에 심어진 나무를 다듬고 잔디를 손질하고 건물에 손볼 데가 없는지 살피고 돌보았다.

그들이 그렇게 정성을 들이는 것에 비해 별장은 거의 일 년 내내 비어 있었다. 산 너머 스키 리조트가 개장을 하면 이 집 아들이 친구들을 왕창 끌고 내려와 삼사 일 정도 머물거나, 가끔 여자의 시동생이라는 사람이 혼자 내려와 하루 정도 낚시를 하는 게 고작이었다.

다원의 방 창문만 열면 호수 건너로 울창한 자작나무 숲에 안겨 있는 별장이 손에 잡힐 듯 건너다 보였다. 일 년에 고작 며칠 정도 머물자고 이런 집을 짓다니, 돈은 있고 볼 일이라는 생각이 들었다.

내부도 외관만큼이나 고급스럽고 화려해 위화감이 들었으나 다원은 위축된 모습을 보이고 싶지 않아 놀란 표정을 속으로 감추었다.

별장이 지어진 건 5년 정도 되었지만, 그곳을 주로 이용한다는 그 집 아들은 물론이고 별장 여주인을 보는 것도 처음이었다.

여름도 다 지난 계절에 다니러 오는 경우는 드물었다. 그들이 별장으로 온 건 며칠 전 일이었다.

외숙모는 일요일, 아침을 먹자마자 다원이 싫어하는 하얀색 원피스를 입게 한 후 별장으로 데리고 왔다. 영문도 모르고 따라온 다원은 별장에 도착해서 외숙모가 주인 여자와 나누는 얘기를 듣고 나서야 외숙모가 굳이 자신을 데리고 이곳으로 온 이유를 알았다.

"사모님께서 맡아주신다니 얼마나 감사한지. 이 은혜를 다 어떻게 갚아야 할지 모르겠습니다."

외숙모는 탁자에 이마가 닿을 듯이 고개를 연방 숙이며 인사를 했다. 다원은 외숙모에 대해 크게 좋은 감정을 갖고 있지 않았지만 자신 때문에 이렇게까지 하는 것을 보자 마음이 무거워졌다.

외숙모와 대조적으로 주인 여자는 흐트러짐 없는 자세로 허리를 펴고 앉아 뚫어질 듯이 다원을 바라보면서 가끔씩 고개를 끄덕여 보였다.

그러는 사이에 가사 도우미로 보이는 중년 여자가 생과일주스를 쟁반에 얌전히 담아서 내왔다.

"식구도 없는 집에 방만 여러 개라 적막했는데 잘됐어요."

주인 여자는 아무 일도 아니라는 듯 가벼운 어조로 말했다. 외숙모는 절이라도 할 듯이 몸을 숙이며 고맙다는 말을 되풀이했다. 걱정거리가 해결되어 기쁜 기색을 감추지 못하는 외숙모를 보자 다원은 미안한 마음과 죄책감을 동시에 느꼈다. 다원은 우울한 마음으로 어른들의 말을 고개를 숙인 채 듣고 있었다.

내온 차와 과일을 먹은 뒤 주인 여자에게 몇 번이고 인사를 하고 별장을 물러 나왔다.

"첫 학기 등록금은 외삼촌이 어떻게든 마련해 본다고 하더라. 가서 있을 곳도 마련이 되었고. 우리는 여기까지밖에 해줄 게 없어. 네 말대로 그 외의 것들은 네가 해결해야 한다."

잔디가 깔린 정원을 벗어나자마자 외숙모는 지치고 피로한 얼굴로 말했다.

"감사합니다."

"날 너무 원망 마라. 나도 할 만큼 했으니까."

"알고 있어요. 감사합니다."

다원은 입속으로 중얼거리듯 말하며 앞서 걸어가고 있는 외숙
모의 뒤를 몇 발자국 뒤처져 따라 걸었다.

길옆으로 늦게 핀 코스모스가 바람을 따라 이리저리 몸을 흔들
었다. 이 길은 별장을 지으며 새로 낸 길이었는데, 별장 주인이 길
옆으로 코스모스를 심었으면 좋겠다고 해서 거의 500미터는 됨직
한 길 양편으로 외삼촌이 직접 코스모스 씨를 사다가 뿌렸다.

참, 돈이 많으니 별 사치를 다 부리네.

읍내의 종묘상에서 몽땅 털어온 꽃씨도 모자라서 한 시간이나
버스를 타고 나가야 하는 큰 도시로 나가서 꽃씨를 구해온 외삼촌
이 웃으며 하던 말이 떠올랐다.

별장으로 들어갈 때는 긴장이 되어 잘 몰랐는데 가까이서 보니
무성하게 무더기를 이룬 꽃들이 감탄이 나올 만큼 예뻤다. 해마다
꽃씨가 그 자리에 다시 떨어져 점점 개체수가 늘어나 꽃이 피는
가을이 되면 장관을 이루었다.

이제는 가을 나들이를 겸해 일부러 이 길의 코스모스를 보러 오
는 사람들도 생겨났고, 지나가던 외지인의 발길을 붙잡을 정도로
아름다운 길이 되어 있었다.

다원은 손가락을 펼쳐서 꽃을 부드럽게 훑으며 걸었다. 거의 어
른 키만큼 큰 꽃들이 허리를 낭창낭창하게 구부리며 그녀의 손가
락 사이를 빠져나갔다.

부드러운 가을바람이 머릿결을 날리며 불어갔고, 하늘은 파랗
게 높고 구름조차 없었다. 다원은 햇빛을 향해 얼굴을 들었다가

눈이 부셔 잠시 눈을 감았다.

그녀가 잠깐 감았던 눈을 떴을 때, 길의 모퉁이를 돌아 매끄러운 검은색의 승용차가 소리도 없이 갑자기 눈앞에 나타났다. 차가 다원을 발견하고 가벼운 브레이크 음을 내며 멈추어 섰고, 그녀도 놀라서 얼어붙은 듯 서 있다가 잠시 후, 정신을 차리고 얼른 좁은 길옆으로 비켜섰다.

별장으로 들어오는 길에 약간 휘어진 길이 있었는데 무성한 코스모스 무더기에 가려 차도 사람을 미처 발견하지 못했던 모양이었다. 길이 좁아서였는지 다행히 차는 그녀가 놀랄 만큼 속력을 내고 있지는 않았던 것 같았다. 어쩌면 그들도 꽃을 감상하느라 천천히 달리고 있었을지도 모른다고 다원은 생각했다.

그런 세단들은 으레 검게 선팅이 된 창문 때문에 안이 전혀 보이지 않기가 쉬웠는데 그 차는 창문이 모두 내려져 있었다.

운전석에 앉아 있던 남자가 급정거를 했던 차에 다시 시동을 걸었다. 뒷좌석에 앉아 있던 남자애는 그녀 또래로 보였다. 팔을 창밖으로 뻗고 그 위에 턱을 얹고 있던 남자애는 눈도 깜빡이지 않고 그녀를 바라보았다. 얼굴이 창백하고 머리가 길게 얼굴을 반쯤 덮고 있어서 인상이 몹시 음울해 보였다. 그 애는 머리카락 사이로 깊은 눈을 올려 뜨고 그녀를 노골적으로 훑어보았다. 그녀는 숨을 멈추고 눈이 동그래져서 그 애의 눈을 마주 보았다. 차가 다시 출발을 해 막 그녀의 앞을 지나가는 찰나, 그 애는 내려뜨리고 있던 팔을 뻗어 순간적으로 그녀의 원피스 앞자락에 손끝을 갖다 댔다. 자동차가 지나가면서 바람을 일으켜서 그랬는지 그 애가 손끝으로 건드리고 지나가서 그랬는지 구분할 수는 없었지만 그 순간 원피스 자락이 살짝 허공에 들렸다 가라앉았다.

차가 그녀의 옆을 스치고 지나간 시간은 길어야 1초 정도였지만 그 순간이 사진처럼 그녀의 머릿속에 각인되었다.

무료해 보이던 눈빛을 뚫고 장난스럽고 짓궂게 변하던 그 애의 눈빛이 선명히 기억에 남았다.

평소 같았다면 남자애의 그런 눈빛과 장난에 기분이 좋을 리 없었겠지만, 이상하게 심장이 쿵 내려앉더니 한동안 제자리를 찾지 못한 듯 덜거덕거렸다.

그 눈빛은 분명 그녀의 흰 원피스를 뚫고 그 안의 맨몸을 보고 있었다. 너무나 음흉해서 가슴이 철렁 내려앉는 나쁜 눈빛.

다원은 넋이 나가 그 자리에 멍하니 서 있었다. 그 애가 백미러로 자신을 보고 있을지도 몰라서 돌아볼 수도 없었다.

다원은 뒤에서 누가 잡아끄는 것 같은 느낌을 뿌리치고 저만큼 걸어가고 있는 외숙모를 서둘러 따라갔다.

"쯧쯧쯧."

다원이 가까이 다가가자 외숙모는 차가 사라진 길을 돌아보며 혀를 찼다.

"왜요?"

"저 집 아들 아니냐. 캐나다인가 어디 산꼭대기서 스키를 타다가 절벽에서 떨어졌다고 하더라. 한 달도 넘게 의식이 없어서 다들 그대로 죽는 줄 알았다더라."

"에?"

다원은 놀라서 눈이 휘둥그레졌다.

"여기저기 말도 못하게 다쳐서 수술도 여러 번 했고. 다리 부러진 것은 아직도 수술을 몇 번은 더 해야 한다지? 죽지 않은 것이 신기한 일이야. 아직 회복도 덜 됐는데 맨날 나가서 술 마시고 헛 짓거리 해서 사모님이 강제로 이리 데리고 내려왔다더라."

"그런 걸 어떻게 다 아셨어요?"

다원은 놀라서 외숙모를 쳐다보았다.

"거기 일해주는 여자가 말해줬으니까 알지. 별장 사람들 내려올 때마다 따라오니까 자주 봐서 이런 얘기 저런 얘기 하다 들었다."

외숙모는 그들이 와 있는 동안 별장에 수시로 드나들며 청소나 밥 짓는 일 같은 것들을 돕기도 했는데 그때 일하는 여자에게서 들은 모양이었다.

"너 저 집서 지내도 저런 애랑은 가까이 지내지 마라. 내가 봤을 때는 애가 정상이 아닌 거 같더라. 미치지 않고서야 왜 그런 위험한 짓을 하겠니?"

외숙모는 갑자기 위하는 척을 하며 충고를 했다.

"그런 스포츠가 있어요. 헬리 스키라고. 헬리콥터를 타고 산꼭대기까지 가서 스키를 타고 내려오는 거예요, 재미있어 보이던데."

다원은 텔레비전에서 스키어들이 깎아지른 듯 가파른 설산을 곡예를 하듯 스키를 타고 내려오던 것을 떠올리며 혼잣말처럼 중얼거렸다.

하기는 미쳐서 했을 수도 있었다. 보는 것만으로 가슴이 뚫리는 듯 짜릿해 보였으니까.

다원은 짓궂게 훑어보던 남자의 끈적거리는 눈빛을 떠올렸다. 그 눈빛이 아직도 몸에 달라붙어 있는 기분이 들어 그녀는 작게 몸서리를 쳤다.

도보로 30분쯤 걸리는 읍내의 고등학교에 다니고 있는 다원은 사촌들과 함께 외삼촌의 작은 트럭을 타고 등하교를 했다.

3학년 중 몇 명의 성적우수자를 뽑아 수학능력시험 때까지 임시로 운영하는 특별반에 배속이 된 그녀는 밤 열한 시까지 학교에 남아 수업과 자율 학습을 계속해야 했다.

수학능력시험이 한 달 앞으로 다가오자 모두들 밤낮없이 비장한 얼굴로 머리를 싸매고 공부에 열중했지만, 큰 긴장감이 없는 다원은 점점 집중력이 떨어졌다.

결국 다원은 집이 멀다는 핑계로 토요일과 일요일은 집에서 공부를 하겠다고 담임에게 허락을 얻어냈다. 다만 토요일 오전에 있는 특강은 들어야 해서 학교에 나갔다가 수업이 끝나면 돌아오기로 했다.

토요일, 다원은 수업을 마치고 교실을 나왔지만 그대로 집으로 가기 싫어 읍내를 어슬렁거렸다. 수능이야 평소 하던 대로 봐도 최저등급은 나올 것이다. 학교에서도, 그녀 자신도 이미 자신이 한국대학에 합격한 것을 기정사실로 받아들이고 있었다. 문제는 그 후였다. 낯선 집에 얹혀살며 학비를 벌어 학교를 다녀야 한다는 것을 생각할 때마다 그녀는 등에서 식은땀이 흘렀다. 외삼촌에게는 잘할 수 있다고 큰소리를 쳤지만, 불안한 앞날 때문에 그녀는 마음이 여간 심란하지 않았다.

작은 읍내라 갈 곳도 없었다. 읍의 유일한 서점에 들러 책을 뒤적거리다가 시집을 하나 사 들고 집으로 향했다.

읍을 관통하는 국도를 따라 읍내를 벗어나면 바로 마을의 서쪽을 휘감고 흐르는 강이 나오고 그 강에 놓인 넓고 긴 시멘트 다리를 건너 길을 따라가면 그녀가 사는 호숫가 마을이 나온다. 읍의 초입에서 바라보면 호수가 햇빛에 반사되어 반짝이는 것이 멀리 바라보일 정도이지만 막상 걸어가 보면 거리가 꽤 멀었다.

계절이 무색하게 햇볕이 따가워, 10분쯤 걷자 이마에 땀이 맺혔다. 그녀는 들고 있던 시집으로 부채질을 하며 천천히 걸었다.

한참 걷고 있을 때 뒤쪽에서 들릴 듯 말 듯 조용히 자동차의 엔진 소리가 들려와 그녀는 얼른 길옆으로 비켜섰다. 검은색의 세단 한 대가 유리처럼 빛을 반사하며 그녀의 옆을 미끄러지듯이 스치고 지나갔다.

오래 비가 내리지 않아 차가 지나가자 뽀얗게 먼지가 일어서 다원은 손으로 입을 가리고 잠시 서 있었다. 그 길로는 심심치 않게 고급 외제 차들이 지나다녔다. 모두 호숫가에 별장을 가지고 있는 외지인들의 차였다. 그런데 몇 미터쯤 달려가던 자동차가 멈추어 서더니 그녀 쪽으로 후진해 왔다.

차가 자신에게로 오는 것이 확실해 보여 다원은 놀라서 멍하니 서 있었다. 그녀는 서점에서 산 사랑 타령이 담긴 시집을 가슴에 꼭 껴안고 한 손으로 입을 막은 채 차가 앞에 와서 멈추는 것을 지켜보았다. 차의 창문이 스르륵 내려지고 얼굴을 내민 것은 별장의 주인 여자인 민 여사였다.

그녀는 차 문을 열어주며, 좌석의 시트를 가볍게 두드려 타라는 손짓을 해 보였다. 다원은 얼떨결에 차에 올라탔다.

"햇빛 아래서 걸어다니는데 살결이 참 희고 곱구나."

그녀는 다원이 차에 오르자 눈을 크게 뜨고 그녀의 얼굴을 가까이서 들여다보며 말했다. 늘 해가 뜨기 전에 학교를 가고 깜깜한 밤에 돌아오니 당연한 일이었다.

우아한 올림머리를 한 그녀의 드러난 목선이 길고 아름다웠다. 다원은 민 여사의 꼬고 앉은 다리 위에 놓인 섬세하고 아름다운 손을 바라보다가 자신의 치맛자락을 건드리고 가던 그녀의 아들이 문득 떠올랐다. 그 애의 손이 제 엄마를 닮았다고 다원은 생각했다.

"대학에 들어가면 학기 중에도 아르바이트를 해야 한다고 들었는데 정말이니?"

여자는 차가 집 앞에 도착하기 전에 차를 세우게 하고 그렇게 물었다. 다원은 말없이 고개를 끄덕였다.

"공부할 시간도 빠듯할 텐데 그게 가능할지 모르겠구나."

"하는 데까지 해보고 학자금 대출도 받고 하려고 해요."

다원은 왠지 동정을 받고 있는 느낌이 들어 다들 그렇게 한다는 듯 아무렇지 않게 대답하려고 애썼다.

"부모님은 돌아가셨니?"

다원은 다시 고개를 끄덕였다. 민 여사는 작게 한숨을 쉬었다.

"몇 살부터 외삼촌 집에서 살았지?"

"일곱 살 때부터요."

다원은 그런 것을 왜 묻는지 궁금했지만 묻는 대로 대답해 주었다. 앞으로 집에 데리고 살아야 하니 이것저것 궁금할 수도 있겠지 싶었다.

"고생했겠구나."

민 여사는 안 봐도 다 알겠다는 듯이 그렇게 말하며 혀를 끌끌 찼다. 그녀의 태도에 다원은 자존심이 상했다. 도움을 받아야 하는 처지이긴 했지만 그런 식의 동정은 달갑지 않았다.

"내일 낮에 별장으로 놀러 오지 않겠니? 우리 아들 녀석이 심심해 죽으려고 해서 말이야. 몸이 좀 안 좋아서 휴양하러 내려왔는데 좀이 쑤시나 봐. 앞으로 한집에서 살게 될 텐데 미리 친해지는 것도 나쁘지 않지. 공부 때문에 시간 없는 줄 알지만 가끔 와서 말동무라도 해주면 좋겠구나. 같은 또래니까 말도 통할 테고."

그것은 부탁이 아니라 통고처럼 들렸다. 왠지 거절하면 안 될 거 같아서 다원은 고개를 끄덕였다.

"댁에서 지내게 해주셔서 감사합니다. 지내는 동안 아르바이트 하지 않는 시간에는 뭐든 시키시면 열심히 도와드리겠습니다."

다원은 공짜로 그 집에 있게 된 것이 못내 신경이 쓰여 그렇게 말했다. 민 여사가 희미하게 웃었다.

"그래 주면 우리도 좋지. 말 나온 김에, 이건 네 사정이 딱해서 생각해 본 건데 이왕 아르바이트를 할 거면 집에서 일을 하는 건 어떠니? 마침 네가 해줄 일이 있는데. 해준다면 학비와 약간의 용 돈을 쓸 수 있을 만큼의 보수를 줄 수 있다. 숙식 제공도 무료인 건 물론이고. 너도 떳떳이 맘 편하게 지내는 게 낫지 않겠니? 네 생각은 어떠니?"

민 여사의 말에 다원은 이마에서 흘러내린 식은땀을 손으로 닦 으며 그녀를 바라보았다. 그런 파격적인 제안을 할 정도의 일이란 도대체 무엇일지 궁금했다.

"무슨 일을⋯⋯?"

"힘들다면 힘든 일이 될 테고, 달리 생각하면 거저인 일일 수도 있다. 내 아들, 준희를 돌보는 일이야. 말동무도 해주고, 여러 가 지 요구 사항이 많이 있을 거야. 무척 까다로운 녀석이거든. 성격 도 급하고 배려나 그런 것도 부족해. 너무 해달라는 대로 다 해주 면서 키운 탓이지. 그래도 사고 나기 전에는 저렇게 꼬이지는 않 았는데 말이야."

민 여사는 한숨을 푹 내쉬었다. 다원은 그 남자애를 상대로 그런 일을 하는 자신을 상상하는 것만으로 모골이 송연해졌다.

"할 수 있겠니?"

다원은 버릇처럼 아랫입술을 깨물었다. 너무 의외의 말이라 뭐라고 대답을 해야 할지 알 수가 없었다. 도대체 그 일이 무슨 일이란 말인가.

"조건은 하나야."

민 여사가 다원의 긴 목덜미께를 바라보며 말했다.

"그 녀석이 어떤 식으로 나오든 녀석과 연애를 하는 건 안 된다."

다원은 더욱더 당황해서 그녀를 쳐다보았다. 해야 하는 일이 짐작도 못하던 것이라 머릿속이 하얘졌는데 그에 덧붙여진 조건 사항을 듣자 더욱더 혼란스러워졌다. 찬밥 더운밥 가릴 처지는 아니었지만 께름칙하고 기형적인 일자리라는 것만은 부정할 수가 없었다.

"네 외숙모한테는 굳이 말하지 않아도 될 거 같은데? 괜히 일이 복잡해지는 거 원치 않는다면 말이야."

민 여사가 다원의 대답을 듣기도 전에 이미 정해진 일처럼 그렇게 말했다. 그 말이 맞긴 했다. 외숙모가 그 얘기를 듣는다면 말리지는 않겠지만 이상한 상상을 하고 부풀려 생각할 게 분명했다.

다원은 어떻게 대답해야 할지 몰라 입술을 물고 망설였다. 하지만 오래 머뭇거릴 수는 없었다. 어차피 선택의 여지는 별로 없었다.

그 일이 얼마나 힘들고 어려운 일인지는 몰라도 그 일을 하면 거처와 학비, 둘 다 해결이 된다니 듣기에는 행운과도 같은 제안이었다.

"내일 오후에 별장으로 오렴. 내일부터 시작하는 거야. 내가 말한 조건에 대해 잊지 않는 게 좋을 거야. 아들 가진 모든 엄마들이 그렇듯 나도 내 아들이 저랑 격이 맞는 여자와 어울리길 원한다. 이상한 꿈같은 건 안 꾸는 게 좋아. 만약 네가 그 녀석 꾐에 넘어가 계약 조건을 어긴다면 난 당장 너를 쫓아내고 당연히 학비도 대주지 않을 테니까. 내가 이런 얘길 미리 하는 이유는 그만큼 마음을 단단히 먹으라는 뜻이다."

다원은 창백한 얼굴로 민 여사를 멍하니 바라보았다. 꾐에 넘어가지 말라니, 그러니까 그 남자애는 그런 짓을 아무렇지도 않게 하는 애라는 것을 엄마조차 인정을 한 것이다. 한마디로 망나니라는 얘기였다. 다원의 얼굴은 점점 더 굳어졌다.

다음날 오후, 다원은 별장 앞에 서 있었다. 정원으로 들어서기 전 그녀는 잔뜩 긴장한 채 심호흡을 하며 옷매무새를 점검했다. 그녀가 현관의 벨을 누르자 도우미 아주머니가 문을 열어주었다. 다원은 아주머니를 따라 이 층으로 올라갔다.

"여기서 조금만 기다려."

아주머니는 이 층 복도를 지나 단풍나무 원목으로 만들어진 육중한 문 앞에서 친절한 목소리로 말했다.

다원은 조심스럽게 아주머니가 열어놓은 문을 밀고 안으로 들어갔다. 서재로 쓰이는 방인지 천장까지 짜인 책장에 두꺼운 책들이 빽빽이 꽂혀 있었다.

방 안을 채우고 있는 흑갈색의 가구들로 방 내부는 대체로 어둡고 차분한 분위기를 풍겼다. 한쪽 벽을 면하고 마호가니 책상과 검고 윤기 나는 가죽 커버가 씌워진 의자가 놓여 있고, 의자 앞에는 발을 올려놓고 쉴 수 있는 스툴도 있었다. 창가에 놓인 검은 빛에 가까운 자주색의 벨벳 천으로 된 긴 소파에 앉으면 호수가 한눈에 내려다보일 듯했다.

열려진 창문을 통해 넓은 호수와 호수 건너에 있는 외삼촌 집이 보였다. 그녀는 잠시 창가에 서서 호수 수면 위에서 햇살 조각들이 물고기 비늘처럼 반짝이는 것을 꿈을 꾸듯이 아련하게 바라보다가 왠지 눈물이 날 것 같아 고개를 돌렸다.

그녀는 습관적으로 책장에 꽂힌 책의 제목을 훑어보았다. 거기에는 고문진보전집이니, 정관정요니, 군주론이니 하는 보기만 해도 머리가 아파오는 인문고전들이 견고한 성의 벽돌처럼 완고하게 꽂혀 있었다.

다원은 독서를 요약본으로 하는 습관에 길이 들어 있는 터라 그 어마 무시한 책들의 두께와 양에 멀미가 나려고 했다. 그녀는 약간 적의를 가지고 가슴 앞에 팔짱을 낀 채 책들을 노려보았다.

잠시 후, 문이 열리고 휠체어에 앉은 채 남자애가 들어왔다. 운전을 하던 남자는 휠체어를 책상 앞까지 밀어주고 방을 나갔다.

남자애는 들어올 때부터 내내 다원을 실례라고 느껴질 정도로 빤히 바라보았다. 이미 그런 무례한 행동은 길에서 마주쳤을 때도 겪어봐서 많이 놀랍지는 않았다.

다원은 민망해서 벽에 등을 댄 채로 바닥으로 시선을 떨어뜨렸다. 한참이 지나도 말이 없기에 고개를 드니 그 애는 여전히 그녀를 보고 있었다.

창을 통해 불어온 바람이 그의 얼굴로 흘러내려 있던 머리카락을 가볍게 날렸다. 다원은 흠칫 놀라 작게 몸을 떨었다. 가까이서 보니 그 애는 깜짝 놀랄 만큼 미소년이었다. 차에서 봤을 때는 눈밖에 기억이 나지 않아서 잘 몰랐는데, 그 애는 자신의 엄마를 쏙 빼닮아 얼굴선이 여성스럽고 아름다웠다.

"왔군."

남자애는 혼잣말처럼, 툭 내뱉었다. 목소리가 낮고 허스키해서 속삭이는 것처럼 들렸고, 짐작하던 대로 방황하는 사춘기 소년처럼 까칠해 보였다. 그 애는 아랫입술을 내밀더니 바람을 훅 불어 제 앞머리를 위로 날렸다. 그리고는 처음 보았을 때 잠깐 보였던 짓궂은 표정으로 싱긋 웃었다.

"민 여사가 네가 올 거라고 해서 믿지 않았는데 정말 와버렸구나."

와서 좋다는 것인지 싫다는 것인지 짐작할 수가 없는 말을 그 애는 중얼거리듯이 말했다.

다원은 긴장이 되어 침을 삼키며 그를 바라보았다. 무슨 말을 해야 할지 도통 떠오르지도 않았고 존댓말을 해야 할지 반말을 써야 할지도 갈피를 잡을 수 없었다. 피를 말리는 듯한 어색한 침묵이 지나갔다.

"말을 그렇게 잘 들을 거처럼 안 보였는데 말이야."

그는 실망스럽다는 듯이 얼굴을 찡그리며 다원을 쳐다보았다.

"긴장하지 마. 안 잡아먹어."

"내가…… 뭘 하면 되지?"

다원은 몇 번 목을 가다듬고 나서야 겨우 입을 열었다.

"옷부터 벗어."

준희가 빙글 웃으며 그렇게 말했다. 다원은 반사적으로 입고 있던 카디건 자락을 여미며 뒤로 한 발 물러났다.

"뭐, 뭐……?"

다원은 얼굴이 하얘져서 그를 노려보았다. 사람을 뭐로 보고. 다원은 주먹 쥔 손이 부들부들 떨려왔기 때문에 얼른 뒤로 감추었다.

"덥지 않아? 카디건 벗으라고. 너 지금 땀 흘리고 있잖아."

준희가 그렇게 지껄이며 왈칵, 웃음을 터뜨렸다. 그는 다원의 태도가 웃겨 죽겠다는 듯이 배를 잡고 한참을 웃더니 눈가에 맺힌 눈물을 손가락으로 찍어대는 시늉을 했다.

다원은 벽에 바짝 붙어 서서 그의 웃는 모습을 노려보았다. 아니나 다를까 그녀는 제 이마에 흥건하게 땀이 흐르고 있다는 것을 깨달았다. 다원은 손등으로 이마의 땀을 훔치며 말없이 입술을 깨물었다.

"와서 좀 앉아. 불쌍해서 어디 놀려먹겠냐?"

"그런 장난은 삼가줘. 난 그런 거 별로 좋아하지 않아."

다원이 화난 목소리로 말했지만 준희는 개의치 않고 다시 웃음을 터뜨렸다. 한참을 웃고 나서 그 애는 주먹 쥔 손으로 입을 가리고 헛기침을 하더니 그녀 쪽을 향해 손을 내밀었다.

"난 강준희야."

다원은 그 애가 내민 손을 바라보며 잠시 망설이다가 몸을 앞으로 내밀어 조심스럽게 그 손을 잡았다. 볼 때는 여리고 힘없어 보였는데 역시 남자 손이라 그런지 단단한 악력에 다원은 살짝 당황했다.

"설다원."

"이쁘다, 이름."

준희는 다원의 손을 잡은 채로 그렇게 말했다. 그녀가 1초 만에 손을 빼자 그는 코웃음을 살짝 치더니 자주색의 소파를 손가락으로 가리켰다.

"앉아."

다원은 그가 시키는 대로 소파로 가 앉았다.

"우리 엄마에게 들었지? 네가 여기 온 목적 말이야."

"구체적으로 듣지는 못했어. 정확히 내가 뭘 해야 하는지 아직 잘 모르겠어."

다원은 마치 자신이 돈에 팔려온 노예 같다는 생각이 들어서 자존심이 상한 채로 대답했다.

"내가 하라는 대로만 하면 돼. 그게 네가 할 일이야."

아니나 다를까 준희가 그렇게 말했을 때는 느낌만이 아니라 그것이 자신의 현실인 것을 깨달았다. 다원은 속으로 깊은 한숨을 쉬었다. 내 팔자야.

마침 노크 소리가 들리고 도우미 아주머니가 쟁반에 음료수와 과일을 담아 가지고 들어왔다.

"마셔."

준희가 제 앞에 놓인 쟁반에서 음료수를 들어 다원에게 건넸다. 다원이 그것을 받아 들 때 준희가 일부러 손가락을 벌려 다원의 손등을 스윽 훑고 지나갔다. 다원은 전기에 감전이라도 된 듯 움찔 놀랐다. 그런 그녀를 준희가 비웃으며 바라보았다. 놀리고 있는 것이다. 다원은 열이 받았지만 내색할 수가 없어서 다시 입술을 물었다.

"시킬 일이 있으면 시켜."

가만히 앉아 있는 것이 어색해서 다원이 말했다. 아무리 돈이 많아도 공짜로 이렇게 놀고 있는데 비용을 지불하지는 않을 거라는 생각이 들었다.

"뭘 굳이 하지 않아도 돼. 그냥 넌 나를 심심하지 않게만 해주면 돼. 다른 데 신경 쓸 필요 없어."

"나 그런 능력 없는데……."

그 애 앞에서 재롱을 부리는 자신을 상상하자 눈앞이 캄캄해졌다.

"내가 알아서 데리고 놀거니까 넌 시키는 거나 잘해."

준희가 책상에 올려놓은 한 손을 피아노를 치듯이 튕기며 머리카락 사이로 다원을 바라보았다. 이런 일련의 모욕들을 참아내는 대가가 비용의 큰 비중을 차지할 거라는 예감이 들었다. 그런 큰 돈을 받으려면 도대체 얼마나 괴롭힘을 당하고 수치심을 참아내야만 하는 것일까.

"남자친구 있니?"

준희가 몸을 의자 등받이에 기대며 물었다. 다원은 고개를 저었다.

"그 유도 선수처럼 생긴 애, 네 남자친구 아니야? 너 그 자식 자전거 뒤에 타고 가는 거 여러 번 봤거든."

준희가 거짓말하지 말라는 눈빛으로 따지듯이 말했다. 다원은 준희의 말에 바로 상우를 떠올렸다. 상우는 실제로 유도 선수였다. 이 마을에서 통학하는 아이들 중 유일하게 그녀와 나이가 같았고, 초등학교와 중학교, 고등학교를 읍내로 함께 등하교를 했다. 그 애는 전국대회에서 입상을 한 적이 있을 정도로 실력 있는 유도 선수였다. 체육 특기생으로 이미 2학년 때 체육대학에 스카우트되어 있는 상태였다.

다원의 학교 공부와 그 애의 운동 끝나는 시간이 같으면 가끔 그 애의 자전거 뒷자리에 타고 집으로 돌아오기도 했다. 오랫동안 붙어 다녀서 학교에는 둘이 사귀는 사이라는 얘기가 나돌기도 했다.

다원은 고개를 들어 준희의 인형처럼 감정이 담기지 않은 눈을 바라보았다. 예뻤다. 그렇게 맑고 예쁜 눈에 비뚤어지고 거친 영혼을 담고 있다는 것이 이상하게 여겨질 정도로.

"걔는 그냥 친구야."

"근데 너 왜 반말이야? 나 너보다 나이 더 먹었거든?"

준희가 기분 나쁘다는 듯 인상을 쓰며 말했다. 그러고 보니 처음 보는 남자애고, 자신보다 나이가 한 살 많다는 것도 알고 있었는데 자신이 왜 반말로 시작을 한 것인지 스스로도 의아했다.

"난 초면에 반말하는 사람 싫어해. 너 몇 월생이야?"

저도 초면에 반말을 하면서 준희는 뻔뻔한 얼굴로 말했다.

"3월."

"내가 11월생이니까 몇 개월 차이는 안 나도 오빠는 오빠지. 존댓말까지는 징그러워서 됐고, 앞으로 깍듯이 오빠라고 불러."

그깟 몇 개월 차이 가지고. 다원은 아니꼬운 생각이 들었지만 하는 수 없이 고개를 끄덕였다.

"넌 앞으로 내 맘에 들려고 많이 노력해야 할 거야. 난 싫증을 엄청 잘 내거든. 내가 싫증이 나면 어떻게 되겠니? 넌 바로 실직자가 되는 거지."

준희는 벌써 좀 권태로운 표정을 지어 보이며 야비한 협박을 했다. 다원은 그런 그가 얄미워 저절로 눈가가 꼿꼿해졌다. 정말 재수 없는 놈이다.

"맘에 들려면 어떻게 해야 하는데?"

다원은 그 애의 마음에 드는 방법이 과연 있기나 할까 의문이 들어 확인차 물어보았다.

"나도 몰라. 수시로 변하니까."

역시나. 다원은 알아들었다는 뜻으로 고개를 끄덕여 주었다. 애초에 방법 따위 있을 리 없었다. 옆에 두고 깐족거리고 화풀이 대상으로 삼기 위해 데려다 놓았을 테니까. 그냥 그 애가 휘두르는 대로 휘둘려 주는 게 방법이라면 방법일까.

얼마간, 준희를 상대하고 났더니 급격히 피로가 밀려왔다. 다원은 시계를 들여다보고 깜짝 놀라 자리에서 일어섰다.

"이제 그만 가봐야겠어."

"왜? 무슨 약속이라도 있어?"

준희가 비웃는 표정을 지어 보이며 물었다.

"공부해야 해. 사모님이 한 시간 정도만 있어도 된다고 하셨어."

"너 공부 잘한다며. 그렇게 필사적으로 할 필요 없잖아?"

그런 소리를 할 때 준희는 정말 아무 생각도 없는 아이처럼 보였다. 필사적. 그는 한 번도 필사적이었던 적이 없을 것이다. 필사적으로 무언가를 갈구해 본 적이.

다원은 한숨을 내쉬며 짧아진 가을 해가 호수 수면을 금빛으로 물들이고 있는 창밖을 내다보다가 문을 향해 돌아섰다.

"내일은 몇 시에 올 거야?"

"평일에는 힘들어. 밤 11시까지 학교에 잡혀 있어야 하거든. 토요일과 일요일밖에 시간이 없어. 시험이 끝날 때까지는."

다원은 작은 소리로 대답했다. 그 말을 하며 다원은, 여태 학교에서 하는 자율 학습이 그렇게 고마웠던 적이 없었다. 매일 그의 이기죽거리는 표정을 참으며 지내느니 밤새워 학교에서 공부를 하는 게 열 배는 낫다고 그녀는 생각했다.

"불공평해. 너무 날로 먹는 거 아니야?"

준희는 날도둑을 보는 시선으로 다원을 째려보았다. 다원은 대꾸할 말이 생각나지 않아 입꼬리를 양쪽으로 늘이며 손을 들어 보이고 방을 나왔다.

밖으로 나오니 준희의 개인비서인 남자가 정원으로 들어오는 입구에 차를 세워놓고 기다리고 있었다. 그는 다원이 다가가자 뒷좌석의 문을 열고 타라고 말했다.

"괜찮아요. 걸어가는 게 좋아요."

"모셔다 드리랍니다. 모셔다 드리지 않은 거 알면 제가 혼나요."

그가 전혀 웃지도 않고 진지한 얼굴로 그렇게 말했다. 웬 선심이람. 전혀 고맙지 않았지만 다원은 하는 수 없이 차에 올랐다. 그는 아무 잘못도 없는 고용인을 혼내고도 남을 인간이라는 것을 잠깐 같이 있어 보고도 알 수가 있었기 때문이다.

차는 순식간에 2분도 되지 않아 집 앞에 도착했고 다원은 남자에게 인사를 하고 차에서 내렸다.

마당으로 들어서니 상우가 마루에 앉아 있다가 그녀를 보고 벌떡 일어섰다.

상우는 뽀얀 먼지를 일으키며 멀어지고 있는 세단의 뒤꽁무니를 바라보았다.

"가서 뭐 했어?"

그녀가 마루에 엉덩이를 내려놓으며 앉자 상우가 물었다.

"외숙모 어디 가셨어?"

다원은 대답 대신 외숙모의 행방을 물었다. 외숙모가 상우에게 그녀가 어디에, 왜 갔는지 모두 얘기한 것 같았지만 그 일에 대해 상우에게 별로 말하고 싶지 않았다.

"열무밭에 가셨어."

상우는 더 묻지 않고 그렇게 대답했지만 불만과 의심이 담긴 눈으로 그녀를 바라보았다.

"그 사람들은 수능이 코앞인 애한테 뭐 그런 부탁을 하고 그래? 공부하기도 바쁜데 그런 일에 신경 분산하면 안 되잖아."

상우는 오빠처럼 말했다. 외숙모에게는 돈 문제는 빼고 준희의 말동무를 부탁받았다고만 간단히 말했다.

"오래 있지도 않았어. 그 정도는 바람 쐬는 셈 치면 되니까 상관없어."

"너 서울 가면 그 집에서 지내기로 했다면서?"

상우가 걱정스럽다는 듯이 물었다.

"외숙모가 그러라셔."

다원의 말에 상우는 잠시 생각에 잠겨 있더니 손바닥을 펴서 허

벽지에 대고 두어 번 문질렀다. 그 애가 긴장하면 하는 버릇이었다. 그는 옆머리를 한 번 긁적이더니 어렵게 입을 열었다.

"저기 말이야. 내가 생각해 봤는데 나랑 같이 우리 고모 집에서 학교 다니면 어때? 네 학교가 좀 멀기는 한데 전철 한 번만 갈아타면 되니까 큰 상관은 없을 거 같아, 어때?"

"너희 고모님이 왜 그런 일을 해주시겠어. 하숙비도 받지 못할 텐데."

다원은 어림도 없는 소리를 하는 상우를 물끄러미 바라보았다. 그녀의 말에 상우는 입을 굳게 닫고 자기 주먹을 내려다보고 있었다.

"그만 가. 나 공부해야 해."

다원은 상우가 오래 말이 없자 그를 마루에 내버려 두고 방으로 들어왔다. 의자에 힘없이 주저앉았지만 공부에 집중하기까지 시간을 오래 낭비해야 했다.

2

수능 당일 다원은 잠을 설쳐서 한 시간도 채 못 자고 일어났다. 냉장고에서 우유를 하나 꺼내 마신 후 외삼촌의 트럭을 타고 도시의 본 고사장으로 가기 위해 응시생들이 모이기로 한 읍내 초입의 공터로 나갔다.

그곳에는 버스 여섯 대가 대기하고 있었고, 후배들과 교장을 비롯한 선생들과 학부모들이 한데 모여 웅성거리고 있었다.

다원은 읍내 교회에서 나온 아주머니가 내민 이름이 뭔지 모를 화장수를 물에 탄 것 같은 맛이 나는 차를 받아 마셨다.

그녀가 배치된 학교의 이름이 적힌 버스에 오르기 전 교장 선생님이 그녀에게 다가오더니, 악수를 청하며 긴장하지 말고 잘하라고 격려를 해주었다.

수험생들이 인솔교사를 따라 각자의 버스에 오르지 후배들이 목청껏 무슨 구호를 외쳐 대기 시작했다. 추위로 입이 얼어서 발음이 흐렸지만 이기고 돌아오라는 요지의 구호였다.

버스에 탄 아이들은 모두 전투에 나가는 군인처럼 긴장한 얼굴로 성에가 낀 창을 통해 그들을 내다보았다.

다원은 창밖으로 사람들 무리와 저만치 떨어진 자리에 트럭을 세워놓고 자신 쪽을 바라보고 있는 외삼촌을 발견하자 왠지 울컥해서 눈물이 날 뻔했다. 하지만 옆에 앉은 친구가 창을 두드려 대는 제 엄마를 보고 먼저 우는 바람에 눈물이 쏙 들어가고 말았다.

40km 떨어진 도시의 고사장에 일찌감치 도착한 그들은 뭔가 엄숙한 의식이라도 치르듯이 진지한 얼굴로 시험을 보았다.

시험의 난이도는 그동안 본 모의고사 정도의 평이한 수준이었다. 다원은 바짝 긴장을 했지만 다행히 몰라서 틀린 문제는 있어도 실수로 풀지 못한 문제는 없이 시험을 마쳤다.

시험이 끝나고 고사장을 나오니 벌써 어둑해져 있었다. 그들은 아침에 그들을 태우고 왔던 버스를 타고 다시 읍내로 돌아왔다.

수능을 마치고 면접까지 끝내고 나니, 아무것도 할 일이 없었다. 최종합격 발표일까지 20여 일이 남아 있었다. 만약 불합격을 한다면 어쩔 수없이 외숙모의 바람대로 간호전문대로 가는 수밖에 다른 길이 없었다. 그것도 나쁜 일만은 아닐 거라는 생각이 들기도 했다. 그 밥맛 떨어지는 녀석을 다시 안 봐도 좋을 테니.

학교에 나갔지만 수업시간 동안 철 지난 영화를 보거나 미니시리즈 드라마를 보다가 집으로 돌아왔다.

수업이 끝나서 교문을 나서면 으레 준희가 보낸 차가 교문 앞에서 기다리고 있었다. 다원은 이제 별 거부감 없이 그 차를 타고 준희에게로 곧바로 가서 두세 시간쯤 있다가 집으로 돌아왔다.

준희는 정말 성격이 죽 끓듯이 변덕스러운 애였다. 어느 날은 기분이 완전 고조되어 같이 있는 시간 내내 그녀를 웃겨보고 말겠다는 듯 농담 따 먹기를 하다가 어느 날은 시종일관 온갖 것으로 꼬투리를 잡아서 그녀에게 시비를 걸기도 하고 내내 한마디도 하지 않고 옆에 있는 그녀를 투명인간 취급을 하기도 했다.

그들은 주로 뒤편의 자작나무 숲이 내다보이는 이 층 준희의 방에서 함께 시간을 보냈다.

준희가 기분이 가라앉아 그녀를 내버려 두는 날은 서재에 꽂혀 있던 책을 한 권 가져다 두고 읽기도 했다. 그런 날 준희는 헤드폰을 끼고 음악을 들으며 그녀를 본 척도 하지 않았고 다원은 두 시간이 지나면 그가 듣든 말든 인사를 하고 뒤도 돌아보지 않고 집으로 돌아왔다.

어떤 날은 게임 상대를 해줘야 한다며 게임을 가르쳐 주기도 하고, 방에 설치된 프로젝터로 그가 고른 유치한 액션 영화를 울며 겨자 먹기로 같이 보기도 했다. 가끔은 그의 비서가 운전하는 차를 타고 읍내를 벗어나 드라이브를 즐겼다.

아무도 그들을 방해하지 않았고 다원은 처음과 달리 점점 그 시간에 익숙해져 가고 있었다. 준희가 성깔을 부릴 때만 빼고.

일요일 오후 다원은 준희에게 가기 위해 외투 위에 목도리를 두르며 현관문을 잠그고 밖으로 나섰다. 외숙모 내외와 사촌 동생들은 친척의 결혼식이 있어서 한 시간 거리에 있는 도시로 외출을 하고 없었다.

다원이 막 마당을 나서려고 할 때 상우가 불쑥 나타나 그녀의 앞을 가로막았다.

"어디 가?"

상우는 두꺼운 패딩 점퍼에 비니를 푹 눌러쓰고 집에서부터 걸어오느라 코끝이 빨갛게 얼어 있었다.

"왜 왔어?"

다원은 대답 대신 그렇게 물었다.

"너 혼자 있다고 엄마가 가보라고 해서."

"나 지금 나가는 길인데?"

"어디 가는데?"

상우가 퉁명스럽게 물었다. 그녀는 왠지 당당하게 상우 앞에서 준희에게 가고 있다는 말을 하는 것이 꺼려졌다. 다원이 별장으로 가서 준희와 시간을 보내고 오는 것에 대해 상우가 못마땅해했기 때문이다. 그 애의 의견 따위 무시하면 그뿐이었으나 그러기에는 상우와 보낸 세월이 길었다.

어디 간다고 말하지 않는다고 모를 리가 없었다. 상우는 몹시 못마땅한 얼굴로 하얀 입김을 내뿜으며 다원을 바라보고 있었다.

"이해할 수가 없어, 너 사람 만나는 거 싫어하잖아. 뭣 때문에 거길 매일 드나드는 거야? 도대체 가서 뭘 해? 병자 수발이라도 들어?"

전에 없이 격렬하게 불만을 표시하는 상우를 보자 다원은 이마를 찡그렸다.

그 애는 한 번도 다원이 하는 일에 토를 달거나 반대를 한 적이 없는 애였다. 잘한다고 격려도 해주지 않았지만 이런 식으로 자신의 감정을 내비치는 것은 아주 드문 일이었다.

"신경 쓰지 마. 너랑 상관없는 일이야."

다원은 귀찮은 생각이 들어서 차갑게 내뱉었다.

"맨날 저 집 차가 학교까지 데리러 온다면서? 너 애들이 뭐라고 수군거리는지 알아?"

"관심 없어, 남들 얘기."

좁은 동네라 일거수일투족이 다 말이 되어 나돌고 소문도 빠르고 부풀려지기도 잘했다. 남의 시선까지 일일이 신경 쓰다가는 머리털이 남아나지 않을 거였다.

"낯가림도 심하면서 왜 거길 가는 거야. 가기 싫으면 가지 마.

말동무할 사람이 너밖에 없지는 않을 거 아니야. 앞으로 그 집에서 신세 지게 되었다고 시키는 대로 할 필요는 없어."

"걱정 마. 내가 가고 싶어서 가는 거니까."

다원은 자신의 붉은 코트 주머니에 손을 찌르고 상우의 숙인 정수리를 바라보았다. 그 애는 점퍼 주머니에 손을 넣은 채 발밑의 돌을 툭툭 차고 있었다.

"이해가 안 돼. 왜 가고 싶은데?"

상우가 여전히 고개를 들지 않고 점퍼 깃에 반쯤 입을 가린 채 웅얼거리듯 작은 소리로 물었다. 상우에게 내막을 얘기할 수는 없었다. 그건 비밀이어야 했다. 다른 사람들이 자신이 왜 거길 들락거리는지 알게 된다면 지금보다 훨씬 더 비참해질 테니까.

"그 애와 있는 게 좋아. 됐어?"

삐딱한 그녀의 말에 상우는 고개를 옆으로 돌리더니 기가 막힌다는 듯이 한숨을 내쉬었다. 그가 내뿜은 하얀 입김이 공기 중으로 흩어졌다.

"그런 자식과 어울려서 뭘 어쩌겠다는 거야. 너만 상처 입을 거야. 이용이나 당하기 쉬워. 난 네가 거기 가는 거 정말 싫어. 그 집에서 학교 다니는 것도."

"그만해. 네가 상관할 일이 아니야."

"너 쓸데없는 환상 갖게 될까 봐 걱정돼. 우리와는 다른 사람들이야."

"사람, 다 똑같지 다르긴 뭐가 달라."

다원은 대꾸하기 싫은 것을 억지로 참으며 주머니에 손을 넣고 앞장서 걷기 시작했다. 뒤에서 상우가 따라오는 발자국 소리가 들렸다. 그는 주머니에 손을 넣고 고개를 숙인 채 말없이 다원의 발걸음에 속도를 맞춰 따라왔다.

곧 별장으로 들어가는 길과 상우의 집으로 가는 갈림길이 나왔고 다원은 상우를 돌아보았다.

"잘 가."

다원이 손을 들어 보이고 별장으로 들어가는 길로 발걸음을 옮겼지만 상우는 그 자리에 우뚝 선 채로 움직이지 않았다. 다원은 얼른 가라고 손짓을 해 보이고 돌아서서, 코스모스의 마른 대궁이 바람에 버석거리는 길을 따라 걸어갔다.

하늘은 구름이 잔뜩 끼어 여름이라면 곧 소나기라도 쏟아질 듯이 무겁게 가라앉아 있었다.

아침에 뉴스의 기상 캐스터가 눈이 오는 지방이 많을 거라고 예보를 했으니 어쩌면 오늘 첫눈이 올지도 모르겠다고 다원은 생각했다.

그녀가 그런 생각을 하며 걷고 있을 때 뒤쪽에서 발자국 소리가 들려왔다. 다원이 놀라서 뒤를 돌아보니 상우가 그녀의 뒤를 따라오고 있었다.

"왜?"

다원이 놀라서 걸음을 멈추자 상우도 걸음을 멈추었다.

"그냥, 데려다 줄게."

상우는 거북이처럼 고개를 잔뜩 점퍼 깃 속으로 쑤셔 넣은 채 걸음을 멈추고 대답했다.

"됐어. 추우니까 얼른 집에 가."

다원은 손을 내저으며 상우를 보내려 했지만 그가 들은 척도 하지 않고 앞장서 가는 바람에 하는 수 없이 다원도 그 뒤를 따라갈 수밖에 없었다.

"난 다음 주에 서울로 가기로 했어. 이제 대학 팀에 합류해서 훈련받게 될 거야. 넌 언제 올라가?"

"만약 합격이 된다면, 2월에나 가게 되겠지. 낯선 집에 미리 가 있으면 뭐 해."

다원의 대답에 그는 말없이 고개를 끄덕였다.

"다시 한 번 잘 생각해 봐. 너만 괜찮다면 우리 고모 집에서 지내는 거 말이야. 나는 거의 학교 합숙소에서 지내니까 고모 집에 가는 일도 별로 없을 거야. 싫다고만 하지 말고 한 번 잘 생각해 봐."

"너 어른들한테도 다 말했다면서? 왜 쓸데없는 말을 하고 다녀. 아무한테도 폐 끼치기 싫어, 이제."

이제껏 산 20여 년의 삶이 모두 남에게 짐이었다. 이제 더는 그렇게 살고 싶지 않았다.

"그렇게 따지면 저 집에 있는 것도 폐를 끼치는 거지."

상우가 동의하지 못하겠다는 듯이 손바닥을 펴서 별장을 가리켰다. 다원은 상우가 도대체 왜 그렇게 자신의 거처에 대해 집착을 하는지 이해할 수가 없어서 그를 못마땅한 얼굴로 바라보았다.

"거긴 넓고 고용인들도 많으니까 그렇게 부담스럽지는 않을 거야. 너무 걱정 마."

다원은 더 이상 그 얘기는 하고 싶지 않아서 그를 달래듯이 말했다.

별장의 쇠 울타리 앞에서 걸음을 멈춘 다원은 귀가 빨개져서 따라온 상우를 바라보았다. 그만 가보라고 말하기가 왠지 미안했다. 상우도 돌아갈 생각을 않고 발끝으로 땅을 차며 고개를 숙이고 서 있었다. 어쩌라는 건지.

"우리 저기 한번 가볼까? 가본 지도 오래되었네."

다원은 마침 눈에 들어온 자작나무 숲을 손으로 가리켰다. 자작나무는 이미 노랗게 물든 잎들이 반 이상 떨어져 앙상한 가지가 거의 드러나 있었다. 빼곡히 들어찬 자작나무의 하얗게 빛나는 몸피 때문에 숲 속이 환해 보였다.

숲에서 흘러나오는 작은 도랑을 따라 걸어 올라가다 보면 나무가 비어 있는 공터가 나왔다. 어릴 적 동네 아이들과 그곳을 아지트 삼아 놀던 기억이 났다. 초등학교 때였으니 그곳에 안 가본 지도 오래되었다.

다원은 초등학교에 입학하던 해에 삼촌 손에 이끌려 이 마을로 왔다. 아무도 없이 세상에 덜렁 혼자 남겨진 충격과 바뀐 환경에 적응하지 못해 그녀는 한동안 아무와도 말을 하지 않았다. 사교적이어도 힘들 판에 폐쇄적이기까지 했으니 당연히 그녀는 집단에서 밀려나 겉돌 수밖에 없었다.

외삼촌이 매일 오토바이를 태워 읍내의 초등학교로 등교를 시켜주고 학교가 끝나면 교문 앞에서 기다렸다가 태워서 데리고 집으로 돌아왔기 때문에 대부분 방과 후에 이루어지는 또래들의 친목에 참여할 수 없는 것도 한몫을 했다.

아마 상우가 아니었다면 그 단단하게 결속한 시골 아이들 틈에 영원히 낄 수가 없었을 것이다.

짓궂은 남자아이들이 치마를 들어 올리고, 실내화가 없어지고, 가방에 개구리 알이 들어 있어 기겁을 하고 울 때, 그때부터 덩치가 산만 했던 상우는 다원을 괴롭힌 아이들을 찾아내 대신 응징을 해주고, 아이들로부터 놀림거리가 되었다.

아이들은 상우를 놀리기는 했지만 놀이의 주동자인 그 아이를 다원처럼 밀어내지는 못했기 때문에 다원은 어느새 상우의 그늘 아래서 그들과 자연스럽게 어울리게 되었다.

상우가 없었다면 자신의 어린 시절이 얼마나 암울했을지 가끔 상상만 해봐도 끔찍했다. 다원은 상우에게 고마움을 느꼈다. 다원은 그에게서 혈육에게서나 느낄 법한 친밀감을 느꼈다.

아마 상우도 그건 마찬가지여서 그렇게 자신을 걱정하느라 여념이 없으리라.

그들은 울타리를 따라 별장을 둘러싸고 있는 숲 속으로 발길을 옮겼다. 거의 산이라고 부를 수도 없는 야트막한 평지에 자작나무가 빼곡하게 숲을 이루고 있다.

그들은 오솔길을 따라 숲 속으로 들어가기 전 숲 속에서 발원된 개울을 건넜다. 물이 바닥에 깔릴 정도로 얕아서 굳이 돌다리를 밟을 필요도 없었다.

개울을 건너자 본격적으로 숲이 시작되었고 노란 나뭇잎이 온통 바닥을 뒤덮고 있었다.

다원은 기억을 떠올리며 그들이 놀던 공터가 나오는 숲의 안쪽으로 걸음을 옮겼다. 뒤에서 상우가 따라오는 발자국 소리가 들렸다. 그녀는 하얗고 반질거리는 자작나무의 몸통을 손바닥으로 쓸며 안쪽으로 걸어 들어갔다.

평지보다 약간 높은 언덕 하나를 넘자 드디어 하얀 나무기둥들에 둘러싸인 너른 공터가 나타났다. 군데군데 덤불이 자라고 있었지만 그들이 아이였을 때 그곳에서 숨바꼭질을 하고 놀던 때와 달라진 것은 없었다.

"봐, 다원아. 네 나무야."

공터의 너럭바위 앞에서 상우가 그녀를 불렀다. 다원은 푹신하고 아직 마르지 않은 낙엽을 밟으며 상우에게로 다가갔다. 상우가 가리킨 나무를 들여다보니 다원이 자신의 나무라고 찜해놓은 나무에 거의 알아보기 힘들게 칼자국이 남아 있었다. 그것은 흉터처럼 보였다. 아직도 몸피가 굵지 않은 나무는 칼자국 때문에 다른 나무들과 어울리지 못하고 그 많은 나무들 사이에서도 동떨어져 보였다.

"왜 이런 짓을 했을까, 아이들은 무지해서 잔인해지는 것 같아. 아무렇지도 않게 이 예쁜 나무에 칼을 대다니."

다원은 상처를 어루만지듯 작은 자작나무의 흉터를 손으로 쓰다듬었다. 그 나무의 옆에는 상우의 나무가 더 선명하게 그 애의 이름을 이마에 새긴 채 자라고 있었다.

숲 속으로 차가운 바람이 지나가자 얼마 안 남은 나뭇잎들이 기다렸다는 듯 미련 없이 쏟아져 내렸다. 그와 동시에 마술을 부린 것처럼 하얀 나뭇가지들 사이로 굵은 눈송이가 떨어져 내리기 시작했다.

"와, 눈. 상우야, 눈이 내려."

다원은 얼굴을 하늘을 향해 들고 양팔을 옆으로 크게 벌리며 말했다. 차가운 눈송이들이 얼굴로 내려앉았다. 회색의 하늘로부터 눈송이가 끊임없이 떨어져 내리는 것을 올려다보다가 다원은 눈을 감았다. 차가운 눈송이가 눈썹에 달라붙기 시작하는 것이 느껴졌다.

다원이 눈을 떴을 때 상우가 바로 코앞에 서서 자신을 바라보고 있는 것을 발견하고 그녀는 움찔 놀라 저도 모르게 한 발 뒤로 물러섰다.

"다원아."

상우가 떨리는 목소리로 자신의 이름을 부르자 다원은 잠깐 어리둥절해졌지만, 금세 어떤 예감으로 온몸에 소름이 오소소 일었다.

"이제 그만 가자."

다원은 얼른 몸을 돌려 그 애에게서 돌아서며 걸음을 떼어놓았다. 하지만 한 발자국도 떼어놓기 전에 상우의 커다란 손에 팔목이 잡히고 말았다. 잡아당기는 힘이 강해서 다원은 그 반동으로 상우의 코앞으로 끌려가고 말았다.

"왜?"

다원은 상우의 손을 뿌리치며 화난 얼굴로 그를 올려다보았다. 상우의 눈에는 이전에 다원이 알던 순하고 따듯하던 빛이 사라지고 없었다. 그 눈은 금방 눈물이 쏟아질 듯이 물기를 머금었지만 핏발이 서고 뭔가를 갈구하는 위험한 야수의 눈빛을 하고 있었다. 다원은 그 애의 눈을 본 순간 두려움을 느꼈지만 애써 태연을 가장하고 아무렇지도 않은 얼굴을 했다.

"그만 가. 추워."

다원은 다시 한 번 그렇게 재촉을 했다. 하지만 이전처럼 몸을 움직이지는 못했다. 그러는 순간 상우가 또다시 자신의 몸에 손을 댈 것 같은 공포가 몰려왔기 때문이다. 그 애가 자신에게 호의를 가지고 자신을 지켜줄 때 느꼈던 안전한 느낌과 비례한 위협이 갑자기 그녀를 공포로 몰아넣었다. 그가 마음을 돌리면 이렇게나 위협적인 존재가 된다는 것을 다원은 처음으로 깨달았다.

두 사람은 잠시 외진 숲에서 마주친 적수라도 되는 듯 서로를 노려보았다.

"다원아."

상우가 바싹 마른 입술을 혀로 축이며 다시 한 번 그녀의 이름을 불렀다. 그녀는 이를 물고 눈싸움에서 지면 안 될 것 같은 마음으로 그 애의 이글거리는 눈을 마주 바라보았다.

무엇을 말하려고 했던 그만두라고 그녀는 속으로 주문처럼 중얼거렸다.

"나, 널, 너를…… 조, 좋아해."

"알고 있어. 나도 너 좋아해. 그게 뭐?"

다원은 최대한 아무렇지도 않은 목소리로 그렇게 대꾸했다. 그녀는 턱이 떨리는 것을 숨기기 위해 목도리를 올려 입을 가렸다.

"나는, 널, 사랑……."

다원은 거기까지 듣다 말고 몸을 돌려 상우에게서 벗어나 왔던 길을 향해 뛰었다. 눈앞이 흐릴 정도로 굵고 많은 눈이 쏟아지고 있었다.

그 와중에 다원은 상우가 그런 마음을 먹고 있다는 것을 정말 몰랐는지 속으로 헤아려 보았다. 아마 오래전에 자신도 그 애가 자신을 친구 이상으로 느끼고 있는 것을 알고 있으면서 모른 척하고 있었다는 생각이 들었다. 스스로 그걸 아는 척을 하는 순간 그 애와 거리를 둬야 할 것이고, 그녀는 그렇게 하기 싫었을 것이다.

모른 척하고 자신과는 상관없는 일인 것처럼 그 애와 스스럼없이 웃고 까불며 지내는 편한 쪽을 택했던 것이다. 그녀는 자신이 상우를 속으로 무척 깔보고 있었다는 생각이 들었다.

그 애는 함부로 자신의 옷자락을 만지는 것도 조심스러워하는 순둥이였고, 자신의 말을 부모의 말보다 더 귀 기울여 듣는다는 것도 알고 있었다.

오만하게도 그 애가 자신을 향한 마음을 밖으로 내보일 수 없을 거라고 생각했다. 평생 그러지 못할 줄 알았다. 그 말을 하는 순간 그들이 그동안 신뢰로 쌓아온 관계가 끝이 날 것을 그 애가 모를 리가 없었기 때문이다.

다원은 공터를 다 벗어나기도 전에 상우에게 팔을 붙잡혀 멈춰 설 수밖에 없었다. 다원은 숨을 몰아쉬며 그 애에게 잡힌 팔을 뿌리쳤지만 이번에는 뜻대로 되지 않았다.

"넌 그냥 친구로서 좋아하는 거라고 우기고 싶겠지만 너도 알잖아. 그게 아니라는 걸."

상우는 양손으로 다원의 팔을 꽉 잡고 거의 닿을 듯이 화난 얼굴을 그녀의 얼굴 가까이 들이밀고 거친 숨을 그녀의 볼에 끼얹고 있었다. 다원은 필사적으로 양손에 힘을 주어 그 애의 가슴을 밀어냈지만 백 킬로그램이 가까운 거구의 남자애를 이길 수는 없었다.

"박상우, 미쳤어? 이거 놔. 당장 안 놓으면 너 다시는 안 볼 줄 알아."

다원은 온몸으로 그를 거부하며 소리를 질렀다.

"그래, 너 이렇게 나올 줄 알았어. 안 된다고 할 줄. 근데 왜 나는 안 되니? 그 자식은 되는데 나는 왜 안 돼? 돈이 그렇게 좋아?

돈 많으면 그런 망나니도 좋아하게 되는 거야? 너 그렇게 속물이었어? 그 자식을 안 지 얼마나 됐다고 그렇게 정성이 뻗친 거야, 내가 그 자식만도 못해? 십 년이 넘게 좋아해도 네가 언제 네 시간 일 분이라도 순수하게 날 위해 내준 적 있어? 너 정말 못돼 처먹었어. 알아?"

상우가 이를 갈 듯이 그녀의 귓가에 대고 으르렁댔으므로 다원은 필사적으로 손을 올려 귀를 막았다. 그녀는 그 애에게 통째로 먹힐 듯한 공포심을 느꼈다.

"당장 놔. 소리 지를 거야."

다원은 마지막 힘을 끌어 모아 몸을 비틀어 그 애에게서 벗어나려고 했지만 아무 소용이 없었다. 상우가 그녀의 입술을 덮치려는 순간 가까스로 고개를 틀어 그 애의 뜨뜻미지근한 입술은 그녀의 볼에 눌려졌다. 다원은 비명을 지르며 무릎으로 상우의 사타구니를 세게 걷어찼다. 상우의 몸이 순식간에 자신의 몸에서 떨어져 나가며 바닥으로 꼬꾸라지자 다원은 뒤도 돌아보지 않고 숲 속을 달려나갔다.

하지만 미끄러운 나뭇잎 위로 눈까지 내려 자꾸만 발이 미끄러져 마음처럼 빨리 달릴 수가 없었다. 상우가 순식간에 그녀를 따라잡아 어깨를 잡는 순간 그녀는 미끄러지며 나뭇잎이 쌓인 땅 위로 넘어지고 말았다. 다원은 쓰러진 자신을 향해 손을 뻗는 상우를 보자 숲이 떠나가라 비명을 질렀고, 상우는 놀라서 그녀의 입을 막았다.

"미안, 다원아. 미안해. 알았어, 알았어. 조용히 해. 아무 짓 안 할게. 쉿, 쉬."

다원이 극도의 공포에 질려 발광을 하자 상우는 겁먹은 얼굴로 그녀를 끌어안으며 진정시키려 애를 썼다.

"미안해, 응? 알았어. 조용히 하면 손을 뗄게. 소리 그만 질러. 아무 짓 안 해."

상우는 그녀의 몸 위에 올라탄 채로 그녀의 눈을 내려다보며 안심을 시키려 애를 썼다. 다원도 곧 진정이 되었고 여전히 겁에 질려 있었지만 반항과 비명을 멈추었다.

"미안해, 이럴 생각은 아니었어. 이제 손 뗄게. 일어나서 집에 가자."

상우의 말에 다원이 공포에 질린 눈으로 그를 올려다보며 고개를 끄덕였다.

상우가 그녀의 입을 막고 있던 커다란 손을 막 떼려는 순간 그의 몸이 순식간에 다원의 몸에서 떨어져 나가며 공중으로 날아오르더니 저만큼 나가떨어졌다. 그 애는 땅바닥에 뒹굴며 옆구리를 감싸 쥐고 곧 죽을 듯이 신음 소리를 내뱉었다. 다원이 놀라서 몸을 일으키려고 하자 어디서 나타났는지 모를 남자가 그녀의 팔을 잡아 윗몸을 일으켜 세워주었다. 다원은 눈물을 닦으며 남자를 올려 보았다.

머리와 어깨에 눈이 하얗게 얹힌, 키가 엄청나게 큰 남자가 그녀를 걱정스러운 눈빛으로 들여다보았다. 그는 다원의 겨드랑이에 팔을 집어넣어 가볍게 땅에서 일어서게 해주었다. 그녀가 다리에 힘이 빠져 비틀거리자 그는 그녀의 팔을 계속 잡고 부축을 해주었다.

"괜찮아요?"

울리는 듯 저음의 목소리로 낯선 남자가 물었고, 다원은 손등으로 뺨을 닦으며 고개를 끄덕였다.

"어떻게 된 거예요? 혼자 왔어요?"

남자는 그렇게 물으며 다원의 팔을 잡지 않은 왼손을 올려 검은 가죽 장갑을 입으로 벗어 문 채로 주머니에서 전화기를 꺼내 들었다. 그는 한 손으로 번호를 누르고 입에서 장갑을 받아 들고 전화기를 귀에 갖다 댔다. 다원은 마치 꿈결인 듯 남자가 하는 행동 하나하나를 넋이 나간 눈으로 지켜보았다. 그러는 사이 상우가 얼굴을 있는 대로 찡그리고 바닥에서 일어섰다.

"거기 그대로 있는 게 좋아. 움직이면 다른 쪽 갈비뼈도 나가게 될 테니까."

남자가 전화기를 든 손으로 상우를 가리키며 경고조로 말했다. 남자의 전화기에서 112의 안내 음성이 흘러나오는 것이 들렸다. 남자는 경찰에 전화를 한 것이다.

다원은 깜짝 놀라서 그의 전화기를 쳐서 떨어뜨렸다. 남자는 바닥에 떨어진 전화기와 다원의 얼굴을 황당한 얼굴로 번갈아 바라보았다.

"죄, 죄송해요. 신고는…… 하지 마세요."

다원은 떨리는 손으로 허리를 굽혀 전화기를 집어 들어 그에게 건네주며 말했다. 일을 크게 만들 수는 없었다.

"무슨 소리를 하는 거예요? 지금 엄청난 일을 당할 뻔했어요. 이건 범죄입니다. 숨기고 덮을 일이 아니에요. 두려운 거 아는데 신고하고 벌을 받게 해야죠. 피해자들이 이렇게 숨기니까 이런 일들이 되풀이되는 거예요."

"아무 일도 없었어요."

다원이 기어들어 가는 목소리로 말하자 남자는 미간을 찌푸리며 그녀를 내려다보았다.

"지금 그걸 말이라고 해요?"

그는 좀 화가 난 눈치였다. 다시 전화의 재발신을 눌러 귀에 갖다 대며 말했다.

"내가 동행해 줄게요. 증언도 해줄 거고, 일이 제대로 처리될 때까지 최대한 도와줄 테니 겁먹지 말아요."

"제 친구예요. 도와주신 건 고마운데 그만 가주세요. 전 정말 괜찮아요."

상우를 경찰에 넘길 수는 없었다. 그 애가 애초에 나쁜 마음을 먹은 것이 아니라는 것을 알고 있었다. 표현을 잘못했을 뿐이다.

남자의 전화기에서 신호음이 떨어졌고 전화기에서 부르는 소리가 여러 번 들려왔다.

남자는 약간 허탈한 얼굴로 상우와 다원을 바라보더니, 전화기에 대고 별일 아니라고 말하고 전화를 끊었다.

"친구라고?"

남자는 갑자기 반말로 그렇게 물었다. 다원은 고개를 끄덕였다. 그는 어이가 없는지 한숨을 내쉬며 이마를 문질렀다.

"친구면 그런 행동을 해도 되나? 아무리 사귀는 사이라고 해도 일방적인 건 범죄야."

"사귀는 사이 아니에요. 하지만 나쁜 짓을 하려던 건 아니었어요."

다원은 여전히 공포와 두려움이 가시지 않은 얼굴로 상우를 위해 변명을 했다.

남자는 그런 다원을 잠시 바라보더니 어깨를 으쓱하며 외투 주머니에 전화기를 집어넣었다.

"그럼, 난 가도 되는 거지? 확실하게 말해. 나중에 다른 소리 듣기 싫으니까."

다원은 입술을 물고 자신의 발끝을 내려다보며 고개를 끄덕였다. 남자는 잠시 그대로 서서 다시 한 번 상우와 다원을 차례로 바라보더니 몸을 돌렸다.

"어이, 혹시 억울하거나 치료비가 필요하면 요 앞 별장으로 찾아와. 해결해 줄 테니."

그는 그 말을 남기고 검은색의 캐시미어 코트 자락을 휘날리며 성큼성큼 걸어서 금세 그들의 눈앞에서 사라져 버렸다. 그의 뒷모습을 바라보던 다원은 겨우 마음을 추스르고 옷에 묻은 눈과 낙엽을 털어내고 남자의 발자국을 따라 걷기 시작했다.

"다…… 원아, 다원……."

뒤에서 상우가 부르는 소리가 들렸지만 그녀는 뒤돌아보지 않고 숲을 빠져나왔다.

3

"다원아, 별장에서 사람이 찾아왔다. 잠깐 보자는데, 못 일어나
겠으면 그냥 돌려보내고."

외숙모가 다원의 방문을 열고 침대에 누워 앓고 있는 그녀에게
그렇게 말했다. 다원은 이불을 이마까지 끌어 올리고 아무 대답도
하지 않았다. 외숙모는 다원이 대꾸가 없자 못마땅한 듯 투덜거리
며 문을 닫고 나갔다.

숲에서 돌아온 밤부터 몸살이 나서 밤새도록 앓았다. 준희가 하
루 종일 기다렸을 것을 알고 있었지만 따로 연락을 하지 않았다.

준희에게도 다원에게도 휴대폰이 없었기 때문에 번거롭기도 하
고, 여러 가지로 마음이 심란해 누구와도 말을 섞을 기분이 아니

었다.

다음날 오후가 되어도 다원이 나타나지 않으니 준희가 사람을 보낸 모양이었다.

잠시 후 외숙모가 다시 다원의 방으로 들어왔다. 외숙모는 다원의 머리맡에 상자 하나를 내려놓으며 말했다.

"신 비서님이 주고 갔다. 너 전해주라더라."

다원은 미간을 찌푸리며 이불을 내리고 상자를 바라보았다. 예쁜 초록색 포장지로 포장이 되고 빨간 리본이 묶인 손바닥만 한 상자였다.

"이게 뭐예요?"

"나야 모르지. 근데 그 집 아들이 왜 널 하루도 안 빼놓고 데려가는 거니? 가서 도대체 뭘 하는 거야? 정말 말동무가 필요해서 부르는 거 맞아? 뭐, 다른 음흉한 짓을 하거나 하는 건 아니지?"

다원은 외숙모의 집요한 시선을 받자 공연히 얼굴이 붉어졌다. 그런 저급한 호기심의 대상이 된 것이 부끄럽고 억울한 생각이 들었지만 딱히 뭐라고 반박할 말이 떠오르지 않았다. 다원은 입술을 깨물며 제 손에 들린 포장된 작은 상자를 내려다보았다.

"심심해서 말동무해 달라고 부르는 거예요. 다른 건 없어요."

다원은 목이 쉬어 몇 번을 목소리를 가다듬은 후에 그렇게 대답했다. 외숙모는 가슴 앞에 팔짱을 끼고 고개를 끄덕였지만 뭔가 의심스러운 눈초리로 한참 동안 그녀를 내려다보더니 방을 나갔다.

외숙모가 나가고 나자 다원은 다시 이불을 뒤집어썼다.

상우 때문에 마음이 심란해 다른 생각은 할 수가 없었다. 그가 한 짓은 미웠지만 왠지 미안해서 다원은 밤새 열에 들떠 앓으면서도 줄곧 가슴이 찢어질 듯이 아팠다. 그 순한 애가 그런 행동을 할 만큼 힘들었을 것을 생각하자, 그 애 말마따나 자신이 정말 못돼먹은 인간인 거 같아 가책에 시달렸다.

하지만 그럼에도 상우를 남자로 여길 수는 없어서 더 괴로웠다. 왜 상우는 안 되는지 그녀 자신도 알 수가 없었다.

어릴 때부터 오누이처럼 자라서 그럴 거라고 스스로 변명을 해봐도 개운하지가 않았다.

정말 나는 상우의 말처럼 속물인 것일까?

그녀는 아픈 와중에도 이런저런 생각들로 머릿속이 터질 듯이 복잡했다. 다원은 이제 상우를 그전처럼 편하게 볼 수 없을 거라는 생각이 들자 몹시 우울해졌다. 여태 기대고 있던 기둥이 사라진 듯이 허전하고 외로웠다.

그녀가 입술을 깨물며 비어져 나오려는 눈물을 눌러 참고 있을 때 어디선가 음악 소리가 들렸다.

뒤집어쓰고 있던 이불을 내리고 소리가 나는 곳을 바라보니, 준희가 보냈다는 상자에서 소리가 흘러나오고 있었다. 손을 뻗어 상자를 끌어와 흔들어 본 후 다원은 그대로 다시 내려놓았다. 곧 그치겠지 싶었다. 상자를 열어볼 생각은 나지 않았다.

준희에게 가면 돌려주리라고 마음먹었다. 그것이 무엇이든 준희에게 선물 같은 걸 받을 이유가 없었다. 자신이 별장에 가는 것은 일이었으며 월급을 받기로 했으니 그 애가 무엇으로든 따로 보상을 할 필요는 없었다. 다원은 지치지 않고 울리는 음악 소리를 무시하고 다시 이불을 뒤집어썼지만, 십 분이 넘게 끊겼다가 다시 울리곤 하는 소리가 계속되자 참을 수가 없어서 상자를 집어 들었다.

그녀는 한참을 눈에 힘을 주고 상자를 노려보다가 리본을 풀고 포장지를 벗겼다.

하얀색 상자 안에 들어 있는 것은 그녀의 짐작대로 휴대폰이었다. 최신 제품의 스마트폰이 방울을 흔드는 것 같은 벨소리를 계속해서 울려대고 있었다.

다원은 상자 안에서 전화기를 꺼내 들고 바라보다가 화면을 그어 전화를 받았다.

"여보세요."

[왜 이렇게 늦게 받아.]

준희의 짜증난 목소리가 와락 달려들었다. 다원은 아무 말도 하지 않고 귀에서 휴대폰을 떼어 미간을 찌푸리고 들여다보았다.

[아프다면서? 어디가 어떻게 아픈 거야?]

"감기에 좀 걸렸어. 근데 이건 뭐야?"

다원은 쉰 목소리로 물었다.

[졸업 선물.]

"다음에 갈 때 돌려줄게. 이런 거 받고 싶지 않아."

[사실 선물 아니고 내가 답답해서 주는 거니까 갖고 있어. 네가 하는 일에 필요한 거야. 지금이 어느 시댄데 전화기도 없냐? 네 보호자들, 자기 자식 아니라고 무신경한 거야, 무능해서 그런 것도 해줄 수 없는 거야?]

준희가 한껏 거만한 목소리로 그렇게 지껄이는 것을 다원은 가만히 듣고 있다가 전화기를 뚝 끊어버렸다. 지금은 도저히 그를 상대해 줄 마음이 들지 않았다. 그럴 수가 없었다.

곧바로 전화기가 다시 울리기 시작했고 다원은 한참 헤맨 끝에 배터리를 분리해 상자에 다시 아무렇게나 넣어서 침대 머리맡으로 밀쳐 버렸다. 한심한 자식.

이만한 일로 그가 자신을 자르지는 않을 거라고 다원은 생각했다. 아마도 더 신나 할 것이다. 괴롭힐 빌미가 생겼으므로.

나중에 당하는 일이야 그때 당하고 지금은 그 애와 단 한 마디도 말을 섞고 싶은 생각이 들지 않았다.

상우의 말마따나 그는 다른 세계의 사람이었다. 도저히 서로를 이해할 수 없는 철저히 다른 세계에 살고 있는 것이다. 준희와 자신의 교차점은 없었다. 그 만남은 공상 과학에서나 가능한 우연한 기회에 실수로 열린 차원의 문을 통한 만남과도 같았다.

부자연스럽고 기형적인 만남.

다원은 침대 머리에 쿠션을 고이고 기대어 앉아 외삼촌이 끓여 온 죽을 작은 상에 받아놓고 앉아 있었다. 아무것도 넣지 않고 쌀을 불려 끓인 맑은 미음과 간장을 앞에 놓고 멍하니 앉아 있다가 외삼촌의 재촉을 받고서야 무거운 숟가락을 들어 한 숟가락 입에 떠 넣었다. 목이 할퀴듯이 아파와 그녀는 얼굴을 찡그리며 힘겹게 미음을 넘겼다.

외삼촌은 먹기 싫어하는 표정이 역력한 다원의 표정을 보자, 떠먹일 기세로 자꾸 더 먹으라고 재촉을 했다.

"아이구, 못 먹겠다는데 내버려 둬요. 억지로 먹으면 더 탈나. 나 아프다고 하면 눈도 꿈쩍 않으면서 조카 아프다면 죽까지 끓여 바치니 내가 좋은 소리가 나오겠어? 아이고, 내 팔자야."

부엌에서 외숙모의 역정 난 목소리가 들려왔다. 곧이어 설거지를 하는 것인지 그릇을 깨부수는 것인지 모를 소음이 들려왔다. 외삼촌은 민망했는지 다 먹으라고 한 번 더 재촉을 하고 자리에서 일어섰다.

"상우 왔냐? 들어가 봐라. 도통 밥을 못 먹는다. 뭘 먹어야 약을 먹을 건데."

방을 나가던 외삼촌이 닫던 문을 다시 열어주며 그렇게 말했고, 잠시 후 상우가 쭈뼛거리며 방 안으로 들어왔다.

다원은 말없이 숟가락을 쥐고 있는 자신의 손으로 시선을 떨어뜨렸다.

상우는 방으로 들어와 놓고도 어째야 좋을지 모르는 사람처럼 멍하니 문 앞에 장승처럼 서 있었다. 다원은 말없이 미음을 떠서 입으로 가져갔다.

처음에는 그런 행동을 해서 자신들의 관계를 망친 상우에게 화가 나기도 했지만, 다시 생각해 보니 이쯤에서 그런 일이 일어나서 오히려 잘되었다는 생각이 들기도 했다.

상우 성격으로 보면 이런 계기가 없다면 언제까지고, 나이가 더 먹도록 여전히 혼자 그런 상태로 지내기가 십상이었다. 다원은 상우가 그 나이 때의 남자애들처럼 아무 생각 없이 즐겁게 지내기를 바랐다.

자신에게 미련을 버리고, 깨끗이 포기하는 계기가 된다면 오히려 잘된 일이었다. 그 애와 오랫동안 얼굴을 볼 수도 없게 될지도 몰랐지만 어쩔 수 없었다.

"앉아."

상우가 계속 죄인처럼 고개를 숙이고 서 있었으므로 다원은 책상 앞에 있는 의자를 가리켰다.

그는 머뭇거리더니 산만 한 몸을 굼뜨게 움직여 의자에 천천히 앉으며 어디 아픈 사람처럼 인상을 찡그렸다. 다원은 연민이 담긴 눈으로 그를 바라보다가 그가 고개를 드는 바람에 얼른 시선을 거두었다.

"할 말 있으면 해."

다원이 말했지만 상우는 다시 고개를 숙이고 아무 말도 하지 않았다. 다원이 속으로 그를 동정하고 미안해하는 것과는 별개로 그 애 입장에서는 입이 열 개라도 할 말이 없긴 할 거였다.

"미안해……."

한참이 지난 후에야 상우가 기어들어 가는 목소리로 말했다. 그리고는 또다시 침묵을 지켰으므로 하는 수 없이 다원이 먼저 말을 꺼냈다.

"네가 한 말 곰곰이 생각해 봤어. 정말 네가 날 좋아하고 있는 걸 내가 알면서도 모른 척했나, 그걸 알면서 너를 이용한 적은 없나."

"다원아, 그건 내가 화가 나서…… 널 비난할 뜻은 없었어."

상우는 울 듯한 표정으로 고개를 저으며 그녀의 말을 가로막았다.

"생각해 봤는데 네 말이 맞는 거 같아. 난 아마 무의식적으로는 이미 알고 있었을 거야. 알면서 나 스스로에게도 숨기고 있었다고 생각해. 모른 척, 한 거지. 네 말이 맞아. 그걸 아는 척하는 순간 가족처럼 여기는 친구를 잃게 될 테니까. 난 한 번도 널 이성으로 생각해 본 적 없어. 앞으로도 그건 마찬가지일 거야. 왜냐고 묻는다면 나도 몰라. 그냥 너와 있으면 편해. 가족처럼 말이야. 거기서 다른 감정을 끌어내는 건 불가능해. 욕해도 어쩔 수 없어. 안 되는 걸 억지로 할 수는 없어."

다원의 조용하고 단호한 말에 상우가 고개를 푹 숙였다. 그는 갑자기 커다란 손을 들어 얼굴을 가렸다. 작은 방을 채울 듯이 큰 몸집의 상우가 몸을 둥그렇게 말고 어깨를 들썩이며 울기 시작했으므로 다원은 가엾어서 콧등이 찡해졌다.

다원은 그가 울고 싶을 만큼 울도록 내버려 두었다. 언제 또 그렇게 맘 놓고 울어볼 수 있으랴.

"알고 있었어. 내가 안 된다는 걸. 그래서 끝까지 참으려고 했어. 이렇게 친구로라도 남아 있어보려고 용을 썼다고. 나는 왜 안되냐고 따지고 싶고 맘먹어 안 되는 일이 어디 있냐고 억지를 써보고 싶지만, 네 말대로 안 되는 건 안 되는 거겠지, 나도 알아."

상우가 거의 흐느끼며 말해서 자세히 알아들을 수는 없었지만 다원은 그 마음이 무엇인지 너무나도 잘 알 거 같아서 마음이 아팠다. 하지만 무슨 말을 해도 그에게 위로가 될 수가 없었으므로 다원은 묵묵히 그 애가 서러운 눈물을 쏟아내는 것을 참아낼 수밖에 없었다.

한참 후에야 상우는 좀 진정이 되었는지 소매로 눈물을 닦았다. 그는 손바닥으로 얼굴을 문지르며 민망해하더니 힘겹게 의자에서 일어섰다.

"나 내일 서울로 올라가."

그는 방바닥을 내려다보며 잠긴 목소리로 중얼거렸다.

다원은 며칠 후에나 올라갈 거라고 하더니 왜 벌써 가는 거냐고 물으려다가 그만뒀다. 이제 와서 그런 관심을 가져서 뭐 하랴 싶었다.

"먹기 싫어도 좀 먹어…… 미안하다, 나 때문에."

상우는 줄지 않은 다원의 미음 그릇을 보고 또다시 죄인처럼 고개를 숙였다. 다원이 대답이 없자 그는 어디 아픈 사람처럼 어기적거리며 문 쪽으로 발을 떼어놓았다. 그러고 보니 들어와서 의자에 앉을 때도 정도 이상 몸을 사리며 굼뜨게 움직이더니 뭔가 행동이 자연스럽지가 못해 보였다.

"어디 아프니?"

다원은 참지 못하고 그렇게 물었다. 상우는 민망한 듯 픽 웃었다.

"갈비뼈에 금이 갔대."

그는 순하게 웃으며 뒷머리를 긁적였다. 다원은 깜짝 놀라 눈이 커졌다. 문득, 숲 속에서 만난 키가 크고 단호한 말투를 사용하던 낯선 남자가 떠올랐다. 그녀는 여태 다른 문제에 골몰하느라 그 남자를 잊고 있었다. 깊고 신비롭게 빛나던 남자의 눈빛. 남자는 도대체 어디서 그렇게 갑자기 나타났을까. 구해주려고 기다린 사람처럼.

"걱정하지 않아도 돼."

상우는 다원의 하얘진 얼굴을 보더니 얼른 덧붙였다.

"병원에선 뭐래?"

"병원에서 해줄 건 별로 없나 봐. 시간이 지나야 낫는 거라고 무리하게 움직이지만 않으면 된대."

"운동은 어떻게 해."

다원은 곧 대학 팀에 합류해 운동을 해야 한다고 하던 상우의 말이 기억났다.

"덕분에 좀 쉬지 뭐."

상우가 아무것도 아니라는 듯이 심상하게 말했다. 다원은 무슨 말을 해야 좋을지 알 수가 없어서 멍하니 그의 옆모습을 바라보다가 갑자기 숲 속에서 짐승처럼 소리를 지르던 모습이 그 얼굴 위에 겹쳐져 살짝 몸서리를 쳤다.

"서울 오면…… 연락해."

문 앞에서 상우가 말했지만 다원은 대답하지 않았다. 아마 한동안은 그 애를 볼 수 없을 거라고 그녀는 생각했다.

상우는 방에 들어온 후 처음이자 마지막으로 다원의 얼굴을 정면으로 쳐다보더니 천천히 몸을 돌려 방을 나갔다. 울고 난 후여서 그랬는지 그 눈이 말할 수 없이 슬퍼 보였다. 다원은 죽이 다식을 때까지 상우가 나간 문에 시선을 둔 채 멍하니 앉아 있었다.

일방적으로 전화를 끊고 난 후, 처음 준희를 보는 날이었다. 원래도 괴팍하고 꼬였지만 그런 일을 당했으니 무슨 짓을 할지 알수 없었다. 다원은 준희의 방문 앞에서 심호흡을 하고 노크를 했다. 아무 대답이 없었으나 다원은 그냥 문을 열었다. 노크에 대해 대답을 들은 적이 한 번도 없기 때문이었다. 준희의 방은 비어 있었다.

아주머니가 준희가 방에 있다고 말하는 걸 듣고 올라오는 길이었다. 다원은 걸치고 있던 겉옷을 벗어 무릎에 올리고 창가에 놓인 소파에 얌전히 앉았다.

잠시 후 욕실 문이 열리고 준희가 금방 샤워를 마친 듯 덜 마른 머리를 하고 나타났다. 다원은 소파에서 엉거주춤 일어섰다. 그는 다원을 보자, 한쪽 입꼬리를 올리며 보일 듯 말 듯 웃었다. 왠지 팔뚝에 소름이 오소소 돋았다.

그는 신 비서의 도움을 받아 침대로 올라가 등에 쿠션을 대고 기대고 앉더니, 신 비서에게 나가보라는 손짓을 해 보였다.

"경고하는데 다시는 내 전화 그런 식으로 끊지 마. 쫓아가려다가 아프다고 해서 참았어. 화나게 하지 마, 두 번 기회는 없어."

준희는 다원을 냉정한 눈으로 바라보며 말했다. 그가 화가 난 상태라 타이밍이 좋지 않다는 것을 알고 있었지만, 다원은 들고 온 가방에서 상자를 꺼내 탁자에 올려놓았다. 말이 나온 김에 돌려줘야겠다고 생각했던 것이다.

"이건 돌려줄게."

"왜?"

"받고 싶지 않아."

"말했잖아. 선물이 아니라 내 고용인으로서 필수 소지품이라고."

준희는 어깨로 숨을 한 번 쉰 후, 까맣고 깊은 눈으로 찌를 듯이 다원을 쏘아보았다.

"내가 네 고용인인 건, 내가 여기 있는 시간 동안만이야. 나머지 시간까지 네 전화를 받아야 할 의무는 없다고 생각해."

다원은 준희의 시선을 피하며 자신 없는 목소리로 말했다. 그녀의 말이 끝나자 그는 오른손을 내밀었다. 다원은 잠시 어리둥절해 있다가 앞에 놓인 상자를 집어 들고 침대로 다가가 그에게 건네주었다.

준희는 상자에서 휴대폰을 꺼내 잠시 들여다보더니 다원이 앉아 있는 오른쪽 벽을 향해 그것을 던져 버렸다. 꽤 떨어져 있는 거리였지만 다원은 깜짝 놀라 반사적으로 팔을 들어 얼굴을 가렸다. 휴대폰은 벽에 부딪쳐 파편을 날리며 깨져 버렸다.

다원은 얼굴에 핏기가 가셨다. 그의 폭력적인 행동에 그녀는 진심으로 충격을 받았다. 저, 미친……. 그가 정상이 아니라는 생각에 겁이 덜컥 났다.

준희는 아무렇지 않게 다시 제 휴대폰을 들더니 어딘가로 전화를 걸었다.

"한 시간 내로 휴대폰 하나 개통해 와."

그는 전화를 끊고 몸을 뒤로 기대더니 눈을 감았다.

"그 전화기가 마음에 안 든 모양이니까 다른 걸로 줄게."

"너 좀 미친 거 같아. 너 같은 애랑 더 상대하고 싶지 않아."

다원은 진심으로 화가 나서 가방을 들고 자리에서 벌떡 일어섰다.

"앉아."

준희가 낮은 목소리로 경고했다. 다원이 들은 척도 하지 않고 막 한 걸음을 뗐을 때 민 여사가 방으로 들어왔다. 그녀의 손에는 간식이 얹힌 트레이가 들려 있었다.

"벌써 가려고? 온 지 얼마 안 된 거 같은데 왜? 좀 더 있다가 가."

민 여사는 다원에게 소파에 앉으라는 손짓을 해 보였다. 다원은 당황해서 이러지도 저러지도 못하고 서 있었다. 준희는 그런 다원을 보더니 조소를 날렸다.

"합격했다지? 축하해. 하긴 자신이 있었으니 미리 그렇게 대비를 했겠지. 지낼 곳도 그렇고 학비를 벌기 위해 이렇게 와 있는 것도 말이야. 그렇지?"

민 여사는 바닥에 깨져 널려 있는 휴대폰의 파편을 흘끔 보더니 그렇게 말했다. 다원은 두 모자의 시선이 동시에 자신을 향하고 있는 걸 보았다. 당연하게도 둘은 무척 닮아 보였다. 차가운 눈매와 오똑한 콧날, 날 선 턱에 붉은 입술까지. 다원은 저도 모르게 팔뚝에 소름이 끼쳤다. 왠지 좀 기이해 보였다. 두 사람은.

"그래 서울은 언제나 올라갈 거니?"

민 여사가 음료수를 준희에게 가져다주라고 시키며 그렇게 물었다. 다원은 마지못해 준희에게 음료수 잔을 건넸으나 준희는 본 척도 하지 않았다. 싫다거나, 손을 젓거나, 고개를 흔드는 정도의 거부의 표시도 하지 않았다.

"앉아."

민 여사가 멍하니 서 있는 다원에게 말했다. 그녀는 어쩔 수 없이 음료수를 든 채 민 여사의 옆자리로 가서 앉았다.

"언제 올라갈 거냐고 물었다."

민 여사가 갑갑한 듯 다시 말했다.

"이월쯤에 올라가려구요."

다원은 낯선 집에 미리 가 있고 싶지 않아서 학기가 시작되기 직전에 올라가려고 계획 중이었다. 외삼촌 집에 있다고 편한 것은 아니었지만 그래도 생판 남의 집에 있는 것보다야 나으리라.

"나 다음 주에 올라가니까 같이 가."

듣고 있지 않을 줄 알았던 준희가 휴대폰으로 문자질을 하면서 그렇게 말했다. 다원은 그의 명령조의 말들에 도통 적응이 되지 않아서 그의 말을 들을 때마다 거부감으로 몸이 굳어졌다. 준희 때문에라도 절대 그 말대로 하지는 않겠다고 다원은 속으로 다짐했다. 지금은 따로 살고 하루에 보는 시간도 두어 시간이니 참을 만했지만 한집에 살게 되면 가관일 거 같았다. 생각만 해도 뒷목이 당겨왔다.

"그래, 미리 올라가서 분위기도 익히고 하면 좋지. 그렇게 하도록 해."

민 여사가 준희를 거들었지만 다원은 대답하지 않았다. 민 여사는 그런 다원을 못마땅한 눈으로 바라보더니 자리에서 일어섰다.

"더 놀다가 내려와라, 가기 전에 나 좀 보고 가고."

다원은 자리에서 벌떡 일어나 민 여사의 등에 대고 인사를 한 후 자리에 앉았다. 그녀는 저도 모르게 한숨을 내쉬었다. 준희가 그런 그녀를 흘낏 쳐다보았다.

"너 웃긴다? 학교를 포기하기라도 하겠다는 거야? 아까 그대로 갔으면 정말 끝이었어. 내가 너 때문에 스트레스를 받아서야 쓰겠냐? 스트레스를 풀려고 데리고 있는데?"

준희가 아까 다원이 돌아가려고 했던 일을 가지고 비아냥대기 시작했다. 그는 제 기분을 상하게 하는 일에 대해서는 끝까지 분풀이를 해야 직성이 풀리는 모양이었다. 다원은 속으로 그 애의 미성숙한 인격을 불쌍히 여기며 한마디 했다.

"네 집 도움을 받지 못한다고 학교를 못 가게 되는 건 아니야. 힘은 들겠지만 다른 방법들도 있어."

"그러셔? 그렇담 다행이네. 난 또 제 성질 못 이겨 앞날을 망치려고 그러는 줄 알고 좀 감동했는데 말이야."

그는 실망했다는 듯이 그렇게 대꾸했다.

"그래도 네가 이런 선택을 한 건 여기가 더 나아서겠지? 안 그래? 말만 잘 들으면 편하게 학교 다니게 해줄 테니까 성깔 좀 죽여. 아까도 경고했지만 두 번 기회는 없어."

그는 머리카락을 쓸어 올리며 부드러워진 눈빛으로 그렇게 말했다. 다원은 입술을 물었다. 뭐 저런 놈이 다 있담.

"입술 물지 마. 빨아보고 싶어진다구."

준희는 빙글빙글 웃으며 그녀를 놀렸다. 다원은 다시 자리에서 일어섰다. 준희가 눈을 동그랗게 떴다.

"또 가시게?"

"오늘은 그만 갈게. 집에 김장하는 날이거든."

"있어. 신 비서가 전화기 가져올 거야. 가지고 가."

준희가 손가락을 까딱거리며 다시 앉으라는 손짓을 해 보였다.

"필요 없대도?"

"편하게 해주겠다고 했지? 편하게 학교 다니게 해주겠다고. 그러기 위해서 네가 할 일은 딱 하나야. 그냥 하라는 대로 해. 그게 그렇게 어려워? 그냥 시키는 대로만 하란 말이야. 그럼 만사 오케이인데, 너 돌대가리야?"

하기는 학비랑 용돈도 받으면서 휴대폰은 못 받겠다고 고집을 부리는 것도 웃긴 일이긴 했다. 다원은 스스로를 비웃으며 한 번 비굴해졌는데 두 번은 못하겠냐는 생각이 들어 그냥 자리에 주저앉았다. 준희는 그런 그녀를 바라보더니 슬쩍 비웃으며 게임을 하기 시작했다.

다원은 점점 자신의 존재가 값어치 없게 여겨져 비참했다. 하찮고 무력한 존재. 늘 그랬다. 살아오는 내내 그런 생각에 짓눌려 살았고 그것에서 이제야 벗어나 볼 수 있을까 했지만 역시 다시 자신은 남의 도움을 받지 않으면 아무것도 할 수 없는 무능력하고 짐이 되는 존재라는 결론에 이르렀을 뿐이었다. 다원은 저도 모르게 다시 입술을 물었다.

준희가 게임에 몰두해 있었으므로 다원은 한참 동안 바닥을 바라보며 앉아 있다가 옆에 두었던 두꺼운 장정의 책을 집어 들어 전에 읽던 곳을 펴 들고 읽기 시작했다.

얼마간 시간이 흘렀을 때 갑자기 문이 벌컥 열리는 소리가 들렸다. 다원은 놀라서 고개를 들었다. 열린 문으로부터 부드럽게 웨

이브진 긴 머리를 휘날리며 여자애 한 명이 공처럼 튀어 들어왔다. 그녀는 달려오던 그대로 침대로 돌진해 준희의 목을 끌어안았다. 다원은 눈앞에서 벌어지는 광경을 당황한 얼굴로 지켜보았다. 여자애는 준희의 목을 안은 채로 소리 나게 그의 입에 입을 맞추었다.

"놀랐지? 나 지금 막 비행기에서 내리자마자 달려온 거야. 깜짝 놀랐지?"

준희도 꽤나 놀랐는지 손등으로 입술을 닦으며 얼굴을 찌푸렸다.

"어떻게 된 거야? 다음 달에나 들어온다고 하더니?"

"서프라이즈야. 내 크리스마스 선물. 맘에 들어?"

여자애가 한껏 콧소리를 넣은 목소리로 얼굴을 준희에게로 들이밀며 말했다.

무슨 상황인지는 몰라도 다원은 그 자리를 얼른 비켜줘야 할 거 같아 조심스럽게 자리에서 일어나 발끝을 들고 문 쪽으로 걸어나갔다.

"쟤 뭐야?"

다원이 막 문 앞에 도착했을 때 여자의 카랑카랑한 목소리가 등 뒤에서 울렸다. 다원은 도둑질이라도 하다가 들킨 사람처럼 움찔 놀라서 돌아섰다.

"신경 안 써도 돼."

준희가 다원을 쳐다보지도 않고 가보라는 손짓을 해 보이며 말했다.

"뭐야? 둘이 뭐 했어? 누군데?"

다원은 등 뒤에서 들리는 소리들을 뒤로하고 방을 나왔다. 그래 나도 신경 안 써주는 게 고맙거든.

다원은 어찌 되었든 그곳에서 놓여난 것만으로 숨통이 트여서 도망치듯 아래층으로 내려갔다. 그대로 나오려다가 민 여사가 보고 가라고 한 말이 떠올라 식당으로 가서 아주머니에게 민 여사가 어디 있는지 물었다. 다원은 아주머니가 안내해 준 방 앞에서 심호흡을 하고 문을 두드렸다. 안에서 들어오라는 소리가 작게 들려왔다.

문을 열고 안으로 들어가니 내실에 달린 작은 응접실이 나왔고 민 여사는 그곳에 한 남자와 마주 앉아 있었다.

다원은 안으로 들어가 민 여사가 가리키는 의자에 앉았다. 어쩐지 고개를 들고 그들의 얼굴을 살펴볼 용기가 나지 않아 그녀는 시선을 내렸다.

"도련님, 얘예요. 이번에 한국대학에 입학한다는 애요. 별장 관리해 주는 사람들 조카예요. 부모 없이 어려서부터 외삼촌이 키웠다는데 형편이 어려워 집에서 학비를 도와줄 여력이 없나 봐요. 그래서 제가 좀 도와주기로 했어요."

민 여사가 앞에 앉은 남자에게 자신을 그런 식으로 소개하자 다원은 얼굴이 확 달아올랐다. 그녀가 한 말은 모두 사실이었는데 왠지 그녀의 말투는 굴욕감을 불러일으켰다. 자신의 처지가 어렵다는 것을 잊어본 적은 없지만 창피해 본 적은 처음이었다.

다원은 방에 들어오고 처음으로 고개를 들어 그들의 얼굴을 바라보았다. 정확히 말하면 남자의 얼굴을 바라보았다. 순간 다원은 놀라서 몸을 움찔 떨었다. 그녀 앞에 앉아 있는 남자는 며칠 전에 숲에서 만났던 바로 그 키 큰 남자였다. 남자는 조용하고 동요 없는 눈으로 다원을 바라보았다. 그녀는 죄라도 지은 사람인 양 얼른 그와 마주친 시선을 내렸다.

"우리 집에서 학교를 다니면서 집안일도 돕고, 준희도 돌보고 하는 조건으로 학비를 지원해 주기로 했어요."

"기특하군요."

민 여사의 말에 남자가 대꾸했다. 다원은 그 말을 듣는 순간 저도 모르게 가슴이 철렁 내려앉았다. 그렇게 놀라운 말을 한 것도 아니었다. 남자는 그저 그런 경우에 할 수 있는 일반적이고 무리 없는 반응을 보인 것일 뿐이었다. 아마 별 뜻도 없었을 것이었다. 그럼에도 불구하고 다원은 그 말을 듣는데 저도 모르게 눈가가 뜨거워지려고 했다. 자기가 기특하다는 것을 알아줘서 감동을 한 것은 물론 아니었다. 왜 그 말에 자신이 위로받는 느낌이 들었는지 모를 일이었다. 아마도 그의 편견 없어 보이는 눈빛과 부드러운 말투 때문이었을 것이다. 그저 지나가듯 한 말일 뿐인데 그의 말이 진심일 거 같았다.

남자도 분명히 알아봤을 것이다. 자신과 구면이라는 것을 말이다.

자신의 첫인상이 좋았을 리 없었는데 그 일을 잊은 듯 조용히 덮어준 것도 고맙게 여겨졌다.

"근데 준희를 돌본다고요? 왜, 신 비서 혼자는 힘에 부친다고 하던가요?"

남자가 낮은 목소리로 물었다.

"준희가 심심해서요. 말동무라도 해주라고. 맘대로 움직일 수도 없으니 좀이 쑤셔 죽겠나 봐요."

"말 상대라, 도깨나 닦아야 하겠군."

남자는 민 여사의 말이 끝나자 장난스럽게 혼잣말처럼 중얼거렸다. 그는 찻잔을 들어 차를 한 모금 마셨다. 분명 자신을 바라보고 있을 것 같았다. 다원은 자신의 얼굴이 붉게 달아오르는 것을 느꼈다.

다원은 촌스럽게 굴고 있는 제 자신이 못마땅해 입술을 물었다.

"준희가 다친 후로 무척 예민해 있는 상태이니 자극하지 않도록 주의해라. 좀 힘들게 하더라도 말이야."

"네."

"그만 가봐라."

민 여사는 뭔가 더 할 말이 있는 듯도 했으나 남자의 앞이라 그랬는지 입을 다물었다. 다원은 자리에서 일어섰다. 그녀는 용기를 내서 남자를 한 번, 스치듯이 바라본 후 인사를 하고 문으로 걸어갔다.

"안됐어요. 한국대학에 들어갈 실력인데도 재 보호자들은 전혀 애를 지원해 줄 의지가 없더라구요. 부모가 있었더라면 그렇게 하지는 않았겠지요. 어쩌겠어요. 제 팔자지."

다원이 미처 문을 다 닫기도 전에 민 여사가 등 뒤에서 하는 말소리가 들려왔다. 그런 말은 자신이 방을 나온 후에 해도 늦지 않을 텐데 배려라고는 없는 그 태도에 다원은 비참해졌다. 그녀는 운동장처럼 넓게 느껴지는 거실을 뛰다시피 가로질러 밖으로 나왔다.

비가 오고 있었다. 날씨가 조금만 춥다면 함박눈이 내렸을 텐데 겨울비치고는 빗방울이 굵었다. 날씨가 흐리긴 했어도 비가 오리라고는 예상치 못했던 다원은 굵은 빗방울이 마른 잔디와 소로(小路)에 깔린 포석(鋪石) 위로 줄기차게 떨어져 내리는 것을 망연히 바라보았다.

다원은 현관 앞 차양 아래서 잠시 망설였다. 들어가서 우산을 빌려달라고 말할 것인가, 아니면 비를 맞으며 집으로 돌아갈 것인가.

들어갔다가 아주머니를 만나기 전에 다른 누군가와, 가령 민 여사의 방에 있던 남자라도 마주치게 된다면 무척이나 부끄럽고 어색할 것만 같았다.

방금 민 여사가 했던 말들이 아직도 그녀의 귓가를 맴돌고 있었다. 자신 같은 사람에게도 자존심도 있고 인격도 있다는 것을 모르는 것 같은 민 여사의 태도에 그녀는 깊이 상처를 입었다. 우산을 빌리는 작은 일도 망설이게 될 만큼.

그녀는 그대로 그냥 돌아가기로 결심했다. 결심을 마치자마자 빗속으로 발을 내딛었지만 그녀는 여전히 현관 앞 데크 위에 그대로 서 있었다. 누군가 그녀의 왼팔을 잡았기 때문이다.

"비를 맞으려고? 너무 무모한데?"

남자였다. 그녀를 숲에서 구해줬던 그 남자. 방금 방에서 그녀에 대해 동정심 같은 걸 가졌을 수도 있는 바로 그 남자였다.

그는 왼손에 들고 있던 우산을 그녀의 앞쪽에서 좍, 펼쳐 들었다. 남자의 등 뒤로 현관문이 조용히 닫히는 소리가 들렸다. 다원은 약간 넋이 빠져서 그에게 잡힌 팔만을 온몸으로 의식하고 있었다. 남자는 바로 그녀의 팔을 놓아주었고 다원은 너무 긴장해 온몸에 힘을 주고 있었기 때문에 남자가 팔을 놓자 약간 휘청했다.

남자가 우산을 펼쳐 들었다. 넓고 커다란 검은색의 장우산 안에 남자와 자신이 나란히 서 있다는 것을 깨닫자 가슴이 갑자기 요동을 치기 시작했다.

다원은 정신을 차린 후, 그가 들고 있는 우산을 받아 들려고 손을 내밀었다. 그녀는 그가 잡고 있는 손잡이 위쪽을 잡으며 고개를 숙여 인사를 했다.

"감사합니다."

그리고 우산을 들고 그를 뒤에 남겨두고 드디어 빗속으로 한 발을 내딛었다, 고 생각했지만 웃기게도 그녀는 우산 속에서 남자와 함께 걷고 있었다.

다원이 화들짝 놀라서 그와 손이 닿아 있는 손잡이를 놓으며 쳐다보자 남자는 씩, 웃으며 그녀의 어깨에 가볍게 손을 얹어 앞쪽으로 약간 떠밀어 걷게 만들었다. 그는 다원이 발을 옮겨놓자 바로 어깨에서 손을 내렸다.

그들은 외부와 나무 울타리로 경계가 지어진 곳에서 문을 밀고 밖으로 나갔다. 그곳은 지붕이 달린 주차장이었고 그는 다원을 미끈하게 빠진 검은색의 벤틀리 앞으로 데려가더니 조수석의 문을 열었다. 다원은 꿈을 꾸는 듯한 기분으로 차에 올랐다. 무슨 판단을 할 겨를이 없었다. 남자는 뒷좌석에 우산을 집어넣고 운전석에 올라탔다.

"집이 어디지?"

남자는 천천히 차를 출발 시키며 물었다.

"이 길로 가다 보면 나오는 첫 번째 집…… 이요."

다원은 더듬거리며 작은 소리로 대답했다. 데려다 줄 필요까지는 없는데.

우산만 빌려줘도 되었다는 애길 할 기회를 놓치고 말았다. 자신이 부끄러워해야 할 이유는 없었지만 왠지 몹시 얼굴이 달아올랐다.

"그 친구, 몸은 괜찮아?"

남자가 정면을 바라보며 부드러운 목소리로 물었다. 그가 묻는 친구란, 당연히 상우였다.

"네."

다원은 고개를 숙이고 작은 소리로 대답했다.

"어디 다친 데 없어?"

그가 그녀의 얼굴을 돌아보며 다시 물었다. 상우가 갈비뼈에 금이 갔다는 얘기를 해주어야 하나 잠깐 고민했지만, 이미 지나간 일이고 그가 그 일을 알면 그냥 지나칠 것 같지 않아 입을 다물었다. 지나간 일을 새삼 복잡하게 만들고 싶지 않았다. 상우도 그건 원하지 않을 거라고 다원은 생각했다. 다원은 그렇다고 다시 대답했다.

"그래, 다행이군. 혹시 다쳤을까 봐 찾아볼 생각이었는데."

차는 비가 온다는 것을 감안해도 매우 천천히 달리고 있었다. 그가 다원의 집이 가깝다는 것을 알고 일부러 얘기할 시간을 벌기 위해 느리게 운전하고 있다는 것을 알았다. 정상적인 속도로 운전하면 2분도 걸리지 않을 거리였으므로.

"너는 어때?"

남자는 다시 다원 쪽을 바라보며 물었다. 다원은 그의 말뜻을 알 듯도 모를 듯도 해서 대답할 말을 찾지 못했다.

"안 좋은 기억이었다면 얼른 잊길 바란다. 그리고 앞으로는 무슨 일을 하기 전에 여러 가지 일어날 만한 상황을 예측해 보는 습관을 가졌으면 좋겠다. 세상은 도처에 예상 못한 위험이 도사리고 있거든. 특히 여자에게는."

남자는 집 앞에 도착해 다원이 내리기 전에 그렇게 말했다. 다원은 고개를 끄덕였다. 그는 몸을 뒤로 돌려 뒷좌석의 우산을 집어 들어 다원이 내리기 전에 건네주었다.

"괜찮아요. 뛰어가면 돼요."

"가져가."

다원은 하는 수 없이 남자가 내민 우산을 펼치며 차에서 내렸다. 차는 가볍게 유턴을 해서 왔던 길로 사라졌다. 다원은 그대로 멍하니 차가 사라진 길 쪽을 오래 바라보며 서 있었다.

4

준희의 서울 집은 고급 주택가가 늘어서 있는 길을 따라 올라가다 보면 길의 막바지에 자리 잡고 있었다. 담장을 따라 한참을 걸어가야 대문이 나올 정도로 커다란 저택의 위엄에 다원은 살짝 기가 죽었다.

하지만 한편으로는 집이 그렇게 크니 자신의 존재 정도는 가볍게 묻힐 것 같아 적이 안심이 되었다. 없는 듯 조용히 지내다가 때가 되어 나가면 된다고 그녀는 마음을 편하게 먹으려고 애썼다.

이 층 저택의 지붕이 꼭지만 겨우 보일 정도로 높은 적갈색의 벽돌로 쌓아 올려진 담장 위에는 끝이 뾰족한 쇠창살 울타리가 이중으로 촘촘히 박혀 있어 보안에 신경을 쓴 흔적이 역력했다. 그

위용은 높고 견고한 담장과 쇠창살 울타리 때문에 감옥처럼 폐쇄적으로 보이기도 했다.

짐은 미리 도착해 있었고, 다원은 신 비서가 운전하는 차를 타고 막 저택의 대문 앞에 도착했다. 대문을 열고 안으로 들어서자 안쪽 담장을 따라 집 뒤쪽까지 잘 다듬어진 주목나무와 활엽수들이 빽빽하게 회색의 나뭇가지를 하늘을 향해 펼치고 서 있었다.

정원이 넓어서 대문에서 집까지도 꽤 멀었다. 다원은 누렇게 마른 잔디들 사이에 박힌 디딤돌을 밟으며 신 비서의 뒤를 따라갔다.

다원이 신 비서의 안내를 받아 거실로 들어가는 중문 안으로 들어서자, 거실의 소파에 앉아 있던 준희와 그 애의 여자친구라고 우기는 세영이 다원을 쳐다보았다.

"드디어 오셨군."

준희가 비꼬듯이 말했다. 준희는 열흘 정도 먼저 올라와 있었다. 함께 오지 않은 것에 대해 아직도 화가 나 있는지 다원을 보는 그의 시선이 곱지가 않았다. 하긴, 못마땅한 일이 없어도 항상 불만에 가득 차 있긴 했지만.

세영은 준희의 맞은편에 앉아 가슴 앞에 팔짱을 낀 채로 눈도 깜빡이지 않고 다원을 바라보았다. 노려본다고 봐도 무방할 정도로 무례한 눈빛이었다.

"아줌마, 얘 방으로 좀 데려다 주세요. 짐 갖다 놓고 내려와."

준희가 큰 인심이라도 쓰듯이 그렇게 말했다. 별장에 따라 내려오던 한씨 아주머니가 다원을 이 층으로 데려가려고 하자, 세영이 자리에서 벌떡 일어섰다.

"아주머니는 일 보세요. 얘는 내가 안내할 테니."

세영은 준희와 동갑이었고, 다원보다 한 살이 많긴 했지만, 첫 날부터 묻지도 않고 반말을 고수하고 있었다.

다원은 그녀를 따라 넓은 거실을 가로질러 둥그렇고 널찍한 우 윳빛 대리석 계단을 따라 이 층으로 올라갔다.

이 층 계단 끝에서 내려다보니 준희가 소파에 비스듬히 기대 앉 아 눈만 움직여 그들을 올려다보고 있었다. 그는 다원과 눈이 마 주치자 한쪽 입술을 끌어 올리며 묘하게 일그러진 미소를 지었다. 웃는 것도 성격을 드러내듯 곱게 웃지를 못했다.

다원은 한쪽 눈썹을 치켜 올려 인상을 살짝 쓰며 그를 외면하고 이 층 응접실과 복도를 지나 세영이 서 있는 방문 앞으로 걸어갔 다. 이 층에는 다섯 개의 방이 있었는데 다원의 방은 응접실을 사 이에 둔 왼쪽 끝이었다.

"여기야."

세영은 가슴 앞에 팔짱을 끼고 문설주에 기대어 턱짓을 했다. 그녀는 일부러 그러는 것인지 짝다리를 짚고 서서 다원이 방으로 들어가기 힘들게 만들었다. 하여튼 곱게 볼 수 없는 한 세트의 남 녀라고 생각하며 다원은 그녀의 발을 밟지 않게 조심하며 방 안 으로 들어섰다. 생각보다 방이 너무 넓어서 당황스러울 정도였 다.

방은 막 꾸민 집을 소개하는 텔레비전 프로그램에서 보던 것마냥 화사했다. 방문과 마주 보고 뒷 정원 쪽으로 난 넓은 창문으로 밝은 자연광이 방으로 쏟아져 들어오고 있었다.

　창문의 왼쪽에 천장에 고정된 캐노피에 가려진 침대가 놓여 있고 오른쪽에는 벽지와 같은 색깔의 화이트 워시톤의 빈 책상과 책장이 자리 잡고 있었다.

　침대가 놓인 벽 쪽으로 누워서 책 보기 좋아 보이는 피치 핑크빛의 패브릭 소파와 원목으로 된 탁자가 놓였고, 방과 화장실 사이의 전실에는 드레스 룸으로 쓸 붙박이장이 달린 작은 방과 화장대가 갖춰져 있었다.

　세영이 계속해서 한자리에서 자신을 노려보듯이 쳐다보고 있었으므로 다원은 뭔든 해야 할 거 같아서 여기저기를 기웃거리며 방을 둘러보았다.

　다원은 불투명한 우윳빛 유리로 되어 있는 화장실 문을 옆으로 밀고 안을 들여다보았다. 욕조가 달린 넓고 따뜻한 욕실까지 둘러보고 난 다원은 할 일이 없어서 자신의 짐들을 내려다보았다. 소파 옆에는 그녀가 미리 보낸 옷과 책이 든 플라스틱 박스가 놓여 있었다.

　"마음에 드니?"

　세영이 방으로 들어오며 그렇게 말했다. 그녀는 침대로 가서 뜨개질로 짠 듯 성기고 무게감이 느껴지는 흰색의 캐노피를 손으로 젖히더니 침대에 다리를 꼬고 앉았다.

"난 주제 파악 못하는 인간들이 제일 싫어. 무슨 말인지 알겠니?"

세영이 레이저라도 뿜을 듯 적개심이 가득한 눈빛으로 말했다. 다원은 그런 그녀를 멍하니 바라보았다. 저렇게 예쁘고 부족할 거 없어 보이는데 도대체 무슨 불만이 저렇게 많을까, 다원은 잠시 그런 생각에 잠겼다.

"알겠냐구?"

세영이 대답을 듣고 말겠다는 듯이 재차 물었다. 그 대답을 들으면 모든 문제가 해결될 거라고 여기는 것처럼.

"네."

다원은 사실 세영이 하는 말이 무슨 뜻인지 잘 이해할 수 없었지만 그녀가 원하는 대답을 해주었다. 그녀가 얼른 자신을 혼자 두길 바랐기 때문이다.

"준희가 널 옆에 두고 싶어한다고 해서 오해하지 마. 걔는 그냥 심심한 거뿐이야. 금방 흥미를 잃을 거라구. 걔는 원래 변덕이 죽 끓듯 하니까. 그러니 이상한 기대 하고 그러지 마. 그래 봤자 상처 받는 건 너야."

도대체 무슨 기대? 다원은 물으려다가 참았다. 세영을 며칠 겪어 본 결과 그녀도 준희와 별반 다를 바 없이 비정상적인 데가 있어서 상대하기가 보통 까다롭지 않았다.

"속으로 나 비웃고 있지?"

세영이 공격적인 눈빛으로 그렇게 물었다.

"아니요.".

"나 혼자 좋아하는 거 아니야. 걔는 원래 표현력이 딸리는 애라 좋으면 더 툴툴거린다구. 우리는 분명 사귀는 사이니까 헷갈리지 말고 행동 똑바로 해."

참, 나. 사귀면 사귀는 거지 그걸 왜 자신에게 그렇게 증명을 해 보이고 싶어 안달인지 모를 일이었다.

다원은 그녀의 동그랗게 튀어나온 이마를 바라보았다. 준희는 저 귀여운 얼굴의 여자가 좋다고 덤벼들어도 전혀 호응을 해주지 않았다. 세영의 말대로 정말 사귀는 것이 맞는지 의심이 갈 정도로 일방적인 데가 있었다. 아직 연애 한번 해본 적 없는 다원이 보기에도 여자의 태도에는 문제가 있었다. 그렇게 당기기만 하니까 자꾸 밀려 나가는 거라고, 조언이라도 해주고 싶었다. 너무 답답해서.

"우리 엄마랑 준희 엄마랑 친구라 내가 이민 가기 전까지 우리는 거의 붙어살았어. 우리는 서로에게 첫사랑이야. 오래되어 가족처럼 편해서 그렇지 여전히 우리 마음은 변함이 없어. 너 같은 애는 감히 상상도 하지 못할 만큼의 시간이 우리 사이를 묶고 있단 말이야. 첫사랑이 이루어지지 않는다는 말 헛말이라는 거 내가 꼭 증명해 보일 거야."

세영이 꼭 다원에게 하는 말이라기보다는 스스로에게 다짐을 하듯이 중얼거렸다.

그녀의 집은 미국의 서부에 있었는데 준희와 같은 학교에 다니기 위해 집을 떠나 동부로 옮겼고 준희가 사고 때문에 휴학을 하고 한국으로 돌아오자 당연한 듯이 자신도 공부를 중단하고 준희를 따라왔다. 남자에게 제 인생을 모두 건 듯한 세영의 행동은 다원으로서는 도통 이해할 수가 없었다. 게다가 준희 같은 애를 위해서 말이다.

"준희 어디가 그렇게 좋아요? 나는 도통…… 트럭으로 갖다준다고 해도 싫……."

다원은 생긴 거와 다르게 답답할 정도로 순정적인 세영이 안쓰러운 생각이 들어서 위로를 한다고 그런 말을 내뱉다가 아차, 싶어 입을 다물었다. 그녀의 표정이 일그러졌다.

"너, 그 말 진심이야?"

"아, 아니, 내 말은 그런 뜻이 아니라, 언니가 너무, 그러니까 너무 적극적이니까 걔가 튕기는 거 아닐까 해서요. 언니 정도면 정말 인기 많을 거 같은데 왜 준희 같은 애한테 목을……."

다원은 말을 하다 말고 다시 입을 다물었다. 수습하려고 한 말이 더 이상해져 버렸다.

"애 뭐래니? 너 지금 나한테 훈계하니? 기막혀. 네가 뭘 안다고, 주제에."

세영은 말로는 그렇게 앙칼지게 쏘아붙였지만 왠지 신이 난 얼굴로 발딱 일어나 방을 나가 버렸다. 뭔가 구실을 잡았다는 의기양양함이 그녀의 사라지는 뒷모습에 흘러넘쳤다.

다원은 제 이마를 손바닥으로 쳤다. 말조심하자고 그렇게 되뇌었는데 하필 그녀 앞에서 그런 말실수를 하다니.

다원은 힘없이 소파에 털썩 주저앉았다. 짐 정리를 해야겠다고 생각했지만 만사가 귀찮아 무릎을 끌어 올려 가슴에 안고 소파에 파묻히듯이 앉았다. 며칠 전부터 긴장이 되어 잠을 설쳤더니 몸이 노곤하게 녹아내리는 것처럼 피곤했다. 그녀는 끌어안은 무릎에 이마를 대고 잠시 눈을 감았다.

눈앞에 준희의 삼촌인, 태주의 얼굴이 떠올랐다. 낯선 장소에서, 그것도 준희 같은 애의 비위를 맞추기 위해 자존심 따위 없는 사람처럼 굴어야 하는 난감한 상황이 닥쳐왔는데도 다원은 서울로 올라오는 길이 약간 설레기까지 했다. 태주와 같은 집에서 살 수 있다고 생각하자 다른 것들의 괴로움이 조금은 상쇄가 되었던 것이다.

사랑이 어떤 화학 작용으로 일어나는 건지 대충 알고 있었기 때문에 그 감정에 대해 다원은 신비감 같은 것이 애초에 없었다. 호르몬이 만들어낸 욕구가 심장을 떨게 만들고 상대를 맹목적으로 미화시켜 눈뜬장님이 되어 사랑에 빠진다……

사랑이 마음의 영역이 아니라 뇌의 영역이라는 것을 알고부터 다원은 그 감정에 대해 시시한 마음을 가지고 있었다. 한마디로 신비감이 사라진 것이다.

하지만 요즘 자신의 내부에서 일어나는 감정들을 보면 꼭 그것을 화학반응으로만 해석할 수도 없다는 생각이 들었다.

사랑이 그저 뇌 호르몬의 화학반응이라고 해도 그런 화학반응을 일으키는 특별한 사람이 따로 있다는 것. 20년 동안 살면서 만난 누구에게도 보인 적이 없는 반응을 자신의 뇌가 태주에게 보였다는 것, 자신의 뇌에서 처음으로 일어나고 있는, 이 도파민과 아드레날린의 향연을 무엇으로 설명할 수 있을까. 저절로 한 사람만을 향해 뻗어나가는 예민하게 살아 움직이는 세포들과 신경의 끌림은 단순하게 과학으로 설명하기는 불가능했다.

언제부터 그에게 남다른 감정이 생겼는지 다원은 설명할 수가 없었다. 강렬한 첫 만남에서부터였을까, 혹은 그는 별 뜻 없이 베풀었을 친절 때문이었을까. 혹은 그의 멋진 외모와 배경에 반한 것일까.

다원은 자신의 내부에서 폭풍처럼 일어난 그 두렵고도 낯선 감정을 분석하고 정리를 해보려고 애를 썼다.

객관적으로 사랑에 빠질 만한 조건을 갖추고 있는 사람을 만났기 때문이라고 생각해 보기도 했다. 그는 어떤 여자라도 좋아할 만큼 매력적이고 또 부자이기도 한 남자였으니까. 그런 외적인 면에 반했다면 차라리 다행이라고 그녀는 생각했다. 어차피 다른 세계의 사람이라고 여기면 그렇게 괴로울 것도 없었다.

티만 내지 않으면 되리라. 속에서 무슨 일이 일어나든 혼자 감당할 수만 있다면 상처받을 일도 두려워할 일도 없었다.

하지만 아무도 눈치채지 못하게 하겠다는 마음의 한쪽에서는 그와 더 가까워지고 싶고, 자꾸만 제 마음을 그에게 드러내고 싶은 말도 안 되는 욕망이 자라났다. 하지만 자신이 할 수 있는 유일한 욕심은 그를 더 자주 보길 바라는 것 정도라는 것을 모르지 않았다. 뭘 더 바랄 수가 있겠는가.

그녀는 왠지 가슴이 답답해서 창문을 좀 열까 하고 막 일어나려고 할 때 노크 소리가 들렸다.

문을 여니 신 비서가 문 앞에 서 있었다.

"내려오시랍니다."

그는 언제나처럼 약간 사무적이고 무뚝뚝한 어투로 말을 전하고 돌아서 가버렸다.

다원은 욕실로 가서 세수를 하고 아래층으로 내려갔다. 신 비서가 기다리고 있다가 준희의 방으로 안내해 주었다.

준희의 방은 시골 별장에 있는 그의 방보다 두 배는 넓었지만 역시나 가구라고는 흑자주색의 두꺼운 캐노피가 천장에서부터 드리워진 넓은 침대와 창가에 놓인 소파와 탁자가 다였다.

그는 소파에 불편한 다리 한쪽을 올려놓고 비스듬히 기대 앉아 있었다. 바닥에 앉아 과일을 찍어서 준희에게 건네주고 있던 세영이 그녀를 보자 입술을 샐쭉했다.

"야. 너 뒤에서 나 깠다며?"

준희가 과일을 우물거리며 다가오는 다원을 향해 빙글빙글 웃으며 말했다. 다원이 세영을 쳐다보자 그녀는 뻔뻔스러운 얼굴로 의기양양한 표정을 지어 보였다.

"다시 말해봐. 뭐라고 했는지."

준희는 크게 화난 얼굴은 아니었지만 심심하던 차에 재미있는 건수를 잡았다는 듯이 눈이 빛났다. 다원은 그 애의 눈이 반짝일 때가 가장 진땀이 났다. 본격적으로 자신을 괴롭히기 시작할 때 주로 그런 눈빛이 되었기 때문이었다.

정상적인 청년이라면 그런 말을 들었을 때 자존심이 상해서라도 입 밖으로 대놓고 꺼내지 않겠지만 준희는 달랐다. 자기가 하는 행동은 생각지도 않고 누가 자신을 싫어하는 기색이거나 비난을 하면 애처럼 유치해져서 싸우자고 덤벼들었다. 다른 사람에게도 그러는 것인지, 아니면 다원이 만만해서 다원에게만 그러는 것인지는 몰라도 하는 짓이 정말 상대하기 어려울 정도로 유아스러웠다.

"난 그저 언니를 위로한다고 한 말이었는데……."

"위로? 네 주제에 누굴 위로해? 뒤에서 씹지 말고 대놓고 말해. 음흉한 인간이 제일 싫어."

"씹은 게 아니라……."

"그럼 그게 칭찬이야? 나 같은 애를 왜 좋아하냐고 그랬다며? 트럭으로 실어다 줘도 싫다고? 넌 나한테 조금도 고마운 마음이 없냐? 이건 뭐, 도와주고 뒤통수 맞은 꼴이잖아."

준희가 본격적으로 억지를 부리기 시작했고, 세영은 그 옆에서 쌤통이라는 얼굴로 얄밉게 웃었다. 이건 마치 초딩 무리에 끼인 바보가 된 기분이었다.

"기분 나빴다면 미안해. 그런 의도는 아니었어."

다원은 세영 앞에서 그런 말을 입 밖으로 낸 자신의 실수를 한탄하며 사과를 했지만 그 생각에는 조금도 변함이 없었다. 이런 유치한 남자애라면 정말 열 트럭으로 실어다 준다 해도 싫었다.

"위선 떨지 마. 정말 미안하지 않잖아. 속으로는 욕하면서 겉으로만 하는 사과 필요 없어."

그는 비위가 풀릴 때까지 내키는 대로 그녀를 비난했다. 다원은 모욕으로 인해 얼굴이 붉게 달아올랐다.

제멋대로 자란 부잣집 도련님의 꼭두각시 인형 노릇을 하느니 잠을 한잠도 자지 않더라도 일을 해서 당당히 학비를 버는 것이 천 배는 나으리라. 다원은 주먹을 꼭 쥐었다.

학교 기숙사만 합격을 했더라도 이런 굴욕은…… 아니었다. 외숙모는 다원이 서울로 올라올 때 한 달 교통비 정도의 돈을 쥐어 주며 말했다.

"이게 내가 네게 주는 마지막 돈이야. 앞으로 지내다 보면 어려운 일이 많겠지만 더 이상 우리는 네게 해줄 게 없어. 학비가 없어 학교를 그만둔다고 해도 우리한테는 말하지 마라. 부탁이다. 외삼촌한테 앞으로 절대 돈 얘기 같은 건 하지 않겠다고 약속해. 네 외삼촌은 이 집을 팔아서라도, 네 사촌들 대학을 못 보내더라도 너를 먼저 생각하겠지. 더는 그렇게 살 수 없다. 이만큼 키워준 것도 쉬운 일이 아니었어. 그러니 되도록 연락하지 말고 이제 정말 너 혼자 남았다고 생각하고 이 악물고 살아. 우리 살기도 벅차, 죽을 지경이야."

외숙모는 자신이 할 것은 다했다며 그렇게 말했다. 어차피 학교 기숙사에 배정이 되었다고 해도 외숙모는 기숙사 비를 대주지 않았을 것이다.

이제 자신은 이곳 아니면 길바닥에서 자야 할 수밖에 없는 상황이었다. 아는 사람도 없었고, 도와줄 사람은 더더욱 없었다.

기숙사 대기 번호를 보면 대략 여름 방학 즈음 되면 방이 배정될 수도 있다고 했다. 그때까지는 어떤 어려움이 있더라도 버틸 수밖에 없었다. 민 여사가 주는 용돈을 차곡차곡 모아서 기숙사비가 모일 때까지 기다리는 수밖에.

우선 기숙사에 들어가게 된다면, 학비는 방학 동안 어떻게 해서든 마련하면 그때부터는 이런 굴욕 없이, 스스로의 힘으로 살아갈 수 있을 거라고 생각했다. 물론 힘이야 들겠지만 자존감을 퇴색시키며 사는 것보다 가치 있고 보람 있을 것이다.

10년을 넘게 참았는데 그까짓 몇 개월 더 못 참으랴.

한참을 훈계를 해대던 준희가 어느 순간 조용해져서 바라보니 그는 침대에 기대어 책을 보고 있었다. 다원은 안도의 한숨을 내쉬며 까치발을 하고 걸음을 떼었다.

"어디 가?"

채 세 걸음도 떼기 전에 준희가 째려보며 물었다.

"그만 가볼게. 짐 정리를 하나도 안 했거든."

"헛소리 말고, 거기 얌전히 앉아 있어. 벌이야."

준희가 손가락으로 창가에 놓인 소파를 가리켰다. 거기에는 세영이 다리를 길게 뻗고 반쯤 기대어 앉아 불만이 가득한 얼굴로 다원을 내보내지 않는 준희를 못마땅하다는 듯 노려보고 있었다. 다원이 다가갔지만 그녀는 소파에서 다리를 내리지 않았다. 다원은 하는 수 없이 바닥에 앉았다.

다원이 앉는 것을 본 준희는 그제야 만족스러운 얼굴로 책으로 시선을 돌렸다. 그 애는 가끔 다원과 떨어져 있는 것을 견디지 못하는 것처럼 보일 때가 있었다. 전혀 그럴 필요가 없어 보일 때조차 그는 다원을 제 옆에 묶어두려는 버릇이 있었다.

민 여사가 그랬다. 준희가 가끔 무엇에 꽂히면 도를 넘어 집착을 하는 게 버릇이라고. 음악이라거나, 자동차 경주라든가 프라모델 수집 같은 것에 꽂히면 몇 개월 동안은 그것에 빠져서 산다고 했다. 아무도 말릴 수가 없을 정도로 미쳐 살다가 문득 시들해지면 뒤도 돌아보지 않고 손에서 놔버리는 것이 습관이라고.

다원에게 집착하는 것도 그것의 연장선상이니까 너무 심각하게 받아들이지 말라고 민 여사에게 미리 주의를 받지 않았더라도 다원은 준희의 행동에 큰 의미를 둔 적 없었다.

하지만 옆에서 지켜보는 사람들에게는 확실히 이상하게 보일 수밖에 없을 것 같긴 했다. 더구나, 그게 여자친구라고 주장하는 입장이라면 견디기 쉽지 않으리라.

세영이 예민하게 구는 것은 어쩌면 당연한 일이었다. 준희의 마음이 단순히 새로운 장난감을 손에 넣은 일시적인 호기심이라는 것은 준희 본인은 물론 민 여사나 세영이나 다원도 다 알고 있는 사실임에도 불구하고 세영의 입장에서는 화가 나고 다원이 미울 수밖에 없었다.

"방은 마음에 들어?"

할 일 없이 러그의 부드러운 털을 손바닥으로 쓸며 생각에 잠겨 있던 다원에게 준희가 느닷없이 물었다. 다원은 예쁜 가구가 놓인 깨끗하고 넓은 이 층 방을 떠올리며 고개를 끄덕였다.

"원래 이 층은 삼촌 혼자 썼는데 너 편하라고 삼촌이 옆으로 방까지 옮겼어. 그러니까 삼촌한테 방해되지 않게 조용히 지내."

준희가 생색을 내며 말했다. 다원은 태주가 괜히 자신 때문에 불편을 겪은 것은 아닌지 걱정이 되어 불안한 얼굴로 고개를 끄덕였다. 옆에 앉아 있던 세영이 작게 콧방귀를 뀌는 소리가 들려왔다.

다원은 저녁을 먹은 후에야 겨우 이 층으로 올라와 짐 정리를 했다. 책장에 책을 가지런히 꽂고, 트렁크에서 옷을 꺼내 붙박이장에 걸었다. 그녀는 트렁크 바닥에서 잠옷과 새 속옷을 챙겨 들고 욕실로 들어가 샤워를 하고 나왔다.

그녀가 드라이어로 머리를 말리고 있을 때 노크 소리가 들렸다. 일하는 아주머니가 민 여사가 내려오란다는 말을 전해주었다. 다원은 서둘러 옷을 꿰어 입고 아래층으로 내려갔다.

민 여사의 방은 실내장식이 중세유럽의 황실처럼 호화로웠다. 화이트 골드의 벽면에 페이즐리 문양의 고급 패브릭 소파와 금장

식이 화려한 콘솔과 사각의 침대를 둘러싼 금실로 수놓인 두꺼운 캐노피까지 고급스럽다기보다는 사치스럽다는 느낌이 강하게 드는 공간이었다. 이 집 안의 어느 곳보다 화려해 보였다.

"앉아라."

민 여사는 방으로 들어선 다원에게 자신의 맞은편 의자를 가리켰다. 그녀는 하얗고 하늘거리는 실크 가운 자락을 여미며 다원을 차가운 눈빛으로 바라보았다. 화장기가 없어서인지 얼굴이 약간 초췌해 보였다.

"여긴 보는 눈들도 많으니까 각별히 행동 조심하도록 해. 이상한 소문나지 않게."

"네."

"처음에 한 약속 잊지 않았겠지? 혹시라도 준희와 뭘 어째 보려는 생각 따위는 하지 않는 게 좋아. 그 녀석, 내 아들이지만 책임감이라고는 없는 놈이다. 네가 몸 간수 잘못해서 불상사가 생긴다면 네 손해야. 너는 당장 이곳에서 쫓겨나게 될 거다. 물론 학비고 뭐고 없이 빈털터리로 말이야. 준희가 어째 줄 거라는 생각은 않는 게 좋아. 말했다시피 녀석에게 여자는 그냥 장난감일 뿐이니까. 현명하게 처신해라."

듣기만 해도 무서운 말을 그녀는 아무렇지도 않게 했다.

다원은 새삼 자신이 얼마나 위험한 상황에 놓여 있는 것인지 깨달았다. 어머니조차 두 손 두 발 다 든 그런 남자애를 상대하고 있는 것이다. 성격만 개차반인 게 아니라 도덕성에도 심각한 장애가 있는 모양이었다.

"너무 겁먹을 거 없다. 녀석이 지금은 저래도 곧 시들해지면 네가 앞에서 아무리 알짱거려도 눈도 깜빡하지 않을 테니까. 원하는 게 있으면 죽어도 가져야 하고 가지면 바로 흥미를 잃는 게 습관이 된 녀석이야. 그때가 되면 조용히 집안일만 도우면서 학교 다니면 졸업 때까지는 네 뒤를 봐주마."

민 여사의 눈 밑에 화장으로 숨겼던 진한 다크서클이 보였다. 그녀는 지친 듯이 그저 귀찮은 일만 생기지 않는다면 아들이 무슨 짓을 한다고 해도 내버려 두고 방치해 온 습관을 아무런 죄책감 없이 드러냈다.

준희에게는 아무것도 부족한 것이 없었는데 단 한 가지 결정적인 것이 부족했던 것이다. 바로 어머니의 사랑과 관심.

판단을 할 만한 능력을 기르기 전부터 원하는 것은 무엇이든 누구의 통제도 없이 가질 수 있었으리라. 그 애는 여전히 막무가내인 네, 다섯 살의 통제 불가능한 어린아이와도 같았다. 혼자는 어떻게 그것을 멈추는 것인지도 모르고 있을 것이다.

민 여사의 태도를 보자 조금은 준희가 가엾다는 생각이 들었다. 그 스물한 살의 청년 속에 들어 있는 외로운 어린아이가.

"내일부터는 틈틈이 아주머니들 도와서 청소도 하고 식사 준비도 돕도록 해. 너도 그게 편할 거야. 세상에 공짜 없다는 건 이미 알고 있을 테니까."

"네."

민 여사의 말은 틀린 데가 없었고, 준희를 상대하느니 차라리 집안일을 돕는 것이 백번 나았기 때문에 다원은 오히려 반가웠다.

민 여사는 다원이 방을 나오기 전 화장대 서랍에서 하얀 봉투 하나를 꺼내 내밀었다.

"받아."

다원이 머뭇거리자 민 여사는 봉투를 탁자 위에 툭 던졌다.

"용돈이 필요할 거 아니냐? 새 학기 시작하면 필요한 것도 많을 테니, 이번에는 조금 더 넣었다. 다음부터는 교통비와 최소한의 용돈밖에 주지 않을 생각이다. 일찍부터 남에게 의존해서 사는 버릇을 들이면 안 된다는 게 내 생각이야. 학비까지 내주는 것에 비하면 네가 하는 일은 새 발의 피지만 불우한 애, 장학금 준다는 취지니까 꾀부리지 말고 열심히 해라."

민 여사의 말에 기분 나쁘거나 하지는 않았다. 자신이 선택한 일이었다. 이 집안에서 학교를 다니겠다고 결정한 순간 무엇이든 감내할 결심을 했다.

"감사합니다."

다원은 탁자에서 봉투를 집어 들고 인사를 하고 그녀의 방에서 물러 나왔다. 그런데 나오면서 그녀는 부끄러운 돈을 가지고 나온 듯 얼굴이 달아올랐다. 앞으로 할 일의 대가라고 여기려고 애를 써도 왠지 자꾸 불로소득을 얻은 듯한 떳떳지 못한 기분을 떨쳐 버릴 수가 없었다.

다원은 닫힌 문 앞에 서서 멍하니 자신의 손에 들려 있는 봉투를 내려다보았다.

그녀는 머리가 복잡해 져서 고개를 내젓다가 시선을 들었다. 그리고 몇 미터 앞에서 자신을 바라보고 있는 태주와 정면으로 눈이 마주쳤다.

다원은 깜짝 놀라서 저도 모르게 손을 등 뒤로 감추며 뒤로 한 발 물러났다. 마치 도둑질이라도 하다가 들킨 듯이 등에 식은땀이 났다.

그는 이제 막 퇴근을 하는 길인지 코트와 서류가방을 들고 있었고 도우미 아주머니와 비서가 그의 뒤에 서 있었다. 다원은 얼떨결에 고개를 숙여 인사를 했다. 그도 보일 듯 말 듯 고개를 끄덕여 보이더니 자신의 비서에게 그만 퇴근하라고 말하고 성큼성큼 이 층 계단을 올라가기 시작했다. 다원은 굳은 듯 서서 그의 뒷모습을 바라보았다. 그가 이 층으로 완전히 올라가 모습이 보이지 않을 때까지 다원은 우두커니 서 있었다. 이미 준희에게 들어 태주의 방이 이 층이라는 것을 알고 있었는데도 다원은 경이로운 눈으로 그가 사라진 계단 위를 바라보았다.

다원은 엇박자로 뛰고 있는 심장을 누르며 아주머니와 비서가 거실에서 사라지고 난 한참 후에야 이 층 계단을 올랐다.

이 층에 있는 다섯 개의 문 중, 한곳으로 그는 들어갔을 것이다. 그와 같은 집에서 사는 것도 감사한데 같은 층을 쓰다니 설레는 마음을 감출 수가 없었다.

다원은 발끝으로 걸어서 자신의 방문 앞으로 갔다. 갑자기 등 뒤에서 태주가 문을 벌컥 열고 나올 것만 같아 두렵고 떨리는 마음으로 얼른 방으로 들어가 소리 나지 않게 문을 닫았다. 그의 방은 다원의 방 맞은편에 있는 세 개의 방 중에 하나일 것이다. 그녀는 문손잡이를 잡고 문에 귀를 바짝 붙이고 바깥의 동정을 살폈다.

그때 갑자기 문 여닫는 소리가 들리더니 다원이 귀를 대고 있는 방문을 노크하는 소리가 들렸다. 다원은 문에 귀를 붙인 채 얼어붙었다. 그녀가 아무런 반응이 없자 다시 한 번 노크 소리가 들려왔다.

다원은 화들짝 놀라 문에서 떨어졌고, 잠시 어쩔 줄 몰라 문 앞에서 안절부절못하다가 겨우 정신을 차리고 문을 열었다.

예상대로 태주가 문 밖에 서 있었다.

"욕실 수납장 서랍에 보면 면도기가 든 상자 있을 거야. 그거 좀 가져다줄래?"

태주는 잠옷 위에 가운을 걸친 채 약간 피곤해 보이는 얼굴로 웃으며 말했다. 다원은 노크 소리를 들을 때부터 가슴이 정신없이 뛰고 있었기 때문에 그것이 티가 날까 봐 불안해서 눈을 마주칠 수가 없었다.

"원래 여기가 내 방이었거든. 아주머니가 내 물건을 다 옮겨놓지 않은 모양이야."

다원이 고개를 끄덕여 놓고도 움직이지 않고 서 있자 태주는 수염이 까슬하게 올라온 자신의 턱을 쓰다듬으며 변명을 하듯이 말했다.

다원은 그제야 꿈에서 깬 듯이 서둘러 욕실로 들어갔다. 욕실 입구에 놓여 있는 상아빛의 콘솔 서랍을 열어보니 맨 밑에 그의 말대로 아직 뜯지 않은 면도기 세트와 쉐이빙 크림과 회색과 하얀색의 톡톡한 원단으로 된 목욕 가운 두 개가 얌전히 개켜서 들어 있었다.

나머지 서랍도 열어보았으나 비어 있었다.

그녀는 가운과 면도기를 손에 받쳐 들고 다시 태주가 기다리고 있는 문으로 갔다.

태주는 팔짱을 끼고 문설주에 기대어 서 있다가 다원이 내미는 물건을 말없이 받아 들었다.

"내 집이라고 생각하고 편하게 지내도록 해."

그는 돌아서기 전에 의례적인 미소를 지으며 그렇게 말했다. 다원이 고개를 끄덕이자 그는 보일 듯 말 듯 미소를 지어 보이고 응접실 건너편의 가운데 문을 열고 안으로 들어가 버렸다. 그가 자신에게 친절한 것은 동정심 때문이라는 것은 두말할 것도 없었다. 불쌍해 보였을 것이다. 제 처지에 대해 알게 되면 누구나 약간 깔보는 기색과 함께 불쌍해하는 빛을 드러내며 잘해주려고 애를 썼다.

태주의 행동에는 깔보거나 불쌍하게 여기는 기색이 전혀 없었지만 다른 사람들과 같은 이유로 자신에게 친절하다는 것을 느끼게 하는 무언가가 있었다. 하지만 그런 것을 자존심 상해할 사이도 없었다.

다원은 얼굴을 발갛게 달군 채 문에 기대어 서서 그의 눈빛과
말투와 표정을 되새기느라 미처 다른 생각을 할 새가 없었다.

5

다원은 아침 일찍 일어나 아래층으로 내려갔다. 출퇴근하는 아주머니는 아직 출근 전이었고 한씨 아주머니가 아침 식사를 준비하고 있었다.

"잘 잤니?"

"네, 안녕히 주무셨어요?"

아주머니는 조갯국을 끓이기 위해 모시조개를 씻고 있었다.

"무슨 일 하면 돼요?"

"뭘 할 줄 알기는 하고? 아무것도 모르니 뭘 시킬 게 있어야지. 나중에 청소할 때나 많이 도와주렴."

아주머니는 사람 좋은 웃음을 지었다. 다원은 고개를 끄덕여 보이고 그녀가 조개를 박박 문질러 씻는 것을 옆에서 지켜보았다.

"사장님께서 집에서 하는 식사는 아침밖에 없어서 아침을 제일 신경 써서 차리는 편이야. 많이 드시지는 않아도 꼭 밥으로 준비를 해야 해. 큰 사모님 살아 계실 때부터 그래 왔지."

아주머니가 말하는 사장님이라면 태주를 말하는 것 같았다. 다원은 그를 생각하자 저절로 입가에 미소가 떠올랐다.

다원은 그에 대한 모든 것이 궁금한 나머지 인터넷으로 그와 관련된 자료를 찾아보는 것이 취미가 되었다. 어느 정도 짐작은 하고 있었지만 그는 다원이 생각했던 것보다 훨씬 대단한 인물이었다. 그는 사람 자체만으로도 기품과 카리스마가 넘쳤는데 거기다가 화려한 이력과 엄청난 배경까지 갖추고 있었다.

그는 건설사와 조선사를 주축으로 하는 글로벌 기업인 미래그룹의 실질적인 오너였다. 아직 주계열사인 건설사 사장이라는 직함을 달고 있었지만, 병석에 누워 있는 회장을 대신해 몇 년 전부터 이미 그가 그룹을 이끌고 있었다. 그는 차남이었지만 장남을 제치고 어려서부터 아버지인 강용성 명예회장에 의해 후계자로 키워졌다. 그가 기업을 이끈 후로, 지지부진하던 미래그룹의 경영 성과가 고속 성장세를 이루고 있어 업계에 파란을 일으키고 있을 정도로 그는 능력 있는 젊은 사업가였다.

그런 큰일을 하는 인물인데도 불구하고 그는 자신처럼 미미한 존재에게도 세심하게 신경을 써줄 만큼 배려심이 많은 따뜻한 사람이었기 때문에 다원은 새삼 그에게 경외심을 느꼈다.

그를 떠올리는 것만으로 가슴이 떨리고 얼굴이 붉어졌다. 자신의 증상이 심각하다는 생각이 들었지만 그를 좋아하는 것은 지극히 자연스러운 일이라고 자신을 합리화시켰다. 누가 그를 흠모하지 않을 수가 있을까. 그녀는 작게 한숨을 내쉬었다.

시간에 맞추어 아침 식사 준비를 마치자 민 여사가 먼저 나왔고, 잠시 후 태주가 식당으로 들어섰다.

다원은 아주머니의 옆에 서서 그들에게 인사를 했다. 얼굴을 들고 쳐다볼 용기가 나지 않아 태주의 얼굴을 볼 수는 없었다. 한 번도 그의 얼굴을 정면으로 자세히 본 적이 없었다. 언제나 지나가는 시선으로 훑듯이 봤기 때문에 그의 얼굴을 눈치 보지 않고 마음껏 볼 수 있기만 해도 더 바랄 게 없을 것 같기도 했다.

"다원은 가서 준희랑 세영이 어서 나오라고 해라. 앞으로는 네가 식사 전에 깨워서 어른들 나오기 전에 식탁에 나와 앉아 있게 해. 아침밖에 삼촌 얼굴 볼 새 없는데 식사는 함께해야지. 할아버지 안 계신다고 이 녀석이 해이해졌어요, 도련님."

민 여사는 다원에게 그렇게 이르고 마지막 말은 태주를 향해 말했다. 태주는 가볍게 웃어 보이고 식사를 시작했다.

다원은 얼른 준희의 방으로 가서 아직 자고 있는 준희를 깨웠다. 그는 한쪽 눈만 뜨고 다원을 노려보더니 이불을 도로 뒤집어쓰고 다시 잠이 들어버렸다. 몇 번 더 깨워봤지만 그는 꿈쩍도 하지 않았다.

다원은 하는 수 없이 세영이 자고 있는 방으로 갔다. 세영도 여태 자고 있다가 다원이 흔들어 깨우자 부스스 눈을 떴다.

"왜?"

"아침 먹어요."

세영은 있는 대로 인상을 구기더니 마지못해 침대에서 일어나 화장실로 들어갔다. 다원은 다시 준희의 방으로 가 그의 어깨를 몇 번 흔들어보았지만 역시 미동도 하지 않았다.

다원은 준희를 깨우는 것은 포기를 하고 식당으로 돌아갔다. 곧이어 세영이 대충 세수만 한 얼굴로 식당으로 나와 어른들에게 인사를 하고 식탁에 앉았다.

"어디 가? 밥 안 먹어?"

다원이 주방에서 뒷정리를 하고 있는 아주머니에게 가려고 몸을 돌렸을 때 태주가 그녀를 향해 말했다. 민 여사와 세영이 탐탁지 않은 얼굴로 태주를 쳐다보았다. 그는 신경 쓰지 않고 다원에게 어서 식탁에 앉으라는 고갯짓을 해 보였다.

"저는, 이따가 아주머니랑 같이 먹을게요."

다원은 얼굴을 붉히며 말했다. 태주는 미간을 찌푸리며 고개를 저었다.

"그럴 필요 없어. 앉아."

"와서 앉아라."

민 여사도 마지못해 그렇게 말했다. 다원은 전혀 그러고 싶지 않았지만 어쩔 수 없이 태주의 맞은편에 앉을 수밖에 없었다. 세영이 다원만 알아채게 아랫입술을 내밀었다.

"너는 여기 준희의 친구로 머물고 있는 거니까 고용인처럼 행동할 필요 없어."

다원이 자리에 앉자 태주가 주의를 주듯이 그렇게 말했다.

"하지만 도련님, 쟤는……."

민 여사가 뭔가 이의를 달려다가 태주가 살짝 미간을 찌푸리는 것을 보더니 입을 다물었다. 다원의 입장에서 보자면 태주의 친절이 전혀 달갑지가 않았다. 다원은 씹는 밥이 모래알처럼 느껴져 식사 내내 불편해서 체할 것만 같았다.

태주는 차갑고 단호하게 생긴 인상과는 달리 자상하고 섬세한 성격을 가진 사람이었다. 동정이 아니라도 그가 베푸는 친절에 아랫사람을 챙기는 정도의 의미 외에 다른 게 있을 리 없다는 것을 알고 있었지만, 그의 시선이 자신에게 머무는 짧은 시간 동안 다원은 긴장으로 온몸이 굳어지는 것 같았다. 아니 그와 한 공간에 있다는 것만으로 숨을 쉬는 기본적인 일도 자연스럽게 할 수 없었다.

자신이 허황되고 대책 없는 사랑에 빠졌다는 것을 알고 있었다. 가당치도 않은 마음이라는 것을 알고 있었지만 멈출 수가 없었다.

자신이 그를 좋아하게 되었다는 것을 누군가 안다면 단번에 웃음을 터뜨릴 것이다. 비웃음거리가 되지 않으려면 절대 들키지 말아야 했다.

다원은 쭈뼛거리며 도우미 아주머니를 따라 태주의 방으로 들어갔다. 그저 청소를 하기 위해 들어가는 것일 뿐인데 가슴이 콩닥콩닥 뛰었다. 아주머니가 커튼을 걷고 창문을 열자 넓은 창으로 환한 자연광이 암갈색의 너도밤나무 목재 바닥 위로 쏟아져 들어왔다. 그의 침실은 모노톤의 벽지와 어두운색의 가구로 인해 다소 무거워 보였다. 벽에 걸린 검은색 프레임의 액자 몇 개와 침대 외에 방을 꾸밀 만한 것이 아무것도 없었다. 다원은 굳은 듯이 서서 눈으로 그가 자고 일어난 침대와 그가 덮었을 이불과 침대 아래 깔린 러그 위에 비뚤게 놓인 그의 슬리퍼를 바라보았다.

"서재 창문도 열어라."

아주머니가 가지고 온 침대 시트와 베개 커버를 바꾸며 멍하니 서 있는 다원을 향해 말했다. 침실의 양쪽으로 서재와 드레스 룸이 연결되어 있는 것이 보였다. 다원은 정신을 차리고 서재로 들어가 블라인드를 올리고 창문을 활짝 열었다.

"먼저 바닥 청소부터 하고 책상이랑 책장, 의자랑 먼지 없이 깨끗이 닦아라. 사장님 먼지 있는 거 싫어하시니까 꼼꼼히 해야 한다."

아주머니의 말에 다원은 고개를 끄덕이고 청소를 시작했다. 서재는 벽면에 천장까지 책장이 짜여 있고 책들이 빼곡히 꽂혀 있었다. 마호가니 책상 위에는 많은 서류 뭉치들이 쌓여 있었다. 별장에서 본 서재와 거의 가구 배치가 비슷했고, 단지 꽂혀 있는 책의 종류만 달랐다.

다원은 청소기로 바닥을 먼저 청소하고 나서 먼지가 가라앉기를 기다려 책상과 의자와 책장을 꼼꼼히 닦았다. 시골에 살 때도 늘 외숙모를 도와 집안일을 해왔기 때문에 청소를 하는 일은 별로 어렵지 않았다.

다원은 청소를 마치고 서재를 나오기 전에 그가 앉았던 의자의 팔걸이를 손으로 쓰다듬어 보았다. 분명히 그곳에 여러 번 그의 손이 스쳤을 거라고 생각하자 저도 모르게 입가에 미소가 지어졌다. 그런 작은 행위만으로 가슴이 벅차오르도록 기뻤다.

"애, 애! 얼른 식당으로 내려가 봐라. 난리났다. 얼른."

다원이 막 창문을 닫고 서재를 나오려고 할 때 한씨 아주머니가 서재로 들어오며 급하게 손짓을 했다.

"도련님이 찾아. 빨리 가봐."

다원은 아주머니에게 거의 등이 떠밀리다시피 해서 아래층으로 내려갔다. 준희는 식탁에 앉아서 팔짱을 낀 채 식당으로 들어서는 다원을 노려보았다.

"너 어디서 뭐 하다 오는 거야? 왜 전화는 안 받아?"

"청소하고 있었어."

"누가 너더러 청소하랬어?"

그는 있는 대로 열받은 얼굴로 다원을 노려보았다.

"내가 해야 할 일이야. 난 그런 일들 하기로 하고 여기 있는 거야."

다원은 자신이 뭘 잘못했고, 준희가 왜 화가 났는지 몰라서 어리둥절한 얼굴로 그를 바라보았다.

"넌 나 때문에 여기 있는 거야. 내가 제일 우선이라고, 알아? 다른 일을 할 거면 내가 찾지 않을 때 하든가."

"네가 언제 찾을지 알고."

다원은 어이가 없어서 그의 심술궂은 얼굴을 바라보았다. 처음 보았을 때 예쁘게 생겼다고 여겼던 얼굴이 시간이 지날수록 점점 더 사악하게 보였다. 선한 마음이 깃들지 않은 예쁜 얼굴은 오히려 역효과를 냈다. 성격과 매치되지 않아서 그의 잘생긴 얼굴은 이상하게 볼 때마다 섬뜩했다.

"앞으로는 전화기를 가지고 다니다가 언제든 내가 부르면 달려오도록 해."

"너 이러는 거 다른 사람들이 보면 오해하겠다. 나 좋아하는 줄 알고."

다원은 기가 막혀서 한숨을 내쉬며 말했다.

"꿈도 야무지다. 꿈도 꾸지 마."

준희가 자존심 상한 얼굴로 바로 쏘아붙였다.

"아침 지금 드실 거지요?"

그들이 식탁을 사이에 두고 설전을 벌이고 있을 때 한씨 아주머니가 준희의 눈치를 살피며 끼어들었다.

"아주머닌 가서 볼일 보세요."

준희가 퉁명스럽게 대꾸했다. 아주머니가 서둘러 식당을 나가자마자 준희가 검지로 식탁을 두드리며 말했다.

"밥."

다원은 두말 않고 국을 데우고 밥을 푸고 냉장고에서 반찬을 꺼냈다. 준희는 그런 다원을 말없이 노려보고 앉아 있었다. 다원을 어떻게 골탕 먹이고 괴롭힐지 궁리하고 있는 것처럼 보였다. 할 일이 그것밖에는 없을 테니까.

"어서 먹어."

다원이 국그릇을 그의 앞에 놓아주며 말했다. 다원은 그가 수저를 드는 것을 보고 밥 먹는 것을 지켜보기도 민망했지만 혼자 두고 나갈 수도 없어 작업대 모서리를 만지며 다른 곳을 보고 서 있었다.

"밥 먹을 때까지 앞에 앉아 있어."

그는 다원에게 턱짓으로 자신의 맞은편 의자를 가리켰다.

"세, 세영 언니 불러줄까?"

"쓸데없는 짓 하지 말고 시키는 것만 해."

다원은 할 일 없이 그의 앞에 마주 앉았다.

"세영 언니 입장도 좀 생각해 줘. 나 같아도 기분 나쁠 거 같아."

다원은 안타깝기도 하고 곤란하기도 해서 충고를 겸해 좋은 말로 그를 달래보려 했다.

"내가 왜 걔 입장을 생각해야 해?"

"네 여자친구잖아."

"걔가 내 여자친구라고 누가 그래?"

"세영 언니가."

다원의 대답에 준희가 콧방귀를 뀌며 한심하다는 듯이 그녀를 바라보았다.

"보고도 모르겠냐? 걔는 스토커야. 어릴 때부터 저랬어. 나 좋다고 쫓아다니는 여자가 한둘은 아니지만 걔는 좀 정상이 아니야."

준희는 고개를 절레절레 흔들었다. 너만 하겠냐?

다원은 속으로 콧방귀를 뀌었다.

"그래서 대책을 강구 중이야. 쟤를 어떻게 떼어낼까 연구 중이라고. 뭐 좋은 생각 없냐? 여자들은 남자가 어떻게 하면 정이 뚝 떨어져서 다시는 보고 싶지 않아지냐?"

너처럼 하면 돼, 라고 대답해 주고 싶은 걸 다원은 꾹 참았다. 하긴 그건 다원의 입장이고 세영은 그런 것 같지도 않은 모양이지만.

"너 머리 좋다며? 머리 좀 굴려봐. 상대가 싫다는데 저럴 수도 있냐? 내 상식으로는 도통 이해가 안 된단 말이야."

"네가 못 이기는 사람도 있구나."

"너 자꾸, 너라고 부를 거야? 오빠라고 하랬지. 오빠."

"알았어."

다원은 건성으로 대답했다. 둘이 무슨 짓을 하든 다원은 자신과는 일절 관계없는 얘기였으므로 깊이 알고 싶지 않았다. 둘의 관계가 좋아져서 준희의 관심이 세영에게로 옮겨가 주기만을 바랄 뿐이었다.

"그래서 말이야. 너랑 사귀고 있다고 말할까 생각 중이야. 기발한 생각 아니냐?"

"뭐? 미친 거 아니야? 싫어! 나 끌어들일 생각 마."

다원이 펄쩍 뛰며 강력하게 반발을 하자 준희가 어이가 없다는 듯 음식을 씹다 말고 멍하니 그녀를 건너다보았다.

"농담이야. 내가 너 같은 애랑 사귄다고 하면 누가 믿겠냐? 연극인 줄 금방 다들 눈치채지."

그러더니 잠시 후, 그는 숟가락을 국그릇에 탁 처박으며 그녀를 노려보았다.

"생각할수록 기분 나쁘네. 나야 당연히 수준 안 맞는 너랑 사귄다는 것이 말도 안 되지만 네 그 태도는 무슨 의미냐? 네 입장에서는 영광 아니야?"

"나도 취향이라는 게 있어."

다원은 그가 화를 내건 말건 이번만은 분명하게 자신의 입장을 밝혀야 한다고 생각해 하고 싶은 말을 똑똑히 했다.

"오, 오. 그러셔? 취향이 아니라 트럭으로 실어다 줘도 싫다? 그게 진심이야? 내가 어때서? 내가 진심으로 사귀자고 말해도 싫다고 할 수 있어? 어차피 안 될 거 같으니까 자존심이라도 세우겠다는 거잖아. 내가 모를 줄 알아?"

준희가 조소를 날리며 비아냥거렸다. 다원은 무슨 말을 해도 그와는 말이 통하지 않을 걸 알고 있었으므로 대꾸하지 않았다.

"네 그 잘난 취향, 그게 뭔데? 한번 들어나 보자."

다원이 대거리를 하지 않자 준희는 답답하다는 듯 젓가락으로 식탁을 두드리며 재촉을 해댔다.

"그냥…… 멋진 남자. 어른인 멋진 남자."

"그럼 난 안 멋지다는 얘기야? 내가 어때서? 이래 봬도 사귀지 못해 몸 달은 애들이 한둘이 아니야. 눈앞에 증거도 있잖아."

준희가 마침 식당으로 들어오던 세영을 엄지로 가리키며 그렇게 말했다. 세영은 그들이 다정히 마주 앉아 있는 것을 보더니 눈에 불을 켜고 다가왔다.

"뭐 해? 여기서?"

세영이 가시 돋친 목소리로 물었다.

"넌 남이 밥 먹는 걸 왜 구경하고 있는 건데? 너 볼수록 기분 나빠."

세영이 갑자기 다원에게 신경질을 냈다. 다원은 당황해서 자리에서 일어나 준희를 쳐다보았다. 준희가 자기가 시킨 일이라고 말해주길 바랐지만 그는, 그 모든 상황과 상관없다는 듯이 권태로운 얼굴로 밥을 먹고 있었다.

"준희가 있으라고 해서……."

"꼬리 치는 거 다 보여, 가증스러워, 정말."

세영은 분풀이를 다원에게 하고 있었지만 준희가 시킨 일이라는 것을 모르지 않을 터였다. 알면서도 화를 참지 못하는 것이리라. 아니, 아니까 더 화가 났을 것이다.

다원은 그렇게 이해를 하고 조용히 식당을 나왔다.

이상한 것은 준희였다. 정말 여자친구가 아니라면 그 성격에 세영이 저렇게 오버를 하는데 가만두고 볼 성격이 아니었다. 다원은 준희보다는 세영의 말을 더 믿었다. 준희가 거짓말을 하고 있기가 쉬웠다. 그는 세영에게 무관심하기만 했는데 그래서인지 그만큼 관대하기도 했다. 다른 사람이 세영처럼 그를 귀찮게 했으면 경호원을 동원해서라도 자신에게서 떨어뜨려 놓았을 게 뻔했는데 그는 싫다면서도 그녀를 잘 참아내고 있었다.

6

다원은 학교로 가는 교통편을 미리 익혀두기 위해 나갔다가 들어오는 길에 꽃집에 들러 예쁜 산호수가 심어진 화분을 사서 돌아왔다.

그것을 들고 조심스럽게 태주의 방으로 들어갔다. 침실에는 침대 옆에 놓인 작은 협탁 밖에 올려놓을 공간이 없어 서재의 책상위에 가져다 놓았다. 공기청정기가 방방에 설치가 되어 있어, 공기를 정화한다는 기능은 무색하겠지만 삭막해 보이는 방에 식물 화분 하나쯤 있어도 될 거 같았다. 다원은 욕실에서 물을 떠다가 화분에 뿌려주고 누가 볼세라 조용히 빠져나왔다.

힘들게 일하고 지쳐서 들어와 그는 무슨 생각을 하며 잠이 들지, 다원은 밤에 그가 계단을 올라와 조용히 자신의 방문을 여닫는 소리를 들을 때면 그런 생각을 하곤 했다. 태주는 다원이 불을 끄고 누운 후에도 한참이나 지나서 들어올 때가 많았고, 해외나 지방으로 순시를 나가면 일주일 넘게 얼굴을 못 볼 때도 있었다.

하루에 한 번이라도 그를 보는 것으로 낙을 삼는 다원으로서는 그럴 때는 기운이 쭉 빠졌다. 시간이 지날수록 마음이 커져서 이제 그의 차가 주차장으로 들어가는 희미한 소리를 구분할 지경에 이르렀다.

다원은 저녁 식사 준비가 한창인 식당으로 가서 아주머니가 시키는 일들을 이것저것 도왔다. 나물도 다듬고, 양파나 당근의 껍질을 벗기기도 했다.

세영이 친척집에 다니러 가서 하루 종일 집 안이 조용했고 준희도 오늘따라 얌전해 다원을 귀찮게 하지 않았다. 외출했다 돌아온 후에도 내내 부르지 않아서 좀 의아하긴 했지만 이런 날도 있구나, 기뻤다.

"가서 도련님 저녁 드시라고 좀 해봐. 드시려나 모르겠네. 점심도 안 드셨는데."

한씨 아주머니가 식탁이 다 차려지자 그렇게 말했다. 그러고 보니 준희가 점심때도 밥을 먹지 않은 것이 생각났다. 신 비서 말로는 잔다며 깨우지 말라고 해서 그런가 보다 하고 신경도 쓰지 않고 있었다.

"아까 무서워 혼났어. 점심을 차려 갔는데 한술 뜨는 둥 마는 둥

하더니 갑자기 상을 엎어버리잖아. 발작이라도 할까 봐 정말 조마조마해 죽는 줄 알았다니까? 침대랑 바닥이랑 다 엉망이 되었는데 치우겠다고 할 엄두가 안 나서 구석에서 벌벌 떨고 있으니까 또 빨리 안 치운다고 어찌나 역정을 내던지 급하게 시트랑 이불이랑 다 갈고 바닥 치우고 하느라 진땀 뺐지, 뭐."

한씨 아주머니는 질린 얼굴로 그렇게 말했다. 다원은 이 층에 있느라 그런 일이 일어나는 줄도 모르고 있었다.

"왜요? 무슨 일이라도 있었어요?"

다원이 놀라서 묻자 아주머니는 고개를 저었다.

"일은 무슨? 다치고 나서 갑갑증이 나서 그러는지 가끔 저렇게 발광을 한다니까. 손에 잡히는 대로 다 때려 부수고 일삼아 자해를 하기도 해서, 신 비서가 그럴 때마다 죽으려고 하잖아. 진정시키려면 붙잡고 있어야 하는데 붙잡으면 더 난리가 나니까."

"몸은 나아지고 있다고 하던데, 왜요?"

다원은 혹시 그가 어디가 심각하게 안 좋은 데가 있어서 그러는가 싶어 놀란 얼굴로 물었다.

"나아지고는 있는데, 어디 자유롭게 제멋대로 할 때랑 같을까? 하고 싶은 대로 다 하고 살다가 저러고 있으니 지옥 같겠지. 앞으로도 수술을 몇 번을 더 받아야 할지 모른다잖아. 울화를 못 이겨서지 뭐."

그 말을 들으니 그가 좀 가여운 생각이 들기도 했지만 그것보다는 참 제 성질대로 노는구나, 하는 생각이 먼저 들었다. 그 성노년 정신과에서 치료를 좀 받아야 하는 거 아닌가? 준희가 들으면 난리치겠지만.

"한번 조용히 가봐. 분위기 봐서 괜찮아 보이면 저녁 먹으라고 해보고, 아닌 거 같으면 괜히 경치지 말고 얼른 나와. 성질부리기 시작하면 아무도 못 말리니까."

아주머니 말을 듣고 다원은 바짝 긴장을 한 채 준희의 방으로 갔다. 노크를 하자 신 비서가 문을 열어주었다.

"저녁 드세요."

다원은 준희를 만나지 않고 신 비서에게 말을 전하게 된 것을 다행이라고 여기며 작은 목소리로 말했다.

"들어와."

신 비서가 고개를 끄덕이고 문을 닫으려고 하는 순간 안에서 음산한 목소리가 들려왔다. 다원은 찔끔 놀라 뒤로 한 발 물러섰지만 신 비서가 문을 열고 다원이 들어올 때를 기다리고 서 있자 하는 수 없이 방으로 들어갔다. 신 비서는 다원이 방으로 들어가자 교대라도 하는 듯이 문을 닫으며 나갔다.

방에는 불을 켜지도 않았고, 커튼도 다 쳐져 있어서 아무것도 보이지 않을 정도로 어두웠다.

"불 켜도 돼?"

"켜기만 해봐."

준희가 위협조로 말했다. 다원은 입술을 내밀며 그대로 서 있었다.

"와서 앉아."

동굴에서 나오는 듯한 준희의 낮은 목소리를 듣고 나서야 다원은 더듬거리며 소파가 있는 쪽으로 걸어갔다.

"앗! 아야!"

다원은 비명을 지르며 바닥에 주저앉았다. 소파 앞에 놓여 있던 유리 탁자의 모서리에 정강이를 찧고 말았다.

어둠 속에서 준희의 혀 차는 소리가 들렸다. 곧 침대 쪽에서 불빛이 보이더니 그제야 방의 윤곽이 좀 보였다. 준희가 휴대폰의 액정을 밝힌 것이었다. 그는 침대에 쿠션을 쌓아놓고 기대어 앉아 있었다. 다원은 휴대폰의 어슴푸레한 빛에 의지해 얼른 소파로 가서 앉았다. 정강이뼈가 욱신거렸다. 다원은 다리를 문지르며 준희를 바라보았다. 그는 쿠션에 기대어 눈을 감고 있었다.

"불은 왜 껐어? 자는 것도 아니면서."

다원은 휴대폰 액정이 꺼지고 침묵이 이어지자 어색해서 다리를 문지르며 물었다.

"어두우면 좀 덜 아픈 것 같아서."

그가 무심한 목소리로 남의 얘기하듯이 말했지만 그런 약한 소리를 한 것은 처음이라 다원은 적이 당황스러웠다. 섣불리 위로했다가 비위를 건드릴 수도 있었으므로 다원은 그냥 입을 다물고 있기로 했다.

"허벅지 뼈가 부러져서 철을 박았는데, 밤만 되면 온몸이 다 아파. 발끝에 감각도 잘 없고."

다원은 그의 말을 들으며 저도 모르게 눈이 커졌다. 그가 신체적인 고통을 겪고 있다는 생각을 전혀 하지 않고 있었다. 그저 목발을 짚고 다녀서 불편하겠다는 생각밖에 해본 적이 없었다. 그렇게 고통을 받고 있었다니, 다원은 그에게 조금은 미안한 생각이 들기도 했다. 그동안 그를 환자로 대해준 적이 한 번도 없었기 때문이다.

"완전 퇴물이 된 거 같아. 이렇게 사느니 죽는 게 나아."

준희가 한숨을 쉬며 말했다. 그의 목소리에서는 진한 절망이 묻어났다.

"너무 비관하지 마. 남자는 허벅지가 생명이라는데 넌 이제 허벅지 하나는 누구에게도 지지 않을 거 아냐. 철이잖아."

다원은 그의 약한 모습에 적응이 되지 않기도 했고, 그를 웃겨주고 싶은 욕망에 저도 모르게 무리수를 던졌다. 뱉고 보니 어이없는 말이었다.

분위기를 좀 가볍게 만들어볼 요량으로 한 말이었지만 곧 후회를 했다. 그건 농담으로 받아주지 않는다면 준희 입장에서는 열받는 말이 되기가 쉬웠다. 그가 그런 농담을 받아줄 성격이 아니라는 것을 누구보다 잘 알면서 그런 말을 하다니 스스로가 한심스러웠다. 다원은 가슴 앞에서 성호를 그으며 준희의 공격을 기다렸다. 하지만 시간이 흘렀는데도 준희는 아무 말도 하지 않았다. 잠시 후 어둠 속에서 큭큭, 웃는 소리가 들려왔다.

준희가 눌러 참다가 터져 나온 듯이 소리 내서 웃기 시작했다.

다원은 희끄무레한 형체로만 보이는 준희를 불안한 눈으로 바라보았다.

"아무리 봐도 너, 약간 또라이야. 그걸 지금 위로라고 해?"

준희가 웃음 중간중간에 그렇게 지껄이며 한참을 더 웃어 젖혔다. 그가 의외의 반응을 보였지만 다원은 긴장을 늦추지 않고 꼿꼿이 앉아 있었다. 언제 본색을 드러낼지 모를 일이었다.

그는 한참을 더 웃고 나서 갑자기 웃음을 그치더니 또 한참 동안 아무 말이 없었다.

"십 분 후에 저녁 먹을 거야. 가서 준비해 놔. 같이 먹자."

준희의 말에 다원은 얼른 자리에서 일어났다. 엄청 괴롭힘을 당할 거라고 각오를 하고 있었는데 아무 일 없이 그냥 넘어가서 저절로 안도의 한숨이 나왔다.

"그, 그래. 알았어."

다원은 어둠이 눈에 익어 도망치듯이 빠르게 그 방을 나왔다.

아주머니들과 신비서와 양 기사가 식탁에 앉아 밥을 먹고 있다가 다원의 말을 듣고 급히 식사를 마쳤다. 모두들 준희와 마주치기 싫어하는 기색이 역력했다.

이십 분쯤 지나자 준희가 목발을 짚고 식당으로 들어왔다. 그는 신 비서의 도움을 받아 천천히 자리에 앉았다. 얼굴이 한층 창백해져서 비현실적으로 예뻐 보였다. 성격만 좀 원만하다면 그 외모가 몇 배는 더 빛이 날 거라고 생각하며 다원은 그의 차가운 얼굴을 훔쳐보았다.

그는 아주머니 옆에 서 있는 다원에게 손가락을 까딱거려 앉으라고 손짓을 했다.

다원은 그의 맞은편 자리에 앉아 제 몫으로 차려져 있는 밥을 먹기 시작했다. 그도 말없이 식사를 시작했다.

"가난하다는 건 도대체 어떤 기분이냐?"

준희가 밥을 먹다 말고 느닷없이 그렇게 물어서 다원은 국을 먹다가 사레가 들릴 뻔했다. 그녀는 간신히 입에 있던 것을 삼키고 물을 마셨다. 그녀는 뭐라고 대답해야 할지 몰라 눈을 내리깔고 있었다.

"돈도 없고, 부모도 없이 산다는 거, 어떤 기분이냐고?"

준희가 숟가락으로 국을 뒤적이며, 눈을 깜빡거리고 있는 다원에게 다시 물었다. 돈도 있고 부모도 있고, 그래 본 적이 없었기 때문에 대답하기 애매했다.

"앞으로 뭘 물어봤는데 바로 대답하지 않으면 월급 깎을 줄 알아."

준희가 젓가락으로 식탁을 탁탁 치며 다원을 째려보았다. 다원은 유치찬란한 남자애를 멀거니 바라보다가 한심해서 그를 외면했다. 저런 놈을 상대로 무슨 깊이 있는 대화를 바랄까.

"대답."

"좆같아."

"뭐?! 보자 보자 하니까 이게 정말?!"

준희가 숟가락을 식탁에 내동댕이치며 소리를 버럭 질렀다. 밖에서 대기하고 있던 신 비서와 한씨 아주머니가 놀라서 뛰어들어왔다. 또 발작이라도 하는 줄 알고.

준희가 그들을 향해 있는 대로 인상을 써 보이자, 그들은 슬금슬금 식당 문을 닫고 다시 나가 버렸다.

"다시 말해봐. 꼭 이렇다니까. 고용인들은 좀만 잘해주면 기어올라서 문제야. 좋게 대해주니까 만만하고 우스워 보이냐? 어디서 여자애가 그런 욕을 입에 담아, 쫓겨나고 싶어 근질근질해?"

준희가 당장 국그릇이라도 엎을 듯이 화를 펄펄 냈다.

"기분이 어떠냐며? 가난한 기분. 그 대답한 거야."

다원은 네게 한 말이라고 사실대로 말할 수는 없어서 그렇게 변명을 했다. 꼭 면전에 대고 욕을 한번 해주고 싶긴 했었다. 간접적이기는 했어도 속은 시원했다. 싸가지 없는 놈.

다원의 대답에도 준희는 인상을 풀지 않고 한참을 그녀를 찌를 듯한 눈으로 노려보았다. 아주 바보는 아닌지 다원의 말을 믿지 않고 있는 눈치였다.

다원은 속으로 혀를 내밀었지만 겉으로는 억울한, 피해자의 표정을 지어 보였다.

"너 은근슬쩍 나 엿 먹이려고 드는데 조심해. 정말 화나면 나도 나를 책임 못 지니까."

다원은 나이도 비슷한 또래이면서 권위적이고 강압적인 그의 태도가 아니꼬워서 저절로 콧방귀가 나왔다. 그렇게까지 사람을 몰아붙이지 않는다면 불쌍해서라도 잘 대해주고 싶은 마음도 들련만.

다원은 그를 가엾게 여겼던 마음이 천리만리 도망가는 것을 느꼈다. 제 복은 다 자기 할 나름이라더니, 미움받을 짓을 하니 미워하지 않을 수가 없었다.

"네 태도 점점 마음에 안 들어. 조심해."

그는 밥을 한 숟갈 먹을 때마다 경고를 했다.

준희의 욕을 밥과 말아 먹고 있을 때 아주머니가 식당 문을 열고 급히 뛰어들어 왔다. 준희가 그런 아주머니를 못마땅해서 노려보고 있을 때, 뒤이어 태주와 그의 비서가 식당으로 들어섰다. 다원은 깜짝 놀라서 자리에서 벌떡 일어섰다.

태주는 코트를 벗어 의자에 걸치며 다원의 옆자리에 앉았다. 다원은 얼른 아주머니를 도와 그의 저녁을 차렸다.

"몸은 어때? 상태가 많이 안 좋아?"

태주가 준희에게 물었다.

"이제 좀 나아졌어요."

"내일 병원 예약해 뒀다. 검사 다시 해보라고 했으니까 가봐."

"며칠 있으면 어차피 가야 하는데 그때 갈래요."

"내일 가. 수술 적합성 검사도 해야 한다니까. 신 비서한테 얘기해 뒀으니까 예약시간 늦지 말고."

준희가 마지못해 고개를 끄덕였다. 태주는 유일하게 준희에게 뭔가를 강제로 시킬 수 있는 사람이었다. 준희를 조율할 수 있는 것만으로도 그가 새삼 대단해 보였다. 다원은 저도 모르게 입가에 미소를 지었다.

"준희가 많이 힘들게 하지?"

태주가 고개를 돌리고 다원을 바라보았으므로 그녀도 자석에 이끌리듯이 고개를 들어 그를 올려다보았다. 그는 좀 피곤한 것 같았지만 그래서 눈빛이 더 깊고 다정해 보였다. 따뜻한 눈빛과 낮고 부드러운 목소리와 그에게서 전해져 오는 은은한 체취를 맡는 것만으로 기쁘고 행복했다. 그런 제 마음이 밖으로 티가 날까 봐 표정 관리까지 하느라 밥이 코로 들어가는지 입으로 들어가는지 알 수도 없었다.

"삼촌, 모르시는 말씀, 쟤가 날 더 힘들게 해요. 아까는 글쎄 욕까지 했어요. 나한테 좆같다고."

준희가 아직도 분이 안 가신 얼굴로 인상을 쓰며 고자질을 하자 다원은 불을 끼얹은 듯 얼굴이 달아올랐다. 저 유치한 자식. 그런 걸 일러바치다니.

준희의 말을 들은 태주가 웃음을 터뜨렸고, 다원은 창피해서 쥐구멍에라도 들어가고 싶었다.

"개강 며칠 안 남았지? 학교 다니게 되면 좀 덜 힘들 거야. 조금만 참아."

그는 다원이 지금 어떤 괴로움을 당하고 있는지 다 안다는 듯한 미소를 지으며 말했다. 다원은 갑자기 목이 메어왔다. 아무도 자신의 힘들고 억울한 처지를 모를 거라고 한탄하고 있었는데 태주의 한마디를 듣자 커다란 위로가 되었고, 준희에게 받은 상처도 봄 눈 녹듯 사라지는 것 같았다. 준희가 노려보는 눈빛이 느껴졌지만 다원은 얼굴에 나타난 기쁨을 다 감추지 못했다.

"화분 고맙다."

태주가 얼굴이 붉어진 다원을 보더니 미소를 지으며 말했다. 그건 또 어떻게 알았을까.

"아주머니가 말씀해 주셨다."

다원의 속마음을 읽은 듯 태주가 말했다.

"무슨 화분이요?"

준희가 한쪽 눈썹을 치켜뜨며 물었지만 태주는 대답하지 않고 앞에 앉아 있던 자신의 비서와 다음날의 스케줄에 관한 얘기를 하기 시작했다.

준희가 다시 다원을 향해 무슨 얘기냐고 눈빛으로 물었지만 다원도 그를 외면했다.

준희의 얼굴이 일그러지건 말건 다원의 눈에는 그 일본 원숭이 같은 녀석은 들어오지도 않았다.

다원은 준희가 시키는 대로 한 시간째 준희의 방 소파에 할 일 없이 앉아 있었다. 준희는 게임에 열중해 다원이 있다는 것도 잊은 듯 보였다. 그 애가 뭔가 시킬 일이 있는 줄 알고 기다렸지만 오랫동안 본 척도 하지 않았으므로 슬쩍 나가도 될 거 같아 까치발을 하고 일어섰다.

"나가라고 안 했어."

준희는 그녀가 두 발자국도 떼기 전에 쳐다보지도 않고 작게 뇌까렸다.

"시킬 일 없으면 아주머니 청소하시는 거 도와드릴게. 필요하면 불러."

"내가 가라고 하기 전까지 그대로 있어. 한 번만 더 맘대로 일어서면 후회하게 만들어주겠어."

툭 하면 그런 협박을 해대서 전혀 약발이 없는 말이었지만 또 진상을 부리는 꼴을 보기 싫어 다원은 도로 자리에 주저앉았다.

"책 가져와서 읽어도 돼?"

"안 돼."

준희가 단호한 목소리로 말했다. 왜 또 심술이 났는지 모를 일이었다. 다원은 포기를 하고 그렇게 한 시간째 할 일 없이 자신의 손바닥을 들여다보며 앉아 있었다. 도통 무슨 생각을 하고 있는지 짐작할 수 없는 애라 기분에 따라 온갖 심통을 부려댔으므로 그럴 때는 그저 시키는 대로 하는 것이 제일 편하다는 것을 다원은 이미 터득했다. 그러면 언제, 왜 풀어졌는지도 모르게 저 혼자 풀어졌다.

그래도 오늘처럼 아무것도 못하게 하고 앉혀만 두는 일은 처음이었다. 다원은 그렇게 앉아 있으려니 그가 짜증을 내더라도 말을 시켜주는 것이 그래도 견디기 수월하다는 것을 깨달았다. 말없이 앉아 있으려니 죽을 맛이었다.

세영이라도 들어오면 좋으련만 요즘 세영은 바깥나들이가 부쩍 잦아졌다. 하기는 사람 취급도 않는 저런 남자애와 누가 하루 종일 붙어 있고 싶을까?

다원은 그런 생각을 하며 문득 고개를 들다가 화들짝 놀랐다. 언제부터 그러고 있었는지 준희가 자신을 레이저가 나올 것 같은 눈빛으로 쏘아보고 있었다. 다원은 당황해서 저도 모르게 억지로 입꼬리를 올리며 웃어 보였지만 그는 전혀 동요하지 않았다.

"왜…… 왜?"

다원은 지은 죄도 없이 버릇처럼 주눅이 들어 고개를 어깨 속으로 밀어 넣으며 물었다.

"너, 삼촌 좋아하냐?"

그의 말에 다원은 허를 찔린 듯 숨을 들이켜며 그를 바라보았다. 상상도 못한 말이었다. 저밖에는 아무것에도 관심이 없어 주위에서 무슨 일이 일어나는지 전혀 모를 줄 알았던 그가 비밀을 눈치챈 것에 다원은 경악했다. 아마 어제저녁 식탁에서 태주가 화분 얘기를 해서 넘겨짚은 모양이라고 다원은 짐작했다. 다원도 태주가 그런 얘기를 할 줄은 꿈에도 몰랐다. 그런 작은 일에 신경을 쓸 거라고는 생각도 못했던 것이다.

"도, 도대체 무슨 말이야, 그게. 터무니없다, 정말."

절대 들켜서는 안 되는 일이었으므로 우선 단호하게 잡아뗐다. 준희가 그런 다원을 향해 한쪽 입꼬리를 올리며 비웃었다.

"왜 그런 말도 안 되는 상상을 했어? 화분은 그냥 내 방에 두려고 샀는데 두 개나 둘 데가 마땅치 않아서 마침 사장님 방이 이 층에 있으니까 하나 가져다 놓은 거뿐이야."

"됐고. 꿈 깨."

준희는 가소롭다는 표정을 지으며 그렇게 말했다. 다원은 아랫입술을 물고 그를 노려보았다. 아무것도 꿈꾸지 않았지만 준희에게 그런 말을 들으니 은근히 부아가 치밀었다.

"너 정말 상상력 풍부하다, 소설을 써보지 그러니?"

"화분이고 뭐고 그런 거 상관없이, 네 얼굴만 봐도 다 알아. 삼촌하고 있을 때 네 얼굴 말이야. 네가 아무리 숨기려고 애써도 그런 건 숨길 수 없다는 거 몰라? 하긴 그런 걸 알 리가 없지. 나이가 아깝다. 얼마나 매력이 없으면 그 나이까지 연애 한번 안 해볼 수가 있냐? 촌스러워."

"네가 아무리 억지를 부려도 아닌 건 아닌 거야. 애먼 사람 잡지 마."

다원도 물러서지 않았다. 여기서 인정을 하면 그 약점을 잡고 무슨 짓을 할지 안 봐도 훤했다. 지금도 저렇게 제 꼭두각시처럼 생각하는데 그런 약점까지 쥔다면 생각만 해도 등골이 오싹했다.

"꼴에 보는 눈은 있어가지고. 쳇!"

준희는 다원이 뭐라고 하든 상관없다는 듯이 그렇게 지껄였다. 다원은 갑자기 울화가 치밀었다. 남이야 누굴 좋아하든 그게 저랑 도대체 무슨 상관이람. 그녀는 저도 모르게 자리에서 벌떡 일어섰다.

"아니라고 했잖아. 본인이 아니라는데 네가 뭔데 자꾸 이상한 소릴 지껄이는 거야. 재수 없어. 너 정말 재수 없어."

다원은 그렇게 소리를 지르고 그대로 준희의 방을 나와 버렸다. 넓은 거실을 가로질러 현관을 나서는데 갑자기 서러움이 북받쳐 올랐다. 알고 있었다.

태주를 좋아하는 것, 아무도 모르게 혼자 좋아하는 것도 사실은 허황되고 말이 안 되는 일이라는 것을. 그래서 숨기려고 애를 썼는데, 이제 저 입 가벼운 자식이 알았으니 소문이 나는 것은 시간 문제였다. 모두의 비웃음거리가 되는 상상을 하자 눈앞이 캄캄해졌다. 드러내지는 않겠지만 태주도 속으로는 웃을 것이다. 무슨 얼굴로 그를 볼 것인가.

다원은 당장 이 집을 나가서 다시는 돌아오고 싶지 않았다. 그녀는 대문을 나와 무작정 담을 따라 걷기 시작했다. 어느 집의 높다란 담벼락에 기대어 눈물이 그렁해진 눈을 들어 하늘을 보았다. 그녀는 울지 않으려고 애쓰며 억지로 눈물을 삼켰다.

내 주제에 무슨 사랑이람. 꼴좋다. 그녀는 스스로를 비웃으며 소매 끝을 잡아 콧물을 닦았다. 다시는 그 집으로 돌아가고 싶지 않은 마음이 굴뚝같았다. 하지만 돌아가지 않는다면 도대체 어디로 간단 말인가? 이제 시골 외삼촌의 집으로도 돌아갈 수가 없었다. 이 세상에 갈 곳이 한 군데도 없다는 사실에 다원은 새삼 몸이 부르르 떨려왔다.

대학 첫 등록금은 외삼촌이 힘들게 마련을 해줘 해결했지만, 이 집을 나간다면 당장 갈 곳이 없었다. 지리도 모르고 아는 사람 하나 없는 서울이었다. 문득, 상우가 떠올랐지만 상우가 무슨 힘이 있으랴.

그 애의 고모 집에서 얹혀산다는 것은 말이 안 되었다. 세를 내지도 않는 객식구를 누가 환영하겠는가.

다원은 한참을 방황하다가 어쩔 수 없이 다시 집으로 돌아왔다. 집에 들어가는 즉시 준희에게 불려가 훈계를 당할 줄 알았지만 저녁 식사 시간이 될 때까지 웬일로 그는 다원을 그냥 내버려 두었다. 하긴 뭐가 급하겠는가. 시간은 넘쳐흐를 만큼 많았다.

저녁을 먹고 아주머니를 도와 설거지와 뒷정리를 마치고 이 층 방으로 돌아갈 때까지 준희는 다원에게 아무런 시비도 걸지 않았다.

7

　금요일, 저녁 식사 자리에 오랜만에 태주가 함께했다. 민 여사
는 아직 귀가 전이라 태주와 준희, 다원과 신 비서가 함께 식탁에
둘러앉았다.

　"먹자."

　태주의 말에 식사가 시작되었다. 다원은 긴장이 되어 저절로 몸
이 굳어졌다. 태주가 바로 앞에 앉아 있다는 것만으로 제정신이
아닌데 준희가 눈을 게슴츠레 뜨고 자신을 자꾸 쳐다보았던 것이
다. 제발 헛소리나 하지 말아야 할 텐데, 다원은 바짝 긴장한 채
맛도 느끼지 못하고 밥을 먹었다.

　"삼촌, 주말에 바쁘세요?"

준희가 밥을 먹다 말고 태주에게 말을 붙였고, 다원은 살얼음 위에 서 있는 듯 조마조마한 얼굴로 준희를 바라보았다. 태주는 다른 생각에 잠겨 있었던 듯, 몇 초간 준희의 얼굴을 바라본 후에야 대답을 했다.

"왜?"

"집에만 있기 답답해요. 삼촌이랑 같이 쉰 지도 오래된 거 같고."

"어디 가고 싶어?"

"바쁘시면 혼자 가도 돼요."

준희가 안 어울리게 착한 척 말했다. 다원은 준희의 짓거리를 긴장한 얼굴로 지켜보았다.

"그러고 보니 신 비서, 쉰 지 오래됐지?"

없는 사람처럼 앉아서 밥을 먹던 신 비서가 태주의 갑작스런 호명에 놀라서 고개를 들었다.

"일요일까지 쉬어. 내가 준희랑 있을 테니까."

"감사합니다."

신 비서는 쑥스러운 듯 뒷머리를 긁적였다. 준희가 신 비서나 태주가 아닌 다른 사람이 제 몸을 만지는 것을 극도로 싫어해서 태주가 쉬지 않으면 신 비서는 오랫동안 휴일도 없이 일해야 한다고 했다. 신 비서는 거의 24시간을 준희를 돌보고 있었기 때문에 힘도 들련만 불평 한마디 없이 사명인 양 묵묵히 제 일을 해내고 있었다. 그런 그를 한씨 아주머니가 입에 침이 마르도록 칭찬하는 것을 여러 번 들었다.

"삼촌, 바쁜데 이틀이나 쉴 수 있어요?"

준희가 소풍 가는 어린아이같이 신나는 표정으로 말했다.

"물론. 굳이 그럴 일이 없어서 안 쉬었을 뿐이야."

"그럼 낚시하러 가요, 삼촌."

태주가 고개를 끄덕였다. 그들이 준희가 다치기 전에도 시간 날 때마다 함께 낚시를 다녔다는 말을 한씨 아주머니에게서 들어 알고 있었다. 하지만 이 시점에서 갑자기 준희가 태주와 낚시를 가겠다고 하니 다원은 여간 불안한 것이 아니었다.

준희는 무슨 꿍꿍이인지 그날 이후 다원 앞에서 태주의 얘기를 한마디도 꺼내지 않았다. 먼저 얘길 꺼내면 이번에야말로 단호하게 대처하려고 벼르고 있었는데 잊은 듯이 시침을 떼고 있으니 오히려 더 불안했다.

"너도 가."

준희가 다원에게 말했다. 다원은 마시고 있던 물을 뿜을 뻔했다. 다원은 눈을 동그랗게 뜨고 고개를 저었다.

"그래, 다원이도 같이 가자. 답답했을 텐데."

태주도 고개를 끄덕이며 거들었다.

"거기도 너 살던 동네처럼 별장 앞에 호수 있어. 송어 잡으면 바로 회 떠먹을 수도 있고. 삼촌이 살아 있는 물고기 무서워해서 회를 못 뜬다는 게 문제이긴 하지만."

준희가 놀리듯이 장난스럽게 말했다. 태주에게도 무서워하는 게 있다니.

다원은 제 상황도 잊고 신기한 얼굴로 태주를 바라보았다.

"무서워서 못 뜬 게 아니야. 회를 떠본 적이 없어서 그런 거지. 잘못 뜨면 버리는 게 더 많거든."

태주의 변명에 준희가 말도 안 된다는 듯이 고개를 내저었다. 다원은 저도 모르게 미소를 짓다가 준희와 눈이 마주치자 정신이 번쩍 들었다.

"저, 저는 그냥 여기 있을게요. 할 일…… 도 있고."

다원이 빠져나갈 궁리를 하며 서둘러 둘러댔다.

"네가 할 일이 뭐가 있어?"

준희가 눈을 내리깔고 무슨 속셈인지 다 안다는 듯 쏘아붙였다.

"곧 개강이라 준비할 거도 있고……."

"갔다 와서 하면 되잖아. 군소리 말고 가는 게 좋을걸?"

준희가 협박조로 말했다. 다원은 제발 자신을 난처하게 하지 말아줄 것을 눈으로 애원해 보았지만 그는 더 이상 얘기 하지 말라는 듯 인상을 써 보였다.

다원이 저도 모르게 한숨을 내쉬자 태주는 미소를 지으며 그녀를 바라보았다. 그녀는 눈이 부셔 일 초도 못 버티고 얼른 시선을 떨어뜨렸다. 준희가 지켜보고 있다는 것을 알면서도 흔들리는 눈빛을 감출 수가 없었다.

차 뒷좌석에 준희와 세영이 앉고 다원은 조수석에 앉았다. 바로 옆에 태주가 있다는 것 때문에 다원은 내내 바짝 긴장했다. 운전을 하고 있는 태주는 면으로 된 트레이닝복 바지에 집업 후드를 입은 편안한 복장을 한 상태였는데도 근사하고 멋져 보였다. 각지고 엄격해 보이는 슈트를 입고 있을 때보다 부드럽고 편안해 보였다.

뒤통수에 준희의 따가운 시선이 느껴져 바늘방석 같은데도 다원은 마음이 설레었다. 준희가 무슨 꿍꿍이인지 몰라 경계심이 들긴 했지만 태주와 가까이서 이틀을 보낼 수 있다니, 꿈만 같았다.

목적지인 별장은 서울 근교여서 생각보다 도착하는데 오래 걸리지 않았다.

그들이 별장을 몇 개를 가지고 있는지는 몰라도 호수를 꽤나 좋아하는 모양인지 과연 이곳 별장도 호수를 바로 앞에 끼고 있었다. 마당가에서 바로 물이 찰랑대고 있었다.

별장은 다원의 동네에 있는 별장보다는 규모가 작았지만 마치 동화 속에서 나온 집마냥 아기자기하고 예뻤다. 산호색 지붕과 크림색으로 칠해진 외벽의 2층 집은 겨울의 삭막하고 메마른 풍경 속에 혼자 다른 세상처럼 서 있었다.

태주는 주차장에 차를 세우고 준희가 차에서 내리는 것을 도와주었다.

"바람 좀 쐬고 들어갈래?"

태주가 준희에게 묻자 준희가 고개를 끄덕였다. 준희는 목발을 짚고 마당가에 나무로 만들어놓은 선착장으로 걸어갔다. 세영이 그 뒤를 졸졸 따라가는 것이 보였다.

다원은 잠시 마당가에 서서 뭘 해야 할지 몰라 호수 쪽으로 시선을 던졌다.

호수는 기슭에만 얼음이 얇게 얼어 있을 뿐 추운 날씨에도 여전히 검푸른 물이 찰랑대고 있었다. 호수 왼편에 원주민의 농가가 띄엄띄엄 떨어져 있는 것이 보였다.

태주가 차에 있는 짐을 별장 안으로 나르기 시작했으므로 다원도 얼른 차의 트렁크에 있는 음식 재료가 든 비닐 백을 들고 태주의 뒤를 따라 들어갔다.

"내가 할 테니 애들한테 가봐."

태주가 다원의 손에서 짐을 받아 들며 말했다. 다원은 고개를 젓고 태주를 따라 들어갔다.

거실로 들어가니 벽난로에서 장작이 타고 있어 실내에 훈훈한 온기가 돌았다. 아마 관리인이 미리 난방을 해놓은 모양이었다. 태주의 뒤를 따라 식당으로 들어가니 식탁 위에 가지고 온 짐들이 놓여 있었다.

"가서 놀아도 돼. 신경 쓰지 말고."

다원이 음식 재료들을 냉장고에 정리하려고 하자 태주가 윗도리를 벗어 의자 등받이에 걸치며 말했다.

"도와드릴게요."

태주의 옆에 있는 것이 떨리기는 했지만 그곳에서 부엌일을 할 사람은 자신밖에 없다는 생각이 들었으므로 다원은 겨우 용기를 내 말했다.

"그래, 그럼 같이할까? 점심은 파스타를 할 거야."

태주가 다원을 쳐다보며 웃었다. 그녀는 발그레한 얼굴로 고개를 끄덕였다.

"자, 시작하자. 준희 녀석은 배가 고파지면 사나워지거든. 그러기 전에 얼른 입에 뭔가를 넣어줘야 문제가 생기지 않아."

태주가 시계를 들여다보며 장난스럽게 말했다. 집에서 늦게 출발했기 때문에 이미 점심때가 지나 있었고, 다원도 배가 고프던 참이었다.

그는 도우미 아주머니가 끼니별로, 요리별로 챙겨준 음식 재료가 든 통 중에서 파스타 재료가 든 통을 골라 뚜껑을 열었다.

"봐, 이렇게 다 준비를 해 와서 별로 할 일은 없어."

그는 식탁 건너편에 서 있는 다원에게 통을 보여주며 말하고 물을 끓이기 위해 두 개의 냄비에 물을 받았다.

"내가 야채를 썰 테니, 넌 크림소스를 만들도록 해."

태주가 믹싱 볼과 거품기를 다원에게 내밀며 말했다. 다원은 그가 내민 도구를 받아 들고 멍하니 그것들을 들여다보았다.

"우유 두 컵, 생크림 두 컵, 계란 노른자만 네 개를 넣어서 잘 섞어주면 돼."

태주는 브로콜리를 끓는 물에 넣으며 그렇게 지시를 했다. 다원은 재료 통에 있는 우유와 생크림을 컵에 조심스럽게 계량을 해 볼에 부었다. 계란 노른자를 분리해 본 적이 없는 다원은 난감한 얼굴로 계란을 집어 들었다. 다원이 어쩔 줄 모르고 서 있자 태주가 순식간에 계란을 깨뜨려 노른자만 믹싱 볼에 떨어뜨려 주었다.

"쉽지?"

다원이 감탄한 얼굴로 바라보자 태주가 윙크를 해 보였다. 그는 순식간에 썬 야채와 새우를 올리브유를 두른 팬에 넣고 볶기 시작했다.

"애들 들어오라고 해줄래? 다 되어가니까."

다원이 한 일은 거품기를 몇 번 돌린 것밖에 없는데 마술처럼 어느새 음식이 다 되어가고 있었다. 다원은 얼른 밖으로 나가 선착장에 앉아 있는 두 사람을 불렀다.

"점심 준비 다 됐어."

다원의 말에 준희가 고개를 돌리더니, 눈을 가늘게 뜨고 다원을 바라보았다.

"좋냐?"

"뭐?"

다원은 그의 말이 잘 들리지 않아서 그들 쪽으로 다가가며 되물었다.

"널 위해 만든 자리야. 고맙지 않느냐고."

다원은 얼굴이 하얘졌다. 어쩐지 그동안 조용하다 싶었다. 그런 꼬투리를 잡고 있는데 그냥 넘어갈 인간이 아니다.

"무슨 소리야?"

세영이 도끼눈을 하고 다원과 준희를 째려보았다.

"있어, 그런 게. 내가 정말 얘한테 얼마나 많이 신경을 써주는지 다른 사람들이 안다면 기절할 거야. 다들 내가 애 괴롭힌다고만 생각하는 모양인데 모르면 입 다물고 있으라 그래."

준희가 거드름을 피우며 거만한 목소리로 말했다. 다원은 그가 태주에게 입을 나불댈지도 모른다는 위기감을 느꼈다.

"아니라고 말했잖아. 제발, 그 얘기는 그만 좀 해."

다원은 곧 그들이 식당으로 들어가 태주와 마주 앉아야 한다는 생각에 거의 애원하는 심정으로 준희에게 부탁을 했다. 그가 들어 줄 리 없다는 것을 알고 있었지만 지푸라기라도 잡고 싶었다.

"도대체 무슨 얘기냐구!!"

두 사람이 주고받는 얘기를 고개를 이쪽저쪽으로 돌려가며 듣고 있던 세영이 앙칼진 목소리로 신경질을 바락 냈다.

"글쎄, 얘가 말이야……."

"다시 그, 말도 안 되는 얘기로 날 괴롭힌다면, 나 다시는 너 안 볼 거야."

다원은 급히 준희의 말을 가로막았다. 그런 말이 먹힐 리 없었지만 급한 마음에 그렇게 협박 아닌 협박을 했다. 이런 식으로 모두의 웃음거리가 될 수는 없었다.

"상대를 안 하다니? 어떻게?"

아니나 다를까 준희가 조소를 날리며 물었다.

"나갈 거야."

다원은 단호한 목소리로 말했다.

"어디로?"

"어디로든."

"그런 협박이 통할 거 같냐? 너 바보야?"

준희가 코웃음을 쳤다.

"무슨 얘기냐구, 글쎄? 얼른 말해줘."

세영이 약이 바짝 오른 얼굴로 준희의 팔을 잡고 닦달했다. 그는 세영의 손을 뿌리치고 집으로 걸음을 옮기기 시작했다.

세영이 그의 뒤를 졸래졸래 따라가며 계속해서 꼬치꼬치 캐물었지만 그는 다행히 아직은 입을 다물고 있었다. 다원은 절망한 몸짓으로 집 안으로 사라지는 그들의 뒷모습을 멍하니 바라보다가 하는 수 없이 그 뒤를 따라 들어갔다.

고소한 크림소스 냄새가 실내에 가득 퍼져 저절로 군침이 돌았다. 손을 씻고 나오니 식탁에는 어느새, 여러 가지 야채와 해물이 어우러진 크림파스타가 먹음직스럽게 담긴 접시가 네 개 놓여 있었다.

모두 식탁에 둘러앉자 태주가 와인셀러에서 화이트 와인 한 병을 꺼내 네 개의 와인글라스에 삼 분의 일쯤 채워서 각자의 앞에 놓아주었다.

"도수 낮은 거라 괜찮을 거야. 마셔."

태주가 딱히 누구에게랄 것도 없이 그렇게 말했다.

"너, 술 마셔본 적 있어?"

준희가 느닷없이 다원을 향해 물었다. 또 무슨 소리를 하려고.

"마셔봤어."

다원은 꼴 보기 싫은 그를 한 차례 노려본 후 퉁명스럽게 대답했다.

"언제?"

다원은 대꾸하지 않았다. 길게 대화를 나눴다가는 또 무슨 빌미가 잡혀 아까의 얘기를 끄집어낼지 알 수 없었다. 감히 말도 안 되는 상대를 좋아하는 얼빠진 촌아이로 태주에게 비친다면 죽고 싶을 거 같았다. 그러느니 그냥 그가 아는 대로 불우해서 동정이 가는 소녀로 남아 있는 게 나았다. 그에게만은 비웃음을 사고 싶지 않았다.

"삼촌, 준희가 재랑 둘만 아는 얘기를 쑥덕대면서 나 따돌려요. 내 눈 앞에서 나 바보 만들고, 정말 이래도 되는 거예요?"

갑자기 세영이 들고 있던 포크를 소리 나게 내려놓으며 태주에게 하소연인지 고자질인지 모를 말을 늘어놓기 시작했다. 그녀의 눈에는 어느새 눈물까지 그렁그렁 맺혀 있었다.

"도대체 무슨 얘길 하는 거야? 내 모든 얘길 너와 공유해야 한다는 발상 자체가 코미디다."

준희가 어이없다는 얼굴로 세영을 건너다보았다.

"무책임하고 의리 없는 나쁜 놈."

"내가 의리 때문에 그나마 널 참아준다는 생각은 안 해봤냐? 그리고 난 너 책임질 행동 한 적 없어. 누가 들으면 오해해. 말조심해."

준희가 감정 없는 얼굴로 힘들이지 않고 대꾸했다. 지가 나쁜 놈인 건 인정을 하는 모양이었다. 그것에 대한 말은 안 하는 걸 보니.

세영은 분한 얼굴로 씩씩대며 준희를 노려보았다. 음식을 만들어준 사람 성의가 무색하게 식탁의 분위기는 산만해졌다. 다원은 태주가 화를 내는 것은 아닐까 조마조마해서 지켜보았지만 그는 늘 있는 일이라는 듯이 말없이 음식만 먹고 있었다.

"책임이 없다고? 나랑 결혼할 거라고 했잖아. 부모님들까지 허락했고."

세영이 따지듯이 다그치자, 그는 어처구니없는 얼굴로 다원을 흘끔 쳐다보았다.

"꼬맹이 때 한 장난을 여태 믿는 건 네 자유지만 나는 빼줘. 무서워, 미저리 같애."

"꼬맹이라니? 중학교 때였어. 장난도 아니었고, 너 진지했어."

세영이 이 말싸움에서 이기면 준희를 차지할 수 있다고 믿는 사람처럼 열을 내며 말했다.

"그래, 중학교 때 그랬다고 쳐. 근데 그게 뭐? 그걸 꼬투리 잡아서 아직까지 쫓아다니는 건 좀 오버 아니냐?"

"뭐가 오버야? 우리 사귀고 있으니까 그 약속도 당연히 유효해. 뭣 땜에 자꾸 잡아떼니?"

"사귀긴 뭘 사귀어? 그 이후로 나는 말할 것도 없지만, 네가 만나고 다닌 남자들이 몇인데, 사귀는 사람 두고 서로 다른 사람 만난다는 게 말이 돼? 억지 부릴 걸 부려."

"내가 그런 건 네가 바람피우니까 열받아서 그런 거고, 연인들이 늘 좋을 수만 있어? 싸우기도 하고 한눈도 팔고 하는 거지. 그걸 아니까 내가 참고 있는 거야. 아무튼 난 한 번도 너와 헤어진 적 없어. 그런 마음먹은 적 한 번도 없어."

"뭐, 네 인생이니까 왈가왈부하지 않을게. 네 일은 네가 알아서 하고, 내 일은 내가 알아서 하는 거지. 혼자 사귀든, 결혼하든 알아서 해. 단, 네 연극에 나는 끌어들이지 마. 네가 평생 쫓아다닌다고 해도 다시 너와 엮이는 일은 없어. 세상에 여자가 얼마나 많은데 만났던 여자를 다시 만나? 내가 미쳤어?"

"개자식! 나쁜 놈!!"

세영이 양손을 갈고리처럼 말고 의자에서 벌떡 일어서며 비명을 질렀다.

"둘 다 그만해."

태주가 미간을 모으며 주의를 주자 세영이 식식대면서도 하는 수 없다는 듯 자리에 주저앉았다.

"왜 저렇게 형편없는 녀석을 좋아하는 거니?"

태주가 안타깝다는 얼굴로 세영에게 말하자, 준희는 콧방귀를 뀌며 파스타를 먹기 시작했다.

"저도 모르겠어요. 나도 몰라요……."

세영의 눈에서 눈물이 뚝뚝 떨어졌다. 다원은 그 마음이 무엇인지 조금은 알 것도 같아서 그녀가 가엾은 생각이 들었다. 티슈를 밀어주자 세영은 신경질적으로 티슈를 뽑아 눈물을 닦고 코도 팽, 풀었다.

준희는 그 모든 일과 상관없다는 듯 무료한 표정으로 턱을 괴고 앉아 음식을 먹었다. 잔인한 놈.

저녁을 먹고 나서 준희는 피곤했던지 방으로 들어가 버렸고, 세영도 언제 울고불고 싸웠냐 싶게 풀어져서 그를 졸래졸래 쫓아 들어갔다.

다원은 태주가 설거지를 해놓은 그릇을 마른 행주로 닦아 찬장에 집어넣었다.

"수고했다."

태주가 설거지를 마치고 걷었던 소매를 내리며 말했다. 그가 하지 않으면 원래 모두 다원의 몫이었던 일이다. 그는 성품까지도 완벽해 보였다. 어느 여자가 반하지 않으랴.

"이제 들어가 쉬어도 돼. 하루 종일 힘들었을 텐데."

"낚시하러 가실 거예요?"

태주가 저녁을 먹으며 밤낚시를 할 거라고 하던 말을 기억하고 다원은 용기를 내어 물었다.

"응."

태주가 보온병에 커피를 타며 대답했다.

"저도 따라가도 돼요?"

어디서 용기가 나와서 그런 말을 할 수 있었는지 모를 일이다.

잠깐 준희의 얼굴이 떠올랐지만 태주와 함께 오붓하게 시간을 보낼 수 있는 기회를 놓치고 싶지 않았다. 뭘 어째 보겠다는 건 아니고, 그냥 낚시하는 태주의 옆에 말없이 앉아서 그와 시간을 공유해 보고 싶었다. 그게 다였다.

"심심할 텐데, 춥고."

태주가 조금 놀란 눈으로 다원을 바라보았다.

"외삼촌 낚시하실 때 자주 따라가 봤어요."

"아. 그랬지. 거기도 호수가 있었지. 가족들이 보고 싶겠구나. 집 떠나온 게 처음이지?"

태주가 보온통의 뚜껑을 닫으며 말했다. 다원이 고개를 끄덕이자 태주도 그녀를 따라서 고개를 끄덕이더니 잠시 후, 이 층으로 올라가 두꺼운 방한 점퍼 두 개를 가지고 내려왔다.

"입어. 준희가 입던 거야."

다원은 그가 내민 점퍼를 입었다. 에스키모들의 옷처럼 두껍게 털이 누벼지고 무릎 아래까지 내려오도록 길었다. 모자도 크고 깊어서 다원이 입자 옷에 파묻힌 꼴이 되었다. 다원은 모자를 눌러 쓰고 장갑을 챙겨서 태주를 따라 밖으로 나갔다.

태주가 바깥의 창고에서 커다란 가방과 낚시 도구를 꺼내 들고 나왔다. 그의 손에 너무 많은 짐이 들려 있어서 다원이 하나를 받아 들려고 하자 태주가 고개를 저었다.

다원은 소매 속에 팔을 집어넣고 키가 커서 보폭이 넓은 태주의 뒤를 종종걸음으로 뒤따라갔다. 그는 짐을 어깨에 메고 한 손으로 손전등을 비추며 마당을 벗어났다.

"미끄러우니까 조심해."

태주의 주의에도 불구하고 다원은 그의 뒤를 꿈인 양 따라가다가 그만 마른 풀에 걸려 무릎으로 풀썩 넘어지고 말았다. 태주가 뒤를 돌아보더니 얼른 다원의 겨드랑이에 팔을 넣어 일으켜 세워주었다.

"괜찮아?"

다원은 민망해서 얼굴이 붉어졌다. 밤이라 얼굴을 보지 못하는 것이 천만다행이었다. 잡풀들이 말라서 옷에 부딪치며 버석거리는 들판을 따라 한참을 더 걸어갔다. 다원을 생각해 천천히 걷고 있긴 했지만 긴 다리로 성큼성큼 걷는 태주를 따라가는 것이 힘에 부쳤다. 다원이 일부러인 듯 두 번째로 넘어졌을 때 태주가 다시 다원의 팔을 잡아 바짝 일으켜 세워주었다. 다원은 제가 하는 꼴이 너무도 부끄러워 쥐구멍에라도 숨고 싶었다.

"무릎이 남아나겠어? 따라오기 힘들면 돌아갈래? 집에 데려다 줄까?"

태주가 걱정스러운 얼굴로 다원을 내려다보았다. 다원은 고개를 저었다.

그러자 그는 잠깐 동안 말없이 그녀를 내려다보더니 랜턴을 바꿔 쥐고 오른손을 다원에게 내밀었다. 다원은 저도 모르게 움찔 놀랐다.

"잡아. 또 넘어지고 싶지 않다면."

다원은 떨리는 손을 내밀어 그의 단단하고 큰 손을 잡았다. 두 사람 모두 장갑을 끼고 있었지만 그게 문제가 아니었다.

다원은 꿈을 꾸는 듯 발을 바닥에 딛는 것을 거의 느끼지 못할 정도로 와들와들 떨면서 걸었다. 힘센 그의 손에 의지해 호숫가를 빙 돌아 드디어 호수 위로 돌출되게 데크가 짜인 낚시터에 도착했다.

"죄송해요."

태주가 다원의 손을 놓고 짐을 데크 위에 내려놓자 다원은 괜히 따라와 그에게 민폐를 끼치는 것 같아 기어들어 가는 소리로 조그맣게 말했다.

"천만에."

태주가 미소를 지으며 간단하게 대꾸했다. 다원은 태주가 데려다 세워놓은 그대로 꼼짝도 하지 않고 서서 그가 텐트를 치고 의자를 펴놓고 야외용 난로를 켜는 것을 지켜보았다.

"앉아."

그가 낚시 의자를 가리키며 말했다. 다원은 앞면이 뻥 뚫린 낚시 텐트 안에 놓인, 태주가 앉을 의자와 거의 붙다시피 놓여 있는 의자에 조심스럽게 앉았다. 태주는 담요를 다원의 무릎에 놓아주고 난로도 그녀 쪽으로 돌려주었다.

다원은 그가 낚시를 설치하는 것을 지켜보았다. 그는 순식간에 받침틀과 낚싯대 세 대를 설치하고 가방에서 보온병을 꺼내 커피를 따라 다원에게 건네주었다.

바람이 불지 않으면 크게 추운 날씨가 아니었지만 가끔 호수 쪽에서 불어오는 바람은 에일 듯이 차가웠다. 다원은 뜨거운 커피를 양손으로 감싸 쥐고 몸을 웅크렸다.

"춥지?"

태주가 다원을 돌아보며 물었다. 다원은 고개를 저었다.

"준희 녀석 많이 힘들게 하지? 너무 순하게 대하지는 마. 본성이 나쁜 놈은 아닌데, 심술이 좀 있어서 만만하게 보이면 힘들어질 거야."

다원은 고개를 끄덕였다. 이미, 벌써 만만하게 보이고 남은 후였기 때문에 다원은 저도 모르게 한숨을 내쉬었다.

"그 친구는 잘 지내고 있어?"

태주가 다원이 들고 있던 빈 컵을 받아 한쪽으로 치우며 물었다. 다원은 그 친구가 누군지 생각에 잠겼다가 퍼뜩 정신을 차리고 대답했다. 그는 상우에 대해 물은 것이다.

"잘 모르겠어요. 연락을 안 한 지 좀 돼서."

"그날 왜 그런 일이 있었는지 물어도 되니? 말하기 곤란하면 안 해도 좋고."

태주가 갑자기 퍽 궁금하다는 듯이 그렇게 물었다. 이미 몇 개월이나 지난 일이고 굳이 그날 일을 떠올려 얘기할 기분이 아니었지만 그와 가진 유일한 기억이 그것이라 입을 다물고 있으면 더 어색할 거 같았다. 게다가 그와 더 길게 얘기를 나누고 싶었기 때문에 그가 물어준 것이 고마운 생각도 들었다. 자신에게 궁금한 것도 있다는 것이.

"그 애와는 어려서부터 오누이처럼 자랐어요. 가족으로 여겼는데…… 아무 생각 없이 어려서 놀던 생각이 나서 숲에 갔는데…… 그 애도 잠깐 실수를 한 거지 나쁜 짓을 하려고 한 것은 아니었어요. 저만큼 걔도 많이 놀라고 힘들어했어요."

다원이 말을 하는 동안 태주가 주의 깊게 다원을 바라보았다.

"그래. 그랬구나. 그날 일을 너무 나쁘게 기억하고 있지 않길 바라서 물었다. 안 좋은 기억이면 묻어두는 거보다 누군가에게 말이라도 하면 훨씬 가벼워진다고 알고 있어. 뭐든 다 얘기해도 좋아. 그 일에 대해 트라우마를 갖지 않길 바란다. 네 잘못이 아니니까."

그의 목소리는 너무도 부드럽고 따뜻했다. 마치 음악처럼 듣기가 좋았다.

다원이 고개를 끄덕였다.

"개강하면 공부도 열심히 하고 친구도 많이 사귀어. 미팅도 하고. 준희나 집안일 도와야 된다는 부담은 갖지 않아도 돼. 낯모르는 아이들도 돕는데 너 같은 인재를 후원하는 건 우리의 보람이야, 알겠니?"

그가 다원을 돌아보며 그렇게 말했다. 다원은 차마 그의 눈을 마주 보지 못하고 고개를 숙였다. 이렇게 완벽한 사람이면 어쩌란 말인가? 그렇지 않아도 힘든데.

"전부터 해주려던 말이었는데 기회가 없었다."

그는 약간 쑥스러운 미소를 지으며 말했다. 큰 기업을 이끌어가는 사람답지 않게 순수하고 바른 사람이었다. 다원은 문득 그를 좋아하는 것이 자랑스럽게 느껴졌다. 그런 사람을 좋아하는 것은 누가 봐도 이상할 것이 없는 일이었다. 그렇게 생각하자 마음이 한결 편안해졌다.

별장으로 돌아왔을 때, 거실에 앉아 있던 준희가 도끼눈을 하고 쩨려보았다. 잘못한 것도 없이 다원은 찔끔 놀랐지만 이내 모른 척, 그를 외면하고 이 층 계단을 오르기 시작했다. 등 뒤에서 준희의 시선이 끝까지 따라오는 것이 느껴졌지만 다원은 뒤돌아보지 않았다.

8

　여자가 별장에 도착한 것은 다음날 아침 식사를 마치고 막 치우려고 하는 중이었다. 여자는 자신의 집인 양 자연스러운 태도로 현관문을 열고 들어왔다. 그녀는 식당으로 들어서자마자 부드럽게 윤이 나는 고급스러워 보이는 밍크 외투를 벗어 식탁 의자에 걸쳐 놓았다. 겉옷을 벗자, 캐시미어 니트 원피스를 입은 여자의 멋진 몸매가 드러났다. 굵은 웨이브가 진 머리를 길게 늘어뜨린 모습이 더할 수 없이 우아하고 세련되어 보였다.

　"웬일이야?"

　태주가 접시를 치우다 말고 놀란 얼굴로 그녀를 바라보았다.

　"쭌이 오라고 해서 왔어. 이런 데 올 거면 같이 가자고 해주면 좋잖아. 꼭 이렇게 뒷북을 치게 만든다니까."

여자는 밉지 않게 태주에게 눈을 흘기더니 준희를 향해 살짝 윙크를 해 보였다.

그녀는 세영에게도 아는 척을 한 후 다원을 바라보았다.

"누구? 처음 보는 얼굴이네? 준희 여자친구?"

"아니요."

다원과 세영과 준희가 동시에 부정의 말을 내뱉자, 여자는 어리둥절한 얼굴로 그들을 바라보더니 웃음을 터뜨렸다.

"그냥 고용인이에요. 잡일을 돕는."

세영이 입술을 뾰족하게 내밀며 못마땅한 듯이 심술궂게 말하자 태주가 미간을 살짝 찌푸리며 그런 세영을 바라보았다.

"다원이 고용인 아니야. 준희 친구로, 우리 집 손님으로 머무는 거니까 앞으로 그런 식으로 말하지 않도록 해라, 알겠니?"

태주의 경고를 받은 세영은 억울한 듯이 입을 내밀었지만 태주가 계속 바라보자 어쩔 수 없다는 듯이 고개를 끄덕였다.

"뭐 아무려면 어때요? 반가워요, 다원 씨?"

여자는 어색해진 분위기를 풀어보려는 듯이 가벼운 목소리로 말하며 다원에게 손을 내밀었다. 다원은 조심스럽게 손을 내밀어 여자의 손을 잡았다. 여자에게서는 사탕처럼 달콤하고 진한 향수 냄새가 났다.

"남은 거 없어? 나도 아침 전인데."

여자가 태주를 돌아보며 말했다.

"앉아 있어. 금방 만들어줄게."

그는 원래 주방 일에 익숙한 사람처럼 가볍게 말한 뒤, 그들이 방금 전 아침으로 먹은 촉촉한 프렌치토스트와 스크램블에그와 오리엔탈 소스가 뿌려진 신선한 야채샐러드를 만들어서 여자의 앞에 놓아주었다. 여자는 태주를 향해 사랑스러운 미소를 지어 보이고 맛있게 음식을 먹기 시작했다.

그러는 동안 태주는 그들 앞에 맛을 유지하기 위해 차 잎을 뺀 핫 티를 만들어 한 잔씩 놓아주었다. 다원이 차를 준비하는 것을 도우려고 일어서려고 하자 태주가 고개를 저어 보였으므로 다원은 다시 자리에 앉을 수밖에 없었다.

태주도 식탁에 앉았고, 그는 차를 마시며 자신이 만들어준 음식을 먹고 있는 여자를 다정한 눈빛으로 바라보았다. 여자도 미소 띤 얼굴로 태주의 얼굴에서 눈을 떼지 않았다. 누가 보아도 그들이 서로 사랑하는 사이라는 것을 알 수 있었다.

하기는 태주 같은 사람에게 애인이 없다는 것이 더 부자연스러운 일일 것이다.

다원은 자신이 그를 좋아하는 마음을 먹은 것만으로 왠지 여자에게 죄를 지은 것 같은 느낌이 들었다. 다원은 고개를 숙이고 찻잔을 손으로 감싸 쥐었다.

어차피 가망 없는 일방적인 사랑이었으므로 이쯤에서 정신을 차리는 것이 자신을 위해서도 좋으리라.

얼토당토않게 자꾸 제 마음을 태주에게 드러내고 싶은 욕망에 더는 시달리지 않게 된 것도 잘된 일이었다. 마음이 깊어지자 어쩔 수 없이 자꾸만 혼자만 하자던 사랑이 밖으로 튀어나오려고 용을 쓰기 시작했다. 아무 희망이나 가능성이 없다는 것을 알면서도 미련이 생겼고 마음이 자꾸만 헛꿈을 꾸기 시작했던 것이다.

복잡한 생각을 털어버리기 위해 눈을 깜빡이며 고개를 들었을 때 자신을 빤히 바라보고 있는 준희와 시선이 마주쳤다. 그의 눈빛이 너무도 서늘해서 다원은 움찔 놀랐다. 그는 다원과 시선이 마주쳤는데도 피하지 않고 아랫입술을 잘근잘근 깨물며 그녀를 쏘아보았다. 다원은 그제야 자신이 아까부터 아프도록 아랫입술을 물고 있었다는 것을 깨닫고 얼른 입술을 놓았다. 혀로 핥아보니 아랫입술에 이빨 자국이 깊이 남아 있었다.

"산책 가자."

준희가 옆 의자에 기대어 있던 목발을 잡으며 자리에서 일어섰다. 세영도 반사적으로 따라 일어섰지만 준희는 그런 세영의 어깨를 눌러 다시 앉혔다.

"다원이랑 갈 거니까 넌 따라오지 마."

"뭐어?"

세영이 기가 막힌다는 듯이 가슴 앞에 팔짱을 끼며 준희를 노려보았다. 그는 그러거나 말거나 신경도 쓰지 않고 앞장서 식당을 나가며 말했다.

"옷 가지고 나와."

다원에게 한 말이었다. 다원은 금방 울음이라도 터뜨릴 듯한 기세인 세영의 눈치가 보여 안절부절못하며 엉거주춤 의자에서 일어섰다. 하지만 곧 준희가 짜증을 내며 재촉했으므로 하는 수 없이 방으로 가서 두 사람의 겉옷을 들고 준희를 따라 나갔다.

준희는 현관문 앞에 서서 호수 쪽을 바라보며 서 있었다. 호수에 둘러싸인 건너편 산의 마른 나뭇가지들에 하얗게 피어 있는 눈꽃에 아침 햇살이 반사되어 반짝거렸다.

다원은 얇은 옷을 입은 그가 감기라도 걸릴까 걱정이 되어 서둘러 옷을 입기 좋게 들고 그가 팔을 꿰기를 기다렸다.

그는 신경도 안 쓰고 호수 저편, 먼 곳에 시선을 두고 한참 동안 그대로 서 있었다.

"얼른 옷 입어. 감기 걸려."

다원은 하얀 입김을 내뿜으며 그를 재촉했다. 그러나 준희는 들은 척도 하지 않고 이번에는 다원 쪽으로 고개를 돌렸다. 그 얼굴이 화가 난 것 같기도 하고 약간은 심술궂어 보이기도 했다. 다원은 조마조마해서 그의 눈치를 살폈다. 다원을 괴롭히기 전에 그는 꼭 그런 표정을 지었기 때문이다.

"삼촌 애인이야. 국제항공 알지? 우리나라에서 제일 큰 항공사 오너의 무남독녀야. 지금은 자기 이름을 딴 패션 브랜드를 가진 디자이너지만 장차는 아마도 항공사를 물려받게 될 테지. 다른 상속자가 없으니까. 국제항공이 미래건설의 지분도 상당히 가지고 있어서 삼촌은 무슨 일이 있어도 도희 누나랑 결혼을 해야 안

전하게 경영권 방어를 할 수 있어. 삼촌에 반대하는 누군가가 국제항공과 손을 잡고 지분 싸움을 걸면 골치 아파지기 때문이야. 무슨 얘기냐 하면 이미 둘 사이는 정해졌다는 말이야. 이변은 없어."

준희는 비웃는 듯한 눈빛으로 다원의 얼굴을 바라보았다. 그녀의 얼굴에 나타나지 않는 감정까지 다 꿰뚫어 보겠다는 듯 눈빛이 집요했다.

"그래? 그랬구나."

다원은 최대한 아무렇지 않은 투로 말했지만, 추워서 그랬는지 목소리가 떨려서 아무렇지 않은 듯이 보이는 것을 실패하고 말았다. 준희는 가소롭다는 듯이 콧방귀를 뀌더니 다원이 들고 있는 옷에 그제야 팔을 꿰어 입었다.

"신발."

준희는 신발을 꺾어 신고 있었다. 다리가 불편해 외출할 때는 언제든 그의 신발까지 신겨줘야 했다. 다원은 얼른 무릎을 굽히고 앉아 구겨진 그의 운동화를 펴서 그가 뒤꿈치를 넣을 수 있게 잡아주었다.

"부축해."

그는 데크 아래, 마른 잔디가 깔린 정원으로 내려서며 또다시 명령을 했다. 머리를 말리라거나 손톱 발톱을 깎아달라는 것 외에 직접적인 신체 접촉을 하는 일은 아직까지 없던 일이었다. 다원은 당황하고 마땅치 않아서 그를 빤히 쳐다보았다.

"뭐 해?"

준희가 그런 다원을 재촉을 했다.

"혼자도 걸을 수 있잖아. 부축하지 않아도."

"여긴 포장도로가 아니잖아. 넘어져서 다른 쪽 다리까지 부러지면 네가 책임질 거야?"

준희가 짜증을 내자 다원은 하는 수 없이 목발을 짚지 않은 그의 왼편으로 가서 그의 팔을 잡았다.

"장난해?"

몇 걸음을 걷던 준희가 어이가 없다는 듯 걸음을 멈추었다. 그도 그럴 것이 다원이 하는 것은 부축이라기보다는 오히려 그의 팔에 매달려 가는 꼴이었던 것이다. 다원은 그렇게 큰 키의 남자를 부축하는 방법을 몰랐으므로 난감한 얼굴로 그를 올려다보았다. 그러자 준희가 팔을 번쩍 들더니 다원의 어깨를 감싸 안았다. 다원이 놀라서 그의 팔을 뿌리치는 바람에 하마터면 둘이 함께 넘어질 뻔했다.

준희는 다원을 노려보더니 갑자기 손을 뻗어 다원의 차갑게 언 볼을 집게손가락으로 꽉 잡았다. 아프기도 하고 놀라기도 해서 작게 비명을 지르자 그는 자신의 얼굴 쪽으로 그녀의 얼굴을 바짝 잡아당겼다.

"내가 벌레냐? 치한이야? 닿기만 해도 기겁을 하게? 기분 나빠. 아주 불쾌하다구."

"말, 말도 없이, 갑자기 그러니까 그렇지."

"넌 목발한테 보고하고 쓰냐? 어이가 없네."

준희는 화를 내며 그녀를 윽박질렀다.

"아, 알았어. 아프니까 좀 놔. 난 누가 나 만지는 거 원래 무척 싫어해."

"어련하시겠어."

준희는 그런 그녀를 비웃으며 더 바짝 그녀의 얼굴을 자신 쪽으로 끌어당겼다. 다원은 불가항력으로 불과 몇십 센티미터 앞에 있는 준희의 얼굴을 바라볼 수밖에 없었다. 그 상황에서 눈을 감는 건 더 이상한 일이었으므로.

볼이 잡혀서 자신의 얼굴이 우습게 보일 거라는 것에 생각이 미치자 그녀는 그의 손을 떼어낼 요량으로 자신의 볼을 꼬집어 잡고 있는 준희의 손을 잡았다.

다음 순간 다원은 당황스러울 정도로 아름답게 빛나는 그의 눈을 보고 말았다. 가까이서 들여다본 준희의 눈은 깊고 푸른 기를 띠며 신비롭게 빛났다.

다원은 숨을 멈추고 그의 동공이 커다랗게 열리는 것을 바라보았다. 그녀는 자신의 처지도 잊고 준희의 존재도 잊고 오직 그 눈빛에 매혹당해 넋을 잃었다. 시간이 멈춘 듯한 순간이 지나갔다. 그녀가 정신을 차리는 것과 동시에 다원의 눈을 마주 보던 준희도 뭐에 놀란 사람처럼 황급히 그녀의 볼을 놓았다. 그들은 잠시 어색한 침묵 속에서 서로를 외면한 채 서 있었다. 겨울 햇살이 두 사람 사이에서 하얗게 부서졌다.

"아무튼, 조심해."

잠시 후, 준희가 헛기침을 하며 경고하듯이 못을 박았지만 다원은 여전히 좀 얼떨떨한 기분에서 벗어나지 못하고 있었다. 별일이었다. 이제 어느 정도 그의 미모에는 면역이 생겼다고 여겼는데. 하기는 악마는 천사보다 더 아름다운 외모를 가졌다지 않는가.

다원은 그의 외모에 잠시 현혹된 자신을 속으로 꾸짖었다. 그의 곁에 있으면서 정신을 똑바로 차리지 않는다면 악마에게 영혼을 잃듯이 소중한 것을 잃을지도 몰랐다. 다원은 얼굴을 붉히며 껍데기에 불과한 그의 외모에 다시는 사로잡히지 않으리라 다짐했다. 아무리 완벽한 외모를 가지고 있어도 그것으로는 도저히 무마되지 않는, 도저히 넘을 수 없는 정신세계를 가지고 있는 준희의 실체를 누구보다 잘 알고 있지 않은가.

"와."

준희가 한 팔을 들고, 정말 목발을 대하듯이 퉁명스럽게 그녀를 불렀다. 다원은 하는 수 없이 그가 들고 있는 팔 아래로 가서 섰다. 준희의 긴 팔이 자신의 어깨에 내려앉자 다원은 온몸이 굳어졌다. 두꺼운 외투를 입었는데도 그의 팔이 닿은 피부가 화상을 입은 듯이 화끈거리는 기분이 들었다.

다원은 이를 물고 외투 주머니에 손을 넣은 채 준희에게 어깨를 감싸 안긴 꼴이 되어 그의 보조에 맞추어 걷기 시작했다.

자세로 보면 구태여 어깨를 잡을 이유가 없었는데 그는 군이 그것을 원했다.

그들은 별장 뒤편의 전나무 숲 사이로 난 산책로를 따라 숲 안쪽으로 천천히 걸어갔다. 가시처럼 뾰족한 푸른 잎을 무성히 단 키 큰 전나무들이 길 양편으로 도열하듯이 서 있는 숲은 햇빛이 들지 않아 몹시 추웠다. 다원은 몸이 떨리는 것을 간신히 진정시키며 제 발끝을 내려다보며 걸었다. 발밑에 서리가 낀 작은 돌멩이들이 걸음을 옮길 때마다 자그락거리며 소리를 냈다.

"꿈 깨."

이제는 돌아보아도 별장이 보이지 않을 정도로 숲 안쪽으로 접어들었을 때 준희가 내뱉듯이 말했다. 그가 단지 그 말을 했을 뿐인데 다원은 그가 무슨 말을 하는지 바로 알아들었다. 하지만 못 알아들은 척 아무 반응도 보이지 않았다. 자신의 어깨에 두른 준희의 팔에 힘이 들어가는 것이 느껴졌다.

"무슨 말인지 알아? 네 마음 이해 못하는 건 아니야. 삼촌은 남자가 봐도 멋진 사람이니까 너처럼 속없는 여자애가 좋아한다고 해서 이상할 건 없어. 근데 그냥 그 정도로 끝내. 삼촌 앞에서 알짱거리며 기회를 엿보는 짓 그만해. 못 봐주겠어. 그래 봐야 소용없어."

준희의 말이 다 끝나기도 전에 다원은 걸음을 멈추었다. 그녀는 식식거리며 자신의 어깨에 놓여 있는 그의 팔을 벗어 던졌다. 그녀의 어깨에 거의 몸무게를 싣지 않고 있었기 때문에 다원이 좀 격렬하게 뿌리쳤는데도 준희는 멀쩡히 서 있었다.

"그 얘기 그만 좀 해. 아니라고 몇 번을 말해? 난 아무것도 꿈꾸지 않았어. 알짱거린 적도 없고, 기회를 엿본 적은 더구나 없어. 그러니 생사람 잡지 마, 제발. 부탁이야."

처음의 기세와는 달리 다원은 점점 기어들어 가는 자신 없는 목소리로 말을 끝맺었다. 꿈꿔본 적 없다고 하는 건 거짓이었다. 사랑이 상대를 봐가며 찾아올 리 없었다. 아무런 희망이 없다는 것을 알면서도, 가당치 않다는 것을 알면서도 한 번 시작된 마음은 좀체 멈추어주지 않았다. 그래서 속으로 삭이려고 애를 썼다. 그가 굳이 집어주지 않아도 혼자 애끓다 버려질 소용없는 마음이라는 것을 스스로 잘 알고 있었다.

다원의 뺨 위로 눈물이 한 방울 흘러내렸다. 그녀는 당황해서 얼른 손등으로 그것을 훔쳤다. 하지만 다음 순간 다시 눈물이 흘렀고 다원은 얼른 준희에게서 등을 돌렸다. 그녀는 두 손으로 입을 막고 눈물을 멈추려고 애를 써보았지만 소용이 없었다.

다원은 울면서도 제가 왜 우는지 알 수 없었다. 태주에 대한 가망 없는 사랑 때문만은 아니었다. 이상하게 모든 게 서럽고, 아팠다. 아무리 힘든 일이 있어도 남 앞에서 울어본 적은 없었다. 그런데 하필 준희 같은 애 앞에서 울다니, 기가 막혔다.

한참을 울어서 드디어 울음이 잦아들었고, 이제 이 상황을 어떻게 돌파할 것인가 속으로 궁리를 하고 있을 때 준희가 그녀의 어깨 너머로 손수건을 내밀었다. 눈물범벅이 된 얼굴을 그에게 보이고 싶지 않았기 때문에 다원은 순순히 그의 손수건을 받아

들었다.

눈물에 젖어 차갑게 얼어붙은 아린 뺨을 닦고 코를 풀고 나서 다원은 손수건을 자신의 주머니에 넣었다.

"빨아서 줄게."

"버려. 나보고 그걸 다시 쓰란 말이야?"

준희가 인상을 썼다. 차가운 말투와 달리, 늘 가면처럼 쓰고 있던 경멸 어린 조소도, 비웃음도 사라진 맑은 얼굴이었다. 그 얼굴은 눈부시게 아름다워서 낯설고 위험해 보였다. 차라리 비웃고 경멸하는 것이 더 마음 편할 것 같았다.

"널 위해 충고한 건데, 울 필요까진 없잖아."

그는 미간을 찌푸리며 다시 불쾌한 표정을 지었다. 돌아올 때 그는 다원의 어깨를 빌리지 않았는데도 멀쩡히 잘만 걸었다.

다원은 그가 이 일을 꼬투리 삼아 괴롭히거나, 놀려먹을 걸 알고 있었기 때문에 마음이 심란했다. 왜 울었는지 도무지 이해할 수가 없었다. 자신이 그렇게 나약하다는 것이 부끄러웠다.

오후에 서울로 돌아올 때 다원은 태주가 운전하는 차를 타지 않고 그의 애인인 도희의 차를 탔다. 태주가 그렇게 하라고 시켰기 때문이다.

그녀는 운전을 하면서 옆에 앉은 다원이 어색하지 않게 이것저것 말을 시켰다. 곧 대학 생활을 시작하게 될 다원을 위해 이것저것 조언도 해주고 자신이 하는 일에 대한 얘기를 하며 자부심을 드러내기도 했다.

준희에게서 들은 그녀의 엄청난 배경에 대한 생각은 할 수도 없을 만큼 그녀는 소탈하고 서글서글해 보였다. 얼굴도 예쁘고 배경도 좋은데다가 성격까지 쿨하다니, 그 정도는 되어야 태주의 짝이 될 자격이 있을 것 같긴 했다.

서울로 들어서자 도희는 태주의 차를 따라가지 않고 다른 길로 접어들었다. 그녀는 능숙하게 운전을 해, 교통 흐름이 좋지 않은 복잡한 교차로를 빠져나와 화려한 외관을 뽐내는 백화점의 지하 주차장으로 들어갔다. 다원이 어리둥절한 얼굴로 앉아 있자 그녀는 웃는 얼굴로 내리라고 재촉을 하며 먼저 차에서 내렸다. 다원은 하는 수 없이 차에서 내려 그녀를 따라 엘리베이터를 탔다.

"태주 씨가 다원 씨 많이 예뻐하나 봐. 곧 입학한다고 옷을 골라 주라고 부탁받았어요. 예쁜 걸로. 원래 그렇게 세심한 성격 아닌데, 질투 날라고 그래."

도희가 엘리베이터 문이 닫히자 장난스러운 웃음을 띠며 그렇게 말했다. 다원은 진심으로 당황해서 얼굴이 붉어졌다.

"옷…… 필요 없는데요."

"옷이야 많을수록 좋지. 부담 갖지 말아요. 생각해서 하는 선물, 거절하면 실례인 거 알죠? 우리 오늘 태주 씨한테 바가지 좀 씌워요. 돈이 많아 처치 곤란한 사람이니까 이럴 때 많이 써주는 게 도와주는 거야."

다원의 난감한 얼굴을 보더니 그녀가 짓궂은 표정을 지어 보였다. 다원은 예상치 못했던 상황에 놀라서 어쩔 줄을 몰랐다.

엘리베이터가 멈추자 도희는 다원이 도망이라도 갈까 봐 겁내는 사람처럼 다원의 팔을 잡고 함께 내렸다. 다원은 식은땀을 흘리며 그녀에게 이끌려 걸어갔다.

화려하고 고급스러운 분위기의 매장들 사이로 걸어가며 도희는 누군가에게 전화를 걸었고, 잠시 후 깔끔한 유니폼을 입은 두 명의 직원이 나타나 그녀에게 인사를 했다. 그녀는 웃는 얼굴로 그들의 안내를 받으며 걸어갔다.

그들이 들어간 곳은 별자리처럼 화려하게 천장에 매입된 할로겐램프가 아이보리 컬러의 대리석 바닥에 반사되어 반짝거리는 VIP 룸이었다. 벽을 장식하고 있는 그림들과 곳곳에 놓인 조각품 때문에 룸은 고급스러운 갤러리 분위기가 났다.

다원은 도희가 끄는 대로 검은색의 가죽 소파에 가서 앉았다. 도희가 직원들에게 가볍게 고개를 끄덕여 보이자 직원들이 이미 골라서 행거에 걸어두었던 고급스러워 보이는 여러 벌의 옷들과 신발과 가방을 그녀 앞으로 밀고 와 하나씩 꺼내 보였다.

"내가 대충 스타일과 컬러를 말해서 골라놓았어요. 내가 보기에는 화사하고 예쁜데, 취향이 있으니까, 다원 씨는 어때요?"

도희는 자리에서 일어나 옷을 이것저것 꺼내서 코디를 해보며 다원을 돌아보았다. 옷을 얻어 입을 생각이 전혀 없었지만, 거절하기는 이미 늦은 거 같아서 다원은 얼굴이 창백해졌다.

"너무 취향인 옷만 입지 말고, 다른 스타일의 옷도 입어보고 해야 정말 나한테 어울리는 스타일을 찾을 수 있는 거예요. 옷에 대해서는 그래도 내가 전문가니까, 이번에는 내가 고른 대로 한 번 입어봐요. 키도 크고 날씬해서 뭘 입어도 예쁘겠어. 이것저것 다 입혀보고 싶은 몸매야."

도희가 농담인지 뭔지 모를 소리를 하며 화사한 파스텔 민트색의 원피스를 다원에게 대보자 다원은 자신의 마르고 소년 같은 몸을 내려다보았다.

"그, 글쎄요. 전 스커트는 교복밖에 입어본 적이 없어서…… 좀."

"저런, 맘도 안 돼. 한 번 입어봐요. 옷에 따라 사람이 얼마나 달라지는지 보여줄게요. 자, 자. 어서."

도희의 순수한 호의를 도저히 뿌리칠 수가 없어서 다원은 속으로 한숨을 내쉬며 하는 수 없이 고개를 끄덕였다.

직원들이 어색하게 서 있는 다원에게 미소를 지어 보이더니 한쪽에 마련된 탈의실을 예의 바르게 손으로 가리켰다. 도희도 재촉하듯이 웃으며 고개를 끄덕였다. 다원은 직원의 안내를 받아 탈의실로 들어갔고, 그들이 건네주는 옷과 신발을 받아 들었다. 문이 닫히자 다원은 멍하니 손에 들린 고급스러운 색감의 자신과는 전혀 어울릴 것 같지 않은 꿈결 같은 색감의 원피스와 화사한 봄 코트를 내려다보았다.

다원이 진땀을 흘리며 옷을 갈아입고 밖으로 나가자, 직원들이 작게 감탄사를 터뜨렸다. 그 소리에 전화통화를 하던 도희도 그녀를 바라보았고, 눈이 커다래지며 엄지를 들어 보였다. 그녀는 만족스럽다는 듯 웃으며 고개를 끄덕이더니, 다정한 목소리로 전화기에 대고 말했다.

"지금 옷 입어보고 있어. 정말 예쁘다. 보면 깜짝 놀랄걸?"

잠시 후 전화를 끊은 그녀는 다원에게로 다가와 감탄사를 연발하며 모델의 옷을 점검하는 디자이너처럼 다원을 살펴보았다.

"이것 보라니까, 내가 뭐랬어? 정말 사람이 달라 보이네. 거울 봐요. 어때요? 정말 사랑스러워 보이죠?"

다원은 거울에 비친 자신을 바라보았다. 한 번도 입어본 적 없는 스타일과 색감 때문에 어색해 보여서 그녀의 말처럼 멋진지 어떤지 알 수가 없었다.

그 후로도 여러 벌의 옷을 더 입어보고 구두와 가방까지 어울리는 것으로 고르고 나서야 쇼핑은 끝이 났다.

"이건 입고 가요. 시킨 일을 얼마나 멋지게 해냈는지 태주 씨한테 자랑해야죠. 응?"

도희가 막무가내로 다원이 마지막으로 입어본, 실버톤의 미니 드레스에 불투명한 블랙 스타킹과 앞코가 뾰족한 에나멜 부티를 신은 채로 집으로 돌아가자고 졸라댔지만 다원은 강하게 고개를 젓고 재빨리 원래 옷으로 갈아입었다. 자신의 그 모습을 태주나, 준희가 본다는 생각만 해도 등에서 식은땀이 흘렀다. 얼마나 우스꽝스러우랴. 광대가 된 기분일 것이다.

어쨌든 도희의 따뜻한 배려와 친절은 인상이 깊었다. 전혀 자신

의 배경에 대해 의식하지 않는 소탈한 그 성격과 마음가짐에 다원
조차도 반하고 말았다. 멋진 여자라는 것을 깨끗이 인정할 수밖에
없었다. 인정을 하지 않는다고 무슨 수가 나는 것도 아니었지만.

　다원은 한 아름의 쇼핑백을 들고 집으로 돌아갔다.

9

"내일 다원이 학교 태워다 줘."

저녁 식사 시간에 준희가, 함께 식사를 하고 있던 신 비서에게
말했다. 다음날이 다원의 입학식 날이었다.

"괜찮아, 버스 타고 가면 돼."

다원은 황급히 거절을 했다. 공식적으로 허락된 외출인데 자유
롭고 싶기도 했고, 폐를 끼치고 싶지도 않았다.

"기다렸다가 입학식 끝나면 데리고 오고."

준희는 다원의 말이 들리지 않는 사람처럼 여전히 신 비서를 향
해 말했다.

"그럴 필요 없대도?"

다원이 목소리를 높이자, 그제야 준희가 그녀를 쳐다보았다.

"너 힘들까 봐 그러는 거 아니야. 넌 학생이기 이전에 내 고용인이야. 잊은 건 아니겠지? 내 눈을 피해 얼마든지 농땡이를 부릴 수 있으니까 예방 차원에서 그렇게 하는 거야. 수강 시간표도 중간에 시간 비지 않게 짜고, 시간표 나오면 바로 신 비서한테 주도록 해. 하루 종일 널 기다리고 있을 수는 없으니까."

"뭐? 계속 데리러 오겠다는 말이야?"

다원이 경악한 얼굴로 그를 쳐다보자, 준희는 당연한 거 아니냐는 눈빛을 보냈다.

"중간에 새서 다른 짓 하고 다니려고 한 거야?"

"수업 끝나면 바로 돌아올 테니까 오고 가는 건 혼자 하게 해 줘."

기사가 운전해 주는 차를 타고 등하교라니, 말도 안 되는 얘기였다. 그런 대우를 받을 수는 없었다. 민 여사가 알게 된다면 틀림없이 기가 막혀 할 것이 뻔했다.

"너, 많이 컸다?"

말 안 듣는다고 화를 낼 줄 알았던 준희는 그저 못마땅한 얼굴로 그녀를 쩨려보더니 더 이상 아무 말도 하지 않았다.

다원은 태주가 사준 새 옷들을 두고 원래 입던 스키니 진과 블랙 재킷에 캔버스화를 신고 집을 나섰다. 비가 오고 있었기 때문에 도우미 아주머니가 챙겨준 우산을 쓰고 버스를 타기 위해 골목을 걸어 내려갔다.

입학식 날만 신 비서가 학교까지 태워다 주었고 그다음 날부터 다원은 버스를 타고 등교를 했다. 버스를 한 번 갈아타고 학교 앞 지하철역에서 내려 다시 학교 안으로 들어가는 지선버스를 갈아 타야 해서 좀 번거로웠지만 준희의 말처럼 매일 신 비서가 등하교를 시켜준다는 것은 말도 안 되는 일이었다.

봄을 재촉하는 비가 새벽부터 촉촉이 대지를 적셨다. 아직은 그늘진 담벼락 밑에 눈이 남아 있었지만 곧 목련 가지에서 꽃순이 비집고 나올 것이다. 담장 너머로 뻗어 나온 나뭇가지들이 메말랐던 겨울과 달리 싱싱하게 물을 머금고 있었다.

다원이 어깨에 멘 호보백이 젖지 않도록 품에 안고 걷고 있을 때 뒤에서 자동차의 엔진 소리가 들려왔다. 그녀는 담 쪽으로 몸을 피해 걸었다. 자동차는 그녀를 지나치지 않고 옆에 멈추어 섰다.

다원이 놀라서 우산을 쳐들자 운전석의 창문이 내려지며 차 안에 앉은 태주의 얼굴이 나타났다.

"타."

그는 고갯짓으로 조수석을 가리키며 말했다.

다원은 당황해서 눈만 동그랗게 뜨고 그를 바라보았다. 아직 그가 출근하지 않은 걸 모르고 있었다. 그는 대체로 여덟 시 전에 출근을 하는 걸로 알고 있었는데 지금은 아홉 시가 가까운 시각이었다.

"학교 가는 길이지?"

"괜찮아요. 버스 타고 가면 돼요."

다원은 고개를 저었다.

"마침 그쪽에 볼일이 있어서 가는 길이야."

태주가 미소를 지으며 어서 타라고 재촉을 했다. 다원은 머뭇거리다가 하는 수 없이 조수석으로 가서 차에 올라탔다.

"우산 이리 줘, 옷 젖는다."

다원이 물이 떨어지는 우산을 다리 옆에 비스듬히 들고 있자 태주가 손을 내밀었다. 다원은 민망한 얼굴로 그에게 우산을 내밀었다. 태주는 그녀의 우산을 받아서 뒷자리로 넘겼다. 고급 가죽 시트 위로 물방울이 떨어진 것을 보자 다원은 괜히 민망했다. 그녀는 바짝 긴장해서 안전벨트를 양손으로 붙잡고 창밖을 바라보았다.

"학교생활은 어때? 할 만해?"

태주가 차를 출발시키며 물었다.

"아직은 잘 모르겠어요. 좀 얼떨떨해요."

"친구들은 좀 사귀었고?"

"아직. 별로요."

"친구도 많이 만들고 재미있게 지내. 할 수 있는 거 다 해보고. 그때만 해볼 수 있는 특권이니까. 난 대학 때 공부만 했던 것이 후회가 돼. 좀 놀아도 하늘 안 무너지는데 말이야."

태주가 가벼운 목소리로 말했다.

"옷, 감사합니다."

다원은 태주가 지난번 도희를 시켜서 옷을 사준 것에 대해 제대로 고맙다는 말을 할 기회가 없었기 때문에 인사를 했다.

"입학 선물이야. 준희 옆에서 힘이 되어주고 잘 돌봐줘서 고맙기도 하고."

그는 별일 아니라는 듯이 웃었다. 그의 눈빛은 담백하고 따뜻했다. 그와 이렇게 가까이서 대화를 나누는 것은 숨고 싶을 만큼 부끄러운 일인 동시에 더할 수 없는 기쁨이기도 했다.

"네가 오고 나서 준희가 많이 안정이 됐어. 사고 난 후로 몸보다는 마음 상태가 더 안 좋았거든."

그 소리는 도우미 아주머니나 신 비서를 통해서도 여러 번 들어 알고 있었다. 준희가 제 몸 상태를 못 참아 내내 우울증에 시달리고 있었고, 극단적인 행동을 서슴지 않기도 했다는 무서운 얘기들.

다원은 방금 전 보고 나온, 준희의 서늘하던 눈빛이 떠올랐다. 그는 다원이 아침에 집을 나오기 전 인사를 하러 가면 이상하게 풀 죽은 얼굴로 그녀를 바라보았다. 마치 일하러 가는 엄마를 바라보는 어린아이 같은 표정으로.

다원은 학교에 가는 시간이 그에게서 공식적으로 놓여나는 시간이었으므로 며칠 동안은 해방감으로 기분이 날아갈 것 같았다. 하지만 얼마 지나지 않아 그런 준희가 신경이 쓰이기 시작했다. 어이없게도 그를 방에 두고 나올 때면 그가 가엾다는 생각이 들기도 했고, 어느 때는 수업 중에도 지금쯤 무엇을 하고 있을지 궁금해지기도 했다.

그와 잠시라도 떨어져 있는 시간을 학수고대해 왔는데 정작 그런 시간이 오자 오히려 그를 생각하는 시간이 늘어났다. 준희에게서 벗어나서 그를 생각하고 걱정하게 되리라고는 생각도 못한 일이었기 때문에 다원은 혼란스러웠다.

태주와 함께 있는 떨리는 시간에조차 그 애를 떠올리고 있는 저를 깨달은 다원은 마음에 작은 파문이 일었다.

지금쯤, 마사지를 받고 있거나, 물리치료를 겸해 운동을 하고 있을 시간이었다. 물리치료를 받으며 고통스러운 표정을 짓는 그 애의 얼굴이 눈앞에서 보는 듯이 생생히 떠올랐다. 운동이 끝나면 샤워를 하고 나와 신 비서가 머리를 말려주는 동안, 아마도 휴대폰으로 그녀에게 문자를 보낼지도 몰랐다.

다원이 학교에 있는 동안 그는 자주 문자를 보냈다. 혹시 다원이 상황이 여의치 않아 답을 못하기라도 하면 수업 시간이든 뭐든 신경 쓰지 않고 전화를 해서 왜 답장을 하지 않는지 확인을 했다. 그는 의심병에 걸린 애인처럼 굴었다.

준희가 자신을 괴롭히며 집착하는 것은 그의 습관이라니 그렇다 쳐도, 떨어져 있으면 그런 그가 자꾸 걱정이 되고 생각이 나는 제 자신의 감정이 달갑지 않았다.

스톡홀름 증후군.

다원은 문득 그 단어가 떠올랐다. 그래, 그거다. 인질범을 사랑하게 되는 인질들처럼, 극한 상황에서 강자에게 동화되는 약자의 비정상적인 감정의 변화. 다원은 자신의 상태가 그와 비슷하지 않을까, 생각했다.

자신의 삶을 움켜쥐다시피 하고 있는 준희였으므로 아주 설득력이 없지도 않았다. 그것은 호르몬이 일으키는 착각에 불과했지만, 정신을 똑바로 차리지 않으면 현실로 받아들이고 그것에 속기 쉬웠다.

다원은 자꾸만 집요하게 머릿속에 떠오르는 준희의 얼굴을 털어내려 애쓰며 마음을 단단히 먹었다.

상우는 만나기로 한 전철역 입구에 이미 와서 기다리고 있었다. 그는 큰 덩치 때문에 단번에 사람들 사이에서 눈에 띄었다.

그는 다원을 발견하고 쑥스러운 듯 쳐다보다가 눈이 마주치자 얼른 고개를 떨어뜨렸다.

"커피 마시자."

다원이 전철역 앞에 있는 카페를 가리키자 상우가 고개를 저었다.

"우리 고모 집으로 가. 엄마 올라왔는데 너 보고 싶다고 데려오래. 저녁 먹자고."

다원은 시계를 들여다보았다. 네 시.

상우의 고모 집이 있는 동네까지 가려면 한 시간은 걸릴 것이고 가서 저녁을 먹고 오면 많이 늦어질 것 같았다. 다원은 기다리고 있을 준희가 생각나 잠시 망설였지만 어른이 보자는데 안 갈 수도 없어 하는 수 없이 상우를 따라 전철역 안으로 들어갔다.

"지내는 집은 어때? 불편한 건 없어?"

상우가 전철 안에서 손잡이를 잡은 다원의 연약해 보이는 손에 시선을 두고 물었다. 여전히 제가 한 일이 있어 어색하고 낯이 없는 모양이었다. 다원도 전 같으면 보자마자 놀리고 허물없이 굴었을 텐데 어쩔 수 없이 상우와의 거리를 유지하고 서 있었다.

"편해. 잘 지내고 있어. 넌 어때. 재미있어?"

"운동하는 건 고등학교 때나 다를 바가 없으니까 재미고 뭐고 없어. 늘 똑같지 뭐."

그들은 가는 동안 몇 마디의 말을 주고받았지만 자주 대화가 끊어졌고 나중에는 아예 서로 쳐다보지도 않고 모르는 사람인 척 서 있다가 전철에서 내렸다.

다원은 그 상황이 조금 서글퍼졌다. 그 일이 있기 전에는 둘도 없는 절친이었고 둘이 있을 때 말이 없어도 그걸 어색하게 여긴 적은 한 번도 없었다. 하지만 지금은 서로 대화가 끊어진 것이 그렇게 민망하고 신경 쓰일 수가 없는 그런 관계가 되고 말았다. 오랫동안 의지해 온 친구를 영원히 잃은 것 같은 기분에 그녀는 울적한 기분으로 그의 널찍한 등을 바라보며 기운 없이 걸었다.

상우의 고모 집으로 들어가는 대문 앞에서 다원은 준희에게 저녁을 먹고 들어간다고 문자를 보내고 휴대폰을 가방 안에 넣었다. 휴대폰은 충전을 게을리해서 배터리가 거의 남아 있지 않았다.

상우 어머니는 다원을 보자 친딸이라도 만난 양 눈물을 글썽이며 반가워했다.

"지내기 편하지는 않은 모양이구나, 얼굴이 반쪽이 되었네. 하기는 아는 사람 하나 없는 낯선 데서 생판 모르는 남의 집에, 오죽 맘고생이 심하겠니?"

그녀는 다원의 두 손을 끌어다 잡고 손등을 토닥이며 말했다.

그녀는 다원의 처지를 불쌍하게 여겨서 어렸을 때부터 외숙모보다 더 신경을 쓰고 챙겨주었다. 소풍을 갈 때나 운동회 날, 일부러 김밥을 많이 만들어 외숙모에게 도시락을 못 싸게 하고 다원의 몫까지 도시락을 싸곤 했다. 외숙모의 성의 없는 도시락과 그것을 싸주면서 싫은 소리를 하는 것을 알고 있어서였을 것이다. 다원은 그런 엄마를 가진 상우를 속으로 얼마나 많이 부러워했던가.

"이런 얘기하면 네 마음만 심란하겠지만, 그래도 외삼촌 일이니 알고는 있어야지……."

저녁을 먹고 후식으로 과일을 먹으며 상우 어머니가 어렵게 입을 열었다. 그녀의 표정이 심상치 않아 다원은 가슴이 덜컥 내려앉았다.

"무슨 일, 있어요? 외삼촌한테?"

"외삼촌이 교통사고를 당했어. 경운기를 몰고 가는데 뒤에서 차가 치었다는구나. 인적 드문 곳이니 사고 낸 차는 도망을 가고, 외삼촌도 한참이나 지나서 발견되어서 위중한 상태였는데 며칠 만에 의식을 찾긴 했다."

다원은 들고 있던 포크를 떨어뜨리며 얼굴이 하얘졌다.

"왜, 알리지 않았어요. 언제요? 언제…… 그랬어요?"

다원의 목소리가 떨렸다. 외삼촌과 통화한 것이 한참 전의 일이었다. 외삼촌이 휴대폰이 없었기 때문에 집으로 전화를 해야 했는데 외숙모는 이제 되도록 연락하지 말고 살라고 했기 때문에 전화를 하는 것이 망설여졌다. 서울로 올라온 직후에 잘 올라왔다는 전화를 한 것이 마지막이었다. 다원의 창백한 뺨 위로 눈물이 흘러내렸다.

"외삼촌은 어떠세요. 얼마나 다치신 거예요."

"수술해서 고비는 넘겼어. 문제는 돈이지 뭐. 시골 살림에 보험을 들어놨겠니, 뭘 했겠니? 사고 낸 차는 뺑소니를 쳤지, 네 외숙모가 넋을 놓고 앉아 있어. 너한테 알리지 말라고 하더라. 알아봤자 마음만 상하지 무슨 소용이 있겠느냐며. 그래도 가서 외삼촌 얼굴이라도 봐야지."

다원은 상우가 쥐어주는 휴지로 눈물을 닦으며 고개를 끄덕였다.

집으로 돌아가기 위해 나오는 다원을 따라 나온 상우 어머니가 용돈 하라며 봉투를 쥐어주었다. 한사코 거절을 했지만 결국 봉투는 그녀의 손에 들려 있었다.

다원은 상우가 바래다주겠다고 했지만 억지로 떼어놓고 버스를 탔다. 버스 안에서 외삼촌 집으로 전화를 하려고 휴대폰을 꺼내보니 이미 방전이 된 상태였다.

다원은 힘없이 집 앞에 도착해 마음을 가라앉히기 위해 대문 밖에서 한참을 서 있었다.

초인종을 누르려고 막 손을 올리는데, 문이 철컹, 열리며 안에서 신 비서가 나왔다. 그는 다원을 보자 깜짝 놀란 얼굴로 안으로 들어가도록 길을 비켜주었다.

"화 많이 나셨어요. 늦는다고."

다원은 힘없이 고개를 끄덕이고 안으로 들어갔다.

준희는 침대 머리에 기대어 책을 보고 있었다. 다원이 들어왔다는 것을 알고 있으면서도 쳐다보지 않았다.

"좀 늦었어. 상우 어머니가 올라오셔서 걔네 고모 집에서 저녁 먹고 왔어."

그가 하루 종일 자기를 기다렸다는 것을 알고 있었으므로 미안한 마음이 들기도 했지만 지금은 그런 것에 신경을 쓸 겨를이 없었다. 다원은 여전히 자신을 무시한 채 책을 들여다보고 있는 준희의 차가운 옆얼굴을 바라보았다.

"그럼, 쉬어. 그만 올라갈게."

다원의 말에 준희는 갑자기 화가 폭발을 했는지 책을 소리 나게 덮더니 침대 한쪽으로 거칠게 치웠다. 다원은 그가 그것을 던지는 줄 알고 흠칫 놀라 뒤로 한 발 물러섰다. 준희는 다원을 무섭게 노려보았다.

"전화는 왜 안 받아. 너 이런 식으로 하려고 신 비서 차 안 타려고 한 거냐? 허락도 안 받고 다른 약속을 잡다니, 요즘 좀 풀어줬더니, 아주 지멋대로네."

그는 화를 펄펄 내며 언성을 있는 대로 높였다.

"전화는 배터리가 없었어. 그리고 어른이 오셔서 보자고 하시는데 어떻게 안 가. 나도 학교 마칠 때쯤에 연락을 받아서 미리 얘기할 수가 없었어."

다원은 어서 그에게서 놓여나고 싶었기 때문에 최대한 그를 이해시키려고 조목조목 설명을 했다.

"도대체 그 자식이랑 무슨 사이길래 걔 엄마가 올라왔다고 그렇게 만사를 제쳐 두고 달려가? 사실대로 말해봐. 너 상운지 뭔지 하는 자식이랑 무슨 사이야? 둘이 좋아했냐? 아니면 지금도 사귀고 있는 거야?"

다원은 말도 안 되는 억지를 부리는 준희를 멍하니 바라보았다.

"그 자식과 어떤 사이야? 사실대로 말해."

다원이 입을 다물고 있자 그는 점점 더 열이 받는 모양이었지만, 그녀는 그런 그가 다른 세상에 있는 것처럼 현실로 와 닿지가 않았다.

"그러고 보니 웃기지도 않네. 너 삼촌도 좋아하잖아. 네 마음은 왜 그렇게 싸구려냐?"

준희의 비아냥거리는 얼굴을 바라보던 다원은 머릿속이 하얘졌다. 다원은 들고 있던 가방을 마디가 드러나도록 힘주어 잡았다.

"네가 도대체 무슨 상관이야? 내가 삼촌을 좋아하던 상우랑 사귀던 무슨 권리로 그런 걸 따져? 그까짓 학비 몇 푼 대주면서 내

영혼까지 산 줄, 착각하지 마! 너 얼마나 꼴불견인지 알아? 다쳐서 몸 좀 불편한 게 무슨 벼슬이니? 누가 보면 너 다시는 못 걷는 불구라도 되는 줄 알겠다. 아무리 그래도 사람을 데려다 이렇게 괴롭히는 걸 재미로 삼다니, 정상이 아니야. 넌 몸이 나아도 정신이 병들어서 평생 환자로 살게 될 거야."

다원은 그가 못 견디게 미워져서 저도 모르게 악담을 퍼부었다. 그동안 힘겹게 버티며 붙잡고 있던 것들을 모두 놓아버리고 싶은 충동이 일었다. 이런 일들을 참아내며 학교를 다니는 것이 다 무슨 소용인가 싶었다. 그렇게 해서 졸업을 하고 좋은 직장을 잡으면 뭐 할까, 이미 자신이야말로 피해 의식에 절고, 자존감 따위는 남아 있지도 않은 패배자의 모습일 게 뻔한데.

도대체 무엇을 위해 자신이 이런 곳에서 이런 곤욕을 치러야 하는지 목표가 떠오르지 않았다.

다원은 이를 물고 파랗게 노려보는 준희를 내버려 두고 등을 돌려 방문을 벌컥 열었다.

문이 열리는 반동 때문에 문에 귀를 대고 엿듣고 있었던 게 분명한 세영이 방 안으로 떠밀리듯이 왈칵 달려들어 왔다. 다원은 흠칫 놀랐지만 넘어질 듯이 비틀대는 세영을 무시하고 그대로 준희의 방을 나왔다. 그녀는 제 방으로 뛰어 올라와 침대 위로 엎어졌다. 이미 준희의 방을 나올 때부터 눈물이 걷잡을 수 없이 흐르고 있었기 때문에 그녀는 베개에 얼굴을 묻고 소리 죽여 흐느꼈다.

외숙모의 눈치를 보느라 다 표현하지 못했지만, 외삼촌은 아버지나 다름없이 자신을 돌보아주었다. 외삼촌이 아니었으면 그녀는 아마도 고아원에서 자랐을 것이다. 그나마도 가족이라는 울타리 속에서 자랄 수 있었던 것은 모두 외삼촌 덕분이었고, 자신을 무탈하게 키우려고 최선을 다한 것을 다원은 누구보다 잘 알았다.

그렇지 않아도 어려운 살림에 거액의 병원비를 어떻게 감당할 것인가. 친누나처럼 따르던 외사촌 동생들의 앞날도 이제 가늠할 수가 없게 된 것이 무엇보다 가슴이 아팠다.

얼마나 시간이 흘렀는지, 다원은 낯설고 이상한 공기를 느끼고 잠에서 퍼뜩 깼다. 울다가 그대로 잠이 들었던 모양이었다. 다원은 눈을 뜨지 않고도 누군가 자신의 방에 들어와 있다는 것을 깨달았다. 그것을 깨닫는 동시에 눈을 떴고 의자에 앉아 자신을 바라보고 있는 준희와 눈이 마주쳤다. 다원은 일 미터쯤 뛰어오를 듯이 놀라서 침대에서 벌떡 일어나 황급히 구석으로 몸을 말았다.

그런 다원의 태도가 마음에 안 들었는지 준희는 잔뜩 인상을 구겼다.

"오버하지 마. 안 잡아먹어. 쳇!"

그는 혀를 차며 겁먹은 다원을 어이없다는 얼굴로 바라보았다. 다원은 잠결이라 너무 놀란 것이 민망해서 흐트러져 있던 머리와 옷을 매만지며 등을 펴고 앉았다. 차차 정신이 들자 그가 왜 자신의 방에 맘대로 들어와 앉아 있는지 화가 나기 시작했다.

"여기서 뭐 해?"

다원이 날 선 얼굴로 그를 쏘아보았다.

"너 깨길 기다리고 있잖아."

준희는 아무것도 아니라는 듯 멀쩡한 얼굴로 책상 위에 놓여 있던 그녀의 전공서적을 뒤적거리며 대꾸했다.

"허락도 없이 남의 방에 들어와도 되는 거니?"

다원이 불신과 화가 뒤섞인 얼굴로 그를 노려보았다.

"자고 있어서 허락을 구할 수 없었어, 됐어? 뭘 잘했다고 그렇게 꼬치꼬치 따져. 너 아까 한 말, 책임질 수 있어? 나한테 그렇게 말하고도 무사할 거라고 생각하는 건 아니겠지?"

"그거 따지자고 이 밤에 남의 방에 함부로 들어와 있는 거니? 그래, 내가 어떻게 하면 돼? 하라는 대로 할 테니 말해. 나가라면 나가고 관두라면 관둘게."

다원의 도발에도 준희는 차분한 눈으로 그녀를 바라보았다. 다원은 정상인 같은 준희의 그런 눈빛이 싫었다. 그가 그런 눈으로 보면 마음이 산란해지고, 자꾸 그에게 가지고 있는 마음의 기본자세에 혼란이 왔다. 짐승에 가까운 망나니를 상대한다는 마음이 흐트러져서는 곤란했다.

"너 툭하면 나간다고 하는데 나가면 이제 다시는 볼 수 없을 텐데, 아무렇지도 않아? 돈을 떠나서 말이야."

준희의 엉뚱한 물음에 다원은 또 무슨 속셈인가 싶어 미간을 좁히고 그를 바라보았다.

"네 삼촌 말이야?"

태주를 다시는 볼 수 없다는 건 마음 아픈 일이었지만 어쩌랴, 어차피 가망 없는 사랑인 것을.

"이젠 아예 대놓고……. 젠장, 삼촌 말고 나 말이야."

준희가 허탈한 표정을 짓더니 검지로 자신의 가슴을 가리켰다.

"너?"

다원은 어리둥절한 얼굴로 되물었다.

"그래, 나 말이야. 미운 정도 있다는데, 벌써 우리 반년이나 매일 붙어 지냈는데 정도 들었을 법해서 말이야. 다시는 못 본대도 서운하거나 그런 거 전혀 없어?"

준희가 턱을 쓰다듬으며 시험 문제를 내듯이 다원에게 물었다. 준희 입장에서야 당연히 괴롭힐 사람이 없어지면 서운하겠지만, 자신이 왜…….

준희를 다시는 볼 수 없다면…… 다원은 그 잠시 생각에 잠겼다. 그런 질문을 하는 준희가 어이없다는 생각이 들다가 그녀는 저도 모르게 마음 한쪽이 싸해지는 기분이 들었다. 함께 있는 것이 버릇이 되어 학교에 가 있는 동안, 이상하게 자꾸 생각이 나는 것처럼 갑자기 안 보게 되면 한동안 생각이 날 것 같기도 했다. 그가 어떤 사람이건 상관없이 관성의 법칙에 의해서.

"다 나눠 주는 마음, 나한테는 왜 인색하냐?"

다원이 대답을 못하자 준희가 비아냥거렸다. 그의 표정이 약간 쓸쓸해 보이는 것 같기도 했다. 하지만 이내, 그는 원래 얼굴에 그런 표정을 기본으로 깔고 있다는 것을 생각해 냈다. 깜빡 속을 뻔했다.

"할 얘기 있으면 빨리하고 나가."

"왜 울었어? 설마 나 때문에 운 건 아닐 테고."

준희는 아직도 젖어 있는 그녀의 베개를 바라보며 물었다. 다원은 당황해서 베개를 숨기며 시침을 뗐다.

"울지 않았어."

"그럼, 자면서 침 흘렸냐?"

준희는 그런 다원을 향해 코웃음을 치더니 자리에서 일어섰다.

"너, 내가 너 내쫓지 못할 거라고 여기는 모양인데, 나도 참는데 한계가 있으니까 조심해. 아직은 서로 필요하잖아, 안 그래?"

최악의 경우 이번에야말로 정말 이 집을 나갈 생각을 하고 있었는데 준희가 그렇게 나오자 다원은 살짝 당황했다. 내보내지는 않더라도 절대 그냥 넘어가지는 않을 거라고 각오를 단단히 한 것이 무색할 지경이었다.

"한 번만 더 그따위로 대들면 정말 안 봐줘."

준희는 나가기 전에 협박조로 한마디를 더 보탰다. 다원은 그가 느리게 목발을 짚고 나간 후에 다시 침대에 누웠다. 근데 도대체 왜 남의 방엔 들어온 거야?

다원은 벌떡 일어나 문으로 가서 잠금 버튼을 누르고 다시 침대로 가서 쓰러지듯이 누워버렸다.

10

새벽부터 봄비가 내렸다. 다원은 불편한 얼굴로 팔짱을 낀 채 차창 밖을 내다보고 있었다. 이차선 국도의 양쪽으로 만발한 개나리가 비에 젖어 꽃잎을 바닥에 노랗게 떨어뜨리고 있다. 비가 그치면 곧 더 많은 꽃망울들과 새잎들이 앞다투어 피어날 것이다. 다원은 옆에 앉은 준희를 신경 쓰지 않으려고 애쓰며 일부러 차창을 스치고 가는 물오른 산자락에 시선을 두고 있었다.

전날 저녁, 외삼촌의 병문안을 다녀오겠다고 말하자, 준희는 신 비서와 함께 가라고 말했다. 거기까지는 좋았는데 아침에 출발하려고 인사를 하러 방에 들렀더니 뜬금없이 저도 함께 가겠다고 척 나섰다. 별장에 가본 지 오래라 가는 거라고 했지만 옹색한 핑계처럼 들렸다. 그는 다원을 잠시도 자유롭게 내버려 두는 것에 불안을 느끼고 있는 사람 같았다.

요즘 들어 대체로 조용하게 지내는 편이었지만 다원에 대한 집착에 가까운 간섭과 구속은 점점 더해갔다.

다원은 새삼스러운 눈으로 옆에 앉아 있는 준희를 흘끔 돌아보았다. 그는 고개를 뒤로 기대고 헤드폰으로 음악을 들으며 눈을 감고 있었다. 혹시 얘, 나 좋아하는 거 아니야?

다원은 뜬금없이 그런 생각이 머릿속을 스치고 지나가자 고개를 흔들어 말도 안 되는 생각을 털어버렸다. 만약 그렇다고 해도 그 감정이 순수할 리가 없었다. 애초에 그 애가 자신을 제 말상대로 불렀을 때부터 건전하지 못한 의도가 있었다고 봐도 틀리지 않을 것이다. 자신이 할 일은 오직 하나였다. 그런 그에게 넘어가지 않기. 흔들리지 않고 끝까지 버텨내기.

민 여사 말대로 그의 일시적인 장난감으로 전락할 생각은 추호도 없었다.

그가 망나니처럼 굴 때는 마음속에 아무런 갈등이 없었다. 하지만 이렇듯 얌전해지고, 가끔은 마음을 어지럽게 만드는 묘한 눈빛으로 바라보면 다원은 알면서도 혼란을 겪어야 했다. 마음을 현혹시키는 그런 것들이 그의 진심일 리 없었고 그것은 다원이 첫째도 둘째도 경계해야 할 것이었다. 다원은 저도 모르게 닿을 듯이 가까이 있는 그의 다리를 피해 구석 쪽으로 몸을 움츠렸다.

"내가 무슨 전염병 환자냐?"

눈을 감고 있는 줄 알았던 준희가 불쾌하다는 듯이 잔뜩 인상을 구기고 곁눈으로 째려보았다. 다원은 민망해져서 모른 척하고 창밖으로 시선을 돌렸다. 그는 뭐라고 툴툴대더니 더 이상 시비를 걸지 않았다. 안도를 한 그녀는 창밖으로 흘러가는, 비에 젖은 들판을 멍하니 바라보다가 어느덧 잠이 들고 말았다.

차체의 움직임 때문에 잠에서 깼을 때 다원은 자신이 준희의 어깨에 기대어 자고 있다는 것을 깨닫고 번개처럼 고개를 들었다. 분명 차창에 기대고 있었는데 어쩌다 그의 어깨로 옮겨오게 되었는지 모를 일이었다. 다원은 당황해서 머리를 매만지며 준희의 눈치를 살폈다. 그도 졸고 있다가 다원의 서슬에 놀라서 깬 듯했다. 그는 웬 호들갑이냐는 눈빛으로 미간을 찌푸리더니 다시 고개를 뒤로 젖히고 눈을 감아버렸다. 다행히 자신이 제 어깨를 베고 잠이 든 것을 모르는 눈치여서 다원은 가슴을 쓸어내렸다.

외삼촌이 입원해 있는 병원은 다원이 살던 동네에서 한 시간 거리의 도시에 있었다.

"고마워, 서울에서 봐. 신 비서님, 수고하세요."

차가 두 시간 만에 병원 앞에 도착했다. 다원은 서둘러 차에서 내리며 두 사람에게 인사를 했다. 준희는 아무 대꾸도 하지 않았고, 신 비서는 룸미러로 다원에게 목례를 보냈다. 그녀는 서둘러 병원 안으로 걸음을 옮겼다. 뒤에서 준희가 탄 차가 출발하는 소리가 들렸지만 다원은 뒤돌아보지 않았다.

외삼촌이 입원해 있다는 5층 병실로 올라간 다원은 병실을 찾아 여기저기 기웃거리다가 복도에 놓인 간이의자에 멍하니 앉아 있는 외숙모를 발견했다. 외숙모는 의자에 무릎을 세우고 초점 없는 눈으로 허공을 바라보고 있었다. 어깨가 축 처진 채 아무렇게나 묶은 파마머리가 얼굴에 흘러내려 있다. 다원은 선뜻 그녀에게 다가서지 못하고 그 모습을 마음 아프게 바라보았다. 외숙모의 모습을 보는 것만으로 그 집안에 덮친 암울한 불행의 모습을 모두 보아버린 듯했다. 외숙모가 한 번도 다정하게 웃는 얼굴을 보여준 적이 없지만 다원은 원망하지 않았다. 그녀 말마따나 넉넉하지도 않은 살림에 객식구를 거둔다는 게 쉬운 일이 아님을 알고 있었기 때문이다.

다원은 천천히 외숙모에게로 다가가 의자 밑에 아무렇게나 뒤집혀 놓여 있는 그녀의 슬리퍼를 가지런히 모아놓으며 옆에 앉았다.

외숙모가 그제야 현실로 돌아온 듯 미간을 좁히며 다원을 바라보았다.

"어떻게 왔어?"

외숙모는 오랜만에 만났는데도 어제 만났던 사람처럼 무심한 어조로 말했다.

"상우 어머니한테 들었어요. 왜 연락하지 않으셨어요?"

"연락하면 무슨 뾰족한 수가 있니? 속만 상하지."

"삼촌은 좀 어떠세요?"

"방금 잠들었으니 좀 있다 들어가. 잠이라도 들어야 좀 편하지……."

"영훈이랑 영규는요?"

"지 이모 집에서 학교 다니고 있어. 밥도 해먹을 줄 모르니 지들 끼리 둘 수가 있어야지. 사내놈들이라 아무짝에도 쓸모가 없어, 이럴 때는."

외숙모는 한숨을 푹 내쉬었다. 다원은 그녀의 마르고 힘없는 어깨를 보자 콧등이 시큰해졌다. 다원이 무릎에 힘없이 걸쳐져 있는 그녀의 손을 잡자 갑자기 외숙모의 눈에서 눈물이 떨어졌다. 아마도 내내 울고 싶었는데 눌러 참고 있었던 것이 분명했다.

그녀는 무릎에 올려놓은 팔에 얼굴을 묻더니 서럽게 울기 시작했다. 사람들이 안쓰러운 듯이 혀를 차며 지나갔다. 장기 입원환자들이라 모두들 서로의 처지에 대해 알고 있는 모양이었다.

고개를 숙인 다원의 눈에서도 눈물이 흘렀다. 어째서 삶이 이렇게 내내 고단하기만 한 것인지 심장이 미어지는 듯 아파왔다.

어떤 사람들에게는 기분 전환으로 사는 옷 한 벌 값에 불과한 돈 때문에 한 사람의 삶이, 아니, 한 가족의 삶 전체가 무너지려 하고 있다는 것이 억울하고 분하기도 했다. 한참을 둘이 붙들고 울다가 고개를 드니 눈앞에 화려한 꽃바구니를 든 신 비서가 어쩔 줄 모르고 서 있었다. 다원은 놀라서 눈물을 닦으며 자리에서 일어섰다. 외숙모도 신 비서를 알아보고 민망한 듯이 일어나 인사를 했다. 떠난 줄 알았더니 아닌 모양이었다.

"기다리고 계시니까 얘기 나누고 나오세요."

신 비서가 꽃바구니를 다원에게 건네주며 말했다.

"예? 아니에요. 기다리지 말고 가세요. 오래 걸릴 거예요."

다원이 놀라서 눈이 둥그레졌다.

"기다리신답니다."

신 비서가 웃으며 말했다.

"뭘 오래 있어. 외삼촌 얼굴만 보고 얼른 가. 있어봐야 서로 속만 상하지 뭐."

외숙모가 다원이 건네준 휴지에 코를 풀며 당장 등을 떠밀어 보낼 기세로 말했다. 신 비서가 인사를 하고 복도의 모퉁이를 돌아 사라지는 것을 다원은 멍하니 바라보았다. 몇 시간이 걸릴지도 모르는데 기다리겠다니, 도대체 뭐 하자는 수작인지 모를 일이었다. 준희가 이유 없이 다른 사람을 위해 제 시간을 죽이며 기다려 줄 사람이 아님은 누구보다 잘 알고 있었다. 신경이 바짝 쓰였지만 어쩔 수 없었다.

외숙모를 따라 병실로 들어가 보니 외삼촌은 아직도 얼굴이 많이 부어 있어 알아보기 힘들 정도였다. 팔과 다리와 목에 깁스를 하고 있었고, 머리에는 여태도 붕대를 감고 있었다. 얼마나 큰 사고를 당한 것인지 짐작이 가서 다원은 외삼촌을 보자마자 또다시 눈물이 쏟아졌다.

"난 괜찮다. 다 나았어. 걱정하지 마라. 학교는 잘 다니고 있지? 다원아, 힘들어도 어떻게든 버텨야 한다. 졸업도 하고 좋은 직장도 잡고, 착한 사람 만나 결혼해서 잘살면 외삼촌은 더 바랄 게 없

어. 아무것도 못 도와주고, 외삼촌이 널 볼 얼굴이 없어. 미안하
다."

외삼촌이, 침대맡에서 자신의 팔을 붙잡고 울고 있는 다원의 머
리를 쓰다듬으며 어눌한 발음으로 말했다.

"곧 죽어도 조카 걱정밖에 없지. 저러니 내가 속이 안 터져? 당
장 병원비가 없어 퇴원도 못하고 있는 판국에 지금 다원이 걱정하
게 생겼어요?"

외숙모가 가슴을 치며 화를 벌컥 냈다. 병실에 있던 사람들이
모두 혀를 쯧쯧, 차며 그들을 쳐다보았다.

"애 앞에서 쓸데없는 소리 좀 하지 마. 산 사람 입에 거미줄 치
는 거 봤어? 다 살게 되어 있으니까 심란한 소리 하지 마."

외삼촌이 늘 그랬던 거처럼 외숙모를 윽박질렀다. 다원은 또 그
들이 자신 때문에 싸우게 될까 봐 억지로 울음을 그치고 눈물을
닦았다.

그녀가 화장실에서 수건을 적셔와 외삼촌의 손발을 닦아주고
있으니 옆에서 외숙모가 혀를 끌끌 차며 지켜보았다.

"저렇게 서로 애처로울까? 둘이 저리 감싸고도니 나만 늘 나쁜
년 역할이지. 아이고, 내 팔자야."

외숙모가 한숨을 내쉬며 말했다. 다원은 그런 외숙모를 보며 미
안하기도 하고 민망도 해서 애써 미소를 지었다.

"웃지 마, 요년아. 너 때문에 내가 안 받아도 되는 구박을 얼마
나 받고 살았는지 알어? 나한테 서운하다고만 하지 말고 너도 컸

으니 내 입장에서도 좀 생각해 봐. 난들 잘해주고 싶지 않아서 맨날 구박했겠냐? 남편이라는 작자는 내가 지 조카 잡아먹기라도 할까 봐 감싸고돌면서 전전긍긍이지 저를 입혀주고 먹여주고 돌보는 건 난데 어린것이 곁을 주기를 하나, 살갑기를 하나, 지 삼촌밖에 모르고. 내가 너 키우면서 속이 다 썩어 문드러졌어. 너도 할 말이 많겠지만 나도 하느라고 했다.”

외숙모가 병실에 있는 사람들 들으라는 듯이 큰소리로 넋두리를 늘어놓았다.

“원망한 적 없어요. 감사하게 생각하고 있어요.”

다원은 외숙모의 마음을 알고 있었으므로 진심으로 그렇게 말했다.

“아이구, 그게 정말이냐? 그래, 말이라도 그렇게 해주니 황송하구나.”

외숙모는 믿지 않는다는 투로 콧방귀를 뀌며 대꾸했다. 외삼촌은 그런 외숙모를 지켜보며 혀를 끌끌 찼다.

“신 비서님이 기다리고 있다고 하지 않든? 외삼촌도 이제 쉬어야 하니 그만 가봐라. 용돈이라도 들려서 보내야 하겠지만 보다시피 형편이 이 모양이니 어쩌겠니.”

외숙모가 한 시간도 되기 전에 다원의 등을 밀며 재촉을 했다. 다원도 앉아는 있었지만 준희가 기다리고 있다고 하니 가시방석에 앉은 듯이 불편하던 차였다. 잠시도 속 편하게 있지 못하게 만드는 그의 기이한 능력에 다원은 절로 한숨이 새어 나왔다.

외삼촌이 인사를 하고 나오려는 다원을 부르더니 다시 한 번 손을 꼭 잡고 당부를 했다.

"여기 일은 아무 걱정 하지 말고, 공부 열심히 해야 한다. 다른 건 아무것도 생각 말고 네 앞날만 생각하고 열심히 살아야 해. 알았지?"

다원은 고개를 끄덕였다. 자신의 손을 잡고 있는 외삼촌의 손등 위로 다원의 눈물이 떨어졌다. 외숙모에게 등이 밀려 병실을 나오면서 보니 외삼촌의 부은 눈에서도 눈물이 흐르고 있었다.

"아이고, 절절해, 절절해. 눈물 없이 볼 수가 없네."

외숙모가 다원의 등짝을 한 차례 때리며 혀를 찼다. 다원은 엘리베이터 앞에서 그동안 민 여사가 준 용돈을 한 푼도 쓰지 않고 모아두었던 것을 외숙모에게 내밀었다.

외숙모는 펄쩍 뛰며 받지 않으려고 했지만 다원은 강제로 그녀의 바지 주머니에 그것을 넣어주고 마침 도착한 엘리베이터에 올라 닫힘 버튼을 눌렀다. 외숙모가 멍하니 그런 그녀를 바라보았다. 다원은 문이 닫히기 전에 고개를 숙여 인사를 했다. 자신이 할 수 있는 일이 겨우 그것뿐이라 마음이 아팠다.

다원은 가방에서 손수건을 꺼내 눈물을 닦았지만 엘리베이터 벽에 달린 거울을 보니 눈이 부어서 누가 보아도 운 티가 났다.

다원은 화장실에 들러 세수를 하고 얼굴에서 운 흔적을 최대한 지운 후, 주차장으로 나갔다. 주차장에는 준희의 차가 없었다. 신 비서에게 전화를 하고 나서 10분쯤 기다린 후에야 그들이 탄 차가 주차장으로 들어오는 것이 보였다.

"왜 벌써 나왔어? 더 오래 걸릴 줄 알았는데?"

준희가 좋은 기색을 숨기지도 않고 그렇게 물었다. 다원은 대꾸할 기분이 아니라 입을 다물었다.

"이 동네 시(市) 맞아? 뭐 이렇게 좁아? 볼 것도 없고, 갈 데도 없고. 볼 건 바다가 가깝다는 거밖에 없어."

차가 출발하자 준희가 옆에서 툴툴거렸다. 다원은 말없이 이제 막 새잎이 움트기 시작한 어린 가로수를 바라보며 생각에 잠겨 있었다. 외삼촌의 처지가 너무도 딱하고 암담해 준희의 어린애 같은 푸념을 들어줄 여유가 없었다.

어디서 돈이라도 빌릴 수 있다면. 하지만 그 큰돈을 누가 선뜻 빌려주려고 할까. 민 여사의 냉정한 얼굴이 떠올랐다. 다원은 고개를 저었다. 아니면 태주에게? 다원은 더 세게 고개를 저었다. 그에게 돈 얘기를 할 수는 없었다. 조금 친절하게 대해준 대가를 그런 식으로 갚을 수는 없었다. 다원은 고개를 젓다가 문득 옆에 앉아 있는 준희를 흘끔 쳐다보았다. 그러나 이내 다시 고개를 저었다. 빌려주지도 않을뿐더러 그 얘기를 꺼내는 순간 더욱더 자신을 업신여기고 함부로 대할 게 불을 보듯 뻔했다. 다원은 저도 모르게 깊은 한숨을 내쉬었다. 준희가 그런 자신을 돌아보는 것이 느껴졌다. 다원은 그의 시선을 외면하며 창밖으로 시선을 던졌다.

"울었어?"

준희가 물었다. 다원은 인상을 쓰며 더욱더 그에게서 고개를 돌렸다. 운 것 같으면 그냥 그런가 보다 하고 넘어가면 될 것을 꼭 그렇게 아는 척을 해서 민망하게 만드는 그의 초딩스러운 태도에 화가 치밀었다.

"네 외삼촌 많이 안 좋대?"

"상관 마."

다원은 저도 모르게 퉁명스럽게 내쏘았다. 관심도 없으면서 무슨 꼬투리를 잡고 싶어서 아는 척인지 모를 일이었다. 같이 화를 낼 줄 알았던 준희가 다원의 태도가 어이가 없었는지 한숨에 가까운 코웃음을 치는 것이 들렸다.

"내려. 점심 먹고 가게."

차는 어느새, 파도가 코앞까지 들어왔다 빠져나가는 바닷가에 위치한 일식집의 주차장에 정차했다. 다원은 기운 없이 차에서 내려 준희를 따라 식당 안으로 들어갔다. 그들은 종업원의 안내를 받아 전면이 창으로 되어 있어 바다가 시원하게 내다보이는 룸으로 들어갔다.

신 비서는 준희와 다원이 방으로 들어가 앉는 것을 본 후, 종업원과 함께 문을 닫고 사라져 버렸다.

"신 비서님은 식사 안 하셔?"

"신경 쓰지 마. 알아서 해."

준희가 퉁명스럽게 대꾸했다. 다원은 준희와 늘 집에서 둘이 지냈는데도 불구하고 낯선 장소에 그와 단둘이 남게 되자 새삼 불편하고 어색했다.

주문한 음식이 나오는 동안 준희도 오늘따라 과묵해서 어색한 침묵이 흘렀다.

잠시 후, 스키야키를 가지고 나온 종업원이 얇게 썬 한우를 철판에 구워 소스로 졸여주었다. 아침을 먹는 둥 마는 둥 하고 출발을 했던 터라 배가 고프던 차에 고기를 입에 넣자 사르르 녹아 없어지는 듯 맛이 있었다. 그녀는 잠시 모든 걱정을 내려놓고 아무 생각 없이 종업원이 구워진 고기를 접시에 놓아주는 대로 맛있게 먹는 데 열중했다. 한참 먹다가 눈을 드니 준희가 젓가락을 든 손으로 턱을 괴고 자신을 바라보고 있었다. 바라보고만 있는 것이 아니라 입가에 미소까지 짓고 있었다. 다원이 쳐다보자 그는 얼른 미소를 거두고 비아냥대기 시작했다.

"뺏어 먹으면 때리겠다?"

다원은 자신이 너무 허겁지겁 먹은 거 같아 민망해져서 슬그머니 젓가락을 내려놓았다.

"왜? 뭐라고 안 할 테니 얼른 먹어."

준희가 미간을 좁히며 재촉을 했다.

"너도 먹어."

다원이 다시 젓가락을 들며 말하자 준희는 입꼬리를 올리며 웃더니 비어 있는 그녀의 접시에 자신의 앞에 놓여 있던 고기를 다 덜어주었다.

"난 스시가 좋아."

다원이 어리둥절한 얼굴로 안 하던 짓을 하는 그를 바라보자 준희는 변명하듯이 말했다. 다원은 처음보다는 얌전하게 그의 시선을 신경 쓰며 젓가락질을 했다.

그는 오늘따라 점잖아서 정상인처럼 보였다. 그래서 그런지, 고개를 돌리고 창가에 닿을 듯이 부서지는 파도를 바라보는 그의 옆모습이 오늘따라 근사해 보였다. 하루 이틀 봐온 것도 아닌데 그 미모에는 좀체 적응이 되지 않았다. 다원은 또다시 도깨비에 홀리듯 그의 외모에 홀릴까 봐 자석처럼 끌어당기는 그의 얼굴에서 황급히 시선을 돌렸다.

곧이어 넓고 두꺼운 접시에 화려한 장식을 한 온갖 종류의 신선한 회와 하얀 도자기 병에 든 일본 술이 내어져 왔다.

내내 바다를 내다보고 있던 준희가 하얀 술잔에 맑은 술을 따라서 다원의 앞에 놓아주었다. 그리고 자신의 잔도 채운 후 술잔을 들어 앞으로 내밀었다. 건배를 하자는 것이다. 다원은 술을 마실 생각이 없었으므로 고개를 저었다. 준희는 어깨를 으쓱하더니 저 혼자 술잔을 비웠다.

"근데, 너 술 마셔도 돼? 몸도 안 좋으면서."

다원이 걱정이 되어서 묻자 준희는 눈을 내리깔고 다원을 검고 짙은 눈썹 사이로 야려 보았다. 그는 대꾸하지 않고 다시 빈 잔을 채우더니 입에 털어 넣었다.

"신 비서 얘기 들으니까 네 외삼촌 사정이 딱하던데, 내가 도와줄까?"

세 번째 잔을 비운 준희가 얼굴로 내려온 머리를 쓸어 올리며 별일 아니라는 듯 일상적인 어조로 말했다. 다원은 입으로 가져가던 젓가락을 멈추고 그를 노려보았다.

"넌 이제 남의 뒷조사까지 하니?"

"뒷조사 같은 소리 하네. 요즘 내내 죽 쏜 얼굴을 하고 티를 낸 사람이 누군데? 나 걱정 있다, 광고를 하고 앉아서 옆에 사람까지 불편하게 한 사람이 누구냐? 정신이 반쯤 나가서 맨날 다른 생각하고 엉뚱한 소리 하고 내가 얼마나 많이 참아준 줄 알아?"

준희가 갑자기 열받은 얼굴로 화를 벌컥 냈다. 다원은 벙 찐 얼굴로 그를 바라보았다. 네가 날 참아줬다고? 다원은 기가 막혀서 웃음을 터뜨릴 뻔했다.

"말만 해. 네가 원하면 도와줄 테니까."

준희는 다원의 표정이 일그러지는 것을 바라보며 가볍게 말했다. 그 말은 이제 정말 그가 자신을 돈으로 사겠다는 소리로 들려서 다원은 기분이 몹시 불쾌했다.

"네가 원하는 건 뭐야?"

다원은 조소가 담긴 얼굴로 그를 똑바로 쳐다보았다.

"뭐?"

젓가락으로 회를 집어 입으로 가져가던 그가 동작을 멈추었다.

"네가 그렇게 해주는 것에 대한 대가 말이야."

다원이 덧붙이자 그는 들고 있던 젓가락을 그대로 내려놓았다. 그는 몸을 뒤로 기대더니 팔짱을 끼고 눈을 가늘게 떴다.

"없어. 그런 거. 빈털터리인 거 뻔히 아는데 내가 이자를 받겠냐, 뭘 하겠냐."

준희가 다시 잔에 술을 따르는 것을 보고 다원은 저도 모르게 제 앞에 놓인 술잔을 들어 꿀꺽 마셔 버렸다. 술은 어렵지 않게 진한 향기를 남기고 목을 넘어갔다.

"아무 대가도 없이 돈을 빌려주겠다고? 왜?"

다원이 말도 안 된다는 듯이 코웃음을 쳤다. 준희는 비어 있는 다원의 잔에 술을 채워주고 제 잔도 채웠다.

"난 돈이 많으니까."

"아무한테나 그렇게 쉽게 빌려주니? 원래?"

다원이 비웃자 준희는 입꼬리를 올리며 그녀를 따라 웃었다.

"쉽다고는 할 수 없지. 나도 그런 마음이 아무렇지도 않게 들어서 놀라고 있는 중이야."

준희가 입가에 자조적인 미소를 띠며 그렇게 말했다. 그 말이 무슨 뜻인지 언뜻 알아들을 것 같기도 하고 도통 무슨 말인지 이해할 수 없기도 했다.

"널 키워줬다는 그 사람들 생각하면 사실 절대 그러고 싶지 않아. 아무리 가난하다고 해도 제가 키운 애를 이런 처지로 몰아넣는다는 게 말이 되냐?"

"너처럼 부족한 거 없이 살아온 애가 우리 외삼촌 같은 사람을 비난한다는 게 아이러니다. 넌 그럴 자격이 없어. 아무것도 모르면서."

다원은 그가 얼토당토않게 제 가족을 비난하자 발끈해서 쏘아붙였다. 물정 모르는 애가 하는 말을 듣고 일일이 화를 낸다는 것이 우습긴 했지만 그런 말은 듣고 싶지 않았다. 그녀는 앞에 놓인 술잔을 집어 다시 술을 마셨다.

"그래, 내가 아무것도 모른다는 건 인정을 하지. 하지만 아무것도 모르는 사람이 봐도 정상은 아니야."

"아무튼 넌 그런 말 할 자격이 없어."

다원은 길게 얘기하고 싶지 않아서 같은 말을 반복하고 입을 다물었다. 그가 빈 술병을 기울이더니 종업원을 불러 다시 술을 시켰다.

"그만 마시지 그래?"

다원이 걱정이 되어 말렸지만 그는 들은 척도 하지 않았다. 여태 그가 술에 취한 것은 한 번도 본 적이 없었다. 평소에도 그렇게 난폭한데 술에 취하면 얼마나 더 심해질지 알 수 없어 다원은 불안한 눈으로 그를 바라보았다. 아직은 멀쩡한 얼굴이었다. 오히려 술을 마실수록 더 차분해지고 조용해져서 다원은 어리둥절해졌다. 평소 같았으면 벌써 몇 번은 소리를 지르고 화를 냈을 텐데 다원의 도발에도 별 반응을 보이지 않았던 것이다.

"내 앞에서 세상 다 산 사람 같은 얼굴 하고 있는 거 보기 싫어. 나한테 우울증 있다는 얘기 들었지? 요즘 널 보고 있으면 우울증이 도질라 그래. 그러니 티를 내지 말든가 말끔히 해결을 하던가 하란 말이야."

준희가 인상을 쓰며 말했다. 사실 다원은 외삼촌과 사촌 동생들을 생각하면 그에게 무릎이라도 꿇고 도와달라고 하고 싶은 심정이었지만 막상 그가 먼저 그렇게 나오자 겁이 덜컥 났다. 그가 그렇게 순수하게 돈을 빌려주겠다고 하는 것이 도저히 믿기지를 않았던 것이다. 그의 평소와 다른 점잖은 태도도 마음에 걸렸다. 분명 뭔가 함정이 있을 듯싶었다.

"사실은 뺑소니 사고라 병원비가……."

다원이 거기까지 말했을 때 준희가 구질구질한 얘기 듣고 싶지 않다는 듯 손을 들어 그녀의 말을 막았다.

"알고 있어. 신 비서가 원무과에 갔다 왔어. 지금쯤 병원비 계산했을 거야. 앞으로 들어갈 병원비와 생활비는 따로 주고 오라고 했어."

다원은 얼굴이 하얘졌다. 안도보다 두려운 마음이 먼저 일었다. 이로써 완전히 그에게 코를 꿰이고 만 것 같은 불길한 예감이 엄습해 왔다. 외삼촌의 일이 해결이 된 것은 너무나도 고마웠지만 이제 제 인생은 그야말로 준희의 손아귀에 완전히 들어가고 만 것이나 다름이 없었다.

"전혀 기뻐하지 않네?"

준희가 비꼬듯이 말했다.

"이제 난 어떻게 되는 거니?"

다원이 절망적인 얼굴로 어깨를 늘어뜨리며 그를 바라보았다.

"그건 또 무슨 소리야?"

준희가 술잔을 입에서 떼며 물었다.

"이제 난 정말 너한테 꼼짝없이 묶인 거지? 이제 정말 네가 하라는 대로 해야 하는 거고."

"지금까지도 그래 와놓고 무슨 헛소리야."

준희가 시큰둥하게 대꾸했다. 개자식아, 내가 너의 검은 속을 모를 줄 알고? 다원은 절망적인 얼굴로 고개를 창 쪽으로 돌렸다. 갑자기 눈물이 쏟아지려고 해서 다원은 입술을 물고 참았다. 제 운명이 이 망나니 같은 놈에게 달려 있다고 생각하니 눈앞이 캄캄해졌다.

"졸업해서 취업하면 제일 먼저 갚을게. 꼭. 아무튼…… 고마워."

그가 다른 소리를 못하게 다원은 우선은 그렇게 못을 박았다. 실제로도 그렇게 할 생각이었다. 그 일 때문에 그에게 지금과 다른 형태로 휘둘릴 생각은 추호도 없었다. 지가 먼저 빌려준다고 했지 않은가. 다원은 애써 두려운 마음을 그렇게 다독이며 다시 술잔을 입으로 가져갔다.

다원은 다음날 쪼개질 듯한 두통 때문에 잠에서 깨어났다. 커튼 틈으로 어스름한 새벽빛이 비춰 들고 있었다. 그녀는 머리를 감싸 쥐고 지금 제가 어디에 있는 것인지 몰라 잠시 눈을 감고 기억을 더듬었다. 준희와 일식집에서 술을 마셨던 기억…… 헉!

다원은 무언가 허전한 제 몸을 내려다보았다. 몸에 목욕 가운을 걸치고 있었지만 그 안에는 겉옷이 모두 벗겨진 채 속옷만 남아 있었다. 다원은 숨을 들이켜며 벌어진 가운의 앞섶을 모아 쥐고 눈을 질끈 감았다. 엄마, 어떡해.

그녀는 눈앞이 아찔해지는 두려운 상황 앞에서 본능적으로 얼굴도 가물가물한 엄마를 찾았다. 다원은 충격으로 두통마저 잊은 채로 가슴 앞섶을 부여잡고 주위를 둘러보았다. 그제야 아까부터 들려오던 규칙적인 소리가 창밖에서 들려오는 파도 소리였음을 깨달았다. 그렇다면 아직 외삼촌이 입원해 있는 도시를 떠나지 않은 모양이었다. 도대체 얼마나 술을 마셨기에.

다원의 절망적인 눈길이 침대 아래로 가서 꽂혔다. 그곳에 준희가 얇은 이불을 꼬치처럼 말고 잠들어 있었다. 눈앞이 하얘졌다. 결국 이런 일이 일어나고 말다니. 저 짐승 같은 놈.

다원은 무릎을 세워 안고 어금니를 물었다. 안 봐도 뻔한 일이 벌어진 거라고 그녀는 알아차렸다. 저도 모르게 눈물이 쏟아졌다. 이런 식으로, 저런 놈에게, 술에 취해서…….

준희를 원망하고 욕하면서도 다원은 사실 저의 부주의 때문에 일어난 일이라는 자책으로 죽고 싶은 심정이었다. 모든 것을 포기하고 고양이에게 생선을 맡기듯이 제 몸을 던진 것이나 다름없이 행동을 한 것이다. 그 앞에서 정신을 잃을 정도로 술을 마셨으니.

잠시 후 침대 아래서 부스럭거리는 소리가 들리더니 준희가 윗몸을 일으키며 몸을 감싸고 있던 이불을 잡아 내렸다. 그는 얼굴 위로 쏟아져 내려 있는 머리를 쓸어 올리고 한쪽 눈만 겨우 뜬 채로 다원을 올려다보았다.

"너 정말 끝내주더라."

그는 그 말을 하더니 다시 픽 쓰러져 누워버렸다. 다원은 더 참
지 못하고 소리 내어 엉엉 울음을 터뜨렸다.

11

다원은 담요를 어깨에 둘러쓰고 뒷좌석의 구석에 붙어 앉아 봄
빛이 완연한 들판이 눈앞을 휙휙 지나가는 차창 밖을 바라보고 있
었다.

옆에 앉은 준희가 생각날 때마다 기가 막히고 코가 막힌다는 듯
헛웃음을 날려댔으므로 다원은 풀이 죽어 앉아 있었다. 입이 열
개라도 할 말이 없었던 것이다.

새벽에 있었던 일을 떠올리자 다시금 얼굴이 달아올랐다.

다원의 울음소리를 듣고 준희가 잠이 달아난 얼굴로 몸을 일으
켜 그녀를 바라보았다.

"나한테 도대체 무슨 짓을 한 거야? 이 나쁜 놈아, 짐승 같은

놈. 넌 양심도 없니, 어떻게 술 취한 사람한테 이럴 수가 있어?"

다원이 베개를 침대 아래로 집어 던지며 소리를 지르자 준희는 기가 막힌 얼굴로 날아오는 베개를 손으로 잡았다.

"무슨 헛소리를 하는 거야? 미친 거 아냐?"

"아무리 망나니라도 사람을 술을 먹여서 강제로…… 삼촌 병원비 빌려주었으니까 이제 니 맘대로 해도 된다고 생각해? 나쁜 놈, 나쁜 놈!! 가만두지 않을 거야. 경찰에 신고할 거야."

다원은 억울하고 분해서 생각나는 대로 마구 퍼부으며 울부짖었다.

"아주 생쇼를 해라."

준희는 기가 막힌다는 듯 다원의 하는 양을 지켜보더니 혼잣말처럼 중얼거렸다. 그리고는 다시 벌렁 누워버렸다. 준희의 태도에 더 억장이 무너진 다원이 서럽게 울자 누워 있던 준희가 다시 벌떡 일어났다.

"조용히 못해? 너 정말 하나도 기억 안 나? 네가 지난밤에 무슨 짓을 했는지? 너 다시는 술 마시지 마라. 한 번만 더 술 마시는 거 보면 정말 가만 안 둘 줄 알아."

준희가 정말 화가 나서 씩씩대며 말하자 다원은 그제야 조금 진정을 했지만 여전히 의심스러운 눈으로 그를 노려보았다.

"나한테 무슨 짓을 한 거야? 왜 너랑 같은 방에서 자고 있어? 옷은 왜 이렇고? 설마 내가 먼저 유혹했다느니 그런 소리 하려거든 집어치워."

다원은 물러서지 않고 말했지만 자신이 생각했던 것과는 뭔가 다른 상황일 거 같은 예감이 들어 조금 수그러졌다.

준희가 더 못 참겠다는 듯이 자리에서 벌떡 일어서더니 소파 옆에 세워져 있던 목발을 잡았다. 그는 잇새로 뭔가 욕 비슷한 말을 내뱉으며 방을 나가 버렸다. 다원은 눈물에 젖은 뺨을 손바닥으로 닦으며 멍하니 그가 사라진 문을 바라보고 앉아 있었다.

잠시 후, 신 비서가 와이셔츠와 바지를 급히 입은 듯 흐트러진 모습으로 방으로 들어왔다. 그는 아직 잠에서 덜 깬 듯 어리둥절한 얼굴이었다.

"무슨 일이세요?"

그가 물었다. 다원이 고개를 저으며 세운 무릎에 고개를 묻자 신 비서는 그제야 뭔가 감이 오는 표정을 지었다.

"놀랄 거 없어요. 도저히 차를 타고 이동할 상황이 아니라 여기서 잘 수밖에 없었어요."

"그게 아니라…… 왜 준희랑 제가 같이 있었는지……."

다원이 기어들어 가는 목소리로 묻자 신 비서는 웃음을 참으려는 듯 헛기침을 했다.

"하나도 기억이 안 나요? 어제 다원 씨 때문에 도련님이 얼마나 고생을 했는데."

"예?"

다원이 얼굴이 하얘지며 고개를 들었다. 신 비서의 얼굴에 장난기가 가득했다.

"방에 데려왔는데 토해가지고, 여종업원 불러서 옷을 벗겼어요. 우리는 우리 방으로 가려고 했는데 가운 차림으로 자꾸 바다를 보겠다고 뛰쳐나가려고 해서요. 혼자 둘 수가 없었어요. 제가 옆에 있겠다고 했다가 도련님한테 한 대 맞을 뻔했어요."

신 비서는 그 말을 하다가 킥킥 웃었다. 다원은 얼굴에서 핏기가 가시는 기분이 들었다. 미쳤어, 미쳤어. 다원은 창피해서 죽을 것 같아 팔에 얼굴을 묻으며 비명을 질렀다.

"술 마시니까 애교가 엄청 많아지던데요?"

신 비서가 놀리느라 한마디 덧붙였다. 다원이 귀를 막으며 도리질을 해대자 그가 웃음을 터뜨렸다.

"좀 더 자요. 아직 새벽인데. 옷은 세탁을 맡겼으니 이따가 가져올 거예요."

신 비서가 그 말을 남기고 방을 나가고 나자 다원은 이불을 뒤집어쓰고 몸부림을 쳐댔다. 도대체 무슨 짓을 한 거니.

"너 앞으로 술 마시지 마. 내가 살다가 이런 꼴을 당하고 말이지."

준희의 목소리에 다원은 다시 현실로 돌아왔다. 그는 차를 타고 돌아오는 내내 자신이 얼마나 억울하고 기막힌 일을 당했는지 넋두리를 늘어놓으며 다원을 비난했다.

"여자가 어떻게 그렇게 가볍고 쉬울 수가 있냐? 엉? 술 취하니까 신이 나서 아무나 다 따라갈 기세야. 딱 질색이야, 너 같은 애."

그의 모욕적인 언사를 듣고 있자니 속에서 부글부글 끓어올랐다. 다행이네, 나도 너 같은 애, 트럭으로 실어다 줘도 싫거든.

다원은 그렇게 대꾸해 주고 싶은 것을 꿀꺽 삼켰다. 무엇보다 지난밤의 기억이 사라져 버려서 논리적으로 반박할 말이 없었다.

맥주를 한두 잔 마셔본 적은 있어도 필름이 끊길 정도로 많이 마신 건 처음 있는 일이라 술에 취하면 제가 어떻게 변하는지 알지 못했다. 제 의지와 상관없이 저지른 일들인 것도 모자라 기억조차 나지 않는다는 것이 제일 곤욕스러웠다.

다원은 준희가 끊임없이 성질을 돋웠지만 어금니를 사리물고 참았다.

"게다가 뭐어? 나를 의심해? 넌 네가 아주 탐나는 보물이라도 되는 줄 아는 모양인데, 널렸어. 너 같은 애들. 내가 여자가 없어서 널 건드려? 착각이 야무지기도 하다."

"그만해. 그런 생각이 들 수밖에 없는 상황이었잖아."

다원이 참다못해 한마디 했다.

"뭘 잘했다고 말대꾸야? 넌 입이 열 개라도 할 말이 없어. 알아?"

준희는 당장에 아랫입술을 사리물더니 그녀의 귓불을 아프게 잡아당기며 으름장을 놓았다.

다원이 작게 비명을 지르며 그의 손을 털어내려고 했지만 그의 손은 여전히 그녀의 귀를 잡고 있었다. 다원은 아픈 나머지 그가 앉은 쪽으로 딸려갈 수밖에 없었다.

"너 앞으로 술 마시지 마. 다른 사람하고는 특히 말이야. 알았어?"

그의 얼굴이 가까이 다가오더니 다원의 눈을 똑바로 쳐다보며 말했다. 그의 깊고 검은 눈동자에 자신의 얼굴이 담겨 있었다. 다원이 당황해서 눈이 커지자 그가 좀 더 세게 귀를 당겼다.

"대답해, 알았냐구?"

"아, 알았어. 아파, 좀 놔."

"죽여 버릴 거야."

그가 다시 한 번 귓가에 낮은 소리로 협박인지 뭔지 모를 소리를 하고 귀를 놓아주었다. 다원은 발갛게 달아오른 귀를 양손으로 감싸 쥐며 그를 노려보았지만 이미 가슴이 걷잡을 수 없이 뛰고 있었다. 얼굴까지 붉어지는 것 같아 그녀는 얼른 담요를 끌어 턱 위로 올리고 얼굴을 창 쪽으로 돌렸다. 이건 도대체 무슨 반응이람.

갑자기 빠르게 헐떡거리는 심호흡과 심장의 엇박자에 다원은 적이 당황했다. 느닷없이 가슴이 뛰다니, 지난밤 마신 술의 부작용이라고 다원은 생각하려 애썼지만, 그게 아니라는 것을 알았다.

준희의 말마따나 자신의 마음이 싸구려라서 아무한테나 가슴이 설레고 그러는 것은 아닌지 고민이 밀려왔다. 빌미만 생기면 아무한테나 마음을 주는 그런 사람이고 싶지는 않았다. 게다가 준희라니, 말도 안 되는 얘기였다. 다원은 갑자기 속이 울렁거리기 시작했다.

"왜? 어디 안 좋아?"

다원이 식은땀을 흘리는 것을 본 준희가 놀라서 물었다.

"속이 울렁거려."

"너 차에서 토하면 죽는다? 차 세워."

준희가 그 와중에도 싫은 소리를 하며 신 비서를 향해 급히 말했다.

"아니, 아직은 괜찮으니까 다음 휴게소에서 잠깐 세워주세요."

"한 5분만 가면 휴게소 나와요."

신 비서의 말에 다원이 고개를 끄덕였다.

"정말 괜찮아? 그러니까 먹지도 못하는 술을 누가 그렇게 퍼마시래? 너 정신교육 좀 단단히 받아야 해."

준희가 다시 생각난 듯이 잔소리를 해댔다. 다원은 속이 울렁거려 아무 소리도 들리지 않았다. 곧 휴게소에 도착했고 다원은 차에서 내려 화장실로 뛰어들어 갔다.

준희의 생일이었다. 민 여사는 지방 백화점의 창립 기념일이라 그곳에 내려가고 태주와 도희가 저녁 식사 시간에 맞추어 돌아와서 함께 저녁 식탁에 둘러앉았다.

식사가 시작되기 전에 태주와 도희가 그에게 선물 상자를 건넸다.

"얼른 풀어봐. 뭔지 보게."

세영이 선물 받는 당사자보다 더 들떠서 졸라댔지만 준희는 나중에 보겠다며 그저 고맙다는 말만 하고 신 비서에게 선물을 방에 가져다 놓으라고 말했다. 세영이 못마땅하다는 듯 입이 뾰로통해지더니 다원에게 눈을 돌렸다.

"넌 선물 없어?"

다원이 선물을 준비하지 않았다는 것을 알고 있었으면서 일부러 곤란하게 만들려고 물은 것이다.

다원은 준희의 생일인 것을 진작 알고 있었지만 그에게 도대체 무슨 선물을 해야 좋을지 알 수가 없었다. 부족하거나 필요할 게 없는 애였고, 비싸다고 다 쓰는 것도 아니고 취향도 엄청 까다로운 걸 옆에서 지켜봐 왔기 때문에 엄두가 나지 않았다. 그래서 다원은 그냥 포기를 했다. 허접할 게 분명한 자신의 선물 따위를 그가 기대할 리가 없었다. 그저 아침에 축하한다고 말로 때우고 넘어갔다. 그도 생일이 뭐 대수냐며 밖에서 외식을 하자는 것도 귀찮아했으므로 다원은 별로 신경 쓰지 않았다.

"네, 뭘 해야 할지 몰라서…… 필요한 거도 없을 거 같고."

"애 진짜 웃긴다. 생일이 뭐 필요한 거 주는 날이니?"

세영이 깔깔 웃어댔다. 다원은 저도 모르게 얼굴이 붉어졌다.

"이렇게 도움을 받고 있으면 작은 거라도 준비하는 성의를 보여야지, 너, 너무 예의 없다, 애."

"쫌! 시끄러! 조용히 밥 좀 먹자."

태주가 세영에게 주의를 주려고 하는 찰나, 준희가 와락 신경질을 냈다. 세영이 찔끔 놀라 그를 바라보았다. 세영은 아랫입술을 물고 분한 듯이 어깨를 들썩였지만 섣불리 말대꾸를 하지 못했다. 요즘 준희의 기분이 눈에 띄게 가라앉아 언제 터질지 모르는 시한폭탄 같은 것을 그녀도 알고 있었다.

식사가 시작이 되었고 다원은 가시방석에 앉은 것처럼 불편해서 음식 맛을 제대로 느끼지 못했다.

"다원 씨는 서울에 친척이 한 명도 없어요?"

도희가 미소를 지으며 물었다. 다원은 이 식탁 위에서 화젯거리가 자신밖에 없다는 것을 한탄하며 고개를 끄덕였다.

"저런, 딱하네. 요즘은 지역 재단 같은 데서 우수한 학생들을 대상으로 무료로 기숙사도 운영하는 걸로 알아요. 그런 곳은 알아봤어요? 다원 씨 정도면 충분히 들어갈 수 있을 거 같던데. 여기보다는 그런 곳이 공부하기는 더 좋은 환경일 거 같은데?"

그녀는 세영이 다원을 대하는 태도가 마음에 걸렸는지 그런 말을 했다. 어쨌든 그런 곳도 완전 무료가 아니며 교통비니 책값이니 최소한의 돈이라도 있어야 생활이 가능한 곳이라는 것을 그녀는 모르는 듯했다. 다원에게는 그런 돈조차 대줄 사람이 없었으므로 어차피 일을 하며 공부를 할 수밖에 없었다. 그래도 들어갈 수만 있다면 어떻게든 가려고 노력을 하고 있는 중이었다.

몸보다는 마음이 점점 힘들어지고 있어서 이곳에서 오래 버틸 자신이 없었다.

"그렇지 않아도 입학 전부터 신청은 해두었어요. 신청자가 많아 2학기쯤 되어야 기숙사에 자리가 날 거 같다고 해요."

다원의 말을 들은 세영의 얼굴이 밝아졌다. 준희는 그 모든 얘기는 자신과 상관이 없다는 듯이 밥 먹는 데만 열중하고 있었다. 그들의 대화를 전혀 듣고 있지 않는 것 같기도 했다.

"여기서 지내는 게 많이 힘드니? 집안일이나 준희를 돌보는 일은 굳이 하지 않아도 돼."

태주가 눈썹을 올리며 도희의 말이 마음에 안 든다는 듯 말했다.

"아니요. 힘들어서 그런 게 아니라 그냥, 혼자 할 수 있으면 혼자 해보려고요. 너무 오래 폐를 끼치는 것도 죄송하고요."

"그런 거라면 지금도 충분히 혼자 하고 있는 거니까 불편하게 생각할 필요 없어. 다시 잘 생각해 보도록 해. 여기도 거기도 장단점이 있는 거니까."

태주가 자상한 목소리로 말하자 도희도 맞는 말이라는 듯 웃으며 고개를 끄덕였다.

나란히 앉아 있는 그들은 눈이 부셨다. 일부러 짜 맞춰도 그럴 수 없을 만큼 잘 어울렸다.

준희가 다원을 괴롭힐 심산으로 도희를 별장으로 불렀건 어쨌건, 그날 이후로 다원은 마음이 저절로 정리가 되었다. 여전히 태주를 좋아했지만, 그건 그야말로 존경과 동경에 가까웠다. 도희를 봤다고 해서 어떻게, 하루아침에 연애감정이 사라질 수가 있는지 모를 일이었지만, 이상하게도 마음이 저절로 쉽게 접어졌다. 제 마음이 진지하다고 생각했던 다원은 그 상황이 좀 당황스러웠다. 그렇게 깊이 없는 마음이었다니. 제 마음의 가벼움에 그녀는 부끄러움을 느꼈다.

그들이 머지않아 약혼을 할 거라는 소리를 세영에게 들어 알고 있었다. 그 소리를 들었을 때, 오빠를 장가보낼 때 느낄 법한 서운한 마음이 들긴 했지만 다원은 순수하게 기뻤다. 질투하는 것이 우습게 여겨질 만큼 두 사람은 완벽한 커플이었다.

다원은 고개를 들다가 준희와 눈이 마주쳤다. 그는 웬일로 먼저 눈을 내리깔며 다원의 시선을 피해 버렸다. 그러고 보니 그가 너무 조용했다. 자신이 이 집을 나갈 생각을 하고 준비를 하고 있다는 말을 들으면 그가 무엇이든 반응을 보일 거라고 생각했는데 그는 자기와는 무관하다는 듯 아무렇지도 않은 얼굴로 밥만 먹고 있었다.

하다못해 빌려준 돈 생각이 나서라도 한마디 할 것 같은데.

자기 입으로 미운 정도 있다고 해놓고, 나간다고 해도 아무렇지도 않은 것을 보자 다원은 서운한 생각이 들었다. 가지고 놀 만큼 놀았다 그거냐? 나도 홀가분해. 여기서 나갈 날을 손꼽아 기다리고 있다고.

다원은 괜히 억울한 생각이 들어 씩씩거리며 밥을 먹기 시작했다.

"근데 웃긴 얘기 하나 해도 돼요?"

밥을 한참 먹다 말고 세영이 큭큭, 웃으며 누구에게랄 것도 없이 물었다.

모두 세영을 쳐다보았고, 도희가 눈썹을 올려 뜨며 어서 해보라는 제스처를 취했다.

"글쎄, 쟤 말이에요."

웃음을 참지 못하겠다는 듯 세영이 한 손으로 입을 가리고 한 손으로는 다원을 손가락질했다. 세영의 과장스러운 행동에 모두 그녀의 손끝을 따라 다원을 바라보았다. 다원은 당황해서 눈이 화등잔만 하게 커졌다.

"글쎄, 쟤가 삼촌을, 삼촌을 사랑한대요."

세영이 세상에서 제일 웃긴 얘기를 들은 사람처럼 웃어댔지만 그녀를 따라 웃는 사람은 아무도 없었다. 다원은 눈앞이 하얘지고 발밑이 흔들리는 기분이 들었다. 당장 식탁 아래로 들어가 숨고 싶은 충동이 일어 무릎 위에서 두 주먹을 꼭 쥐고 부들부들 떨 뿐이었다.

"헛소리 관두고 밥이나 먹어."

준희가 잇새로 세영을 윽박질렀지만 세영은 여전히 웃고 있었다.

"헛소리는 무슨 헛소리? 너희 둘이 하는 얘기 똑똑히 들었는데. 참 꿈도 야무지다니까?"

세영이 다원을 쏘아보더니 다시 웃음을 터뜨렸다.

"그럴 수 있지. 태주 씨가 워낙 멋진 사람이니까. 충분히 그럴 수 있어. 다원 씨, 부끄러워할 필요 없어요. 이런 남자를 좋아하지 않는다는 게 오히려 이상한 일이지."

도희는, 얼굴이 하얗게 질려서 안절부절못하는 다원이 귀엽다는 듯 미소를 지으며 그녀를 감쌌다. 다원은 부끄럽고, 미안해서 얼굴을 들 수가 없었다. 당장 그곳을 도망치고 싶은 욕망을 억누르느라 턱이 얼얼할 지경이었다. 앞으로 모두의 얼굴을 어떻게 볼지 눈앞이 캄캄했다.

"영광인데?"

태주가 부드러운 미소를 지으며 웃어 보였다. 다원의 이마에 식은땀이 흘렀다.

잠시 후, 다원에게는 참기 힘든 어색한 침묵이 찾아왔고, 그것을 깬 것은 준희였다. 그는 갑자기 젓가락을 내려놓더니 자리에서 벌떡 일어섰다.

"왜? 아직 케이크도 안 먹었는데, 앉아, 얼른."

세영이 말렸지만 그는 누구에게랄 것도 없이, 좀 쉬어야겠다고 말하더니 그대로 방으로 들어가 버렸다. 준희가 없는 식탁에 앉아 있자니, 다원은 더 고역스러웠다. 그가 저를 데리고 가지 않은 것이 원망스러울 지경이었다.

❖

새벽에 다원은 갈증 때문에 잠에서 깼다. 방의 불을 켰더니 누군가 그럴 줄 알고 있었다는 듯이 책상에 물병과 컵이 든 쟁반을 가져다 놓았다.

그녀는 물을 따라 마시며 지난밤의 일을 기억하려고 애를 써보았다.

신입생 환영회니, 개강 파티니, 엠티니 한 번도 참석하지 않아서 아는 사람도 없이 그저 강의실과 집만 오갔는데 동향 선배가 어찌 알고 그녀를 찾아왔다.

동향이라도 그 선배는 다원이 사는 읍내에서 차로 40분은 족히 가야 하는 도시 출신이었다.

선배가 강제로 그녀를 끌고 간 곳은 술집이었다. 그곳에는 이미 네댓 명의 그 지역 출신의 선배들이 술을 마시고 있었다. 말로는 그 지역 출신 재학생 학술토론 동아리라고 했지만 보아하니 술 마시는 친목회 정도로 보였다.

원래 낯가림이 있는 다원은 그런 사교적인 술자리를 좋아하지 않았지만 이상하게 어제는 별 부담이 없이 초면의 사람들과 어울리게 되었다. 동향 사람들이라서기보다는 아마도 아무렇지 않은 척했지만 사실은 무척이나 외로웠기 때문이었을 것이다.

이런 데서까지 지역을 따져서 모임을 갖는 그들이 웃겼지만 다원은 선배들이 권하는 술을 사양하지 않고 받아 마시며 오랜만에 즐거운 시간을 보냈다.

술자리가 끝나자 그녀를 데리러 왔던 여자 선배와 그녀의 남자친구가 집 부근의 버스 정류장까지 데려다 주고 갔고, 다원은 집까지 잘 걸어왔다. 그리고 제가 생각해도 술을 좀 많이 마신 거 같아 잠깐 술을 깨려고 대문 계단에 앉아 있었다. 그리고…… 그리고는 기억이 나지 않았다.

그녀는 황망한 얼굴로 침대에 앉아 여태 겉옷까지 입고 있는 제 옷차림을 내려다보았다.

가방을 찾아보니 얌전히 책상 위에 올려져 있었다. 그녀는 책상으로 다가가 가방에서 휴대폰을 꺼내 보았다. 준희에게서 전화가 열 통이 넘게 와 있었다.

술을 마시기 시작하면서 조금 늦을 거라고 문자를 보내고 전화를 꺼두었으니 아마 약이 많이 올랐을 것이다.

그녀가 학교에 갔다가 제시간에 돌아와도 불만이 한가득인 준희였으니 또 얼마나 들들 볶아댈까 벌써 머리가 아파왔다.

토요일. 준희와 하루 종일 붙어 있어야 하는 날이었다. 다원은 날이 새는 창밖을 멍하니 바라보았다. 곧 있으면 준희에게 불려가 또 한바탕 곤욕을 치러야 할 것이다.

그녀는 샤워를 하고 나와 아침 식사 전까지 산더미 같은 과제 중에 몇 개를 해냈다.

식사 시간이 되기 전에 준희를 깨우기 위해 그의 방으로 가서 노크를 했다. 신 비서가 문을 열고 밖으로 나오며 다원이 들어갈 수 있게 비켜주었다.

방 안의 커튼은 모두 걷혀 있었고, 웬일로 준희는 이미 일어나 창가에 기대어 밖을 내다보고 있었다. 호리호리하고 큰 키에 자연적인 곱슬머리가 어깨에 닿을 만큼 긴 그의 뒷모습이 막 솟아난 아침 햇살의 후광을 받아 순정만화 속 꽃미남처럼 비현실적으로 멋져 보였다. 그가 등을 돌리고 있었으므로 다원은 헛기침을 해서 자신이 왔다는 것을 알렸는데도 그는 돌아보지 않았다.

"잘 잤어?"

하는 수 없이 먼저 말을 시켰지만 그는 역시 아무 반응도 보이지 않았다. 다원은 눈썹을 팔(八) 자로 만들며 그의 돌려세운 등을 바라보았다. 화가 단단히 난 모양이었다. 다원은 할 일 없이 한숨을 쉬며 그의 등 뒤에 서서 기다렸다.

"속은 괜찮아?"

잠시 후, 준희가 드디어 창가에서 돌아서며 물었다. 의외로 화가 나거나 비꼬지도 않고 담담한 표정을 짓고 있었다. 그는 원래 즐겁게 웃고 있을 때조차 눈빛이, 가을 호수처럼 깊고 쓸쓸해 보이게 만드는 이상한 재주를 가지고 있었는데, 역시나 그냥 바라보는 시선인데도 눈빛이 좀 슬퍼 보였다. 다원이 고개를 끄덕이자 그는 어려운 수학문제를 앞에 둔 사람처럼 의문과 답답함이 가득한 얼굴로 다원을 바라보았다.

"어떻게 술에 취한 채로 밖에서 잠이 들 수가 있어? 누가 안아가도 모르게 말이야."

"설마 누가 안아가도 모르겠어? 술 깨려고 잠깐……."

다원은 말을 하다 말고 입을 다물었다. 그러고 보니 여태, 자신이 대문 계단에 앉아 있다가 순간 이동을 한 것도 아니고 제 방에서 눈은 뜬 이상한 상황에 대해 미처 생각을 해보지 않은 것을 깨달았다. 아무리 잠결에 들어왔다고 해도 들어온 기억이 이렇게나 아무것도 나지 않을 수는 없었다.

다원은 얼굴이 창백해졌다가 금세 붉게 물들었다.

"나 어제 집에 어떻게 들어왔지?"

다원의 물음에도 그는 뭔가 생각에 잠긴 골똘한 표정으로 뚫어지게 그녀를 바라보았다.

"넌 내가 그렇게 하잖니? 분명 술 마시지 말라고 말했는데, 내가 하는 말을 제대로 듣기는 해?"

준희가 처음 보는 진지한 얼굴로 물었다. 그것은 소리를 지르고 화를 낼 때보다 몇 배는 더 다원을 곤란하게 만들었다.

"어제는 어쩔 수가 없었어. 동향 선배가 일부러 데리러 와서 안 갈 수가 없었어. 벌써 여러 번 만나자고 했는데 못 갔었거든."

다원이 그 말을 끝내기도 전에 준희가 갑자기 손을 뻗어 그녀의 어깨를 잡았다. 다원이 움찔 놀랄 정도로 센 악력이었다. 그녀가 겁에 질려서 올려다보자 그는 그녀의 어깨를 잡은 채 눈을 감고 천천히 심호흡을 했다.

"침대까지 부축해."

그는 주변에 목발이 없어서 다원의 어깨를 잡은 것뿐이었다. 다원은 가슴을 쓸어내리며 안도의 한숨을 내쉬었다. 준희는 모든 체중을 다원에게 싣고 있었으므로 그녀는 간신히 버티며 그를 침대까지 데려다 주었다. 준희가 침대에 닿자마자 그녀의 어깨에서 손을 뗐다.

"오늘은 내 앞에 얼씬거리지 마."

그가 침대에 벌렁 누우며 그렇게 중얼거렸다. 그런 경우는 여태 없었기 때문에 다원은 당황스러운 얼굴로 이마에 팔을 올린 채 눈을 감고 있는 그를 내려다보았다.

"그, 그래, 그럼. 필요하면 불러."

다원은 안도감보다는 왠지 모를 섭섭한 마음이 들었다. 이제 아주 인이 박였는지 그가 자유롭게 놓아줘도 허전해서 안절부절못하게 되고 말았다. 노예가 체질인가?

다원은 이해가 안 되는 제 감정이 못마땅해서 아랫입술을 깨물며 막 돌아서려는데 마침 민 여사가 방으로 들어왔다.

다원이 쳐다보지도 않는 그녀에게 인사를 하고 방을 나오려고 할 때 민 여사가 잡아채듯이 다원의 뒷덜미에 대고 말했다.

"어제 어떻게 된 거니?"

맙소사. 하필, 어제는 민 여사까지 일찍 들어와 있었던 모양이었다. 다원은 눈을 질끈 감았다 뜨고 그녀를 향해 돌아섰다. 다원은 침을 삼키며 죄지은 사람처럼 더듬더듬 대답했다.

"죄송합니다. 선배들이랑 술을 좀 마셨어요."

"술 마시면 아무 곳에서나 잠드니? 여자가 가질 수 있는 최악의 술버릇이야. 그 정도 분별도 없다니 실망스럽다."

"죄송합니다."

"너를 책임지고 있는 내 입장을 조금이라도 생각했다면 할 수 없는 경솔한 행동이야."

그녀는 자비심 없는 차가운 눈으로 다원을 바라보고 있었다. 다원은 등골이 오싹해지는 것을 느끼며 자동으로 손을 모아 쥐고 고개를 숙였다.

"조심하겠다고 했어. 그만해."

같이 거들 줄 알았던 준희가 인상을 쓰면서 다원 편을 들었다. 민 여사는 잠시 뜨악한 얼굴로 준희를 바라보더니 이내 다원에게로 얼음장 같은 시선을 옮겼다.

"난 말로만 들었지 누가 업어가도 모른다는 말을 실제로 눈앞에서 보게 될 줄은 몰랐다. 어떻게 그럴 수가 있지? 도련님도 정말 이해가 안 돼. 무슨 생각으로 애를 안아 들고 들어온 거니? 아니, 깨워서 데리고 들어오는 것이 자연스럽지 잠이 깰까 봐 안아 들고 들어온다는 것이 말이 돼?"

민 여사의 말을 들으면서도 다원은 그녀의 말을 이해하지 못하다가 잠시 후에야 잠든 자신을 방까지 옮겨준 것이 태주라는 것을 깨달았다. 그녀는 온몸이 부끄러움으로 새빨갛게 달아오르는 것 같았다. 또 사고를 치고 말았구나.

다원은 저도 모르게 숨을 들이쉬며 준희의 눈치를 살폈다. 그는 어디가 아픈 것을 참고 있는 듯 얼굴을 찌푸린 채 눈을 감고 있었다.

"몸가짐에 대해 가르침을 받을 기회가 없었던 건 자랑이 아니야. 네 환경이 그럴수록 네가 더 조심하고 행동을 똑바로 해야지. 어디 가서 부모 없는 애라고 손가락질받지 않으려면 말이다."

"아, 정말! 그만 좀 해. 난 뭐 부모가 있어서 이 모양이야? 나 같은 아들을 두고 어떻게 그렇게 당당할 수가 있어, 엄마는?"

준희가 침대에서 벌떡 일어나며 소리를 질렀다.

"이 녀석이 지금 무슨 말을 하는 거야?"

민 여사는 서슬 퍼렇게 같이 소리를 질렀지만 딱히 뭐라고 반박할 말이 없었는지 입술만 움찔거릴 뿐 말을 잇지 못했다.

"나가! 둘 다……."

준희가 갑자기 제 머리카락을 움켜잡더니 상체를 꺾으며 신음 소리를 내뱉었다. 그는 악문 잇새로 고통스러운 듯이 숨을 헐떡이기 시작했다. 다원과 민 여사가 깜짝 놀라 동시에 그의 팔을 잡았다.

"왜, 어디 아프니? 어디가 안 좋은 거야?"

민 여사가 놀라서 준희의 팔을 잡고 흔들었다.

"준희야."

다원이 두려움에 떨며 금방 울 듯이 그를 불렀을 때 창백한 얼굴로 흩어져 내려 있는 머리카락 사이로 그의 핏발 선 눈과 마주쳤다. 그는 몇 초 후에 터지게 되어 있는 시한폭탄처럼 몸을 떨고 있었다. 얼굴이 순식간에 땀범벅이 되어 금방 숨이 멎을 것처럼 호흡이 거칠고 불규칙했다.

"나, 나…… 가."

준희가 힘겹게 다시 입술을 움직여 그렇게 말했다.

민 여사가 다원의 팔을 잡아 일으켜 세웠다. 다원은 처음 보는 준희의 모습에 충격을 받아서 그녀가 자신을 끌고 방 밖으로 나가는 대로 힘없이 끌려 나갔다. 방문을 나서자마자 그들 잎을 신 비서가 바람처럼 달려 방 안으로 들어가 문을 닫았다. 잠시 후 방에서는 듣고만 있어도 심장을 잡아 비트는 것 같은 신음 소리와 몸싸움을 하는 듯한 격렬한 움직임 소리가 들려왔다.

"곧 괜찮아질 거야. 전엔 하루에도 몇 번씩 저렇게 발작을 하곤 했으니까. 저러다 죽는 게 아닐까 정말 무서울 정도였지."

부들부들 떨고 있는 다원에게 민 여사가 한숨을 내쉬며 말했다. 조금 전 방에서 찬바람을 일으키며 자신을 힐난하던 모습과는 달리 담담한 얼굴을 하고 있었다

아들이 저렇게 고통스러워 몸부림을 치는 소리를 들으면서 어떻게 저런 표정을 지을 수 있을까, 다원은 순간 온몸에 소름이 돋았다.

"도련님과는 언제 그렇게 친해진 거니?"

민 여사의 유리처럼 차가운 얼굴에 언뜻 호기심이 이는 것이 보였다. 다원은 그녀가, 오래 살았지만 여전히 젊은 얼굴을 하고 있는 마녀처럼 보여 순간적으로 뒷걸음질을 칠 뻔했다.

"치, 친하지 않은데요."

다원이 기어들어 가는 목소리로 겨우 대답하자 민 여사는 가소롭다는 듯 픽 웃었다.

"입학한다고 옷도 사줬다며? 그런 세심한 신경을 쓰는 사람이 아닌데 어떻게 그렇게 만들었지?"

당장 방에서 아들이 고통에 몸부림치고 있는데 어떻게 저럴 수 있을까 싶게 그녀의 표정과 말은 흔들림이 없었다.

"신기한 일이구나."

민 여사는 호기심이 어린 얼굴로 다원을 찬찬히 바라보더니 그렇게 말하고 자신의 방으로 들어가 버렸다. 다원은 더 이상 방에서 들려오는 소리를 듣고 있을 수가 없어서 떨어지지 않는 발길을 옮겨 이 층으로 올라왔다.

그녀는 방으로 돌아와서도 초조해서 한자리에 있지 못하고 서성이다가 창가로 다가갔다. 커튼 자락을 움켜쥐며 귀를 막았지만 여전히 준희의 신음 소리가 귓가에 맴도는 것 같았다.

12

그날 이후 준희는 이상할 정도로 조용해졌다. 조용하다기보다는 다원과 상종을 하지 않았다. 여느 날처럼 아침에 그를 깨우러 갔더니 신 비서가 문 앞을 막아서며 앞으로는 부르지 않으면 오지 않아도 좋다는 말을 대신 전해주었다.

그는 식사도 다른 시간에 따로 했고, 자주 외출을 해서 밤늦게 돌아오는 모양인지 집에 잘 붙어 있지도 않았다. 며칠이 지나도록 그의 얼굴조차 보지 못하고 지나갔다. 얼마 전까지 그런 생활을 꿈꾸었던 적이 있었지만 막상 그 일이 닥치자 다원은 몹시 당황스러웠다.

갑자기 상대도 해주지 않으니 영문을 몰라 애가 탔으나, 그렇다고 왜 그러느냐고 이유를 물을 수도 없었다. 그가 무슨 행동을 하던 그건 그의 자유였고, 다원으로서는 이의를 제기할 처지가 못 되었다.

"주희 어디 아픈 건 아니지요? 별일 없는 거죠?"

다원은 나흘째가 되었을 때 신 비서를 붙들고 물어보았지만 신 비서에게서는 신통한 대답을 듣지 못했다. 그는 평소와 다름이 없다고 했다. 더 즐겁지도 더 우울하지도 않게 잘 지내고 있다고.

다원은 차차 화가 나기 시작했다. 그래, 이제 질린 모양이군. 한 번 질리면 뒤도 안 돌아본다더니 이제 그때가 된 모양이지.

다원은 이유 없이 화가 나서 식식대다가 문득, 당장 내일 일을 알 수 없게 된 제 처지를 깨달았다. 그가 더 이상 저를 필요로 하지 않는다면 이 집에서 지낼 명분이 사라지는 것이다. 아직은 오 갈 데가 없는 처지였으니 당연히 불안이 몰려왔다.

처음에 민 여사는 준희를 돌보지 않게 되어도 집안일을 도와주면 졸업 때까지 지내게 해주겠다고 했지만 다원의 양심상 그런 일은 가능하지 않았다. 자신이 그 집에 떳떳하게 있을 수 있는 유일한 이유는 준희였다. 준희가 아니라면 그 집에 더 이상 머물 수가 없었다.

다원은 그가 정말 저를 필요로 하지 않는다면 어떻게 해야 할지 궁리를 하며 기운 없이 한씨 아주머니를 도와 저녁 준비를 했다.

아무리 그래도 당장은 나갈 수가 없었다. 어쨌든 나가라고만 하지 않는다면 기숙사가 나올 때까지 버티는 수밖에 없었다. 이제 시간도 자유로워질 테니 지금부터 아르바이트라도 해서 돈을 좀 모아야겠다고 그녀는 생각했다. 민 여사가 주는 용돈은 그야말로 교통비와 책 몇 권을 살 정도의 최소한의 것이어서 그것을 모아 기숙사비를 한다는 것은 불가능했다. 서너 달 정도이니 그동안의 정을 생각해서라도 아르바이트를 하느라 집안일을 돕지 못하는 것을 나무라지는 않을 거라고 혼자 짐작을 해보았다.

준희가 저녁에는 거의 방에서 나오지 않았으므로 상을 따로 보아놓고 신 비서가 식사를 가지러 오길 기다리고 있을 때 마침 그가 식당으로 들어섰다. 다원은 신 비서가 들고 갈 음식이 든 트레이를 다시 점검을 하고 빠진 것이 없나 훑어보았다.

그런데 그 순간 언뜻 신선한 바람 냄새가 코끝을 스치고 지나갔다. 그건 준희가 즐겨 쓰는 향수 냄새였다. 다원은 순간 심장이 덜컥 내려앉았다. 그녀는 저도 모르게 자석에 끌리듯이 뒤를 돌아보았다.

준희가 아무렇지 않은 얼굴로 식당으로 들어서고 있었다. 며칠 만에 처음 보는 얼굴이었다. 그가 식당에 들어서서 신 비서가 빼준 식탁 의자에 앉는 그 몇 초 동안, 다원은 어떤 사실 하나를 깨달았다.

자신이 그를 무척 보고 싶어하고 있었다는 사실을. 다원은 아주머니가 시키는 대로 떨리는 손으로 그의 앞에 숟가락과 젓가락과 새로 뜬 국을 놓아주었다. 그러는 동안 그는 다원을 한 번도 쳐다보지 않았다.

곧 그는 신 비서와 함께 식사를 하기 시작했다. 다원에게 앉아서 같이 먹자거나 나가 있으라거나 하는 것 같은 어떤 지시도 없었으므로 그녀는 한씨 아주머니와 함께 그가 밥을 먹는 동안 식당 옆에 달린 고용인들이 쓰는 대기실에서 기다리고 있었다. 고개만 돌리면 그들이 앉은 식탁이 바라보였지만 다원은 내내 의자에 앉아서 고개를 숙이고 슬리퍼를 신은 제 발끝을 내려다보았다.

학교에 다니는 일이나 거처야 시간이 지나면 어떻게든 해결이 될 것이다. 이제 다원은 그 걱정보다 다른 생각에 사로잡혀 있었다.

그가 왜 갑자기 자신을 보고 싶어하지 않는 것인지 알고 싶었다. 왜 마음이 변한 것인지 묻고 싶어 조바심이 났다.

얼마 전까지 몹시 바라던 일이 일어났는데, 이 심란하고 저리는 마음의 정체가 무엇이란 말인가. 그녀는 통제할 수 없이 제멋대로 날뛰기 시작하는 제 마음에 두려움을 느꼈다.

자신은 그 애를 싫어하고 있었다. 질려서 몇 번이고 학을 뗐다. 그 애는 유치하고 난폭하고 어디 한구석 좋게 보아줄 수 없는 괴팍한 성질을 가진 망나니였다. 그런 그 애를 왜 자신이…… 게다가 자신은 여태 태주를 좋아하고 있었다. 처음과는 달랐지만 여전히 그를 좋아한다고 생각하고 있었는데 느닷없는 감정의 소용돌이를 겪자 다원은 어쩔 줄을 몰랐다.

그녀는 고개를 흔들며 중얼거렸다. 정신 차리자. 일시적인 감정이다. 며칠 못 봐서 생긴 금단증상이다. 다원은 혼란스럽고 미칠 것 같은 마음을 그렇게 변명해 보았다.

저런 애를 좋아할 수는 없다. 그를 좋아하기 시작한다면 끝이다. 그에 의해 망가질 것이다. 그는 좋아할 만한 사람이 아니다. 믿을 사람은 더더욱 아니다.

다원은 입속으로 계속해서 주문을 외듯이 중얼거렸다.

그들이 식사가 끝나는 기척이 들리자 한씨 아주머니가 얼른 식당으로 나갔다.

"디저트는 방으로 가져다주세요."

신 비서가 한씨 아주머니에게 이르는 소리가 들렸다. 다원이 식당으로 나가니 준희는 벌써 가버리고 없었다. 그를 보지 못할 때는 얼굴을 보기만 하면 답답하던 마음이 해결이 될 줄 알았다. 하지만 그가 자신을 보고도 전혀 다른 액션을 취하지 않자 다원은 실망스러운 나머지 온몸에 힘이 모두 빠져나가는 것 같았다.

과일과 차를 준비해 그의 방으로 갔지만 역시 신 비서가 나와서 쟁반을 받아 들고 들어갔다. 다원은 코앞에서 닫힌 문이 그의 마음처럼 느껴져 먹먹한 얼굴로 닫힌 문 앞에 한참을 서 있었다.

저녁을 먹고 한씨 아주머니를 도와 뒷정리를 하는 동안 다원은 버려진 아이처럼 절망에 사로잡혀 있었다.

방으로 돌아와 샤워를 하는 동안에도 휴대폰을 욕실로 가지고 들어가 준희가 혹시 전화를 하지 않을까 기다렸지만 그녀가 과제를 마치고 침대에 누울 때까지 아무 일도 일어나지 않았다.

불을 끄고 이불을 뒤집어쓰자, 저도 모르게 눈물이 비어져 나왔다. 그 눈물의 의미를 해석할 기력도 없었다. 좋아하는 건지, 동정인지, 미운 정이 든 것인지 구분도 가지 않았지만 자신의 마음이 그에게로 향하고 있다는 것을 부정할 수가 없었다.

다음날 아침 눈을 뜨자마자 혹시 잠든 사이에 문자라도 와 있지 않을까 휴대폰을 확인했지만 아무것도 없었다.

다원은 어쩔 줄 모르고 전전긍긍하는 자신에게 화가 나서 아침도 먹지 않고 집을 나섰다.

그동안 그가 자신을 향해 쏟던 관심과 집착이 사라졌다고 느껴지자 그녀는 슬프고 두려웠다.

그 망나니에게 제대로 길이 든 모양이었다.

다원은 집에 돌아가면 그와 대화를 나누어봐야겠다고 결심을 했다. 그의 생각이 무엇인지 알아야 했다. 그래야 자신도 마음을 정리할 것이 아닌가.

다원은 하루 종일 휴대폰을 들여다보느라 아무것에도 집중할 수가 없었다. 그녀는 허깨비처럼 앉아 있다가 결국 마지막 강의를 남겨두고 집으로 가는 버스를 타고야 말았다.

그가 자신을 이런 식으로 대할 수 있으리라고 한 번도 생각해 보지 않았다. 아니, 아니다. 이런 날이 올 거라고 알고 있었지만 제 마음이 이렇게 혼란스럽고 복잡하리라고는 한 번도 상상해 보지 않았다는 게 맞는 말이다. 그가 저를 필요로 하고 집착하듯 가까이 두려 할 때는 이런 날이 이렇게 빨리 올 줄도 모르고, 어서어서 그에게서 벗어나고 싶어 안달을 했다. 그래서 과장되게 그를 싫어하고 미워했다. 마음이 우러나 잘 대해준 적이 한 번도 없었다.

그가 자신에게 무례하게 군 것과 마찬가지로 자신 또한 그를 그렇게 진심이 아닌 마음으로 대했다. 마지못해 어쩔 수 없이 이를 갈 듯이 그의 옆을 지켰다. 다원은 갑자기 그것이 미안해졌다. 그가 자신에게 어떻게 했든, 그걸 떠나서 자신도 그를 비난할 만큼 떳떳하지는 않았다.

그녀는 대문을 들어서며 그가 일시적으로 삐친 것이라면 앞으로 좀 더 잘하겠다고, 강제가 아니라 마음으로 잘 대해주겠다고 다짐을 했다. 어쨌든 그는 지금 몸도 마음도 정상이라고 할 수가 없는 사람이 아닌가.

현관을 열고 중문으로 들어서다 다원은 딱딱하게 굳어져서 거실 안의 광경을 바라보았다.

거실에서는 왁자하게 파티가 벌어지고 있었다. 음악 소리가 요란했고 테이블에는 술병과 안주들이 널려 있었다. 이 집에 그렇게 많은 사람이 한꺼번에 있는 것은 처음 보았다. 열 명은 넘어 보이는 준희의 또래로 보이는 남녀들이 뒤엉켜 소파나 바닥에 앉거나 서서 술을 마시기도 하고 춤을 추기도 하고 어디서 내어왔는지 포켓볼을 치고 있기도 했다. 그 한가운데 준희가 소파에 다리를 올리고 눕듯이 기대어 있었고, 그의 앞에는 모델처럼 늘씬하고 예쁜 여자애가 그에게 안기다시피 몸을 기대고 있었다. 준희는 여자애의 어깨에 두른 손에 술잔을 들고 있었고 그것을 마시기 위해 고개를 숙이자 둘의 얼굴이 닿을 듯이 가까워졌다. 여자애가 준희의 입술이라도 핥을 듯이 얼굴을 가까이 들이대는 것을 다원은 주먹을 꼭 쥔 채 흔들리는 눈빛으로 바라보았다.

"누가 왔는데?"

누군가 얼어붙은 듯 서 있는 다원을 발견하고 큰 소리로 말하자 모두의 시선이 그녀에게 와서 꽂혔다. 준희도 천천히 고개를 들었다.

"한잔할래?"

준희가 며칠 만에 처음으로 다원에게 말을 걸었다. 다원은 여전히 중문 앞에 선 채 고개를 저었다. 그는 픽 웃더니 여자애의 어깨에 두르고 있던 팔을 빼더니 남아 있던 술을 마저 마셔 버렸다.

"그래 그럼, 올라가 봐."

준희는 여전히 얼음처럼 서 있는 다원에게 말했다. 다원은 그제야 정신을 차리고 호기심 어린 눈동자들 사이를 지나 이 층 계단을 올랐다.

다원의 뒤에서 누군가 휘파람을 길게 불었고, 누구냐고 준희에게 캐묻는 소리도 들렸지만 이내 귀를 찢을 듯한 음악 소리에 묻혀 버렸다.

다원은 방으로 들어가 문에 기대어 한참을 서 있었다. 그래 어차피 아무것도 기대할 것이 없는 아이 아니었던가. 새삼 놀랄 것도 실망할 것도 없었다. 이제 정말 자신을 놓아줄 모양이라고 다원은 생각했다. 이렇게 쉽게, 아무렇지도 않게.

아래층에서는 오랫동안 음악 소리와 웃고 떠드는 소리가 멈추지 않았다. 다원은 그 소리를 듣지 않기 위해 이어폰으로 음악을 들으며 책을 펴놓고 공부를 시작했다.

좀체 집중하기 힘들었지만 다른 생각을 하지 않기 위해서라도 집중을 해보려고 애를 썼다. 그리고 원하던 대로 모든 것을 잊고 책 속으로 깊이 빠져 들어갔다.

얼마나 시간이 흘렀는지 누군가 문을 세게 두드리는 소리에 다원은 현실로 돌아와 귀에서 이어폰을 뺐다. 시계를 보니 네 시간이나 지나 있었다.

그녀는 너무 오래 같은 자세로 앉아 있었던 탓에 어지럼증이 몰려와 비틀거리며 문을 열었다. 신 비서가 문 앞에 서 있었다.

"저녁 먹어요."

다원은 멍한 눈으로 그를 올려다보았다. 아래층의 소음은 이제 들려오지 않았다. 파티가 끝난 모양이었다.

"별로 생각이 없어요. 아까 학교에서 간식을 먹었거든요."

다원은 입맛이 없어 아무것도 먹고 싶지 않아 그렇게 둘러댔다.

"그럼 이따가라도 배고프면 내려와요."

신 비서가 내려가고 나서 다원은 욕실로 들어가 샤워를 했다. 오늘은 아무 생각 없이 일찍 잠이 들고 싶었다. 잠이라도 들면 덜 괴로우리라.

그녀는 오랫동안 천천히 샤워를 했다. 바디로션을 꼼꼼히 바른 후 잠자리 옷으로 갈아입고 방으로 통하는 문을 열다가 다원은 기접을 했다.

언젠가처럼 준희가 다원의 책상 앞에 앉아 있었다. 그는 그녀가 나오는 소리를 듣고 의자를 돌려 그녀를 바라보았다. 술을 많이 마셨을 법한데 얼굴이 멀쩡했다.

그가 허락 없이 남의 방에 무시로 드나드는 것은 못마땅했지만 오늘은 그것을 따질 겨를이 없었다.

"왜 저녁 안 먹어?"

그가 웃는 얼굴로 물었다.

"다이어트 좀 해보려고."

다원은 생각과는 달리 대답이 퉁명스럽게 나갔다.

"지금도 남자랑 구분이 안 가는 몸매인데 어쩌려고 그래? 더 빠지면 등인지 앞인지 정말 구별이 불가능할 거 같은데?"

준희가 짓궂은 얼굴로 약을 올리듯이 말했다. 전 같으면 바로 기분이 상했겠지만 다원은 속으로 그가 다시 제자리로 돌아온 것 같아 안도했다. 그와 자연스럽게 대화를 주고받으며 이전과 같이 지낼 수 있다면 그 정도 심술은 얼마든지 감수할 수 있었다. 아직은 그와 함께 있고 싶다고 다원은 생각했다. 아직은.

"너한테 구별해 달라고 안 할 테니 걱정 마."

다원은 또다시 퉁명스럽게 대꾸하다 말고 저절로 얼굴이 붉어졌다. 하필이면 그런 말을 꺼내다니.

"해달라면 못해줄 것도 없지."

그가 발갛게 달아오른 그녀의 얼굴을 보더니 한쪽 입꼬리를 끌어 올리며 웃었다. 다원은 그의 말을 못 들은 척 무시하고 침대로 가서 앉았다. 준희는 몸을 흔들어 의자를 이쪽저쪽으로 움직이며 다원을 뚫어져라 바라보았다.

"나한테 뭐 화난 거 있었어?"

다원은 용기를 내서 그렇게 물어보았다. 며칠 동안 그것이 너무 알고 싶었던 것이다. 왜 그러는지를 몰라 미칠 것 같았다. 사실은.

"좀 화가 나긴 했지."

그는 눈을 내리깔며 책상에 놓였던 다원의 연필을 손에 들고 만지작거리기 시작했다.

"왜? 내가 나간다고 해서? 돈도 빌려줬는데……?"

"쳇! 네 눈에는 맨날 내가 그렇게 쪼잔한 놈으로밖에 안 보이지?"

그가 다원을 원망하는 눈으로 바라보더니, 말을 이었다.

"그냥, 아무도 만나고 싶지 않았어. 미리 연습 좀 해본 거지 뭐."

"연습?"

"그래, 연습. 너 없이 사는 연습."

그의 입가에 자조적인 미소가 떠올랐다. 다원은 그의 뜻밖의 말에 가슴이 철렁 내려앉는 것 같았다.

"너 이제 곧 갈 거라며? 네가 간다면 막을 수가 없으니까."

다원은 가슴이 먹먹해졌다. 눈물이 날 것도 같았다. 그녀는 시트 끝자락을 만지작거리며 고개를 숙였다.

"왜 못 막아? 난 너한테 빚이 있는데. 네가 가지 말라고 하면 난 못 가."

다원은 고개를 들지 않고 목이 메는 것을 참으며 겨우 말했다.

"아니, 이제 강제로는 싫어. 너한테 이제 그럴 수가 없어. 왜냐 하면, 왜냐하면…… 내가 이제 장난이 아니게 되었으니까. 진짜인 너를 갖고 싶어 죽을 거 같거든."

준희는 남의 얘기하듯이 담담한 목소리로 말했다. 다원의 심장 이 미친 듯이 요동을 치고 있었다. 그것은 고백과도 같은 말이었 는데 다원은 설렘보다 두려운 마음이 앞섰다. 자신도 어느새 그를 마음에 담고 있었지만 선뜻 그의 마음을 선의로 받아들일 만큼 믿 고 있지는 않았다. 사람이 하루아침에 저렇게 변할 수는 없는 일 이라고 다원은 제동을 걸 듯이 설레는 마음을 눌러 덮었다.

"네가 나 싫어하는 거 알고 있어. 비난하는 거 아니야. 당연한 일이지. 내가 그렇게 만들었으니까. 게다가 너는 나랑 비교할 수 도 없는 멋진 사람을 좋아하고 있는 것도 알고 있고. 삼촌처럼 완 벽한 사람을 좋아하는 눈에 내가 얼마나 한심하게 비칠지 알고 있 다는 말이야."

준희가 여전히 다원의 연필을 손에 들고 빙글빙글 돌리며 무심 한 목소리로 말했다. 그가 그런 생각을 하고 있을 줄은 몰랐다. 늘 자신감에 차 있어서 왕자병을 의심했더니 속으로 그런 열등감을 느끼고 있었다니.

"전엔 너와 있으면 마음이 편하고 즐거웠는데 이젠 안 그래. 오히려 괴로울 지경이야. 그렇다고 안 보고 살 수도 없고 말이야. 나 이제 어떻게 해야 되겠냐? 똑똑하고 잘난 네가 해답을 좀 제시해 봐."

그는 마지막 말을 하며 비아냥거렸지만 어느 때보다 진지해 보였다. 다원은 떨리는 마음을 숨기려고 가슴 앞에 팔짱을 끼고 그의 시선을 외면했다. 어차피 그와 자신은 안 된다는 것을 알고 있었다. 굳이 민 여사가 내건 조건 때문이 아니더라도 다원은 그의 마음을 받을 수가 없었다. 그와 마음을 통하는 순간 모든 것은 그녀의 통제를 벗어나 걷잡을 수 없는 방향으로 흘러갈 것이다. 좋은 끝이 기다리고 있지 않다는 건 누가 봐도 명백했다.

싫증을 잘 내는 막무가내인 부잣집 도련님과 아무것도 가진 것이 없는 고아인 여자.

그가 자신에게 끌리는 단 한 가지 이유는 여태 한 번도 접해본 적이 없는 신선함 정도 일 것이다. 신선함은 꺾이지 않을 때만 유지가 되는 법이다. 그와 사랑에 빠지는 순간 그녀가 가진 유일한 무기는 소멸하고 만다. 그 뒷일은 굳이 상상력을 동원하지 않아도 추측이 가능한 일이었다.

버려지는 것이 두려운 것이 아니었다. 당연히 남녀가 사귀다가 헤어질 수도 있었다. 하지만 자신이 준희보다 오래, 몇 배는 더 오래 그 사랑을 감당해야 할 것 같은 예감이 그녀를 두렵게 만들었다. 그에게 버려지고 난 후에도 오랫동안, 여전히 그를 사랑하며 혼자 버텨야 한다니 생각만 해도 끔찍했다. 요 며칠 겪어보기도 했고 주위에서 들은 말도 한결같았다. 그가 마음을 돌리면 가차 없이 모든 것이 끝난다는 것을. 그런 경험은 며칠 겪어본 걸로 충분했다.

"나는, 난 그동안 네게 해왔던 일 외에 너에게 해줄 게 아무것도 없어."

다원은 심호흡을 하고 그렇게 대답했다. 차마 그의 얼굴을 볼 수가 없어 다원은 고개를 숙였다.

"그게 네 대답이야?"

준희가 조용한 목소리로 물었다. 허탈한 것 같기도 하고 화가 난 것 같기도 했다.

"우리 관계가 발전할 가능성은 전혀 없다는 말이지?"

준희가 확인하듯이 다시 물었다. 다원은 고개를 끄덕였다. 그에게 미안했지만 미련을 남기지 않는 것이 그와 자신 둘 다를 위하는 일이었다. 그는 한참 동안 말이 없었다. 다원은 피가 마르는 기분으로 그 침묵을 견뎠다.

"내가 변한다고 해도? 네가 옆에 있어준다면 다르게 살 수 있을 거 같아. 변할 수 있어. 그래도 안 돼?"

준희는 이미 자존심이 많이 상했을 텐데도 다시 그렇게 물었다. 다원은 고개를 숙였다. 그가 갑자기 몹시 가여워 견딜 수가 없었다. 한 번도 누구 앞에서 저런 식으로 자신을 굽힌 적이 없을 것이다. 그것을 거절당했으니 앞으로도 오랫동안 상처로 남으리라.

"네가 빌려준 돈을 빌미로 강제로 날 원하는 게 아니라면 이제 그 얘긴 하지 말아줘."

"모욕하지 마. 네 눈에는 정말 내가 그런 놈으로밖에 안 보이냐?"

준희의 눈에서 파란 불꽃이 이는 것 같았다. 금방이라도 뭔가를 집어 던지며 행패를 부릴까 봐 다원은 무릎 위에서 주먹을 쥐고 눈을 감았다. 하지만 아무 일도 일어나지 않았다. 조용해서 눈을 뜨니 준희가 자신을 쓸쓸한 눈으로 바라보고 있었다.

"그래, 무슨 말인지 알았어. 정말 단호하다. 넌 동정심도 없냐?"

그는 들고 있던 연필을 책상 위로 툭 던지며 장난스럽게 내뱉었다. 그는 어느 정도 짐작은 하고 있었다는 듯한 얼굴이었다.

그가 등을 돌리고 나가는 순간 일어나 그를 잡을 것 같아 다원은 침대 모서리를 꽉 움켜잡고 그를 쳐다보지 않으려고 안간힘을 썼다. 그가 조용히 문을 닫고 나간 후에도 다원은 오랫동안 꼼짝도 하지 않고 그 자리에 앉아 있었다.

뜬눈으로 밤을 새고 혹시나 준희가 아침 식사 시간에 나타날까 하고 기다렸지만 그는 나오지 않았다. 이럴 때 세영이라도 있으면 준희가 덜 힘들 텐데 그녀는 일주일도 전에 자신의 외가에 가서 돌아오지 않고 있었다.

태주와 그의 비서와 셋이 커다란 식탁에 마주 앉아 아침 식사를 시작했다. 준희 생각이 머리를 떠나지 않아 내내 그 애 생각에 사로잡혀 있을 때 갑자기 태주의 비서가 헛기침을 하며 다원의 팔을 건드렸다. 다원이 놀라서 쳐다보니 태주가 자신을 보고 있었다.

그는 신기하다는 듯이 눈을 크게 뜨고 다원을 바라보며 웃었다.

"무슨 생각을 그렇게 깊이 하는데 앞에 사람 말소리도 못 알아 듣지?"

그가 뭐라고 말을 건 모양이었는데 그 소리도 듣지 못하고 다른 생각에 빠져 있었던 모양이다. 다원은 민망해서 얼굴을 붉혔다.

"무슨 고민 있어?"

태주가 다시 물었다.

"아니요."

다원은 고개를 저으며 작은 소리로 대답했다.

"오늘 선약이 없다면 같이 점심 먹을까? 할 얘기도 있고."

태주의 말에 다원은 깜짝 놀라 그를 쳐다보았다.

"무, 무슨 하실 말씀이요?"

"별일 아니야. 부담 갖지 않아도 돼."

태주가 얼굴에 미소를 띠며 말했다. 부담 갖지 말라지만 너무나 부담스러워서 다원은 하마터면 고개를 저을 뻔했다.

"이따가 시간 알려주면 윤 비서가 데리러 갈 거야."

"아니요. 그냥 제가, 제가 갈게요."

"버스를 타고 오겠다고? 서울 지리도 잘 모르면서?"

태주가 장난스런 어투로 말하며 식사를 마쳤다. 그가 먼저 식당을 나가고 다원은 그의 비서와 전화번호를 교환했다. 그녀는 멍하니 앉아 무슨 일이 일어난 건지 생각했다.

태주가 무엇 때문에 자신을 보자는 것인지 짐작도 할 수가 없었다.

고풍스러운 한옥 건물의 대문을 들어서자 연못이 달린 넓은 정원이 나왔다. 태주와 다원은 종업원의 안내를 받아 별채로 지어진 방으로 들어갔다. 독립된 공간이라 조용하고 아늑한 별채는 앉은 자리에서도 정원을 내다볼 수 있게 창이 낮았다. 창밖으로 노란 꽃이 다닥다닥 달려 있는 생강나무와 연둣빛 야들야들한 단풍나무 새잎들이 봄 햇살을 받아 반짝거렸다.

그들이 자리를 잡고 앉자 곧 정성이 가득 담긴 정갈한 한식이 유기그릇에 담겨 차례로 내어져 왔다.

다원은 앞에 앉은 태주를 바라보았다. 그와 단둘이 밥을 먹을 생각만 해도 식은땀이 날 정도로 긴장을 하고 있었는데 막상 마주 앉으니 생각보다는 마음이 편했다.

"어서 먹어."

태주가 권하는 대로 다원은 음식을 먹기 시작했다. 전채 요리로 나온 어린잎 수삼샐러드를 젓가락으로 집어 조심스럽게 입안으로 가져갔다. 쌉싸래한 수삼과 아삭아삭 씹히는 어린잎이 아주 조화로운 맛을 냈다. 자연 재료로 색을 낸 삼색 전 요리와 향긋한 송이버섯과 함께 구워낸 갈비와 쫄깃하고 단맛이 나는 바닷가재 회까지 모두 그녀의 입맛을 사로잡았다.

"놀랐지, 같이 밥 먹자고 해서?"

다원이 맛있게 음식을 먹는 것을 미소를 지으며 바라보던 태주가 물었다.

"네, 좀."

다원은 얇게 포를 뜬 신선한 한우 육회에 야채를 말아 입으로 가져가며 대답했다.

"정말 복스럽게 먹는구나. 보고만 있어도 배가 부른데?"

태주가 장난기가 섞인 어조로 말했다. 그의 말에 다원은 사레가 들릴 뻔해서 얼른 물을 마시며 가슴을 두드렸다.

"저번에, 감사했습니다."

느닷없는 다원의 인사에 태주는 무슨 소리인지 못 알아듣겠다는 표정을 지어 보였다.

"술 취해서 대문 앞에서 잠이 들었을 때……."

다원은 지난번에 태주가 술 취한 자신을 방까지 옮겨준 것에 대해 얘기를 꺼냈다. 민 여사의 말마따나 깨워서 데리고 들어가면 될 것을 굳이 안아 들고 갔다는 것이 다원도 잘 이해가 가지 않았다. 고마운 마음도 고마운 마음이었지만 그가 무슨 의도로 그렇게 했는지 궁금했다. 그저 배려로 보기엔 그의 깔끔한 성격상 지나친 면이 있었다.

"얘기 들었구나. 깨웠는데 안 일어나고 그냥 꼬부리고 옆으로 누워버려서 어쩔 수 없이 안고 들어갔다."

태주가 지금 생각해도 웃기다는 듯이 웃음을 터뜨렸다. 다원은 창피해서 귀까지 빨개졌다. 깨워도 일어나지 않을 정도였다니.

"죄송합니다."

다원은 얼른 고개를 숙이며 사과를 했다. 태주가 재미있다는 듯이 다시 웃었다.

"또 준희 녀석을 자극해 보고 싶은 장난기도 좀 있었고."

태주가 그 말을 덧붙였다. 다원은 얼굴이 붉어졌다. 그 말이 뜻하는 바가 무엇인지 알아들을 것도 같았다. 그는 또 어느새 준희의 마음까지 다 알아버린 것일까.

"녀석이 요즘 좀 힘들어하는 거 같던데, 당연히 그렇겠지. 네가 다른 사람을 좋아한다고 생각하고 있을 테니까."

"그, 그건…… 사실은 그게 아니라……."

다원은 황급히 변명을 하다 말고 입을 다물었다. 태주가 다 알고 있다는 듯이 고개를 끄덕여 보였던 것이다. 그의 얼굴을 보니 굳이 해명을 하지 않아도 모두 이해하고 있는 눈빛이었다. 어쩌면 자신보다 더 제 마음을 잘 알고 있을 것 같기도 했다.

그녀가 입을 다물자 태주는 부드러운 시선으로 다원을 바라보다가 냅킨으로 입을 닦고 물을 한 모금 마셨다. 그런 사소한 동작도 참 정갈하고 단정해 보이는 사람이었다.

"나를 좋아해 주다니 고맙긴 하지만 네 감정이 세영이 말한 것과는 좀 다르다는 것을 알고 있다. 나로서는 약간 섭섭한 일이긴 하지만 말이야."

태주가 미소를 지으며 다원을 쳐다보았다. 다원은 그가 쿨하게 제 마음을 그런 식으로 해석을 하고 정리해 준 것에 대해 고마움을 느꼈다. 모른 척했다면 서운했을 것이고, 심각하게 받아들였다면 부담스러웠을 것이다.

어쨌든 그를 몹시 좋아했던 것은 사실이었는데 어느 순간 미처 알아차리기도 전에 그 마음이 엷어지며 그 자리를 다른 사람이 차지했다는 것이 다원으로서는 여간 민망하지 않았다. 태주를 좋아하는 마음도 결코 가벼운 것은 아니었는데 그렇게 쉽게 마음이 변했다는 것이 잘 믿기지가 않았다. 나름 심각했었는데.

다원은 제 마음이 쉽고 싸구려라고 하던 준희의 말이 다시금 떠올라 얼굴이 달아올랐다. 정말 그런 것일까? 그래서 얼마 전까지 태주를 보며 가슴이 두근거렸는데 이제 또 순식간에 철새처럼 다른 사람에게로 마음이 옮겨간 것일까?

다원은 좀 풀이 죽었다. 절대 그런 사람이고 싶지는 않았던 것이다.

"그런데 준희에게도 오해를 좀 풀어주는 게 좋지 않을까? 녀석이 요즘 살맛이 안 나는 눈치던데 네가 조금 귀띔을 해주면 무척 좋아할 거야. 마음을 주는 과정이 어렵지 단순한 녀석이라 사귀기 시작하면 오히려 컨트롤하기 쉬울 수도 있거든."

다원은 말없이 음식을 먹으며 그가 하는 말에 귀를 기울였지만 대답을 하지는 않았다. 그렇게 사려 깊은 태주도 준희가 조카이기 때문에 어쩔 수 없이 그 애의 치명적인 결함을 간과하고 있는 것 같았다.

"전, 준희와 사귈 마음이 없어요. 지금처럼 옆에서 그 애를 도와주는 것 외에 그 애와 다른 관계로 발전할 일은 없을 거예요."

다원이 조용하지만 또박또박 자신의 의사를 밝히자 태주의 얼굴에 난감한 표정이 떠올랐다가 사라졌다.

"강요할 수 있는 문제가 아니라는 거 알고 있다. 너도 약간은 그 녀석을 좋아하고 있는 게 아닐까 생각했는데?"

태주는 약간 복잡한 표정을 지으며 다원을 바라보았다. 그녀는 대답을 하지 못하고 고개를 숙였다.

"그래, 네 생각이 그렇다면 어쩔 수 없는 일이지. 근데, 그 결정이 나와 관계가 있는 건 아니겠지?"

다원이 고개를 저었다. 그건 태주와는 아무 관계도 없는 일이었다.

"그래, 노파심에 한 번 물어봤다. 그럼 이제 그런 얘기는 관두고, 맛있게 먹자."

태주가 미소를 지으며 고개를 끄덕여 보였다. 그는 곧 학교생활에 대해 이것저것 물었고, 진로에 대한 조언도 아끼지 않고 해주었다. 그런 일상적인 얘기를 나누며 그와 마주 앉아 있자 무척 편하고 즐거웠다. 그는 해박한 지식과 유머까지 갖추고 있었고, 무엇보다 말이 잘 통해서 신기할 지경이었다.

식사가 끝나자 디저트로 계피 향이 은은한 수정과가 나왔다.

"곧 약혼하신다는 소리 들었어요."

다원의 말에 그가 차를 마시다 말고 엷게 웃었다.

“그래 스케줄이 안 맞아 아직 날짜는 정하지 않았지만 가을쯤에 할 생각이야.”

“축하드려요. 두 분 너무 잘 어울리세요.”

“고맙다.”

그가 부럽게 웃으며 대답했다.

식사를 마치고 나와 차에 막 탔을 때 휴대전화가 울렸다. 준희였다. 전화를 받지 않고 들여다보고만 있자 태주가 그녀를 바라보았다.

“받아.”

“안 받아도 되는 전화예요.”

다원은 전화를 가방에 넣으며 말했다. 준희는 분명 어디냐고 물을 것이고, 태주와 있으면서 태주의 얘기를 하지 않기도 애매할 거 같아 그녀는 전화를 받지 않기로 했다. 전화는 끊어졌다가 다시 울렸지만 다원은 역시 받지 않았다.

“강의 몇 시에 시작이지? 늦은 건 아니겠지?”

차가 지하 주차장을 벗어나 대로로 접어들었을 때 태주가 물었다.

“아직 시간 남았어요.”

차는 강변도로를 달려 20분쯤 후에 다원의 학교, 자연과학대학 건물 앞에 도착했다.

“점심 잘 먹었습니다.”

다원이 안전띠를 풀며 고개를 숙여 인사를 했다.

"그래, 나도 즐거웠다. 집에서 보자."

태주가 웃으며 한 손을 들어 보였다. 그녀는 그의 차가 모퉁이를 돌아 사라지고 난 후에도 한참 동안 그곳을 바라보고 서 있었다. 그는 알면 알수록 점점 더 멋있는 남자라는 생각이 들었다. 도저히 넘볼 수 없을 만큼 멋지다는 게 문제라면 문제였다.

그녀는 강의실로 가기 위해 몸을 돌리다가 건물 옆 주차장에서 차에 비스듬히 기대어 자신을 바라보고 있는 준희와 눈이 마주쳤다. 꽤 먼 거리였는데 그의 외모가 너무도 눈에 띄었기 때문에 발견하지 않을 수가 없었다. 그는 팔짱 낀 채 놀라서 입을 벌리고 서 있는 다원을 꼼짝도 하지 않고 바라보고 있었다.

13

"무슨 일이야? 무슨 일 있어?"

뛰어가느라 약간 숨을 헐떡이며 다원이 물었지만, 그는 대답하지 않았다. 대신 일광욕이라도 하듯이 고개를 비스듬히 햇빛을 향해 들고 눈을 감았다. 그에게만 유독 햇살이 집중되는 듯 그의 주변이 빛무리를 그리며 환하게 빛나고 있었다.

길을 가던 사람들이 그의 남다른 자태를 흘끔거리며 지나갔다. 어떤 이들은 참지 못하고 뒤를 돌아보기도 하고, 멀리서 사진을 찍는 여학생도 보였다. 주위가 자기 때문에 일순 술렁이고 있었지만 그는 그런 시선에 익숙한 사람처럼 전혀 신경을 쓰지 않았다.

적나라한 햇빛 속에서도 그의 피부는 투명할 정도로 깨끗해 보였다. 길고 짙은 눈썹 때문에 눈 밑에 긴 그림자가 드리워진 것을, 다원은 저도 모르게 입을 벌리고 바라보았다.

"이젠 밖에서도 만나냐?"

다원이 자석처럼 끌어당기는 그의 얼굴에서 시선을 못 떼고 있을 때 준희가 천천히 눈을 뜨며 말했다. 그가 눈을 내리깔고 째려보는 바람에 다원은 당황해서 급히 시선을 돌렸다. 태주의 차에서 내리는 것을 다 보고 있었던 모양이었다.

"할 얘기가 있다고 하셔서 점심 같이 먹었어."

"무슨 얘기?"

"그냥…… 이런저런 얘기."

"언제부터 삼촌이랑 개인적으로 만나 얘기 나누는 사이가 되었어?"

준희는 손에 들고 있던 선글라스를 쓰며 비아냥거렸다. 다원이 할 말이 없어 입을 다물자 그는 고개를 돌리며 크게 숨을 한 번 내쉬었다.

"삼촌이 너한테 개인적으로 만나 할 얘기가 도대체 뭔지 구체적으로 말해봐."

"구, 구체적으로? 음, 주로 너의 상태가 어떤지 뭐, 그런 얘기. 학교 얘기도 좀 하고……."

"그런 얘기를 하려고 따로 만나자고 했다고? 삼촌이?"

준희는 믿지 않는다는 듯이 콧방귀를 뀌었다. 다원은 할 말이 없어 제 스니커즈의 앞코로 보도블록을 톡톡, 차며 그것을 내려다보고 있었다. 태주가 자신과 준희가 사귀는 것을 응원하려고 만나자고 했다는 말을 할 수는 없었다.

"삼촌도 참 답지 않네. 도대체 너한테 왜 그렇게 신경을 쓰는 건데? 둘이 뭔 일 있었냐? 너 정말 삼촌을 꼬이기라도 할 작정이야?"

"말조심해."

"그렇잖아. 삼촌이 솔직히 너랑 무슨 상관이 있다고 그렇게 신경을 써주는 건지 나는 도통 이해가 안 간다. 바빠서 자기 애인이랑도 한 달에 한 번 만날까 말까 한 사람이 굳이 시간을 내서 너랑 점심을 먹었다? 왜? 뭣 때문에? 삼촌, 너 같은 애한테 신경 쓸 만큼 한가한 사람 아니야. 보면 네 보호자라고 스스로 생각하고 있는 것 같기도 하고, 너 도대체 삼촌한테 무슨 짓을 한 거야?"

준희가 갑자기 화를 벌컥 내며 언성을 높였다. 그렇지 않아도 이목이 집중되어 있는데 준희가 흥분을 하자 이제 아예 저만치 떨어져서 그들을 구경하는 여학생들도 보였다.

"소리 좀 낮춰. 창피해. 도대체 여긴 왜 온 거야?"

"지금 그게 중요해? 삼촌이 도대체 왜 그러는 거 같으냐고 묻잖아. 설마 널 좋아하기라도 한대?"

"말이 되는 소리를 해. 정말 유치해서 못 들어주겠어."

준희의 집요한 물음에 다원은 어이가 없어서 코웃음이 나왔다.

"왜 말이 안 돼?"

"사장님 같은 분이 나를 왜?"

"왜냐구? 그걸 몰라서 물어? 삼촌도 남자야. 다를 거 없어."

"도대체 무슨 소릴 하는 거야? 너 네 삼촌을 그렇게 모르니? 어떻게 그런 말을 할 수가 있어?"

다원은 태주를 누구보다 잘 알고 있을 준희의 입에서 그런 소리가 나오자 기가 막혀서 화가 났다.

"어리고 예쁜 여자가 자기 좋다고 앞에서 알짱대는데, 무심할 남자가 몇이나 된다고 생각해? 삼촌이 너한테 저러는 거 그렇게밖에는 난 해석이 안 된다. 이유가 없잖아."

"이런 말 내 입으로 하는 게 웃기지만, 넌 그런 말 들어본 적 없지. 사회적 약자에 대한 배려, 측은지심, 안쓰러움, 그런 거. 좋은 말로는 그렇고 실제는 동정심이라고 하는 그거 말이야. 정상적이고 건전한 마음을 가진 사람들은 대부분 자기보다 어렵고 약자로 보이는 사람한테 갖는 자연스러운 감정이야. 하기는 넌 너보다 약한 사람 보면 괴롭히고 싶고, 깔아뭉개고 싶은 사람이니까 이해할 수 없겠지. 당연히."

다원은 그의 사고방식이 하도 유치해 한껏 비아냥거리며 쏘아붙였다.

그렇게 화를 돋웠으니 제 성질대로 할 줄 알았던 그가 웬일로 조용했다. 선글라스를 끼고 있어 눈을 볼 수는 없었지만 그가 자신을 뚫어지게 바라보고 있다는 것은 알 수 있었다.

"사회적 약자라…… 그렇게 따지면 나도 사회적 약잔데 넌 왜 나한테 배려나 동정을 하지 않는 거냐? 나한테도 측은지심인지 뭔지, 좀 가져주면 안 돼?"

준희가 잠시 후, 장난기 섞인 어조로 내뱉었다. 그렇게 대들었는데 길길이 화를 내지 않는 것이 신기해 다원은 마음이 좀 누그러졌다.

"여기는 무슨 일로 왔어?"

"왜 왔느냐고? 너 데리러 왔지."

"왜?"

"그러고 싶으니까. 나도 이제 내 맘대로 좀 해보려고."

"여태까지 하고 싶은 대로 다 해놓고 무슨 소릴 하는 거야?"

다원의 말에 준희는 한숨을 푹 내쉬었다.

"그래, 네가 뭘 알겠냐, 알아주길 바란 내가 멍청하지. 내가 하고 싶은 대로 했으면 넌, 벌써…… 아, 아, 됐고. 너도 알다시피 난 심각한 거 딱 질색이야. 한마디로 쿨한 사람이란 말이지. 내가 오는 여자는 좀 가려도, 가는 여자는 절대 안 잡거든. 네가 싫다니 나도 바로 마음 접었으니 부담 가질 필요 없어. 나중 일은 나중 일이고, 있는 동안은 지금까지 하던 대로 편하게 있어."

"펴, 편하게……?"

다원이 멍하니 그의 말을 반복했다. 편하게라니. 마음을 접었다면서 하는 행동과 말이 전혀 매치가 안 되고 있었다.

"내가 너 좋아한다 했다고 약점 잡았다고 생각하면 오산이야. 좀 전에도 말했지만 난 이미 마음 접었으니까 그걸로 유세 떨 생각 하지 마."

"그런 생각 한 적 없어."

그의 진짜 마음이 어쨌든 이런 식으로라도 아무렇지도 않은 척하기가 그 애 딴에는 무척 힘들고 어려울 것이다. 자기애와 자존심으로 똘똘 뭉친 그의 성격으로 봐서는 다시는 자신을 안 본다고 해도 이상할 것이 없었다. 학교까지 데리러 오다니, 그것은 여태까지 보아왔던 준희라면 할 수 없는 일이었다.

다원은 느닷없이 그가 좀 가여운 생각이 들었다. 이래서 그의 약한 모습을 보고 싶지 않았다. 본래의 준희답게 막무가내로 아무 말이나 내뱉고 자기밖에 모르는 그가 상대하기가 훨씬 마음이 편했다.

다원은 마음을 다잡아봐도 어느새 그 얼굴만 봐도 흔들리는 제 마음이 드러날까 봐 일부러 차가운 얼굴을 가장했다.

"나 이제 수업 들으러 가야 해. 설마 나보고 수업 빠지라고 하려는 건 아니지?"

다원은 그가 자신을 데리러 왔다던 말이 떠올라 그렇게 미리 선수를 쳤다. 아마 분명히 수업 따위 상관없이 가자고 조를 게 뻔했기 때문이다.

"갔다 와. 기다릴게."

그가 아무렇지도 않은 얼굴로 휴대전화를 꺼내 들며 말했다. 다원은 당황해서 그런 그를 바라보았다.

"기, 기다린다고? 두 시간도 더 걸릴 거야. 먼저 가."

다원의 말에 준희는 신경 쓰지 말라는 듯, 어서 가보라는 손짓을 해 보였다. 그가 원래 기다리는 일을 병적으로 싫어하고, 인내심이 유치원생 수준이라는 것을 다원은 잘 알고 있었다. 그런 그가 요즘 들어 툭 하면 자기를 기다리겠다고 하니 마음이 이만저만 불편하지 않았다.

"먼저 가면 안 돼? 나 신경 쓰여서 수업에 집중 못할 거 같아."

그를 돌려보내려고 조심스럽게 입을 떼자마자 그는 고개를 들고 다원을 바라보았다. 선글라스에 가려 정확하지는 않았지만 분명 짜증이 난 얼굴이었다.

"신경 쓰이면 써. 내가 그런 거까지 해결해 줘?"

그가 퉁명스럽게 대꾸하더니 다시 휴대전화로 시선을 옮겼다. 다원은 그런 그의 얼굴을 바라보다가 뭘 바랄까 싶어 맥없이 발걸음을 돌렸다.

아직 이른 시간이라 그런지 넓은 레스토랑 안에는 손님이 한 명도 없었다. 낮은 조도의 조명과 하얀 천이 덮인 테이블마다 촛불이 켜져 있어 넓은 실내가 아늑하게 느껴졌다. 테이블에는 촛불과 함께 작은 유리병에 서너 송이씩 연한 피치 빛의 리시안셔스가 꽂혀 있어 로맨틱함을 더했다. 다원은 그 사랑스러운 분위기에 매료되어 세련된 인테리어와 전망이 훌륭한 홀을 휘둘러보았다.

기어이 수업이 끝날 때까지 기다린 준희가 저녁을 먹고 들어가자고 데리고 온 곳이었다.

"어쩜, 이렇게 분위기 좋은 곳에 손님이 한 명도 없네? 음식이 맛이 없나? 아니면 너무 비싼가?"

다원은 넓은 창으로 내려다보이는 강과 그 위로 유유히 흘러가는 유람선을 바라보며 혼잣말처럼 중얼거렸다. 그녀의 말을 듣고 있던 준희가 픽 웃는 소리가 들렸지만 다원은 신경 쓰지 않았다.

"여기 주인한테는 안 된 일이지만, 우린 좋다, 그지? 이런 곳에서 단둘이 저녁을 먹을 수 있다니."

다원은 그렇게 말하다 말고, 아차 싶어 준희의 눈치를 살폈다. 자신이 너무 속을 내보이는 말을 한 것 같아서였다. 하지만 준희는 별 반응을 보이지 않았다,

"점심에 뭐 먹었어?"

그는 아무렇게나 흩어져 있어도 멋있는 머리를 손가락을 넣어 쓸어 넘기며 물었다.

"한정식, 정말 맛있더라. 나중에 우리 외삼촌도 꼭 한 번 모시고 가고 싶어. 좋아하실 거 같아."

"촌스러워."

"응?"

"맛있는 거 먹으면서 가족 떠올리는 거 말이야. 지금이 60년대냐?"

준희가 비꼬았지만 다원은 무시하고 넘겼다. 그의 말에 일일이 신경을 곤두세울 필요가 없다는 것은 만고의 진리였다.

다원이 프렌치 레스토랑이 처음인 것을 아는 준희가 무뚝뚝하

지만 세심하게 신경을 써주어 그녀는 아무 불편 없이 주문을 마쳤다. 곧이어 예술 작품처럼 섬세하게 만들어낸 음식이 담긴 하얀 접시가 차례로 내어져 왔다. 훈제연어와 신선한 채소, 토마토가 어우러진 아뮤즈부쉬, 곱게 간 파마산치즈가 듬뿍 뿌려진 렌탈콩 수프, 아삭한 아스파라거스와 부드럽고 몰캉한 관자가 얹힌 호박 퓨레 같은 한 번도 들어본 적이 없는 생소한 음식들이었다.

처음 먹어보는 요리가 대부분인데 입에 잘 맞고 맛있었다. 새로운 음식을 입에 넣을 때마다 눈을 동그랗게 뜨고 혼자 감탄하며 고개를 끄덕이는 다원을 바라보는 준희의 눈매가 부드러워졌다.

"그렇게 맛있어?"

준희는 메인 요리로 나온 미디움레어로 익힌 스테이크를 잘라 입으로 가져가며 말했다.

"넌, 맛없어?"

"뭐, 매일 먹는 음식, 특별할 게 있겠냐? 죽지 않으려고 먹는 거지."

준희는 시큰둥한 표정을 지어 보였다. 다원은 껍질이 바삭하게 익은 오리꽁피의 맛에 감탄하며 눈이 둥그레졌다.

"신기하다. 난 맛있는 거 먹으면 되게 행복해지는데."

다원이 먹는 즐거움을 모르는 준희를 불쌍한 눈으로 쳐다보았다.

"너 먹는 거 보면 하루 정도 굶은 사람 같아."

"내가 그렇게 게걸스럽게 먹어? 사장님은 복스럽게 먹는다고 좋아하시던데."

다원이 민망해하며 변명하듯 말하자 준희는 아랫입술로 바람을 세게 불어 얼굴로 내려온 머리카락을 날리며 그녀를 노려보았다.

"아무나 밥 사준다면 쫓아가고. 한심해."

"네 삼촌이 아무나니?"

"그럼 아무나지, 뭐냐? 그냥 아는 아저씨 아냐? 중년의."

"중년?"

다원은 그의 잔뜩 심술난 얼굴을 바라보다가 어이가 없어서 웃음이 터졌다. 하는 짓이 점점 귀엽다.

"너랑 띠동갑이야. 너 혹시 나이 많은 남자 좋아하는 뭐 그런 콤플렉스 있는 거 아니야?"

준희가 비난의 눈길로 시비를 걸었지만 그녀는 대꾸하지 않았다. 그를 대하는 최고의 대처법은 그의 말에 일일이 반응하지 않는 것이었다. 그렇게 하면 그와 부딪힐 일이 크게 줄어들었다. 속이 좀 터진다는 부작용이 있긴 했지만.

"앞으로 뭐 먹고 싶은 거 있음, 신 비서한테 말해. 그 정도는 해줄 수 있으니까."

"됐어. 집에서도 맛있는 거 매일 먹는데 뭐, 근데 신 비서님하고는 아직도 좀 어색한데 둘이 밥 먹으러 다니면 좀 친해지긴 하겠다."

다원이 농담을 하자 준희는 어이가 없다는 듯 다원을 사선으로 째려보았다.

"누가 신 비서랑 먹으래? 너도 순정만화 여주인공 하고 싶냐? 주위 남자를 다 관리하려고 들어. 보면."

"신 비서님한테 말하라며? 그럼 나 혼자 먹으라고?"

"내 돈 내고 먹는 건데 왜 너만 먹어. 난?"

그의 말에 다원은 어리둥절했다. 그가 다친 후로 밖에서 밥 먹는 걸 극도로 싫어한다는 것을 알고 있었다. 그래서 오늘도 그가 저녁을 먹고 들어가자고 해서 속으로 깜짝 놀랐다.

"넌 밖에서 밥 먹는 거 싫어하잖아."

"누가 그래?"

그가 눈을 크게 뜨며 되물었다. 다원은 그의 심기를 건드리기 싫어 얼른 입을 다물었다.

"맛있어. 맛있어."

다원은 디저트로 나온 차가운 초코테린과 자몽젤리를 먹으며 감탄사를 내뱉었다. 그런 그녀를 보며 준희는 다시 콧방귀를 뀌었지만 표정은 어느 때보다 만족스러워 보였다.

"나 내일 수술하러 가야 해."

그는 디저트도 다 먹었을 때쯤 별일 아니라는 듯 가볍게 말했다. 다원은 놀라서 멍하니 그를 쳐다보았다.

"뭐? 무슨 수술?"

"철심제거. 자잘한 수술이 몇 번 더 있긴 하지만, 이제부터 조금씩 정상인이 될 거야."

그는 그 말을 하면서 다원을 바라보았다. 뭔가 하고 싶은 얘기가 있는 것 같았다.

"그래, 얼른 그래야지."

다원은 그가 몸이 완전히 회복되면 자신을 이제 더는 필요로 하지 않을 걸 알아서 조금은 쓸쓸해졌다. 그의 마음을 거절하고 또, 자신의 마음을 숨긴 것은 아주 잘한 일이라는 확신이 들었다.

그는 곧 예전의 거칠 것 없던 생활로 돌아갈 것이다. 다원은 그가 여태 해왔던 대로 무겁지 않게 아무 생각 없이 신나게 인생을 즐기며 살길 바랐다. 그의 인생에 끼어들어 그를 복잡하게 만들 생각은 추호도 없었다. 그에게는 그의 삶이, 자신에게는 자신의 삶이 따로 준비되어 있는 것이다. 둘은 섞일 수가 없었다.

"수술 몇 시야?"

"왜?"

"같이 가려고."

다원은 당연히 그가 같이 가자고 할 줄 알고 그렇게 말했지만 준희는 고개를 저었다.

"됐어. 간단한 수술이야. 학교나 가."

"병원에는 언제까지 있어?"

"이삼 일 정도 있겠지."

"알았어. 그럼 수업 끝나고 바로 갈게."

준희는 무뚝뚝했지만 다원이 묻는 말에 짜증도 없이 모두 대답을 해주었다. 그것만으로 큰 발전이라 다원은 속으로 놀랐다. 나중에야 어떻게 변하든, 자신에 대한 그의 마음이 지금으로서는 진심이라는 것이 어렴풋이 느껴졌다. 다원은 새삼스러운 얼굴로 그를 바라보았다. 다원이 바라보자 그도 부드러운 눈빛으로 그녀를 마주 바라보았다.

"근데, 말이야. 자꾸 이렇게 질척대면 찌질하다는 거 아는데, 나 정말, 안 돼?"

그가 팔짱 낀 팔을 테이블에 얹고 몸을 앞으로 당기며 날씨를 묻듯 일상적인 어투로 물었다. 다원은 쓸쓸한 눈으로 그를 바라보았다. 그와 사귄다면 기다릴 앞날은 자신을 지금까지와는 다른 강도로 망가뜨릴 것이 분명했다. 민 여사가 아니라도, 준희 자체가 아주 위험하고 치명적인 존재였기 때문이다. 죽을 줄 알면서 낚싯바늘을 무는 미련한 물고기가 될 수는 없었다. 그를 감당할 자신이 없었다.

"그 얘긴 하고 싶지 않아. 내 대답은 언제나 같을 거야."

"삼촌 때문이야? 혹시라도 삼촌이 도희 누나 버리고 널 택할지도 모른다는 헛된 꿈을 꾸고 있는 건 아니겠지? 삼촌이 네게 호감을 가질 수는 있어도 그렇게까지 모험을 할 사람은 아니야. 네가 보는 모습이 삼촌의 전부라고 생각하면 곤란해. 그는 그쪽 바닥에서는 피도 눈물도 없는 냉철한 사업가로 유명하니까. 삼촌은 사사로운 감정 따위에 휘둘릴 사람이 아니야. 만약 너를 좋아한다고 해도, 대의를 위해 당연히 도희 누나와 결혼을 마다하지 않을 사람이야. 그래야 호시탐탐 기회를 노리는 민 여사 같은 하이에나

무리에게서 그 자리를 지켜낼 수 있을 테니까."

다원은 준희의 말에 충격을 받았다. 민 여사가 태주의 자리를 노리다니.

"넌, 엄마를 어떻게 그렇게 말해? 가족끼리 그런다는 게 말이 돼?"

"순진하기는. 민 여사가 기회를 노리고 있다는 건 비밀도 아니야. 민 여사는 아버지가 있었더라면 삼촌 자리가 우리 것이 되었을 거라는 망상을 가지고 있어. 노인네가 삼촌을 선택한 것은 아버지가 있었어도 달라지지 않았을 거야. 아버지는 이렇게 큰 기업을 이끌기에는 너무 심약한 분이셨거든. 아버지에게 물려주면 모두 엄마 손으로 흘러들어 가 휘둘릴 걸 노인네가 모르지 않았겠지. 민 여사는 자기 것을 빼앗겼다고 생각하고 있어. 그래서 인생이 늘 억울하고 불행하지."

준희가 재산이니 경영권이니 하는 것에 전혀 관심이 없는 줄 알고 있던 다원은 놀란 얼굴로 그를 바라보았다. 그는 그들의 세계에 무슨 일이 벌어지고 일이 어떻게 되어 돌아가고 있는지 모두 꿰뚫고 있는 것 같았다. 도대체 속을 알 수 없는 애였다.

"넌 어떻게 할 거야? 네 삼촌이랑 엄마랑 그런 문제로 부딪치면 말이야."

"내가 뭘 어떻게 해야 해? 둘이 알아서 하라 그래."

그는 생각만 해도 머리가 아프다는 듯 인상을 찌푸렸다.

"어쨌든 삼촌을 어떻게 해볼 생각이라면 얼른 희망을 버려, 너만 힘들어질 테니까."

"넌 내가 삼촌 좋아하는 거 알면서 왜 자꾸 나한테 집적대는 거야? 다른 사람 좋아하는 여자와 사귀고 싶니?"

다원의 말에 그는 어금니를 물고 그녀를 노려보았다. 다원이 찔끔 놀랄 정도로 매서운 눈빛이었다. 다원은 그의 시선을 오래 버티지 못하고 눈을 돌리며 할 일 없이 테이블 천을 손가락으로 문질렀다.

"그러게 말이야. 나도 내가 미쳤지 싶다."

그는 그 말을 마치고 자리에서 벌떡 일어섰다. 멀리서 혼자 식사를 하고 있던 신 비서가 급히 냅킨으로 입을 닦고 준희에게 다가오는 것이 보였다. 종업원들이 도열해 있다가 허리를 굽혀 그를 배웅했다. 다원은 준희가 레스토랑 입구를 나가는 것을 멍하니 바라보고 있다가 정신을 차리고 급히 자리에서 일어섰다.

다원은 카운터 앞에서 잠시 망설였다. 준희가 화가 나서 그랬는지 계산을 하지 않고 나간 것이다. 돈 없다는 거 뻔히 알면서 열받았다고 이런 골탕을 먹이다니.

다원은 그다운 유치한 복수에 한숨을 내쉬며 친절한 미소를 짓고 있는 카운터 너머의 여종업원을 바라보았다.

"어, 얼마죠?"

다원은 제 체크카드에 돈이 얼마나 남아 있는지, 식사비가 얼마가 나왔는지 머릿속으로 복잡하게 계산을 하며 지갑에서 카드를 꺼내 들었다. 돈이 모자라면 개망신이다. 다원은 조마조마한 얼굴로 종업원을 바라보았다.

"계산하셨습니다."

종업원은 몸에 밴 친절한 미소를 지으며 나긋나긋한 목소리로
말했다.

"네? 언제요? 방금 그냥 나갔는데?"

"세 시간을 전체 임대하셔서 미리 계산을 하셨습니다."

어리둥절한 표정을 짓고 있는 다원에게 친절한 그녀가 다시 미
소를 잃지 않고 설명을 해주었다. 다원은 허탈한 얼굴로 서둘러
그들에게 인사를 하고 레스토랑을 나왔다.

전체 임대라고? 다원은 기가 막혀서 식식대다가 그것 또한 준
희답다는 생각을 하며 한숨을 내쉬었다.

수업이 끝나고 다원은 지선버스를 타고 나와 전철역 앞 꽃집에
서 카라 꽃을 한 묶음 샀다. 그녀는 전철을 타고 준희가 있는 병원
으로 향했다.

전철에서 내려 병원으로 가는 길 양편으로 어느새 벚꽃이 분홍
색의 꽃망울을 터뜨리고 있었다. 다원은 여린 꽃잎 사이로 비치는
햇살을 손으로 가리며 고개를 들고 꽃을 구경하며 걸었다. 제 마
음이 꽃만큼이나 화사하게 피어나 설레는 것을 느꼈다.

준희를 상대하는 일은 쉬운 일이 아니었는데도 어느새 그 애를
보러 가는 발걸음이 빨라지고 가벼워진 것을 다원은 어쩔 수 없이

체념하고 받아들였다. 날리는 꽃잎처럼 가벼운 제 마음이 맘에 들지 않았지만 저절로, 투덜대는 그 애의 얼굴을 얼른 보고 싶어지는 것을 어쩌랴.

다원은 병원 앞에 도착하자, 지금쯤은 수술을 끝내고 병실로 돌아왔을 거라고 생각했지만 아직은 안정을 취해야 할 거 같아 준희에게가 아니라 신 비서에게 전화를 걸었다.

"신 비서님, 저 지금 병원 앞인데 몇 호실로 가면 되나요?"

다원은 신 비서가 전화를 받자 그렇게 물었다. 잠시 수화기 저쪽이 말이 없었다.

"여보세요? 신 비서님?"

[저기, 아직 병실로 돌아오지 않았어요. 지금, 사모님도 와 계시고 하니까 일단은 집에 돌아가 있어요. 이따 전화할게요.]

"네? 무슨 말씀이세요? 수술 한 시간도 안 걸릴 거라고 했는데? 벌써 다섯 시간이나 지났는데 아직 병실로 오지 않았다니요?"

다원은 갑자기 불길한 예감으로 얼굴에 핏기가 가셨다.

[수술은 끝났는데 마취에서 아직 깨지 않았대요. 좀 늦게 깨어나는 사람들이 종종 있다니까 너무 걱정 말아요. 사모님이랑 같이 있는 거 불편할 테니까 일단은 집에 가서 있어요.]

다원은 손이 떨려와서 전화기를 든 손을 힘없이 내려뜨렸다. 아무 일 없을 거라고 스스로를 다독였지만 불안감이 엄습했다. 다원은 병원이 바라보이는 길가의 벤치로 가서 앉았다. 벚꽃나무 사이로 병실 창문들이 바라보였다. 그곳 어딘가에 준희가 누워 있다는 생각에 그녀는 꽃잎에 가려 어른거리는 창문들을 간절한 눈길로 어루만지듯 바라보았다.

그녀는 그곳에서 한 시간 넘게 앉아 있다가 집으로 돌아왔다.

저녁때가 되고 잠자리에 들 시간이 되었는데도 신 비서한테서는 연락이 없었다. 민 여사와 함께 있을지도 몰라 전화하는 것을 애써 참다가 그녀는 결국 문자를 보냈다.

「신 비서님, 준희 어떤 상태인지 좀 알려주세요.」

오 분쯤 후에 신 비서에게서 전화가 걸려왔다. 다원은 놀라서 얼른 전화를 받았다.

"여보세요? 준희는 어때요? 괜찮은 거죠?"

[저, 그게…… 지금 상황이 좀 안 좋아요.]

신 비서가 목소리를 낮추고 작은 소리로 하는 말을 듣자 다원은 가슴이 철렁 내려앉았다. 다원은 떨리는 손으로 전화기를 부여잡았다.

"아, 안 좋다니요? 어떻게요?"

[아직도 의식이 안 돌아와서 모두 긴장하고 있어요. 이러다 깨어나면 다행인데 최악의 경우는 그대로 안 깨어나는 경우도 있다고 해요. 그래서…….]

다원은 놀라서 그대로 전화기를 놓치고 말았다. 침대 위로 떨어진 전화기에서 신 비서가 뭐라고 얘기하는 소리가 들렸지만 다원은 멍하니 그것을 내려다보기만 했다.

다음 순간 다원은 자리에서 벌떡 일어나 옷을 갈아입기 시작했다. 그녀는 떨리는 손으로 의자에 놓여 있던 가방을 집어 들고 방을 나왔다. 뛰다시피 계단을 내려오다가 다리에 힘이 풀려 몇 번을 넘어질 뻔했다.

어떻게 병원까지 왔는지 기억도 잘 나지 않았다. 다원은 병원 안으로 뛰어들어 가며 신 비서에게 전화를 걸었다.

7층에서 엘리베이터를 내리니 신 비서가 기다리고 있었다.

"준희 어디 있어요?"

앞장서서 뛰어가려는 다원의 팔을 신 비서가 잡았다. 다원은 당장 준희를 봐야겠다는 생각밖에 없어서 신 비서가 저지를 하자 놀라서 그를 쳐다보았다.

"준희를 봐야겠어요. 간단한 수술이라고 와볼 필요도 없다고 했는데, 믿을 수 없어요. 안 깨어나다니, 왜요?"

"좀 마음을 가라앉혀요. 병실에 어른들 모두 와 계세요."

"어른들…… 계시면 준희 볼 수 없는 거예요?"

다원은 넋이 빠진 얼굴로 그를 바라보았다. 신 비서는 그녀를 휴게실로 데리고 가 의자에 앉혔다. 그는 정수기에서 차가운 물을 가져다 다원에게 내밀었다.

"준희는 어떻게 되는 거예요? 의사는 뭐라고 해요?"

다원은 하얗게 질려서 신 비서를 바라보았다. 신 비서도 어두운 얼굴을 하고 미처 대답을 하지 못했다.

"마취 쇼크가 왔나 봐요. 산소포화도가 자꾸 떨어져서 위험한 상태래요. 저런 상태가 지속되면 뇌에도 손상을 입을 수 있어서 깨어나도 문제가 발생할 수 있다고 해요. 기다려 보는 수밖에 다른 도리가 없다고 하니 사모님도 충격 때문에 탈진해서 쓰러지기 일보 직전이고 다들 경황이 없어요."

"그럴 리가 없어요. 안 돼요……."

다원은 떨리는 손으로 입을 막으며 넋 나간 사람처럼 중얼거렸다. 그녀의 뺨 위로 갑자기 눈물이 걷잡을 수 없이 흘러내렸다. 다원은 얼른 가방에서 휴지를 꺼내 눈물을 눌러 닦았다. 그 애에게 무슨 일이 생긴 것도 아닌데 우는 것이 부정을 타는 일 같아 그녀는 이를 악물고 눈물을 참았다. 곧 아무 일 없이 깨어날 것이다. 당연히 그래야 했다.

"사장님도 그렇고 모두 여기서 밤을 새실 것 같던데, 집으로 가서 기다려요. 깨어나면 바로 알려줄게요."

신 비서의 말에 다원은 고개를 저었다. 그 애와 조금이라도 가까이 있고 싶었다. 혼자 집으로 돌아갈 수는 없었다.

신 비서가 병실로 돌아가고 나자 다원은 혼자 휴게실에 남았다. 초조해서 입술이 바짝바짝 타들어가는 것 같았다. 벽에 걸린 시계의 분침 소리가 목을 조르며 압박을 해오는 것 같았다.

얼른 일어나. 깨어나지 않으면 절대 용서하지 않을 거야. 다시는 안 볼 거야.

다원은 무릎 위에 댄 팔꿈치에 이마를 괴고 준희에게 말이라도 걸 듯이 정신 나간 사람처럼 끊임없이 중얼거렸다. 초조해서 피가 마르는 기분이 들었다.

그에게 제가 퍼부었던 저주의 말들이 떠올랐다. 그 애도 사실은 자신이 원해서 그렇게 자라지는 않았을 것이다.

그가 가진 것이 풍족하다고 해서 자신보다 덜 외롭고 더 많이 행복했을 것 같지 않다는 것도 다원은 알게 되었다. 그래서 그 애가 점점 안쓰러웠고, 자꾸 마음이 쓰였고, 결국 그 애가 자신의 마음에 자리를 차지하고 들어앉은 것을 받아들일 수밖에 없었다. 그래도 결국은 다치고 싶지 않은 이기심으로 그의 마음을 외면하고 말았다.

그를 좋아하는 마음이 감당할 수 없게 자꾸 커지자 두려움이 밀려왔던 것이다. 그의 사랑은 어차피 기한이 정해져 있음을 알기에 받아들일 수가 없었다. 상처받기 싫어서였다. 마음이 저미는 듯이 아파왔다. 그런 게 다 무슨 대수라고.

다원은 제 마음가짐 하나, 작은 행동 하나라도 그에게 어떤 영향을 미치지 않을까 싶어 숨소리도 크게 내지 못하고 꼭 잡은 두 손에 이마를 대고 신에게 간절히 기도하고 또 기도했다. 무사하게 해달라고. 아무 일 없게 해달라고.

그녀가 눈을 감고 몸속 깊은 곳에서 자꾸 터져 나오려는 울음을 참고 있을 때 누군가 그녀의 어깨를 살짝 건드렸다. 다원은 화들짝 놀라 고개를 들었다. 태주가 그녀의 앞에 서 있었다.

"여태 여기서 이러고 있었니? 집에 돌아가 있지 않고."

그는 마른세수를 하며 다원의 옆 의자에 앉았다. 지치고 창백해 보였다.

"준희는요?"

"산소포화도는 잡혔는데 의식이 돌아오지 않는구나. 형수님은 너무 힘들어하셔서 따로 입원실을 잡고 좀 누우러 가셨으니 준희한테 가보렴."

그는 그의 비서가 내민 커피를 받아 들며 말했다. 다원은 자리에서 벌떡 일어나 병실로 뛰어갔다. 다리에 힘이 빠져 금방이라도 쓰러질 것 같았다.

마치 악몽을 꾸고 있는 것 같았다.

병실로 들어서자 의자에 앉아 있던 신 비서가 일어섰다. 침대 옆 의자에는 간호사가 환자의 상태를 체크하며 지켜보는 중이었다.

준희는 산소 호흡기를 단 채로 그림처럼 누워 있었다. 얼굴이 창백한 것과 호흡기를 달고 있는 것만 빼면 아주 평화로운 얼굴이었다. 그의 손과 가슴에는 심박과 호흡을 체크하기 위해서인지 옆에 놓인 기계에서 뻗어 나온 많은 줄이 매달려 있었다.

다원은 천천히 침대로 다가가 힘없이 놓인 그의 손을 조심스럽게 잡았다. 당장이라도 그가 얼굴을 찡그리며 손을 잡아 뺄 것만 같아 다원은 눈을 감은 그의 얼굴을 바라보았다.

인형처럼 그는 미동도 없이 누워 있었다.

다원은 힘없이 바닥에 무릎을 대고 준희의 손을 잡은 양손에 이마를 댔다. 참으려고 애를 썼지만 눈물을 걷잡을 수가 없었다. 그의 얼굴을 보니 실감이 났다. 그가 이대로 깨어나지 않을 수도 있다는 것이.

그녀가 우는 것을 본 신 비서가 조용히 병실 문을 닫고 나가는
소리가 들렸다.

14

사흘이 지났지만 준희의 상태는 변하지 않고 있었다. 다원은 먹을 수도 잠들 수도 없어 내내 병원과 집을 오가며 허깨비처럼 버텼다.

준희가 그런 상태가 되고 나서야 그녀는 그가 자신 안에 얼마나 크게 자리 잡고 있었는지 깨달았다. 그와 떨어져 살 수 있다고 생각한 건 그가 어딘가에서 웃으며 살고 있다는 전제하에서의 일이었다. 준희가 세상에 없을 수도 있다는 생각은 상상으로조차 해본 적이 없었다.

다원은 자신이 잠들면 그도 영원히 잠들지도 모른다는 근거 없는 두려움 때문에 잠을 잘 수가 없었다. 지난밤 잠깐 기절하듯이 병원 휴게실 의자에서 잠이 들었다가 5분도 안 되어 놀라서 깼다.

신 비서가 집에 가서 밥이라도 먹고 나오라고 억지로 들여보내 잠깐 들어가 씻고 밥을 먹어보려고 했지만 한 숟가락도 제대로 삼킬 수가 없었다.

다시 병원에 나왔을 때 마침 민 여사가 병실을 비웠다고 해, 다원은 급히 준희가 누워 있는 병실로 갔다. 민 여사의 신경이 극도로 예민해져서 다원이 그녀의 눈에 띄어서 좋을 게 없다고 판단했는지 신 비서는 민 여사가 없을 때만 다원을 병실로 불러주었다.

상주하던 간호사도 잠깐 자리를 떠 병실에는 준희와 다원 둘만 남았다. 다원은 힘없이 놓인 그의 손을 잡고 그의 손등을 쓰다듬었다.

"어디를 헤매고 있는 거니, 얼른…… 돌아와. 넌 늘 이런 식이야. 난 버라이어티한 거 싫어한다고. 그만 애태우고 이제 일어나줘, 제발. 응? 일어나면 네가 하자는 대로 다 해줄게. 뭐든 말이야."

다원은 준희의 손을 꼭 잡고 기도하듯이 중얼거렸다. 눈물이 흘러 그의 손을 적셨지만 다원은 계속 그의 손을 잡고 있었다.

하루라도 그와 서로의 마음을 확인하고 따뜻한 눈빛과 진실한 대화를 나눌 수 있다면, 하루라도 그럴 수 있다면 그 하루와 남은 날들을 바꿀 수도 있다고 다원은 생각했다.

살아 있기만 하다면 평생 못 본다고 해도, 그리워하는 마음만으로 살 수 있다고 다원은 생각했다. 다원은 간절한 시선으로 그의 얼굴을 쓰다듬듯이 구석구석 훑어보았다. 그는 그런 복잡한 일들과 자신은 무관하다는 듯이 시침을 떼고 평화로운 얼굴로 누워 있었다. 어서, 준희야. 어서 일어나. 제발…….

그녀는 그의 손바닥을 제 뺨에 댄 채 그대로 침대에 엎드렸다.

"뭐 하니?"

등 뒤에서 민 여사의 심기 불편한 목소리가 들려왔다. 다원은 얼른 준희의 손을 놓고 자리에서 일어났다. 다원은 얼른 손으로 눈물을 닦고 고개를 숙여 인사를 했다.

"울긴 왜 울어, 재수 없게."

그녀는 냉정한 목소리로 다원을 꾸짖었다.

차가운 피를 가지고 있는 줄 알았던 민 여사도 아들의 심각한 상태 앞에서는 어쩔 수 없는 어머니일 수밖에 없는 모양인지 며칠 사이에 폭삭 늙은 얼굴을 하고 있었다.

"내내 병원에 있었다며? 보는 눈도 많은데 남들한테 오해 살 만한 행동은 자제해라."

민 여사가 소파에 앉으며 못마땅한 눈으로 다원을 쳐다보았다.

"조만간, 집을 얻어줄 테니 나가거라. 학교 기숙사를 신청해 놨다는 소리 들었으니까 기숙사가 나오면 그리 들어가면 되겠지. 내가 한 말이 있으니까 학비는 졸업 때까지 도와주마. 준희 언제 일어날지도 모르고…… 어쩌면 못 깨어날 수도 있어. 이제 네가 여기 있을 이유가 없다."

민 여사는 다리를 꼬고 앉아 담담한 어조로 그렇게 말했다. 그녀의 태도가 반쯤은 준희를 포기하고 하는 말 같아 다원은 가슴이 철렁 내려앉았다.

"준희 곧 깨어날 거예요. 깰 때까지만 있게 해주세요."

다원은 떨리는 목소리로 말했다. 민 여사는 그런 다원의 얼굴을 눈을 가늘게 뜨고 쏘아보았다. 그 눈빛은 냉혈동물의 그것처럼 감정이 실리지 않아서 소름이 돋았다.

"쯧쯧쯧! 처음에 시골에서 내가 한 얘기 잊었니? 그 얘기는 나나, 준희를 위해서라기보다는 너를 위한 것이었다. 준희 저 녀석이야 지가 마음먹으면 내가 말린다고 하고 싶은 걸 안 할 녀석이 아니다. 어차피 길어야 한두 달 데리고 놀면 끝인데 내가 그런 일 있을 때마다 나서서 일일이 관리를 할 수도 없는 노릇이야. 무슨 말인지 알아들었니? 한두 달 사귄다고 재한테서 뭘 얼마나 얻어냈겠니? 기껏해야 가방이나 구두는 몇 개 얻을 수 있을지도 모르지. 몸 버리고 마음 망가지고 나서 후회하면 무슨 소용이야? 이렇게 무사히 떠나게 된 걸 다행으로 여겨라."

민 여사가 내뱉는 얼음장 같은 말에 다원은 다리가 풀려 주저앉을 뻔했다. 누워 있는 준희 옆에서 그런 얘기를 하고 있는 것이 그에게 죄스러워 견딜 수 없었다. 눈물이 뚝 떨어져, 그녀가 신은 캔버스화 위로 스며들었다.

세상 풍파를 다 겪은 민 여사가 다원의 마음을 눈치 채지 못할 리가 없었다.

그녀에게 이미 거스를 수 없는 깊은 강이 흐르기 시작했다는 것을 민 여사도 눈치챈 것이다.

"어쨌든 준비하고 있어. 지금은 경황이 없으니 조만간 윤 비서가 적당한 집 구해주는 대로 나가거라."

민 여사가 명령조로 차갑게 내뱉었다. 다원은 슬픈 눈으로 민 여사를 바라보았지만 그녀는 다원의 시선을 모른 척 외면했다.

"그리고 병원에서 날 새고 그러지 말고 집에 가서 네 생활해. 학교도 가고. 네가 그런다고 준희가 일어날 것도 아니고. 그만 가봐라."

민 여사가 냉담한 얼굴로 무 자르듯이 말했다.

다원은 하는 수 없이 병실을 나가기 전 준희의 얼굴을 다시 한 번 돌아보았다. 며칠 동안 무리를 해서 현기증 때문에 발밑이 흔들렸다. 그래서였는지 준희의 얼굴이 약간 움직이는 것처럼 보였다. 다원은 쓰러지지 않기 위해 의자 등받이를 힘주어 잡으며 준희를 향해 돌아섰다. 그 순간 다원은 정말로 그의 얼굴이 미세하게 움직이는 것을 보았다. 잘못 본 것이 아니었다.

"주, 준희야!"

다원은 놀라서 의자를 밀치며 침대로 다가가 그의 손을 부여잡았다. 놀란 민 여사와 막 문을 열고 들어오던 신 비서도 준희의 옆으로 달려왔다. 준희의 아무런 표정도 없던 얼굴의 근육이 조금씩 움직이고 있었다. 신 비서가 비상벨을 눌렀고 곧 네댓 명의 의사와 간호사들이 달려들어 와 그를 에워쌌다. 다원은 어느새 뒤로 밀려나 있었다.

"준희야, 엄마야. 정신이 드니? 준희야, 엄마 알아보겠어?"

민 여사가 울부짖는 소리가 들렸다.

"환자분, 목소리 들립니까? 들리면 눈 깜빡여 보세요. 좋습니다."

의사가 황급히 그의 상태를 점검하는 소리가 꿈속처럼 멀리서 들려왔다. 다원은 제대로 서 있을 수가 없어 의자를 붙잡고 간신히 서 있었다. 고마워, 준희야. 고마워.

다원은 입속으로 그렇게 중얼거렸다. 이제 다 괜찮았다. 준희가 깨어났으니까. 아무래도 좋았다. 더는 버틸 힘이 없어 주저앉기 직전에 침대 쪽에서 들려오던 소음들 속에서 다원은 준희의 목소리를 알아들었다.

"다…… 원이……."

분명히 저를 찾는 준희의 목소리였다. 다원은 꿈결처럼 그 소리를 들으며 그대로 쓰러지고 말았다.

다원은 숲 속으로 자꾸만 들어가는 준희의 뒤를 따라 허겁지겁 뛰어갔다. 안개가 끼고 어둠이 내리기 시작한 까만 수풀 속에서 당장 무언가 달려들 것만 같았다. 다원은 필사적으로 준희를 놓치지 않기 위해 그를 부르며 가시덤불을 헤치고 앞으로 뛰어갔지만 그는 좀체 뒤를 돌아보지도 걸음이 느려지지도 않았다. 다원은 뺨을 할퀴는 나뭇가지를 헤치며 허겁지겁 그를 뒤따라갔다. 어느 순간 그의 돌려진 등조차 놓치고 어둠 속에 혼자 남았다. 그녀는 무서워서 소리 내어 울지도 못하고 울음을 삼켰다. 그 순간 어디서 나타났는지 모를 괴수의 손이 뻗어 나와 그녀의 허리를 감싸 안아 바람처럼 빠르게 끌어당겼다. 다원은 그것에서 벗어나려고 몸부림을 쳤지만 결국 괴수의 품으로 끌려 들어가고 말았다. 다원은 자신을 끌어안고 있는 괴수에게서 벗어나려고 발버둥을 치다가 눈물 너머로 그 얼굴을 어렴풋이 보고 말았다. 그것은 준희의 얼굴이었다.

다원은 깜짝 놀라서 눈을 번쩍 떴다. 너무 생생해서 실제로 겪은 것처럼 온몸에 식은땀이 흐르고 있었다. 그녀는 숨을 헐떡이며, 아직 초점이 맞지 않아 희미하게 보이는 눈을 천천히 깜빡였다. 그리고 잠시 자신이 어디에 있는지 몰라 어리둥절해서 주위를 살피다가 침대에 기대어 앉은 준희와 눈이 마주쳤다. 그는 내내 다원을 바라보고 있었던 모양이었다. 다원은 잠시 자신이 아직 잠에서 깨지 않았다고 여겼다. 하지만 이내 가슴이 빠르게 뛰기 시작했다.

모든 것이 정지해 버린 듯, 두 사람의 시선이 허공에서 만나 한동안 움직이지 않았다.

밝지 않은 보조 등이 켜져 있어서 병실 안은 아늑하고 조용했다. 가습기에서 습기를 뿜어내는 규칙적인 소리만 병실에 조용하게 울렸다.

그를 쳐다보던 다원의 눈가로 저도 모르게 눈물이 흘러내렸다. 하지만 끝까지 그의 얼굴에서 눈을 떼지는 않았다. 꿈이 아니었다. 정말 준희가 거기 있었다. 잠시라도 눈을 감으면 사라져 버릴 것만 같아 눈도 깜빡일 수가 없었다.

준희는 가까이 와보라는 듯이 그녀에게 손가락을 까딱여 보였다. 다원이 일어나려고 했지만 팔에 꽂힌 링거 바늘 때문에 쉽게 움직일 수가 없었다. 그때서야 다원은 자신이 보호자용 침대에 누워 링거액을 맞고 있다는 것을 알아차렸다.

다원이 넋이 나간 얼굴로 제 팔에 꽂힌 바늘을 바라보고 있을 때 어디선가 신 비서가 나타나 다원의 팔에서 링거 바늘을 빼주었다. 여태 병실에 둘만 있는 줄 알았던 다원은 놀란 얼굴로 병실 문을 열고 나가는 신 비서를 바라보았다.

다원은 침대 아래로 내려가 준희에게로 다가갔다. 아직 정신이 제대로 돌아오지 않은 탓에 멍하고 어지러웠다. 몇 걸음 거리인데도 그에게 다가가는 몇 초가 아주 길게 느껴졌다.

다원은 아무 말도 없이 그의 곁에 가서 섰다. 그가 손을 올려 다원의 팔을 가볍게 당기자 그녀는 지푸라기 인형처럼 풀썩 그의 침대에 주저앉았다.

"괜찮아?"

다원은 손등으로 눈물을 닦으며 잘못 말하면 그가 잘못되기라도 할 듯이 조심스럽게 물었다.

"내 걱정할 때냐? 네 꼴 좀 봐."

준희는 못마땅하다는 듯이 인상을 찌푸렸다. 죽음의 문턱까지 갔다 왔는데도 성격은 바뀌지 않은 모양이었다. 다원은 그러거나 말거나 꿈만 같아서 표정관리고 뭐고 생각할 겨를도 없이 꿈결처럼 아련하게 그를 바라보았다.

"누가 쓰러질 때까지 자지도, 먹지도 않고 버티랬어, 바보야."

그는 걱정을 하면서 동시에 화를 냈다. 그가 입으로 무슨 말을 하든 이제, 저절로 그의 마음이 다원에게 그대로 전해져 왔다. 다원은 웃었다. 눈에 가득 고였던, 눈물이 뺨을 타고 흘러내렸다. 준희가 그녀의 뺨을 두 손으로 감싸, 엄지로 눈물을 닦아주었다.

"난 괜찮아. 쓰러진 게 아니라 잠이 든 거였어."

다원은 그 손등에 손을 포개며 환자를 앞에 두고 제가 쓰러진 것이 민망해 농담 섞인 변명을 했다.

"과로라니까 조금만 있다가 바로 집으로 가서 꼼짝 말고 쉬어. 밥 잘 챙겨먹고."

다원은 웃으면서 고개를 끄덕였다. 너무 좋아서 계속 웃음이 나왔다.

"근데 너야말로 정말 괜찮아? 이렇게 앉아 있어도 돼?"

"그냥 한숨 자고 일어난 기분이야. 멀쩡해. 수술한 거만 아니면 내일 퇴원해도 되겠어."

"다행이야. 그래도 무리는 하지 마."

다원은 그가 덮은 시트를 손끝으로 만지작거리며 조심스럽게 말했다. 준희가 말없이 그런 그녀를 빤히 들여다보더니, 음식을 탐내는 사람처럼 마른침을 꿀꺽 삼켰다. 다원은 부끄러운 생각이 들어서 황급히, 제 볼을 감싸 쥐고 있는 그의 손을 털어냈다.

그때, 그가 갑자기 한 손으로 심장을 움켜잡으며 얼굴을 찌푸렸다.

"왜, 왜? 어디 아파? 의사 부를게, 좀만 참아."

그녀는 얼굴이 하얘져서 침대에서 벌떡 일어섰다. 하지만 준희가 그녀의 손목을 세게 잡고 있어서 도로 주저앉고 말았다.

"심장이 아파."

"어떡해, 잠깐만 기다려, 금방 의사 선생님 불러올게."

그녀가 금방 울음을 터뜨릴 태세로 그의 손에 잡힌 제 팔목을 빼려고 할 때 준희가 그녀를 더 가까이 끌어당겨 그녀의 손을 제 심장에 갖다 댔다.

"심장이 고장났나 봐. 이렇게 빨리 뛰는 거 분명 문제 있지?"

그가 닿을 듯이 가까이서 그녀의 귓가에 속삭였다. 다원의 손바닥 아래에서 그의 심장이 뚫고 나올 듯이 세차게 뛰는 것이 그대로 느껴졌다. 그렇게 심장이 빨리 뛰니까 당연히 뺨에 와 닿는 그의 숨소리도 거칠었다.

"왜, 왜 이렇게 빨리 뛰는 거지? 아무래도 의사 선생님을……."

다원이 붉어진 뺨을 숨기듯이 고개를 돌리자 그가 작게 웃었다.

"너 정말 이쁘다."

"이제 정말 괜찮구나, 실없는 소리를 하는 거 보니까."

다원이 부끄럽고 당황스러워서 그에게서 몸을 떨어뜨리며 핀잔을 주었다.

"언제부터 나 좋아했어?"

준희는 그녀의 손목을 놓아주며 장난스러운 표정을 지으며 물었다.

"뭔 소리야? 내가 언제 너 좋아한다고 했어?"

다원은 펄쩍 뛰며 발뺌을 했다.

"내가 좀만 늦게 깨어났으면 네가 먼저 죽게 생겼던데 왜 또 딴 소리야."

"미운 정 때문이지. 우정이기도 하고."

"웃기시네."

준희가 가볍게 코웃음을 쳤다. 다원은 눈이 부신 듯 준희의 눈을 바라보며 미소를 지었다. 그런 시시껄렁한 얘기를 나누는 이 시간이 꿈만 같았다. 몇 시간 전만 해도 이런 기적이 일어나길 얼마나 간절히 원했던가. 다원은 그 당시 감정이 새삼 복받쳐 다시 눈에 눈물이 그렁그렁 맺혔다.

눈앞에 그가 앉아 있는데도 금방 사라져 버리는 것은 아닐까 불안한 마음이 들었다. 다원은 저도 모르게 손을 뻗어 그의 뺨에 손끝을 가져다 댔다. 그의 신비한 빛이 흐르는 눈동자의 동공이 크게 열리는 것이 보였다.

"고마워. 깨어나 줘서. 안 일어나면 어떡하나 얼마나 무서웠는지 몰라."

다원은 뺨을 타고 흐르는 눈물을 손등으로 닦으며 그의 뺨을 어루만졌다. 준희는 가만히 그런 그녀를 바라보았다. 두 사람의 시선이 허공에서 얽혔다.

그는 손을 들어 그녀의 도톰하고 말랑거리는 입술을 엄지로 부드럽게 쓰다듬었다.

"누워 있는 삼 일 동안이 통째로 날아간 거 같아. 꿈도 없고, 아무것도 없어. 그게 바로 죽음이구나, 느껴져. 근데 깨기 직전에 네 목소리는 기억이 난단 말이야. 분명 네 목소리였어. 그 소리를 따라 아무것도 없는 무의식 속을 걸어나왔어."

그는 깊고 진지한 눈빛으로 그녀의 눈을 바라보며 말했다. 다원은 그의 말을 믿었다. 분명 그는 자신이 부르는 소리를 듣고 자신에게 돌아온 것이다.

"네가 불러냈으니까 네가 책임져. 이제 남은 내 인생은 네 거야."

준희가 짓궂은 표정으로 씩 웃으며 말했다. 다원은 자신의 턱을 가볍게 잡고 있는 그의 손을 잡았다. 다원은 어두운 밤하늘에 별처럼 밝게 빛나는 그 눈을 바라보며 고개를 끄덕였다. 그래 내가, 책임질게.

그는 목이 마른 듯 침을 삼키더니 갑자기 그녀의 턱을 자기 쪽으로 가볍게 끌어당겼다. 그가 상체를 앞으로 기울이며 그녀에게로 다가오자 다원은 정신이 번쩍 들어 고개를 돌리며 그의 손을 털어냈다.

"근데 나 얼마나 잔 거지? 사모님 오시면 한 소리 듣겠다. 갑자기 거기서 잠이 들다니, 나도 어이가 없네?"

다원은 얼굴을 붉히며 딴소리를 했다.

"쫄기는."

준희는 실망한 듯 못마땅한 표정을 짓더니 다시 몸을 뒤로 기댔다. 다원은 화끈거리는 얼굴에 손부채질을 하며 침대에서 얼른 일어섰다. 어색한 분위기 때문에 숨이 막혀서 누구라도 나타나길 바라고 있을 때 마침 문이 열리며 신 비서가 급히 병실로 들어왔다.

"사모님 오십니다."

다원은 놀라서 얼른 준희의 침대에서 한 발 떨어졌다. 신 비서의 말이 끝나자마자 민 여사와 태주의 뒤를 따라 세영과 도희가 한꺼번에 병실로 들어섰다.

세영은 따로 연락을 받지 못해 이제야 준희의 상태를 전해 들었는지 얼굴이 하얘져서 그에게 달려들었다.

"너 큰일 날 뻔했다며? 난 그것도 모르고 사촌들이랑 일본 가서 신나게 놀다 왔잖아. 정말 너무해요, 다들. 그렇게 큰일이 일어났는데 나한테 알리지도 않고, 정말 서운해."

공항에서 바로 달려왔다는 세영이 누구에게랄 것도 없이 원망을 하며 준희의 팔에 매달려 울먹거렸다.

"잘 놀고 와서 왜 난리야."

준희는 인상을 찡그리며 세영에게 잡힌 팔을 빼냈다.

"쭌, 정말 괜찮아? 얘기 듣고 얼마나 놀랐는지 몰라. 다행이야. 정말."

도희도 걱정스러운 얼굴로 말했다.

"보다시피 멀쩡해요."

"근데 왜 앉아 있는 거야? 아직 안정해야 하는데. 신 비서, 얼른 눕혀."

민 여사의 말에 신 비서가 급히 다가와 침대를 내리려고 했지만 준희가 손을 들어 저지했다.

"검사 결과 별다른 이상은 없다니까 며칠 더 지켜보자. 상태가 안정될 때까지 무리하지 말고 조용히 지내도록 해."

태주의 말에 준희는 가볍게 고개를 끄덕였다.

"다원인 괜찮니?"

태주가 갑자기 뒤쪽에 밀려나 혼자 서 있던 다원을 돌아보았다. 모두 고개를 돌리고 다원을 바라보았다.

"네. 괜찮아요."

"거기서 네가 왜 쓰러져? 쇼를 하는 것도 아니고."

다원의 말이 끝나기도 전에 민 여사가 기가 막힌다는 듯이 한마디 했다.

"며칠 동안 잠도 못 자고 식사도 제대로 안 했으니 그럴 수밖에요."

태주가 나서서 다원을 감쌌다.

"아니, 그러라고 누가 시켰어요? 남들이 보면 뭐라고 하겠어요? 간호사들이랑 다 보는 데서, 쯧쯧쯧."

"엄만 시켜도 그렇게는 못하잖아?"

준희는 민 여사가 다원을 대하는 태도가 못마땅했는지 그녀의 말을 자르며 비아냥댔다.

"이 녀석이 이제 좀 살 만한가 보네. 슬슬 긁는 걸 보니, 엄마 몰골을 보고도 그런 소리가 나와?"

"나 괜찮으니까 다들 이제 그만 가요. 피곤해."

준희가 귀찮다는 얼굴로 그렇게 말하고 신 비서에게 침대를 내리라는 손짓을 해 보였다.

"그래요, 다들 어서 가. 준희도 쉬어야지."

민 여사가 재촉을 했다.

"엄마도 가."

준희가 감고 있던 눈을 뜨고 남아 있으려는 포즈를 취하고 있는 민 여사에게 말했다.

"엄만 괜찮아. 널 혼자 두고 어떻게 가?"

"내가 안 괜찮아. 왜 갑자기 착한 엄마 코스프레를 하고 그래? 무섭게."

삐딱한 준희의 말투에 민 여사가 아랫입술을 물며 금방 쥐어박을 듯이 눈을 부라렸다.

다원은 그의 곁에 남고 싶었지만 나서서 그러겠다고 말할 입장이 아니었다. 준희가 자신을 좀 잡아주길 조마조마한 마음으로 기다렸으나 그는 끝내 아무 말도 하지 않았다.

"다원인 이거 마저 맞고 와라."

병실을 나서려던 태주가 보호자 침대 밑에 매달려 있는 반 정도 남아 있는 링거 병을 가리켰다. 그가 일부러 그렇게 말해준 것을 다원은 알았다. 그녀는 얼굴에 기쁜 티가 나지 않도록 주의를 기울었다.

"맞아. 그거 이 병원에서 제일 비싼 거야. 마저 맞고 가."

준희가 그제야 생각났다는 듯 그렇게 거들었다.

"쟤 있으면 나도 여기 있을 거야."

세영이 심술을 부리며 소파에 털썩 주저앉았다. 민 여사는 뭔가 하고 싶은 말이 있는 걸 참는 듯이 입을 씰룩이더니, 어쩔 수 없다는 듯 혀를 차며 병실을 나가 버렸다. 태주와 도희도 손을 들어 보이고 그 뒤를 따라 나갔다.

"너도 좋은 말 할 때 얼른 가."

준희가 소파에 팔짱을 끼고 앉아 심술을 부리고 있는 세영을 향해 말했다.

"왜 보내지 못해 안달이야? 왜 그래?"

"다원이랑 둘이 있고 싶어서 그래."

"뭐?"

"방해되니까 가달라고."

준희의 말에 세영도 세영이었지만 다원도 놀라서 입을 벌리고 그를 쳐다보았다. 아무리 세영이 일방적으로 쫓아다니는 처지라지만, 그의 말은 너무 비인간적이고 잔인하게 들렸다. 다원은 괜히 죄책감이 들어 세영을 쳐다보지도 못하고 고개를 숙였다.

"무, 무슨 뜻이야?"

세영의 목소리가 떨렸다.

"너도 알잖아. 내가 다원이 좋아하는 거. 둘이 있고 싶어. 연인

사이에 눈치 없이 끼어 있는 거 꼴불견인 거 너도 알지? 얼른 가.”

준희는 옆에 놓였던 휴대폰을 집어 들며 그런 말을 아무렇지도 않게 내뱉었다.

“강준희!!”

세영이 자리에서 벌떡 일어서며 소리를 꽥 질렀다. 그녀의 꼭 쥔 주먹이 부들부들 떨고 있었다.

“나중에 내 얼굴 어떻게 보려고 이래? 나한테 이렇게까지 해야 해? 저런 애 땜에? 나도 참는 데 한계가 있어!!”

“참긴 뭘 참아? 네가 뭔데 나를 참아? 앞으로 한 번만 더 사귀는 사이니, 여자친구니 떠들고 다니면 여자고 뭐고 안 봐줘. 귀싸대기 맞을 줄 알아.”

“주, 준희야……”

다원이 놀라서 그를 말려보려고 했지만 그는 눈도 깜짝하지 않았다.

“귀, 귀싸대기?”

세영이 정말 귀싸대기라도 맞은 사람 마냥 두 손으로 제 왼뺨을 감싸 안고 경악의 눈초리로 준희를 바라보았다. 그녀는 온몸을 쥐어짜듯이 부들부들 떨고 있었다. 저러다 쓰러지는 것은 아닐까 걱정이 될 정도였다.

“나, 나를?”

“왜, 못할 거 같아?”

준희가 냉담한 얼굴로 세영을 바라보았다. 세영은 몸을 제대로 가누지 못할 정도로 흔들리고 있었다. 다원이 불안해서 그녀를 잡으려고 했지만 세영은 매몰차게 그 손을 뿌리쳤다.

"어떻게 나한테 그런 말을 해? 너 완전 미쳤어."

"나 미친 거야 옛날 일이고. 더한 꼴 당하기 싫으면 너도 정신 차려."

준희는 상대하기 싫다는 듯이 신 비서에게 손짓을 했다.

"쟤 데리고 나가."

세영은 분노와 절망이 뒤섞인 복잡한 눈으로 준희와 다원을 번갈아 노려보았다. 어느 순간 그녀의 눈에서 굵은 눈물이 뚝뚝 떨어졌다. 그녀는 서럽고 분해서 못 참겠다는 듯 철철 울면서 테이블에 놓였던 가방을 질질 끌며 병실을 나가 버렸다. 신 비서가 그 뒤를 급히 따라 나갔다.

다원은 원래 준희가 성질이 못되고 차가운 걸 알고 있었지만 새삼 온몸이 오싹해졌다.

"너, 정말 못됐다."

다원이 한숨을 내쉬며 비난조로 말했다. 준희는 그런 다원을 흘끗 보더니 두 손으로 머리를 쓸어 올렸다.

"새삼스럽게 왜 그래?"

"네 성격에 이제껏 상대를 해준 거 보면 세영 언니 말이 다 허황된 거 같지도 않아."

싫은 사람이 옆에서 귀찮게 하는 걸 두고 볼 준희가 아니었다. 다원이 뭔가 의심스럽다는 눈초리로 쳐다보자 준희는 억울하다는 듯이 잔뜩 인상을 찌푸렸다.

"상대를 해주긴 누가 상대를 해줘? 워낙 어려서부터 한집에 살 다시피 해서 둔해진 거뿐이야. 그리고 사실은…… 좀 불쌍한 생각 도 들었던 거 같다. 쟤도 알고 보면 상처 많은 애거든."

"맞아, 세영 언니 불쌍해."

"넌 쟤한테 맨날 당하면서 뭐가 불쌍해? 누가 바보 아니랄까 봐."

준희가 혀를 찼다.

"너도 그렇고 세영 언니도 그렇고 뭔가 되게 결핍된 사람들 같 아. 그렇게 좋은 환경에서 자랐는데 왜 그럴까."

다원이 안타까운 얼굴로 말했다.

"얘가, 나를 뭐로 보고 저런 애랑 묶어?"

"난 너희들 같은 환경에서 살았다면 정말 행복하게 잘살 수 있 을 거 같은데."

"넌 그런 거 없이도 행복하게 잘살 수 있어. 지금도 우리보다 훨 씬 건강하고 행복해 보여."

준희가 부드러운 눈빛으로 다원을 바라보았다. 눈에서 나오던 칼날 같던 독기가 쏙 빠진 순한 눈빛이었다.

"이리 와."

그가 손바닥으로 제 옆자리 침대를 탁탁 두드리며 말했다.

다원은 시키는 대로 그가 누워 있는 침대에 얌전히 앉았다. 엉 덩이께에 그의 허벅지가 살짝 닿는 것이 느껴졌다. 부끄러웠지만 왠지 안심이 되고 좋아서 다원은 굳이 고쳐 앉지 않았다.

"나도 처음에는 내가 이렇게 자란 게 엄마 탓이라고 생각했거든. 근데 널 보니까 그게 다 핑계라는 생각이 들더라. 배부른 핑계."

준희는 양손으로 팔베개를 하고 다원을 쳐다보며 말했다. 너무 가볍게 내뱉듯이 말해서 진지하게 들리지는 않았지만 다원은 그런 생각을 한 그가 기특해서 저절로 미소가 지어졌다. 그런 생각도 할 줄 알고 아주 구제불능은 아닌 듯해서 적이 안심이 되었다.

"여태 맘먹고 세영이를 떼어버릴 생각을 안 했어. 귀찮기도 하고 굳이 그럴 필요를 느끼지 못했어. 그냥 무시하고 말았던 내 잘못도 커. 방해받기 싫어. 누구한테든."

그는 처음 시골의 코스모스 길에서 만났을 때처럼 짓궂고 사랑스럽게 음흉한 눈으로 다원을 바라보며 그렇게 말했다. 그의 눈빛이 하도 적나라해 다원은 저도 모르게 팔을 엑스 자로 만들어 가슴을 가리며 그를 도끼눈을 하고 째려보았다.

"미, 미친."

"내가 뭘?"

준희가 억울한 표정을 짓는 것이 웃겨서 다원은 웃음을 터뜨렸다. 준희는 사랑에 빠진 남자만이 가질 수 있는 깊고 부드러운 눈길로 어루만지듯 다원을 바라보았다. 그러더니 한쪽 팔을 옆으로 펴더니 거기에 누우라는 시늉을 했다. 다원은 택도 없다는 듯 고개를 저었지만 그가 손을 뻗어 잡아당기는 바람에 영락없이 그의 옆구리에 안긴 꼴로 눕고 말았다.

"누가 와."

"무슨 상관이야. 아무 짓도 안 할 테니 잠깐만 이대로 있어."

그가 오랜만에 사정했으므로 다원은 어쩔 수 없이 그를 등지며 돌아누웠다.

"이게 꿈은 아니겠지?"

등 뒤에서 그가 작게 중얼거렸다.

"너와 있으면 아무것도 부족하지 않고, 심심하지도 않아. 별짓을 다 해봐도 어딘가 빈 것 같은 마음이 채워지지 않았는데 그런 기분도 감쪽같이 사라져 버려. 아마 그런 게 정말 있나 봐. 이 세상에 올 때 헤어졌다는 반쪽 말이야. 사람들이 평생 그 반쪽을 찾느라 방황하고 다닌다잖아. 난 정말 행운아야. 이렇게 빨리 찾다니 말이야. 나는 네가 있어야 사람답게 살 수 있을 거 같아."

여태 들어본 적 없는 부드럽고 따듯한 그의 목소리가 조용하게 그녀의 귓전을 스쳤다. 그의 목소리가 이렇게 달콤하다니, 다원은 새삼 믿을 수가 없어서 작게 몸을 떨었다. 등에 닿아 있는 그의 육체가 따뜻하고 다정해 금방이라도 잠이 쏟아질 거 같았다.

"너한테 약속했어. 깨어나기만 해준다면 뭐든 네가 원하는 거 다 들어주겠다고."

다원은 눈을 감고 수줍게 털어놓았다. 그녀는 조용히, 불안과 두려움을 내려놓고 그에 대한 사랑을 받아들이기로 했다. 아무리 거부하려 애써도 결국 그와 사랑하게 될 운명인 모양이었다.

"정말이야?"

준희가 땡잡았다는 듯이 반색했다. 그는 상체를 약간 일으켜 다원의 얼굴을 내려다보았다.

"그럼 이제 내가 원하는 거 말하면 되는 거네?"

"그래, 뭐 네가 이렇게까지 원하니까 사귀어줄게. 대신 말 잘 듣는다고 약속해."

다원이 그를 향해 돌아누우며 수줍은 얼굴로 말했다.

"아니, 아니야. 내가 언제 사귀어달라고 했어? 난 다른 걸 원해. 뭐든 들어준다는 약속 지켜. 내 목숨을 걸고 한 약속이니까 절대적으로 지켜."

"뭐? 그럼 뭘 원하는데?"

"뭘 거 같아? 다 알면서."

준희의 능글맞은 표정을 본 다원은 얼굴색이 변했다. 왠지 잘못 걸려든 기분에 뒷골이 싸 해오는 느낌이 들었다.

"키, 키스?"

다원은 그의 말에 감동해서 괜히 약속 얘기를 꺼냈다는 자책을 하며 그게 아닌 줄 알지만, 일단 물었다.

"키스? 내 목숨을 걸고 한 약속인데 키스는 너무 약하잖아. 아무리 너라도 말이야."

그가 신이 나서 낄낄 웃었다. 이런 사이코. 다원은 눈앞이 캄캄해졌다.

"그, 그럼 뭐? 너, 진짜? 사귀게 되면, 감정이 깊어지면, 어, 언젠가는 네가…… 원하는 일도 가능할 날이 오겠지. 하지만 사귀지도 않고 덜컥 그 일부터 하자고 하다니, 너 정말 저질이야."

다원은 정색을 하며 몸을 일으켜 앉았다. 사귀어준다고 하면 감지덕지할 줄 알았더니…….

다원은 그의 일차원적인 사고방식에 저절로 한숨이 나왔다. 깊은 고민 따위도 없고, 그저 당장 눈앞에 보이는 욕망을 채울 생각밖에 못하는 그를 보자, 또다시 묻어두었던 두려움이 고개를 들었다.

"또 혼자 소설 쓴다."

그가 손을 뻗어 다원의 코를 잡아 흔들며 엉뚱한 생각에 고개를 내젓고 있는 다원을 귀엽다는 듯이 올려다보았다.

"나랑 결혼해 줘."

"장난하지 마."

"장난 아니야. 아까도 얘기했잖아. 난 너만 있으면 된다고. 이제 더 방황할 일도 없어."

"왜 갑자기 말도 안 되는 소리를 하고 그래? 사귀다 보면 결혼할 날이 올 수도 있겠지만 지금은 아니야."

다원은 당황해서 얼굴을 붉혔다. 그가 장난으로 하는 말이 아닐 거 같은 불길한 예감이 들었다.

"싫어. 사귀는 거. 너 또 내 속 엄청 태울 거잖아. 비싸게 굴면서 튕기겠지. 화병 나서 안 돼. 그냥 난 결혼 먼저 하고 나서 맘 편하게 사귈래."

"그런 이유로 결혼을 한다는 게 말이 돼?"

"왜 말이 안 돼? 조금만 맘에 안 들면 헤어지자는 말을 입에 달고 살겠지. 그런 꼴 못 봐. 그냥 결혼해서 죽으나 사나 붙어 있을 거야. 아, 난 역시 현명해."

그가 인생의 심오한 해답을 얻은 수도자와 같은 표정으로 으스 댔다.

"억지 부리지 마. 우리 나이가 몇인데 벌써 결혼을 해? 서로를 끌고 무덤으로 들어가는 꼴이야."

"뭔 비유가 그래? 아무튼 너한테는 선택권이 없어. 나는 올해 안에 너와 결혼할 거야. 일단 오늘은 여기까지만 생각하고 구체적인 얘기는 내일 하자."

준희는 얘기 끝났다는 듯이 검지를 세워 제 입술에 갖다 댔다. 다원은 어이가 없어서 웃었지만, 아무리 사랑해도 이렇게 철이 없고 즉흥적인 남자애와는 절대 결혼하지 않겠다고 속으로 다짐했다.

"우리 이렇게 된 거 당분간 비밀로 해줘. 사모님이 아시면 많이 실망하실 거야."

"민 여사 때문에 너랑 헤어지는 일은 없어. 그 문제는 내가 알아서 할 테니까 넌 걱정하지 않아도 돼."

준희의 말이 어느 정도는 사실일 거라고 그녀는 생각했다. 그가 좋아하는 사람을 제 엄마 때문에 포기할 성격이 아니라는 건 그를 아는 사람이라면 누구나 알고 있었다. 그렇다고 해도 그 과정이 쉬울 리 없었다. 생각 같아서는 아무도 모르게 그와 만나다가 아무도 모르게 끝냈으면 싶기도 했다. 둘이 조심만 한다면 어려울 것도 없다고 생각하다가 다원은 퍼뜩 깨달았다.

"앗! 세영 언니가 알고 있다는 걸 깜빡했어. 어차피 곧 모두 알게 되겠구나."

그녀는 울상을 지었다.

"세영이 소문내 주면 고맙지 뭐. 근데, 걘 아마 말하지 않을 거야. 모두 알게 되면 어쨌든 저도 인정해야 할 테니까."

준희가 어깨를 으쓱하며 그렇게 말했다.

사실 다원은 그런 부차적인 문제들보다는 그의 마음이 얼마나 오래 제게 머물러 있을까 그것이 두려웠다. 바람은 한자리에 오래 머물지 못하는 운명을 가졌다. 바람을 손에 잡으려는 어리석은 짓을 하지 않으리라. 다만 그가 지나가고 난 자신의 모습이 여름 태풍이 휩쓸고 간 자리처럼 폐허가 되어 있을 것만 같아 두려웠다.

그런 생각을 하자 다원은 갑자기 기분이 우울해졌지만 이내 마음을 고쳐먹었다. 미리 사서 걱정하고 싶지 않았다.

"사모님한테 좀 잘해 드려. 얼마나 힘드셨는지 며칠 사이에 얼굴이 반쪽이 되셨어. 너 너무 불효자야."

다원은 이해할 수 없을 정도로 차가운 두 모자 사이가 자신 때문에 더 멀어질까 걱정이 되어 달래듯이 말했다. 하지만 준희는 그런 말은 듣고 싶지 않다는 듯 미간에 주름을 잡았다.

"힘드셨을 테지. 내가 죽으면 계획에 차질이 생기니까. 어쨌든 내가 있어야 민 여사가 꿈꾸는 왕국을 이룰 명분이 있잖아. 할아버지가 돌아가시면 내 앞으로 남겨질 지분도 다 삼촌한테로 넘어갈 거고 피가 마를 만도 하지."

"왜 그렇게 무서운 말을 해? 엄마한테 도대체 왜 그래?"

다원은 정색을 하고 준희를 쏘아보았다.

"네가 민 여사를 몰라서 그래."

그는 그 얘기는 더 하고 싶지 않다는 듯이 손을 들어 그만하자는 제스처를 해 보였다. 그가 무엇 때문에 민 여사를 그렇게 싫어하는지 몰라도 보기 좋은 모습은 아니었다. 다원은 그가 그렇게 비상식적인 언행을 하는 것이 싫었다. 그럴 때마다 그가 여전히 자신의 손이 닿지 않는 곳에 있는 것처럼 멀게 느껴졌던 것이다.

15

이른 더위가 기승을 부리던 늦은 봄, 아직 준희가 퇴원하기도 전, 지병인 심장질환으로 오랫동안 병원에 누워 있던 준희의 할아버지가 결국 세상을 떴다.

준희는 몸이 아직 회복이 덜 된 상태라 빈소를 지키지는 못했고 영결식에만 참석을 했다.

고인이 이미 몇 달 전부터 거의 혼수상태에 빠져 있어서 마음의 준비가 되어 있었던 탓인지 준희를 비롯한 그의 가족늘은 크게 동요하지 않는 눈치였다.

다원은 준희의 병실에 놓인 텔레비전 뉴스를 통해 영결식을 지켜보았다. 미래그룹 강용성 명예회장의 영결식은 미래재단 산하에서 지은 병원에서 삼천 명이 넘는 추모 인파와 정·재계 인사와 회사 임원들과 유족들이 지켜보는 가운데 치러지고 있다고 뉴스 아나운서가 숙연한 목소리로 전했다.

화면에 상복을 입은 태주와 준희, 하얀 손수건으로 입을 가린 채 비통함에 젖어 있는 민 여사의 모습이 잡혔다가 사라졌다.

언뜻 본 준희는 창백한 얼굴로 눈을 내리깔고 고요한 얼굴로 앉아 있었다.

인터넷에서는 고인에 대한 애도보다 순정만화에서 튀어나온 듯한 후계자들의 모습이 더 화제를 모았다. 세상의 경박한 호기심과 비정함에 다원은 새삼 마음이 무거웠다.

발인을 마치고 자택과 사옥을 거쳐 영결식장에서 장지로 출발하는 영구차의 모습이 화면에 비쳐지고 있었다.

시간은 느리게 흘러갔다. 다원은 텔레비전 앞에 앉아 계속 뉴스 채널을 바꾸어가며 반복되는 화면을 되풀이해 봤다.

준희가 장지까지 따라가지 않고 병실로 돌아오기로 했기 때문에 미리 병원에 와서 그를 기다리고 있는 중이었다.

그는 한 시간 정도 후에 병원으로 돌아왔다. 할아버지가 돌아가셨는데 희희낙락한다는 것도 말이 안 되지만 다친 이후 그렇게 많은 사람 앞에 나서본 적이 없었기 때문인지 그는 기분이 생각보다 더 가라앉아 보였다.

그는 신 비서의 도움을 받아 땀에 젖은 셔츠를 벗고 샤워를 하고 나왔다.

"안아줘."

그는 신 비서가 병실을 다 나가기도 전에 다원을 향해 팔을 벌렸다. 다원은 미소를 지으며 그의 품 안으로 들어가 등 뒤로 팔을 감아 가만히 쓰다듬어 주었다.

"수고했어."

"응."

그는 순하게 대답하며 고개를 숙여 그녀의 어깨에 코를 묻었다.

최근에 안 일이지만 그는 포옹하는 것을 정말 좋아했다. 책을 읽거나 다른 일을 하다가 그의 시선이 느껴져서 쳐다보면 그는 영락없이 그녀 쪽으로 팔을 뻗었다. 그 제스처는 안아달라는 요구였으므로 다원은 그가 팔을 내밀 때마다 조용히 그에게로 가서 안아주었다. 그러면 그는 아무 말 없이 오래 그녀를 안고 몸을 천천히 좌우로 흔들었다. 무슨 의식이라도 치르듯이 그렇게 하루에도 여러 번 다원을 꼭 안아주었다.

수시로 음흉한 눈빛을 보내거나 야한 농담을 해대는 것에 비해 그는 그녀를 안는 것 이외에 다른 시도는 하지 않았다. 처음 사귀기로 하고 그가 시도 때도 없이 들이대는 건 아닐까 걱정이 이만저만이 아니었던 다원으로서는 약간 실망스러울 정도로 그는 점 잖게 굴었다.

"장례식 끝났으니까 집안 분위기 좀 안정되면 가족들한테 얘기하고 올해 안에 결혼하자."

그가 그녀의 귓가에 속삭이듯이 말했다. 다원은 상체를 뒤로 젖혀 그의 얼굴을 바라보았다.

"난 지금 이대로가 좋아. 그냥 이렇게 지내. 괜히 시끄러워지는 거 싫어. 네 말대로 아무한테도 방해받지 않고 너랑 있고 싶어. 그 일 꺼내면 우리 못 만날 수도 있어."

"어차피 겪어야 할 일이야. 너와 가족이 되고 싶어. 너랑 결혼해서 떳떳하게 같이 살 거야."

준희가 진지한 눈빛으로 그녀의 눈을 들여다보며 말했다.

"억지 그만 부려. 이제 하고 싶으면 다 해야 직성이 풀리는 어린애 아니야. 아이라면 그 뒤에 따라오는 책임이나 문제들을 무시할 수 있지만 넌 이제 그래서는 안 돼."

"난 네 생각보다 오래전부터 너를 사랑하고 있었기 때문에 생각할 시간도 많았어. 상상 속에서 너와 결혼하고 애도 낳아서 길러봤어. 충동이 아니라 오래 갈망한 내 꿈이야."

그는 그녀를 소파로 데리고 가서 앉혔다. 그는 이제 많이 좋아져서 목발 없이도 천천히 걸을 수 있게 되었다. 아직은 걸음걸이가 자연스럽지 않았지만 재활운동을 열심히 해서 하루가 다르게 좋아지고 있었다.

"사모님은 사귄다는 얘기만 들으셔도 기절하실걸? 사실 그거보다는, 우린 아직 너무 어리고, 서로에 대해서 잘 안다고 할 수도 없어. 우리 사랑이 얼마나 오래 갈지 아무도 몰라. 지금 결혼을 얘기하는 건 이제 막 수영을 익힌 사람이 바로 올림픽에 출전하겠다고 하는 것만큼 황당해 보여."

다원의 말을 듣고 있지 않은 듯 그는 짓궂고 장난스러운 표정을 했다. 준희는 팔걸이에 기대어 반쯤 누운 자세로 그녀를 뚫어져라 바라보았다. 그 눈빛이 하도 탐욕스러워서 다원은 살짝 몸서리가 쳐졌다. 아직 키스조차 하지 않았지만 그는 종종 눈빛으로 드러내 놓고 그녀를 머리에서 발끝까지 헤집어놓곤 했다. 어찌나 노골적이고 적나라한지 실제로 그에게 알몸을 내 보이고 있는 기분이 들 정도였다. 다원은 어쩔 수 없이 또 온몸에서 열이 나는 바람에 얼굴이 붉어졌다.

"온전히 너를 갖고 안심하고 싶어. 너와 그냥 사귄다고 생각하면 어딘가 부족하고 완벽하지 않아. 결혼이라는 제도가 엿 같다고 생각한 적도 있었지만 너를 생각하면 사귀는 것보다 결혼을 하고 싶다는 생각이 먼저 떠올라. 그동안 왜 헤매고 다녔는지 알 것 같단 말이야. 내 소원이야. 나랑 한 약속이 아니라 신과 한 약속이니까 아닌 거 같아도 눈 딱 감고 지켜."

그가 마지막 말을 하며 장난스럽게 웃었다. 다원은 따라 웃을 수가 없었다. 어떻게 그리 아무 생각이 없는 건지 한숨이 절로 나왔다. 하고 싶은 건 뭐든지 해봐야 직성이 풀리는 그의 성격이 고스란히 드러났다. 천성은 죽을 때까지 바뀌지 않는다는 말이 떠올랐다. 그가 지금이야 사랑에 눈이 멀어 저렇게 나오지만 사랑이 식은 후에는 또 얼마나 냉정하고 가차 없을지 그 생각만으로 가슴이 아렸다.

"이런 걸로 싸우기 싫어. 시간 아까워."

다원은 그의 손을 잡고 손깍지를 끼며 애원하는 눈빛을 보냈다. 진심으로 그와 소모적인 감정 대립을 하는 것이 안타깝고 싫었다.

그는 그런 그녀를 바라보다가 손에 힘을 주어 그녀의 손마디를 아프게 누르는가 싶더니 거칠게 그녀를 자기 쪽으로 잡아당겼다. 그 바람에 다원은 그만 포개지듯이 그의 가슴으로 가서 안기고 말았다.

"그럼 설득해 봐. 내 마음이 움직이도록."

"설득? 난 그런 거 잘 못하는데."

다원이 당황해서 몸을 일으키려고 하자 준희는 오히려 그녀의 허리를 잡아서 순식간에 반쯤 누운 자신의 몸 위로 걸터앉은 자세를 취하게 만들었다. 너무나 외설적이고 낯 뜨거운 포즈였기 때문에 다원은 비명을 지르며 그에게서 벗어나려고 했지만 그가 골반을 양손으로 힘주어 잡고 있었기 때문에 꼼짝할 수가 없었다. 다원은 부끄러운 나머지 두 손으로 얼굴을 가리고 도리질을 했다.

누가 가르쳐 준 적도 없는데 온몸의 신경이 엉덩이 아래쪽으로 쏠렸다. 처음에는 놀라서 느끼지 못했지만 점점 강하게 그녀가 깔고 앉은 그의 아랫배 쪽에 뻐근하고 생경한 무언가가 그녀의 아랫도리를 자극하기 시작했다. 놀라고 당황해서 어쩔 줄 모르는 그녀를 이글거리는 눈빛으로 바라보던 준희가 쉰 목소리로 속삭이듯 말했다.

"네가 하는 거 봐서 시간을 조금 늦춰줄 수는 있어."

"누가 올지도 몰라. 그만 놔."

다원이 애원했지만 그는 더욱더 그녀의 허리를 잡은 손에 힘을 줄 뿐이었다. 그의 손이 닿은 골반 쪽이 데인 것처럼 화끈거렸다. 정신을 차리려고 해도 자꾸만 눈앞이 아찔해지고 숨이 가빠졌다.

"상관없어."

"할아버지 장례식 날이야. 불경해."

"오히려 기특해하실걸? 당신 유전자를 다음 세대에 남기려는 노력을 가상하게 봐주실 거야."

그가 능글거리며 웃었다. 그녀의 머리카락이 앞으로 쏟아져 내리자 그가 그녀의 허리를 잡고 있던 손을 들어 머리카락 사이로 손가락을 집어넣더니 뒷목을 부드럽게 당겨왔다.

준희의 가슴을 짚은 팔에 몸을 의지하고 있던 다원은 팔을 꺾으며 그의 품 안으로 힘없이 무너져 내렸다. 두 사람의 입술이 닿을 듯이 가까워졌다. 그의 뜨겁고 거친 숨결이 코끝에 와 닿았다.

그는 그런 자세로 더 이상 아무것도 시도하지 않고 그녀를 올려다보았다. 병실 가득 두 사람의 떨리는 숨소리가 들어찼다. 다원은 그의 것인지 자신의 것인지 모를 심장의 떨림이 두 사람이 맞대고 있는 가슴에서 북소리처럼 울리는 것을 느끼며 떨리는 손끝을 그의 입술에 가져다 댔다. 그 입술은 부드러웠지만 너무나 뜨거웠고 위험하게 느껴졌다. 손끝에 그의 뜨거운 숨결이 와 닿았다. 그가 그녀의 손끝에 입을 맞추더니 이내 혀를 내밀어 천천히 핥기 시작했다. 온몸으로 짜릿하게 전율이 퍼져 나갔다. 그의 붉고 젖은 혀는 마치 저 혼자 살아 움직이는 것처럼 그녀의 손가락을 탐미했다.

다원은 저도 모르게 고개를 기울여 그의 입에 입술을 가져다 댔다. 그의 탈 듯이 뜨거워서 바짝 말라 버린 입술과 그녀의 손가락과 손가락 사이에 있는 그의 달콤하고 위험해 보이는 혀가 동시에 그녀의 입술에 와 닿았다.

그는 서두르지 않고 천천히 다원의 입술을 빨기 시작했다.

준희는 입원한 김에 재활치료와 어깨 통증을 유발시키는 파열된 어깨 힘줄을 복원시키는 수술을 마저 받고 퇴원을 하기로 해서 입원 기간이 길어지고 있었다.

다원은 강의가 끝나면 곧바로 그의 병실로 가서 저녁까지 있다가 집으로 돌아갔다. 병원에 갈 때마다 세영이 입을 내밀고 병실 소파에 문지기처럼 앉아 있었다.

준희는 이제 세영이 있든 없든 가차 없이 다원에게 애정 표현을 했다. 마치 그 애가 없다는 듯이 행동했다. 그렇지 않아도 이미 풀이 많이 죽어 있던 세영은 그럴 때마다 비참하고 슬픈 얼굴로 준희를 바라보아서 다원조차도 마음이 아팠다.

제발 세영 앞에서 행동을 자제하라고 몇 번을 부탁했지만 준희는 보란 듯이 더 과장해서 티를 내곤 했다.

세영이 부담스러워서가 아니라, 불쌍해서 다원은 그녀를 말리고 싶었다. 그만 포기를 하라고.

지칠 법도 한데 그녀는 준희의 병실을 꿋꿋이 지키다가 다원이 집으로 돌아갈 때 신 비서가 운전해 주는 차를 타고 함께 돌아왔다.

"내가 포기할 줄 알아? 누구 좋으라고? 얼마나 가나, 내 두 눈으로 똑똑히 옆에서 지켜볼 거야."

집으로 돌아가는 차 안에서 그녀는 악담을 퍼붓곤 했지만 목소리가 점점 자신감을 잃고 있었다. 다원은 제가 뭐라고 얘기하든 그녀에게는 스트레스가 될 뿐이라는 것을 알아서 그녀와 있을 때는 되도록 입을 열지 않았다. 그러면 세영은 저를 무시한다며 시비를 걸었지만 다원이 별 반응을 보이지 않으면 제풀에 수그러들었다.

그녀의 처지가 점점 불쌍해졌지만, 그것을 해결할 사람은 오직 세영 자신뿐이었다. 그것을 깨달을 때를 기다릴 수밖에 없었다.

병실로 들어서니 웬일로 세영이 앉아 있던 소파가 비어 있었다.

"세영 언니는?"

다원은 병실로 들어서자마자 그걸 먼저 물었다. 자신이 학교에서 돌아올 때는 특히 병실을 꼭 지키고 있었기 때문이다.

"몰라. 쇼핑한다고 신 비서 데리고 나갔어."

준희는 침대에 기대어 앉아 책을 읽고 있다가 반가움을 숨기지 못하는 눈빛으로 말했다. 다원은 가방을 내려놓고 그의 침대로 다가갔다.

"심심했지?"

다원은 책을 잡고 있는 그의 손등에 제 손을 얹으며 다정하게 물었다. 그는 책을 내려놓고 그녀를 잡아당겨 꼭 끌어안았다.

"너도 알지? 내가 기다리는 거 얼마나 싫어하는지. 그런데 그것마저도 행복하고 설레. 심심하지 않아. 병실 문을 열고 들어서는 너를 기다리는 것이 얼마나 달콤한 일인지 상상도 못할걸? 네가 오는 시간이 가까워 오면 심장이 저절로 빨리 뛰어서 시계를 보지 않아도 알 수 있어. 사랑을 하면 초능력을 갖게 된다는 것을 알았어. 정말 신기하지?"

그는 그녀의 목덜미에 코를 묻어 그녀의 향기로운 살 냄새를 맡으며 그렇게 속삭였다. 다원은 그가 사랑스러워 저절로 웃음이 나왔다.

첫 키스를 나눈 후 매일 세영이 그들 사이에 끼어 있었기 때문에 제대로 손 한 번 잡아보지 못하고 며칠을 보낸 후였다. 그의 손길과 숨소리에서 조바심과 갈급이 느껴졌다.

그는 귓불을 머금었던 입술을 옮겨 그녀의 장밋빛 뺨에 입을 맞추었다. 그리고 이내 그녀의 입술을 벌리고 침입자처럼 거침없이 그녀의 입속으로 혀를 집어넣었다.

그의 등 뒤로 보이는 창밖으로 만발한 벚꽃 잎이 눈처럼 떨어지고 있었다. 다원은 바람결에 날리는 꽃잎을 아련하게 바라보다가 아찔해져서 눈을 감았다. 감은 눈 안에서도 꽃이 만개해 어지러이 꽃잎이 휘날렸다.

경험이 많아서인지 어째서인지 그는 키스를 아주 잘했다. 다른 사람하고 해본 적이 없어서 비교를 할 수는 없었지만 확신할 수 있었다. 그에게 키스를 받고 있으면 몸이 풍선처럼 가벼워져 공중으로 떠오르고 발바닥에서부터, 전기에 닿은 듯 온몸이 저려왔다. 머릿속에서 한꺼번에 꽃망울이 터지는 기분이 들기도 했다.

그와 키스를 나누다 보면 단단하게 움켜쥐고 있던 경계심이 어느새 사라져 버려서 저도 모르게 경험해 본 적도 없는 더 깊은 관계에 대한 갈증이 일었다. 그가 마음만 먹었다면 그녀를 끝까지 가질 수 있었을 게 분명했지만 그는 그렇게 하지 않았다.

잔뜩 몸을 사렸던 다원이 머쓱해질 정도로 그는 아주 자제력이 뛰어났다. 키스가 끝났을 때 다원이 오히려 아쉬워서 매달릴 뻔했다.

길고 달콤한 키스가 끝나자, 그는 그녀의 입가에 묻은 타액을 입술로 천천히 핥은 후, 다시 한 번 그녀의 입술과 코끝에 다정하게 입을 맞추었다. 그가 그녀를 자유롭게 놓아주었는데도 다원은 쉽사리 그에게서 몸을 뗄 수가 없었다. 그녀는 그의 뺨에 이마를 대고 여전히 전혀 진정이 되지 않고 점점 더 빨라지는 심장박동과 가쁜 숨을 가라앉혀 보려고 애를 쓰고 있었다.

"사랑해."

그가 그녀의 귓가에 욕망 때문에 낮게 가라앉은 떨리는 목소리로 속삭였다. 그의 목소리를 듣자 그도 자신만큼이나, 혹은 더 많이 힘들게 참고 있다는 것을 알 수가 있었다.

"나도 사랑해."

그녀의 호응에 그가 기분 좋은 콧소리를 내며 웃었다. 그는 다시 그녀를 끌어안았다.

"죽을 거 같으니까 빨리 결혼하자."

"또 그 소리."

"사실은 말이야. 나도 맹세를 하나 했거든. 네가 약속을 지켜야만 나도 내 맹세를 지킬 수 있어."

"언제, 무슨 맹세 했는데?"

다원은 자신을 안고 있는 그의 팔을 어루만지며 장난스럽게 물었다. 그는 고개를 숙여 그녀의 입술을 머금었다 놓아주었다.

"언제? 글쎄? 어느 순간부터 네 몸이 아니라 네 마음을 갖고 싶어지더라. 간절히. 처음에는 네가 너무 예뻐서 심술이 났어. 너무 예쁘고 순수해서 망가뜨리고 싶었던 거 같기도 하고. 반은 재미였고 반은 심술이었지. 어쨌든 처음부터 좋아하긴 했는데, 혼자 좋아하는 게 너무 화가 나더라고. 시간이 지날수록 넌 점점 더 날 싫어하기만 하고. 네가 날 좋아하게 만드는 일이 불가능하다는 생각이 들었을 때부터 빌었던 거 같아. 네 마음을, 너를 내게 준다면 네가 욕망의 대상이 아니라는 것을 증명해 보이겠다고 말이야. 너와 결혼할 거고, 그때까지 절대 너를 범하지 않고, 지켜주겠다고 맹세했어. 넌 모르겠지만 그게 쉬운 일이 절대 아니거든."

그는 괴롭다는 듯이 작게 한숨을 쉬었다. 그가 자신을 처음부터 좋아했다는 얘기를 듣자 다원은 놀란 토끼 눈이 되어 그를 쳐다보았다.

"암튼, 난 너 때문에 마음고생 엄청 했어. 지금 생각해도 눈물 난다."

그는 눈물을 삼키는 시늉을 하며 미간을 잡고 고개를 뒤로 젖혔다. 다원은 어이가 없어서 그를 째려보았다. 그렇게 괴롭혀 놓고 잘도 그런 말이 나오다니⋯⋯.

다원이 저도 모르게 입술이 뾰루퉁하게 나오자 준희가 그 입술을 엄지와 검지로 모아 쥐고 위아래로 흔들며 장난을 쳤다.

느닷없이 병실 문이 열린 것은 그때였다. 문을 연 민 여사는 아무 생각 없이 문을 열었겠지만 둘이 껴안다시피 하고 장난질을 해대던 두 사람에게는 너무도 느닷없이 느껴졌다. 잠시 그곳이 누구나 들어올 수 있는 병실이라는 것도 잊고 있었다.

준희는 무엇에건 잘 놀라지 않는 애였으므로 속은 어떨지 몰라도 겉모습은 전혀 당황한 기색이 없었지만 다원은 펄쩍 뛸 만큼 놀랐다. 다원이 빛의 속도로 그의 품에서 벗어나 침대 아래로 내려섰지만 이미 민 여사는 볼 걸 다 본 후였다.

"뭐 하는 짓이야?"

민 여사가 대뜸 소리를 질렀다. 그녀는 침대 가까이 다가와 준희와 다원을 죽일 듯이 노려보았다. 다원은 죄지은 사람처럼 고개를 숙이고 눈을 질끈 감았다. 아직은 들키고 싶지 않았건만.

민 여사가 알게 되면 좋지 않은 상황들이 일어날 건 불을 보듯 뻔했기 때문에 알게 되더라도 자신이 그 집을 떠난 후에나 알았으면 하고 바랐다. 너무 빨랐다.

"이게 무슨 짓거리냐고 묻잖아?"

민 여사가 다시 한 번 병실이 쩌렁쩌렁 울리도록 소리를 질렀
다.

"왜 이렇게 흥분해? 뭘 어쨌다고."

준희가 시큰둥한 목소리로 민 여사에게 대꾸했다.

"천한 것 같으니라고, 은혜를 원수로 갚아도 유분수지, 뒤에서
호박씨를 까다니, 당장 꺼져라! 학비고 뭐고 한 푼도 없을 줄 알
아. 이래서 머리 검은 짐승은 거두는 게 아니라고 했어. 같이 살아
보니까 네가 넘봐도 될 만해 보이든?! 감히 어딜!!"

민 여사는 금방 다원을 한 대 칠 것처럼 위협적인 태도로 그녀
쪽으로 다가서며 삿대질을 했다.

"아, 쫌!"

준희가 화를 벌컥 내며 침대에서 내려서 다원과 민 여사의 사이
를 가로막았다. 그는 얼굴이 창백해져서 침대 난간을 손마디가 하
얗게 드러나도록 꽉 쥐고 민 여사를 노려보았다.

"지금 당장 쟤 다시는 이 근처에 얼씬도 못하게 할 테니까 너도
정신 차려! 데리고 놀 애가 없어서 저런 걸 데리고 놀아? 수준 떨
어지는 놈! 쟤 도와준답시고 돈으로 장난치면 그때는 정말 가만두
지 않을 줄 알아. 쟤 인생 망치고 싶지 않으면 나대지 말란 말이
야. 네가 나서면 나도 나서야 하고 그러면, 그건 아마도 쟤한테는
재앙일 테니 도와주는 게 아닐 거라는 얘기야. 알아들었니?"

민 여사가 정말 무슨 일이라도 할 수 있겠다, 싶은 섬뜩한 표정으로 협박을 하자 준희의 얼굴이 일그러졌다. 그는 금방 터질 폭탄처럼 위험해 보였지만 눈빛만은 고요해서 민 여사의 얼굴보다더 오싹하게 무서웠다.

"부탁인데 엄마, 체면 좀 차려. 이미 다 알겠지만 다원이 앞에서우리가 콩가루 집안이라는 거 더는 자랑하기 싫으니까. 아, 정말쪽팔려 가지고."

"그게 대체 뭔 개 뼉다구 같은 소리야? 대낮부터 술 마셨니?"

"내가 다원이를 사랑하고 있다는 소리야. 그래서 엄마가 창피하다는 소리고."

준희의 말에 다원은 움찔 놀랐다. 준희가 대놓고 민 여사에게그런 얘기를 할 줄은 몰랐다. 다원은 준희의 등 뒤에 서서 얼굴이하얗게 질린 채 떨며 서 있었다.

"사랑? 놀고 자빠졌네. 이젠 하다 하다 별짓을 다 하고 있어.왜? 요샌 그런 놀이가 유행이니?"

민 여사가 한껏 비웃는 목소리로 콧방귀를 뀌었다.

"맘대로 생각해. 엄마한테 증명할 생각 없어. 간섭만 하지 마.지금까지 그래 왔던 거처럼 말이야."

"정신 좀 차려!! 지금 네가 저런 계집애랑 시시덕거리고 있을 때야? 노인네가 유언장에서 우리를 아예 거론조차 하지 않았어. 다른 건 바라지도 않아. 네 아빠 몫의 지분은 당연히 네게 상속해야지 왜 손에 꼭 틀어쥐고 있다가 태주한테 갖다 앵겨? 음흉한 노인

네 같으니라고. 죽어서도 절대 좋은 데 못 갈 거야! 일이 어떻게 되어 돌아가는지도 모르고 한가하게 여자애나 희롱하고 있을 때냐? 지금? 이 한심하고 철없는 놈아!"

민 여사는 새삼 화를 주체하지 못하고 흥분을 해서 소리를 질러 댔다.

"아빠 몫이라니? 받을 건 이미 다 받아놓고 뭘 더 바라. 참 꿈도 원대하시네."

이번에는 준희가 제 엄마를 비웃었다.

"네 아빠 살아 있을 때 갖고 있던 건설회사 지분! 네 아빠 장례식 때 그건 네 몫이라고 노인네가 약속했어. 그것만 있으면 승산이 있는데 요망스러운 늙은이가 날 속였어. 내가 이십 년을 이 집구석에서 썩으며 참았는데 돌아오는 게 겨우 이거야? 난 받아들일 수 없어. 네 아빠 몫, 네 몫, 그리고 내가 이 집안에 몇십 년을 봉사한 몫까지 다 받아내고 말 테니 두고 봐!!"

민 여사가 악에 받쳐서 소리를 질렀다. 그녀의 이마에 파란 핏줄이 선명하게 도드라졌다.

"그걸 나한테 물려주면 엄마가 이렇게 나올 걸 알았을 텐데 할아버지가 바보야? 당연한 결과지. 욕심 버려. 지금도 충분하잖아."

"충분?! 네 아빠만 살아 있었어도 이 그룹 전체가 다 우리 거야. 겨우 구멍가게만 한 백화점 몇 개 받자고 내가 그 세월을 참고 견뎠는지 알아? 네 녀석이 조금만 정신이 제대로 박혔다면, 좀 제대로 컸다면 이렇게까지 되진 않았어. 제 밥그릇도 못 챙기는 한심한 놈. 어째 네 애비랑 그런 것까지 빼닮았니? 낙오자들, 너희 부자는 낙오자들이야, 알아!?"

"아빠가 살아 있었다면, 엄마는 지금쯤 이 집안 식구가 아니었을 텐데?"

준희가 조용한 목소리로 맞받아쳤다. 펄펄 뛰던 민 여사가 일순 조용해지더니 잠시 병실 안이 무서운 적막 속에 잠겼다.

"그게 무슨 소리야?"

"아빠 돌아가시기 전에 이혼하려고 했었잖아. 아빠가 사고로 갑자기 돌아가시지 않았다면 엄마는 빈털터리로 이 집에서 나갔을 테니, 지금 있는 거에 감사하는 마음을 가져야지."

준희의 말이 채 끝나기도 전에 민 여사의 손이 공기를 가르며 준희의 뺨을 후려쳤다. 그의 고개가 옆으로 돌아갈 정도로 매몰찼다. 다원은 너무 놀라서 비명을 지르며 준희의 옷깃을 잡았다.

"입 다물지 못해? 어디서 무슨 소리를 듣고 저런 계집애 앞에서 감히 엄마를 모욕하려고 들어?"

민 여사는 주먹 쥔 손을 부들부들 떨며 붉게 충혈된 눈으로 준희를 노려보았다.

"내가 모를 거라고 생각했어? 둘이 매일 밤 집안이 떠나라가 싸워놓고. 다 기억이 나. 무슨 이유로 싸웠는지 다 안다고."

"네 아빠는 의처증 환자였어. 말도 안 되는 소리로 매일 나를 괴롭혔어. 네 아빠는 정신병자였다고."

"아빠에 대해 그런 식으로 말하지 마. 아빠가 왜, 몇 년이나 그런 일을 눈감아줬는지 생각해 본 적 없어? 이해할 수 없지만 여전히 아빠는 엄마를 사랑하고 있었어. 자신을 배신하는 걸 알면서도 말이야. 부정한 아내를 몇 년이나 참아줄 남자가 몇이나 될 거 같아? 엄마 말이 맞아. 아빠는 확실히 바보야."

준희의 목소리는 오히려 처음보다 점점 담담해지고 있었다. 반면 민 여사는 보기 애처로울 정도로 온몸을 부들부들 떨며, 이마에 식은땀까지 흘리기 시작했다.

"어미한테 어떻게 그런 말을 할 수가 있어? 네 아빠가 그러디? 다 거짓말이야! 엄마한테 그게 할 소리야?!"

민 여사가 준희의 멱살을 잡고 흔들었지만 그는 꼼짝도 하지 않고 서 있었다. 제풀에 지친 그녀가 침대에 털썩 주저앉았다.

"네가 오해한 거야, 준희야. 네가 잘못 안 거야. 아빠는, 네 아빠라는 사람은……."

민 여사는 갑자기 두 손으로 머리를 감싸더니 세차게 도리질을 하기 시작했다.

"엄마는 아빠가 아는 것보다 더 오래, 아니, 아예 결혼하기 전부터 아빠를 속이고 있었을 거야. 내가 아주 어렸을 때부터 엄마는 자주, 하루에도 몇 번씩 내가 장난감을 가지고 노는 옆에서, 간식을 먹고 있는 나를 바라보며, 아직 잠들지도 않은 내 침대에 앉아 그 남자와 통화를 했잖아. 내가 너무 어려서 모를 거라고 생각했겠지. 맞아 그 당시에는 몰랐지만 좀 커서 아빠와 엄마가 밤마다 싸우는 이유를 알게 되었을 때 엄마의 그 꿈을 꾸는 듯 속삭이던 목소리가 의미하는 걸 모두 깨닫고 말았어. 역겨워. 나 차 전무 그 새끼랑 나누던 엄마의 말들을 지금도 하나도 잊지 않았어. 엄마가 기특해하던 내 비상한 기억력은 저주야. 잊히질 않아."

"아니야, 아니야. 넌 나한테 이래서는 안 돼. 세상에 너랑 나밖에 없는데 이러면 안 돼. 엄마한테 이러지 마, 준희야."

민 여사가 가슴을 움켜쥐며 더 크게 도리질을 했다. 그녀는 울고 있었다.

"아빠 장례식 끝나고 한 달도 안 돼서 그 새끼를 회사로 끌어들인 것도 알아. 이제 할아버지도 돌아가시고 누구 눈치 볼 것도 없으니 그 징글징글한 사랑, 그래 뭐, 이왕 이렇게 된 거 사랑이라고 쳐줄게. 그거, 맘껏 누려. 대신 절대 내 일에 간섭하지 마. 만약 지금 같은 태도로 다원이를, 그러니까 내가 사랑하는 사람을 지금처럼 막 대한다면 나도 엄마가 몇십 년을 가족을 속이면서 애지중지 지킨 그 사랑, 차 전무 그 새끼를 내 손으로 기필코 발라 버리고 말 테니까."

준희의 목소리에서는 차가운 얼음이 뚝뚝 떨어졌다. 민 여사는 체면도 잊은 채 양손으로 귀를 막으며 흐느껴 울기 시작했다.

"너도 컸으니 엄마를 좀 이해해 줄 수는 없니? 그럴 수밖에 없었던 내 처지에 대해 한 번쯤 생각해 줄 수는 없어?"

민 여사는 절망적인 흐느낌 사이로 끊어질 듯 겨우 말을 이어나갔다.

"뭘 이해하라는 거야? 사랑하는 남자를 두고 돈에 눈이 멀어 다른 남자랑 결혼한 거? 그랬다고 해도 엄마의 선택에 최선을 다했다면 이해 못할 것도 없어. 하지만 결혼한 남자를 속이고 다시 그 남자와 내통한 것을 이해하라고? 너무 뻔뻔하잖아."

"나도 네 아빠한테 최선을 다하려고 했어. 근데 네 아빠랑 나는 안 맞았어. 너무 달랐어. 참을 수가 없었다고."

"아빠 조건과 결혼했는데 아빠는 그런 것에 관심이 없는 사람이었으니, 맞을 리가 없지. 아무튼 이제 아무 상관 없어. 이제 엄마 인생 신나게 살아. 엄마 말마따나 그동안 힘들게 참았잖아."

"이대로 물러나라고? 그럴 수는 없어. 소송을 해서라도 우리 몫을 되찾아올 거야. 그러기 위해서는 네가 내 편이 되어줘야 해. 네가 이 그룹의 정식 후계자라는 것을 보여줘야 한다고. 미래그룹 채권단을 설득할 수만 있다면 아주 불가능한 일도 아니야. 네가 차후에 이 그룹을 이끌어갈 싹을 보여준다면 쉽지는 않겠지만 그들을 설득할 수 있을 거야. 할 수 있어. 그러니 다 잊자. 그래 뭐, 정 저 애를 원한다면 사귀어. 허락해 주마. 대신 엄마를 도와야 해. 엄마 말을 잘 들어야 한단 말이야, 알아들었니?"

민 여사가 갑자기 변한 눈빛으로 준희를 달래듯이 말했다. 그녀의 돌변하는 태도에 다원의 온몸에 소름이 훑고 지나갔다. 준희도 같은 느낌이었는지 미세하게 그의 어깨가 떨리는 것이 보였다.

"내가 언제 엄마한테 허락해 달라고 했어? 소송을 하든 도둑질을 하든, 그건 엄마가 알아서 해. 난 관심 없으니까. 그리고 굳이 말하고 싶지 않지만 나중에 따로 얘기할 시간도 없을 거 같으니까 지금 말할게. 나 다원이랑 올해 안에 결혼할 거야. 금방 얘기했지만 엄마 허락 필요 없어. 다시 한 번 다원이한테 상처 주면 바로 차 전무한테 백배로 갚을 거야. 빈소리 아닌 건 알지?"

민 여사가 제 귀를 의심하는 듯 얼굴을 찡그리며 눈물 때문에 화장이 번진 얼굴로 다원과 준희를 번갈아 바라보았다.

"이게 무슨 귀신 씻나락 까먹는 소리야?"

"다원이랑 결혼할 거라고."

"미쳤니? 결혼이 장난인 줄 알아? 아무리 철이 없다고 그런 걸 가지고 장난을 쳐?"

"엄마한테서 그런 소리 들으니까 참 새삼스럽네. 걱정 마. 아무리 내가 철이 없어도 엄마처럼 결혼가지고 장난칠 정도는 아니니까."

준희의 말에 민 여사는 할 말을 잃은 듯 멍하니 그를 바라보았다.

때마침 세영과 신 비서가 쇼핑백을 한 아름 들고 병실로 들어서자, 민 여사는 서둘러 눈물 자국을 닦고 옷매무새를 가다듬더니 아는 척을 하는 세영도 무시하고 병실을 나가 버렸다.

그때까지 얼음처럼 굳어서 서 있던 다원을 준희가 품으로 끌어안았다.

"미안해. 속상했지?"

그가 조용하고 낮은 소리로 말하며 그녀의 머리를 가만히 쓰다

듣었다. 세영과 신 비서가 보고 있는 앞이라 다원은 적이 당황스러웠지만 그녀도 곧 그의 허리에 팔을 둘렀다. 준희는 고개를 깊숙이 숙여 그녀의 입술을 찾아 안타까운 듯 짧게 입을 맞추었다. 그의 입맞춤을 받으니 방금 전까지 그녀의 마음을 어지럽히던 혼란들이 차분히 가라앉았다. 그는 아주 천천히 위로하듯이 부드럽게 그녀의 입술을 빨기 시작했다.

세영이 들고 있던 쇼핑백을 떨어뜨리고 울면서 병실을 뛰쳐나가고 신 비서도 서둘러 그 뒤를 따라 나갔지만 두 사람은 이미 아무것에도 신경을 쓸 수가 없는 둘만의 세계에 깊이 빠져들었다.

16

다원은 강의가 끝나자마자 버스를 갈아타고 미래백화점 본점이 있는 C동으로 갔다. 민 여사가 직접 전화를 해 만나자고 했기 때문에 거절할 수가 없었다. 민 여사가 준희에게는 말하지 말라고 하기도 했지만 다원도 준희에게 말할 생각은 없었다. 한 번은 민 여사와 얘기를 해야 한다고 생각하고 있었기 때문이다.

봄맞이 정기 세일에 돌입한 백화점 주변 도로는 주차장을 방불케 할 만큼 교통 체증이 심했다. 다원이 탄 버스는 백화점 앞 사거리에서 신호를 네 번이나 기다린 후에야 겨우 좌회전 신호를 받아서 교차로를 통과할 수 있었다.

그녀는 버스에서 내려 인파를 뚫고 미래백화점 건물 입구 쪽으로 걸어갔다.

전국에 여덟 개의 분점을 두고 업계 매출 2, 3위를 다투는 미래백화점의 본점은 정교한 바로크 양식의 상아빛 외벽과 격조 있고 고풍스러운 외관 때문에 좀 위압적으로 보였다. 다원은 초조함을 감추기 위해 몇 번이나 깊이 심호흡을 했다.

백화점 입구에서 기다린 지 오 분쯤 지나자 민 여사의 비서가 그녀를 데리러 나왔다.

다원은 세련된 옷차림의 비서를 따라 북적이는 백화점 내부로 들어가 임원 전용 엘리베이터를 타고 7층으로 올라갔다.

엘리베이터에서 내려 유리처럼 빛나는 크림색의 천연 대리석으로 꾸며진 고급스러운 갤러리 스타일의 로비와 비서실을 지나 사장실로 안내되었다.

다원이 안으로 들어갔을 때 민 여사는 자리에 앉아 전화를 받고 있다가 소파에 앉으라고 손짓을 했다. 사장실은 시골의 외삼촌 집 전체보다 더 넓어 보였다.

시내가 한눈에 내다보이는 창가에 집무 책상이 놓여 있고 그 앞에는 가죽소파와 탁자가, 벽 쪽으로는 회의를 위한 긴 탁자가 놓여 있었다.

바닥에는 크림색의 카펫이 방 전체에 깔려 있어 발자국 소리도 들리지 않았다.

다원은 소파로 다가가 조심스럽게 앉았다. 곧 비서가 차를 내왔고 민 여사가 전화를 끊고 소파로 다가와 앉았다.

"오느라 힘들지 않았니? 차를 보낼걸, 미처 생각을 못했구나."

민 여사는 며칠 전, 병실에서 있었던 일이 꿈이 아닐까 착각이 들 정도로 차분하고 우아한 태도로 다원을 대했다.

"마시렴. 스리랑카 현지에서만 구할 수 있는 귀한 홍차란다."

민 여사는 다원에게 차를 권했다. 다원은 민 여사를 따라 향기가 강한 차를 한 모금 마셨지만 긴장한 탓에 차 맛을 음미할 여유는 없었다.

"지금 도련님 오피스텔에서 지내고 있다지?"

민 여사가 찻잔을 내려놓으며 물었다. 다원은 작게 그렇다고 대답했다.

민 여사와 병실에서 싸운 그날 준희는 다원을 집으로 보낼 수 없었던지, 태주와 의논해 다원을 태주의 오피스텔에서 지내게 했다. 그곳은 태주가 잠깐씩 휴식을 취할 때 쓰기 위해 마련해 놓은 회사 근처에 있는 오피스텔이었다. 민 여사가 더 이상 다원과 한 집에서 머무는 걸 용납할 리 없었기 때문에 다원도 하는 수 없이 당분간은 그곳에서 지내는 데 합의를 할 수밖에 없었다. 기숙사에 자리가 날 때까지는 어쩔 수 없었다.

"그래 이제 어쩔 셈이냐? 결혼 운운하는 그 녀석 말을 정말 믿고 있는 건 아니겠지?"

"결혼까지는 모르겠지만 상황이 변할 때까지는 지금처럼 지내고 싶습니다."

"무슨 상황?"

"준희나 제가, 어느 한쪽이든 마음이 변하는 상황이요."

"너희 둘의 마음만이 너희들 사이를 좌우할 수 있다? 참 건방이 하늘을 찌르는구나."

민 여사가 얼음처럼 차가운 눈빛으로 다원을 노려보았다. 다원은 대답 대신 고개를 숙였다. 그녀 입장에서는 괘씸해 보일 수밖에 없었다.

"내가 방법이 없어서 그냥 내버려 두는 게 아니라는 것만 알아 둬라. 내가 아들한테 미움 받는 게 두려워서 너를 내버려 두는 게 아니야. 어미라는 존재는 자식을 위해서 못할 일이 없는 법이다. 내가 앞으로 하려는 일도 결국에는 모두 저를 위한 일인데 녀석이 사소한 일에 눈이 멀어 그 사실을 무시하고 있을 뿐이야. 나중에 그걸 누릴 때쯤 되면 나한테 고마워하겠지."

민 여사는 유리처럼 단단하고 반짝이는 차가운 눈으로 다원을 바라보았다. 다원은 힘을 준 무릎 위에 놓여 있던 양손을 꼭 그러 쥐었다.

"그 녀석 옆에 있고 싶다면 네가 녀석을 설득해라. 지금 상태로 봐서는 네 말이라면 무슨 짓이든 할 태세던데. 임시 주총을 열든, 소송을 하든 내가 주도하는 거보다는 준희가 전면에 나서는 것이 더 모양새가 좋지 않겠니? 실제로 준희가 제 몫을 몽땅 제 삼촌한 테 빼앗긴 걸 모르는 사람은 없으니까 말이야. 네가 준희를 설득해 준다면 나도 썩 탐탁지는 않지만 너를 받아들이도록 노력해 보마."

"죄송합니다. 제가 그런 말을 한다고 준희가 들을 리도 없고, 저도 그런 얘기는 할 수가 없습니다."

"뭐?!"

민 여사의 눈에서 파란 불꽃이 일더니 자리에서 벌떡 일어나 다원에게로 다가왔다. 급작스러운 그녀의 행동에 다원도 당황해서 자리에서 일어섰다.

"뭐? 할 수가 없어?"

민 여사가 잇새로 낮게 중얼거리듯 말하며 그녀의 셔츠 앞섶을 움켜잡는 바람에 단추 하나가 떨어져 나갔다. 민 여사의 눈동자가 분노로 인해 흔들리고 있는 것을 본 다원은 얼음처럼 굳어졌다. 아무리 그래도 이렇게까지 교양 없이 나오리라고는 생각하지 못했기 때문에 다원은 얼굴이 창백해졌다.

"이젠 너 같은 것도 날 우습게 여기는구나. 내가 얼마나 힘들게 마음을 먹고 기회를 줘보자고 결심을 했는데 그렇게 간단하게 못 하겠다고? 생각해 보니 어린것이 이만저만 약은 게 아니야. 그렇게 경고를 했는데도 보란 듯이 내 뒤에서 준희한테 수작을 걸고, 하기는 태주까지 흔들리게 만들었으니 내가 널 너무 얕본 건 인정을 해야겠구나. 되바라진 것."

"사모님을 우습게 본 적 없어요. 저도 사모님 말씀대로 준희, 좋아하지 않으려고 애썼어요. 하지만 제 의지로 되는 일이 아니었습니다. 사모님도 일이 이렇게 될 줄 전혀 짐작도 못하셨다고는 생각지 않아요. 애초에 준희에게 저를 보내셨을 때 이미 이런 일이 있을 걸 짐작하셨잖아요. 그래서 제게 그런 경고와 조건을 내거신 것이고요. 물론 준희가 저를 진짜 좋아할 거라는 생각은 못하셨겠지만요. 데리고 놀다가 버리는 소모품으로 저를 준희 곁에 두신 걸 알고 있습니다."

다원의 말이 채 끝나기도 전에 민 여사가 그녀의 뺨을 후려쳤다.

다원은 불에 덴 듯 화끈거리는 뺨을 양손으로 감싸 쥐었지만 겁먹지는 않았다. 오히려 그 순간 다원에게 민 여사는 정말 형편없고 불쌍한 사람으로 여겨졌다. 그녀는 아들에게 그렇게 상처를 주고도 아직도 자신의 잘못을 전혀 깨닫지 못하고 있었다. 너무나도 이기적인 그녀의 모습에 소름이 끼쳤다. 그런 사람 밑에서 자란 준희가 새삼 가엾고 안쓰러웠다.

강하게 나가지 않으면 또다시 준희가 나서서 자신을 보호하느라 진을 빼고 상처를 받을 것이다. 민 여사가 더 이상 자신과 준희를 흔들지 못하도록 겁먹지 말고 확실하게 자신의 의지를 보여주어야 했다. 더 이상 그녀의 손에 휘둘리지 않을 거라는 것을.

"너 정말 당돌한 년이구나. 다시는 준희 얼굴 못 볼 줄 알아. 준희 근처에 얼씬도 못하게 만들어주마."

"준희가 저를 안 본다고 하면 모르지만 그게 아니라면 그럴 일은 없을 거예요."

민 여사의 협박에 다원은 눈도 깜빡하지 않았다.

"이런 건방진 것을 봤나."

"그만 가보겠습니다."

다원은 흐트러진 머리를 정리하고 민 여사에게 인사를 하고 돌아섰다. 하지만 다원이 채 발걸음을 떼기도 전에 민 여사가 다원의 팔을 잡아챘다.

"아직 내 말 끝나지 않았어. 버르장머리 없는 것."

민 여사가 위협적인 목소리로 낮게 내뱉었다. 민 여사의 긴 손톱이 살 속으로 파고드는 듯 고통스러웠지만 다원은 반항하지 않았다.

"임시 주총, 준희가 나서준다면 확실하게 명분이 설 테지만 아니어도 상관없다. 어차피 상관없어. 지금은 너 같은 피라미 상대해 줄 시간이 없어서 참는다만 기다려라. 오래 걸리지는 않을 테니. 주총이 끝나는 대로 네 방자함을 땅을 치며 후회하게 만들어주마. 네가 똑똑한 년이라면 제 발로 준희 앞에서 사라지는 게 나을 거라는 걸 깨닫겠지."

민 여사는 차가운 목소리로 말을 마치고 그녀의 팔을 거칠게 놓아주었다. 다원은 비틀거리지 않으려고 애를 쓰면서 그녀의 방을 물러 나왔다.

엘리베이터를 타고 백화점 건물 밖으로 나온 후에야 긴장이 풀려 온몸이 와들와들 떨려왔다. 계속 준희의 뒤에 숨어 있을 수만은 없다는 생각에 민 여사에게 당당히 맞서긴 했지만 역시 그녀를 상대하는 일은 다원에게 버거웠다.

다원은 지하철역 벤치에 앉아 전철을 여러 대 보낸 후에야 겨우 자리에서 일어섰다.

❖

준희가 어깨 수술을 마치고 퇴원하는 날 태주가 오랜만에 병원을 찾았다. 준희가 다원이 머물고 있는 오피스텔에 들렀다 가겠다고 해서 태주가 운전하는 차를 타고 세 사람은 오피스텔로 향했다.

"삼촌, 도희 누나 바쁜가 봐요. 못 본 지 오래된 거 같은데."

"응, 바쁜가 봐. 나도 얼굴 본 지 꽤 됐어."

"두 분 빨리 결혼하세요. 다원이 아직도 삼촌 보는 눈이 예사롭지 않다고요. 삼촌이 결혼을 해야 완전히 포기를 할 모양이에요."

준희가 뒷좌석에 앉아 있는 다원을 흘끗 돌아보며 농담을 하고 혼자 웃었다.

"나야 고맙지."

태주도 농담으로 맞받았다. 다원은 얼굴이 빨개져서 준희의 뒤통수를 노려보았다. 도대체 언제까지 그걸로 놀려먹을 심산인지 모를 일이었다. 다원의 뜨거운 시선을 느꼈는지 준희가 뒤를 돌아보더니 윙크를 날렸다. 다원은 골이 나서 그런 그를 흘겨보았다.

차가 교차로 앞에 섰을 때, 태주가 일상적인 투로 입을 열었다.

"엊그제 형수님이 임시 주주총회를 소집하셨어. 앞으로 일어날 일들에 대해 너도 조금은 마음의 준비를 하고 있는 게 좋을 거 같다."

"안건이 뭐예요?"

준희의 목소리는 당황한 듯 좀 흔들렸다.

"건설사 대표이사 해임이 핵심 안건이다."

미래건설의 대표이사인 태주가 남의 얘기하듯이 담담하게 대답했다. 룸미러에 비친 그의 표정은 별로 변화가 없었다. 가족으로부터 뒤통수를 맞은 사람치고는 상당히 침착해 보였다.

"무슨 근거로요."

"계열사 불법 지원. 대표이사에 오른 초기에 지배구조를 개선하려고 계열사들을 지주 회사로 전환시키는 일을 좀 무리해서 했지. 순환 출자 구조를 해소하지 않고는 앞으로 안정적으로 기업을 경영해 나갈 수가 없다는 판단 때문이었고 회장님도 동의하신 일이었다. 문제는 비용이었는데, 그 비용을 마련하는 과정에서 편법이 좀 있었어. 그걸 걸고넘어지면 당연히 법적으로 걸리게 되어 있어. 물론 정당하지 못한 방법이었지만 계열사를 매각하지 않고 온전히 지켜내기 위한 고육지책이었다."

"죄송해요, 삼촌."

"네가 왜?"

"결국 이렇게 되네요."

"그래, 나도 마음이 아프다. 하지만 어쩔 수 없이 여태 그래 왔듯이 나는 내가 해야 할 일을 할 생각이야. 네 입장에서 보면 내 밥그릇 지키려고 가족을 짓밟는 것으로 보일 수도 있겠지만 이 자리는 내 개인의 것이라고 볼 수가 없다. 수만 명을 먹여 살려야 하는 그룹의 미래와 직결되어 있기 때문에 사사로운 감정에 얽매일 수가 없어. 형수님한테 앞으로 내가 해야 하는 일들은 가족으로서는 하기 힘든 일들인데, 너를 봐서라도 피할 수 있다면 피하고 싶은 게 내 진심이다. 삼촌이 원망스러울 때가 올 거야. 그래도 내 진심은 그게 아니라는 걸 너는 알아주길 바란다."

태주의 말은 진정성을 담고 있어서 내용이 가지고 있는 심각한 상황에도 불구하고 그에게 무조건적인 지지를 보내고 싶은 마음을 불러일으키고도 남았지만 그의 상대가 제 엄마인 준희의 입장은 또 다르리라고 다원은 짐작했다. 아무리 원망스럽고 미워도 결국은 엄마니까.

"민 여사가 먼저 시작한 일이니까 어쩔 수 없죠. 민 여사 스스로 그만두지 않으면 방법이 없다는 거 알고 있어요. 제가 엄마를 한번 만나볼게요."

준희는 차분하게 대답했지만 이미 반쯤은 결과를 알고 있다는 듯 목소리에 힘이 없었다. 다원은 그가 안쓰러워 마음이 아팠다. 유일한 가족 두 명이 돈과 권력을 놓고 싸움을 벌이는 것을 지켜봐야 하는 일도 만만하지는 않을 것이다.

"일이 어떻게 진행이 되고 있는지는 파악이 되셨어요?"

준희가 창밖으로 시선을 던지며 작게 물었다.

"형수님이 오래전부터 채권단과 물밑 접촉을 하고 있는 걸 알고 있었다. 채권단을 손에 넣으면 나를 물러나게 하는 것쯤 문제도 아니니까. 하지만 그들은 이자 꼬박꼬박 내고 문제없이 잘 굴러가는 기업에 대해서만큼은 매우 호의적인 집단이라 굳이 긁어부스럼을 낼 이유가 없었을 테지. 채권단의 힘을 얻는 데 실패하고 나서, 지금은 이사들을 설득하고 있는 걸로 안다. 이사들 중에는 건설사 대표이사로 나를 선출할 때 자발적인 행동이 아니라 회장님의 뜻에 따른 사람들이 꽤 있었던 걸 노린 거 같아. 회장님도 안 계신 마당에 아직은 너무 젊고 자신들에게 우호적이지도 않은 나보다는 형수님이 그룹회장에 오르는 것이 자기들에게는 더 유리하다는 판단을 한 거지. 형수님 편에 선 이사들 대부분이 임기가 얼마 남지 않았어. 이대로면 머지않아 자신들이 모두 교체되리라는 것을 알고 있으니 다들 절박하겠지."

"삼촌은 어쩌실 거예요?"

"상을 당하자마자 기다렸다는 듯이 가족 간에 경영권을 놓고 다툼을 벌이는 구경거리는 막아보려고 최선을 다했다. 형수님을 만나 타협을 시도해 봤는데 안 들으시더구나. 다른 방법이 있으면 썼겠지만 지금으로서는 공격이 최선의 방어인 상황까지 온 셈이야."

"무슨 말씀이신지 알겠어요."

그들은 오피스텔에 도착할 때까지 더 이상 그 일에 대해 말하지 않았다.

"그래, 너희들은 별문제 없는 거지?"

준희와 다원이 차에서 내리기 전에 태주가 장난스러운 표정으로 물었다.

"삼촌이 다원일 꼬여내지만 않는다면 우린 아무 문제 없을 거예요."

준희가 다시 농담으로 맞받았다. 이제 아주 대놓고 그것으로 놀려먹으려고 드는 준희가 얄미워서 다원은 입술을 물고 그를 노려보았다.

태주의 차가 떠나고 나자 두 사람은 손을 꼭 잡고 오피스텔로 들어갔다.

"며칠만 참아. 곧 집 구해줄게."

준희가 오피스텔을 둘러보고 나서 버릇대로 소파에 다리를 올리고 앉으며 말했다.

"그럴 필요 없어. 나 학교 기숙사로 들어갈 거야."

"무슨 소리야. 나는 어떻게 하고?"

준희가 말도 안 된다는 듯이 눈이 커졌다. 그는 혼내려는 눈빛으로 다원을 째려보더니 자신의 허리쯤에 자리를 내주며 와서 앉으라는 시늉을 해 보였다. 다원은 그에게 다가가 팔을 소파에 걸치며 바닥에 앉았다.

"엊그제 기숙사 행정실에 전화해 봤더니 방학 시작하면 방 배정 받을 수 있을 거라고 했어. 그리고 다음 주부터 과외 아르바이트 시작하기로 해서 자주 못 볼 거야. 그러니까 너도 이제 복학할 준비하면서 공부 좀 해. 근데 복학하면 미국으로 가야 하네?"

다원의 말에 준희는 입을 꾹 다물고 아무 말도 하지 않았다. 뭔가 마음에 들지 않는지 눈을 내리깔고 사선으로 다원을 째려보았다.

"걱정 마. 기다려 줄게. 군대 갔다고 생각하고 기다리지 뭐. 그리고 방학 때는 돌아올 거잖아."

그의 마음을 짐작해서 다원은 위로하듯이 말했다.

"내가 언제 미국 간다고 했어?"

"그럼 학교 안 다닐 거야? 아무리 그래도 학교는 졸업해야지. 평생 먹고살 걱정 없다고 아무런 노력도 자기 계발도 없이 사는 사람 난 싫은데."

"날 뭐로 보고."

준희가 기분이 상했다는 듯 인상을 써 보였다. 다원이 웃는 것을 바라보던 그는 다시 한 번 자신의 앞자리를 손으로 두드렸다.

"누워, 아무 짓도 안 해. 얘기했잖아. 결혼할 때까지 지켜준다고."

다원은 못 이기는 척하고 그의 옆구리 쪽에 엉덩이를 붙이고 앉았다. 어차피 그는 한쪽 팔은 어깨를 보호하는 보조기를 달고 있어서 맘대로 움직이지도 못하니 그의 맹세가 아니라도 다원의 동의 없이 다른 짓을 하기는 힘들 거였다.

실내에 둘만 있은 적은 손으로 꼽을 수 없을 정도로 많았지만 누구의 방해도 받지 않고 오로지 단둘만 있다는 느낌은 처음이었다. 그래서 그랬는지 등 뒤에서 현관문이 닫히자 식은땀이 날 정도로 바짝 긴장이 되었다.

그가 태주의 차에서 내려 그녀의 손가락 사이에 자신의 손가락을 집어넣어 꽉 잡는 순간부터, 그리고 엘리베이터에 타자마자 그녀의 허리를 둥글게 휠 정도로 잡아당겨 키스를 할 때부터 가슴은 미친 듯이 뛰고 있었다.

"편입해서 여기서 학교 다닐 거야. 3년이나 떨어져 있으라니, 죽으라 그래."

"너희 학교 들어가기 어려운 학교라고 들었어. 너 그 학교 들어가려고 공부 열심히 했다며. 그런 사소한 이유로 학교를 포기하다니, 그러지 않는다고 약속해. 나 때문에 네 인생에 우선순위를 잊어버리는 실수를 하게 둘 수는 없어."

다원이 펄쩍 뛰며 정색을 하고 말했다. 그가 원하던 미국의 미술대학에 입학하기 위해 태어나 처음으로 노력이라는 것을 해봤다고 하던 얘기가 떠올랐다. 처음으로 목표라는 것을 세우고 노력해서 성공을 했기 때문에 성취감을 느꼈다던 얘기도.

"내 인생에서 이제 네가 제일 우선이니까. 너보다 더 중요한 일은 없어. 그게 내 원칙이야. 내가 세운 원칙에 대해서는 아무도 관여할 수 없어. 너라도."

"네가 좀 더 어른스러웠으면 좋겠어. 너 이럴 때마다 당장 눈앞에 있는 욕망만 해결하면 끝인 어린애 같아. 좀 더 성숙한 모습을 보여줘. 내가 너를 믿을 수 있게 말이야."

"내가 내 욕망만 생각했다면 너를 아마 옛날에 가졌을 거야. 남자가 사랑하는 여자를 옆에 두고도 참아야 하는 게 얼마나 힘든 일인지 좀 알아줬으면 좋겠다. 그리고 내가 하고 싶은 대로 했으면 너를 미국으로 데려갔겠지. 네가 그걸 원하지 않을 걸 아니까 내가 오겠다는 거야. 전에 나는 누구도 나보다 우선으로 생각해 본 적이 없는데 너를 먼저 생각하는 데 추호의 망설임도 없게 됐어. 이 정도면 많이 성숙해지지 않았니? 내 입으로 말하기는 좀 쑥스럽지만 말이야."

준희의 말에 다원은 할 말을 잃었다. 뭐, 틀린 말은 아니었지만, 그래도 원하던 공부를 하기 위해 어렵게 들어간 학교를 그렇게 쉽게 포기하고 돌아온다는 것에는 여전히 동의할 수가 없었다.

"너에 대해서만큼은 작은 모험도 하고 싶지 않아. 너와 멀어질 만한 어떤 여지도 만들지 않을 거야. 그러니까 기숙사니 뭐니 그런 무서운 소리 좀 하지 말았으면 좋겠다. 듣기만 했는데도 간이 졸아들었잖아."

준희가 제 왼쪽 가슴을 손으로 누르며 인상을 썼다.

"이제 겨우 내 힘으로 뭔가를 해볼 수 있게 되었어. 작은 일이지만 누구에게도 의지하지 않고 나를 내 스스로가 책임질 수 있는 때가 온 거야. 늘 나 자신이 짐처럼 여겨져서 괴로웠어. 외삼촌에게, 또 너에게. 이제 그런 기분에서 벗어나고 싶어. 내 첫 목표는 내 힘으로 학교를 무사히 졸업하는 거야. 아마 할 수 있을 거야. 공부 열심히 해서 장학금도 받을 거고, 틈틈이 아르바이트도 하고. 물론 힘들 거라는 거 알지만, 그렇게 공부하는 사람들 많아. 이 시점에서 내가 또다시 너한테 기대어 살게 된다면 나는 평생

열패감에서 벗어나지 못할 거야. 사랑하지만 여전히 너도, 그리고 나도 내가 너한테 종속되어 있다고 무의식적으로 여기고 있어. 그런 거 싫어. 인간과 인간으로 동등한 위치에서 만날 거야."

다원의 말이 진행될수록 준희의 표정이 어두워졌다. 그는 다원이 말을 마치자 고문을 당하는 사람처럼 괴로운 표정을 지으며 눈을 감았다.

"지금이야말로 애처럼 떼를 써보고 싶다. 내 말 좀 들어달라고 말이야. 울고 싶다."

그는 한참 후에야 눈을 뜨고 절망적인 얼굴로 다원을 바라보았다. 다원은 금세 눈빛이 어둡고 깊어져 더 아름다워진 그의 얼굴을 가만히 내려다보다가 고개를 숙여 그의 입술에 제 입술을 가져다 댔다. 하지만 준희는 고개를 돌려 그녀의 입술을 거부했다.

"너 툭하면 이런 걸로 나 설득하려고 들더라. 나쁜 버릇이야. 이거."

그가 투덜거렸지만 다원은 양손으로 그의 뺨을 감싸서 고개를 돌리게 만들었다.

"설득하려는 거 아니야. 키스하고 싶어서 그래."

다원은 그의 입술에 닿을 듯이 가깝게 대고 속삭이듯이 말했다. 그가 숨을 깊이 들이쉬는 것이 느껴졌다.

다원은 부끄러운 듯 조심스럽게 혀를 내밀어 그의 입술을 부드럽게 핥기 시작했다. 그는 아무 반응도 보이지 않고 다원이 하는 대로 내버려 두었지만 다원의 손바닥이 닿아 있는 그의 심장은 야

생마처럼 날뛰고 있었다. 다원이 그의 살짝 벌어진 입술 사이로 혀를 밀어 넣자 그는 결국 더는 참을 수 없다는 듯이 그녀의 허리를 거칠게 끌어안으며 그녀의 여린 혀를 허겁지겁 빨아들였다.

❖

다원은 공강이 생겨 학생 휴게실 소파에 앉아 책을 읽다 말고 눈이 피로해 고개를 들고 창밖으로 시선을 던졌다. 이제 제법 여름으로 접어들어서 멀리 보이는 산자락에 녹음이 짙어지고 있었다. 그녀는 뻐근한 목을 풀기 위해 고개를 좌우로 돌리며 스트레칭을 하다가 놀라서 벽에 설치된 TV 화면에 시선을 고정했다.

화면 가득 민 여사의 얼굴이 비쳐지고 있었기 때문이었다. 그녀는 여전히 흐트러짐 없는 아름답고 완벽한 얼굴이었지만 어딘가 좀 달라 보였다. 창백한 이마 위로 머리카락 몇 올이 흘러내려 있었다. 수많은 사람과 카메라가 벽처럼 그녀를 겹겹이 둘러싸고 있었다.

아수라장으로 변한 검찰청 앞 계단을 그녀는 낯익은 비서와 몇 명의 남자들에게 비호를 받으며 취재진들을 뚫고 건물 안으로 힘겹게 사라졌다. 기자들의 질문에 그녀는 고개를 꼿꼿이 세운 채 한마디도 하지 않았다.

미래유통그룹의 민정숙 회장이 비자금 조성 및 탈세, 횡령 및 배임 혐의로 사흘 전 검찰에 긴급 구속되었으며 이틀간의 밤샘 조사를 마치고 구치소로 이송되었다는 자막이 화면의 하단에 나타났다. 다원은 놀라서 저도 모르게 자리에서 벌떡 일어나 TV 앞으로 다가갔다. 볼륨이 너무 작아서 소리가 들리지 않았기 때문이었다. 하지만 화면은 곧 다른 뉴스로 넘어갔다.

다원은 떨리는 손으로 스마트폰을 열어 민 여사에 대한 기사를 검색해 읽어 내려갔다.

민 여사는 수천억 원대 비자금을 조성하고 운용해 부당 이익을 챙겼으며, 횡령과 배임을 저지른 혐의를 받고 있었다. 또 미래유통그룹의 계열사인 미래백화점과 미래홈마트 주식을 거래하면서 주가조작을 한 정황도 포착이 되었다고 했다.

민 여사의 지시에 따라 횡령과 배임에 깊숙이 가담한 최고재무책임자인 차정탁 전무에 대해서도 구속영장이 발부되었다는 기사를 읽다 말고 다원은 스마트폰을 내려놓았다.

그 많은 불법을 저지르면서 여태 아무 일이 없었다는 것이 불가사의한 일이라며 정, 관계 로비 의혹도 함께 수사해야 한다는 여론이 일고 있었다.

다원은 제일 먼저 준희의 얼굴이 떠올랐다. 그리고 태주가 준희에게 하던 말도 떠올랐다. 이 일이 아무래도 태주와 무관할 거 같지가 않다는 생각이 들었다.

삼촌의 자리를 노리는 엄마와 그런 엄마를 구속시켜 그 일을 불발시킨 삼촌을 바라봐야 하는 준희의 마음이 얼마나 참담할까 싶어 마음이 아팠다.

사흘 전에 일어난 일이었는데 다원은 전혀 모르고 있었다. 매일 준희와 만나고 있었지만 그가 내내 아무런 내색도 하지 않았던 것이다.

다원은 준희에게 전화를 했다.

[봤구나.]

준희는 담담한 목소리로 말했다.

"괜찮아?"

[응, 안 괜찮으면 뭐 어쩌겠어.]

그는 일상적인 어투로 대답했지만 마음이 어지러운 것을 숨기지는 못했다.

"어떻게 될 거 같아? 사모님께 가봤어?"

[안 갔어. 차 전무가 적극적으로 검찰에 협조를 해서 민 여사 혐의를 입증하는 데 아주 수월했대. 그 새끼가 형을 깎으려고 검찰과 협상을 한 모양이야. 그 얘기를 듣고 엄마는 무슨 생각을 했을지 좀 궁금하긴 한데, 뭐 굳이 직접 듣지 않아도 짐작은 할 수 있는 거니까.]

"그럴 수가…… 어떻게 그럴 수가 있어."

차 전무와 민 여사가 오랫동안 연인 관계를 유지하고 있었다는 것을 알고 있던 다원은 충격을 받아 할 말을 잃었다.

[민 여사로서는 다른 것보다도 그 인간의 배신이 제일 괴로울 거야. 한심하다가도 한 번씩 안됐기도 하고. 보면 속 터질 거 같아서 안 갔어.]

"그래도 가봐야지. 사모님한테는 이제 정말 너밖에 없는데."

[자초한 일이야.]

"냉정한 척하지 마. 안 그래도 돼."

다원의 말에 그는 한동안 아무 말도 하지 않았다.

"삼촌은 뭐라고 하셔?"

[이 모든 게 삼촌 작품인 건 알지? 아마 다시는 재기를 못할 정
도로 확실하게 밟아놓을 테지. 차 전무가 저렇게 나오는 것도 삼
촌 시나리오일걸. 삼촌은 일에 관해서는 아주 무자비한 사람이거
든. 뭐, 삼촌도 춤출 기분은 아니겠지.]

"삼촌을 원망하니?"

[원망? 아니. 엄마가 저지른 일들을 봤는데 그런 생각하면 안
되지. 삼촌이 그렇게 해서라도 막지 않았다면 더 어마어마한 일들
을 더 오랫동안 저질렀을 거야. 엄마가 그룹 총수에 올랐다고 생
각해 봐. 재난이야.]

그는 한숨을 쉬며 냉소적으로 말했다.

"아무튼 꼭 가서 뵈어. 넌 유일한 가족이잖아."

[보고 싶지 않아. 엄마도 그런 모습 보이는 거 원하지 않을 테
고.]

"하지만……."

[이따 데리러 갈게.]

그가 매일 그녀의 강의가 끝나는 시간에 맞추어 데리러 오고 있
었으므로 그는 그 말을 하고 전화를 끊었다.

민 여사가 원망스러웠던 적도 있었지만 일이 이렇게 되고 나자 안됐다는 생각이 들었다. 그녀가 평생을 가족보다 더 우선으로 여겼던 모든 욕망이 한순간에 물거품이 될 찰나에 놓인 것이다. 그녀에게 남은 것은 이제 아무것도 없는 거나 마찬가지였다. 그녀의 욕망의 잣대로 보자면.

결국 두 달 후 민 여사는 4년의 실형과 360억 원의 벌금형을 받고 구치소로 수감되었다. 그녀가 경영해 오던 미래백화점은 주 채권 은행단의 주도하에 외부의 전문 경영인이 대표이사에 취임을 했다. 원래 준희의 지분을 빼면 민 여사의 소유 지분만으로는 차후에라도 경영에 영향을 미칠 수준은 아니어서 그녀가 형을 살고 나온다고 해도 다시 경영 일선에 나서는 것은 거의 불가능한 일이 되었다. 준희가 자신의 주식을 그녀에게 양도하지 않는 이상.

다원은 민 여사의 재판이 끝난 얼마 후 비서를 통해 면회를 오라는 연락을 받았다. 그녀는 바짝 긴장해서 민 여사를 만나러 구치소로 갔다. 푸른 수의를 입고 화장기 없는 얼굴로 면회실 유리 너머에 앉아 있던 그녀는 다원을 보자 씁쓸하게 웃었다.

"너한테는 행운이구나. 내가 이렇게 되어서 말이다."

그녀의 독설은 여전했다. 다원이 할 말을 잃고 앉아 있자 그녀는 한숨을 내쉬며 다원을 물끄러미 바라보더니 물었다.

"준희와는 잘 지내고 있니?"

"네."

"그 녀석은 어미가 이렇게 되었는데 궁금하지도 않다든? 그렇게 매정한 놈을 낳아놓고 내가 미역국을 먹었으니…… 몸 상태는 어떻든?"

"이제 많이 좋아졌어요. 재활치료를 열심히 받고 있고, 이제 거의 불편하다는 걸 모를 정도로 자연스럽게 잘 걸어요. 어깨도 다 나았고요."

"그래, 다행이구나. 근데 녀석이 요즘도 네 말이라면 끔뻑 죽니? 여전히 그래? 아니면 원래대로 돌아갔니?"

"워, 원래대로요?"

"그래, 그 녀석 원래 성격 알잖니, 너도."

민 여사가 말귀를 못 알아듣는다는 듯 퉁명스럽게 다원을 면박 주었다. 그녀에게 불려올 때는 당연히 준희에게서 떨어지라는 협박을 들을 각오를 하고 왔는데, 그녀가 너무도 일상적인 얘기를 계속해서 묻자 다원은 놀라고 당황해서 식은땀이 흘렀다.

"원래 성격처럼은, 아직…… 안 돌아간 거 같아요."

"그래? 별일도 다 있구나. 이십 년을 키웠지만, 평생 그렇게 미친놈처럼 살 줄 알았더니, 별일이야."

그녀는 혼잣말처럼 중얼거렸다.

"다음에 올 때는 그놈도 데리고 와. 네 말은 잘 듣는다며?"

면회 시간이 끝날 무렵 민 여사는 그렇게 말했다. 다원은 얼떨결에 고개를 끄덕이고 교도관과 함께 면회실을 나가는 그녀의 마른 등을 멍하니 바라보고 있었다.

아들을 보고 싶어 하는 그녀의 행동은 아주 평범한 어머니들의 그것과 크게 다르지 않았다. 그렇게 냉정하고 차갑던 사람이라고는 믿겨지지가 않았다. 무엇이 그것을 가리고 있었던, 그녀에게도 모성이라는 것이 있긴 있었던 모양이었다.

다음 달에도 다원이 준희를 데려가지 못하자 민 여사는 기세등등한 얼굴로 다원에게 준희가 정말 너 좋아하는 거 맞느냐고 싫은 소리를 해댔지만 헤어지라거나 하는 말 따위는 잊어버린 사람처럼 하지 않았다.

그렇게 다원은 매달 셋째 주에는 그녀를 면회 가는 것으로 일정을 잡게 되었다. 준희에게 함께 가자고 말하면 그는 죄수복을 입은 민 여사를 볼 마음의 준비가 안 됐다며 아직은 거절을 했지만 곧 함께 가게 될 거라는 것을 다원은 알고 있었다.

여름 방학이 시작이 되자 다원은 기숙사 배정이 되어 오피스텔에서 나와 학교기숙사로 짐을 옮겼다. 방학 동안 집중적으로 아르바이트를 하기 시작해서 학기 중보다 준희를 만날 시간이 더 없게 되었다.

"꼭 이렇게까지 해야 해?"

다원이 밤 11시에 카페 아르바이트를 마치고 나오는 것을 차에서 기다리고 있던 준희가 다원의 핼쑥하게 지친 얼굴을 보더니 따지듯이 물었다.

"응, 요번 학기에는 장학금을 받을 수 있을지 없을지 몰라서 이렇게 해야 해. 알지? 너 때문에 공부 못한 거."

다원이 피곤한 눈을 비비며 장난스럽게 말했지만, 준희의 얼굴은 아주 심각해 보였다.

"도대체 왜 이렇게까지 해야 해. 나도 참는 데 한계가 온다. 자립심이고 뭐고, 너 공부하는 거 좋아하잖아. 학교에 공부하러 왔지, 일하러 왔어? 공부만 할 수 있는 방법이 있는데 이러는 거, 이것도 허세라고 봐, 나는. 내가 웬만하면 네 뜻에 다 따르려고 했는데 이건 아니야. 나도 더는 못 참아. 너 이런 식으로 나 계속 괴롭히면……."

"괴롭히면?"

다원이 빤히 쳐다보며 물었다.

"괴롭히면? 응, 그래 괴롭히면……."

호기롭게 말을 내뱉었지만 그는 다음에 이을 말을 찾지 못해 머뭇거렸다. 다원이 픽 웃자 그는 열 받은 얼굴로 입술을 뜯으며 앉아 있더니 갑자기 차에서 내려 버렸다. 그의 투정이 하루 이틀 일이 아니었지만 오늘은 좀 심각해 보여 다원도 그를 따라 내렸다. 그는 저만큼 건물의 외벽 앞에 허리에 손을 올린 채 돌아서 있었다. 다원은 그가 마주 보고 있는 벽에 기대어 섰다.

낮에는 무덥더니 밤이 되니 습기도 없는 시원한 바람이 빌딩 사이로 불어왔다. 다원은 바람에 날린 머리카락을 쓸어 올리며 그의 숙인 얼굴을 바라보았다. 준희는 화를 가라앉히려는 듯 눈을 감은 채 호흡을 천천히 길게 내뱉었다.

"그럼, 쉬울 줄 알았어?"

다원이 차분한 목소리로 묻자 준희가 고개를 들며 눈을 떴다. 그는 바지 주머니에 손을 꽂으며 흔들리는 눈빛으로 다원을 바라보았다.

"무슨 소리야?"

"환경이 다른 사람을 만난다는 게 쉬운 일일 줄 알았냐고. 나와 만나는 동안 너는 늘 이런 문제로 나와 부딪치게 될 거야. 그러다 보면 지치게 될 거고. 지치면 힘이 들기 시작하고, 힘이 들기 시작하면 아마 우리 관계의 끝이 가까웠다는 뜻일 거야."

"지금 그걸 말이라고 해?! 그럴 걸 알면서 이렇게 행동한다는 거잖아 지금? 그런 생각이 들면 조금만 양보하고 노력해서 그런 일이 없게 만들어야지, 알면서도 고집을 부리는 건 도대체 어디서 배워먹은 거야? 나만 애쓰고 노력하고 참으면 뭐 해? 네가 이미 끝을 정해놓고 이런 식으로 나오는데."

그는 정말 화가 났는지 소리를 지르며 다원을 노려보더니 다원은 남겨두고 차로 돌아가 버렸다. 기세로 봐서는 그대로 가버릴 줄 알았는데 그가 탄 후에도 차는 미동도 없이 그대로 서 있었다.

한참 후에 다원이 차에 탔을 때 그는 운전대에 올린 팔에 얼굴을 묻고 있다가 고개를 들었다. 인상을 쓰고 있었던지 미간에 주름 자국이 패어 있었다.

"벨트 해."

그는 정면에 시선을 둔 채 차가운 목소리로 말했다. 다원이 안전벨트를 매자 차가 출발했고, 기숙사까지 가는 동안 그는 한마디도 하지 않았다. 속 좁은 삐돌이 같으니라고.

다원은 그를 곁눈으로 흘겨보며 입술을 내밀었다.

사귀고 난 후 크게 다툰 적은 한 번도 없었고 사소하게 토닥여도 언제나 준희가 헤어지기 전에 먼저 잘못했다고 사과를 해서 다툰 채로 헤어진 적은 한 번도 없었다. 하지만 이번에는 다원이 차에서 내릴 때까지 그는 아무 말도 하지 않았고 다원이 차에서 내리자마자 그녀를 길바닥에 세워둔 채로 횡하니 가버렸다.

다원은 황당한 얼굴로 차의 뒤꽁무니를 바라보다가 화가 나서 식식대며 기숙사로 들어왔다.

피곤해서 쓰러지기 일보 직전이었는데, 씻고 잠자리에 눕자 눈이 점점 더 말똥말똥해졌다. 휴대폰을 아무리 들여다보아도 그에게서는 문자 하나가 없었다. 다원은 몇 번을 제가 먼저 문자를 해볼까 하다가 잘못 길을 들이면 안 될 거 같아 오른손은 왼손을, 왼손은 오른손을 말려가며 참고 또 참았다.

그는 태생이 도도한 인간이라 지금이야 연애 초기라 저자세지만 조금만 지나면 본색을 드러낼 게 분명했다. 그 본색을 애초에 눌러놓지 않으면 그와 사귀는 동안 엄청 힘들어질 거라는 건 불을 보듯 뻔했다. 다원은 허벅지를 꼬집으며 참고 참다가 설핏 잠이 들었다.

그리고 휴대폰의 진동이 울리는 소리에 화들짝 놀라서 잠에서 깼다. 당연히 준희에게서 온 전화였다. 룸메이트가 방학이라 시골 집에 내려가 있어서 천만다행이었다. 다원은 갑자기 뛰기 시작하는 가슴을 억지로 진정시키며 액정을 그어 전화를 받았다.

[잤어?]

준희의 허스키한 낮은 목소리를 듣자 가슴이 더 세차게 뛰기 시작했다. 전화기 너머로 그 소리가 들릴까 봐 걱정이 될 정도였다.

"응."

다원의 대답에 전화기 너머에서 작게 웃는 소리가 들려왔다.

[잠이 오디?]

그가 투덜거리기 시작했다.

[내가 어쩌다가 이렇게 억울한 캐릭터가 됐지? 혼자 애태우고, 혼자 화내고, 조바심 내고, 반성하고, 혼자 빌고…….]

"바보."

[그래 확실히 바보가 된 거 같아. 너를 어떻게든 설득하고 싶은데 방법이 떠오르지 않아. 아무것도 할 수가 없어. 화를 낼 수도 없고, 강제로 못하게 만들 수도 없고, 말로 설득할 능력도 없고, 협박 같은 게 통할 리도 없고. 그저 계속 네 뜻대로 하자는 대로 따라가는 수밖에 아무 방법이 없는데 그러자니 내가 미칠 거 같아.]

"방법이 있어. 대신 내 부탁도 들어줘."

다원은 그가 가엾은 생각이 들어 잠시 생각에 잠겼다가 그렇게 말했다. 자신의 부탁을 들으면 그가 더 가엾어질 것 같긴 했지만.

[뭔데?]

준희의 목소리가 금방 공처럼 튀어 올랐다.

"지금 와줘. 만나서 얘기해 줄게."

[벌써 와 있어. 요 앞 교차로에서 유턴해서 바로 왔는데 들어가고 없더라.]

"전화하지 그랬어."

[네가 먼저 전화하면 안 돼?]

"흥!"

[쳇.]

다원은 전화를 끊고 옷을 갈아입고 거울 앞에서 한참을 머리와 옷매무새를 단장한 후에 조용히 기숙사를 빠져나갔다.

바깥에는 새벽안개가 지표면 가까이 깔려서 구름처럼 흘러 다니고 있었다. 다원은 계단을 내려가 작은 광장을 지나 도로로 나갔다. 기숙사에서 50미터쯤 떨어진 도로가에 준희의 차가 세워져 있었다. 그는 차 옆에 서 있다가 다원을 발견하자 그녀 쪽으로 천천히 걸어왔다.

둘은 오랜만에 만난 연인처럼 아무 말 없이 깊이 포옹을 했다.

"아까 했던 얘기 마저 해. 네가 하라는 대로 다 할게. 너 이런 고생하는 거 더는 못 보겠어."

"너희 집에서 지낼 때도 그랬는걸? 늦은 밤까지 너한테 잡혀 있곤 했잖아."

다원이 깐죽거리자 그가 한쪽 눈썹을 올리며 못마땅한 표정을 지어 보였다.

"너랑 조금이라도 오래 같이 있고 싶어서 그랬어. 너는 그걸 일이라고 생각했으니까 괴로웠겠지만."

"왜 그렇게 심술을 부렸어? 좋아하고 있었다면서 왜 못 잡아먹어 안달을 한 거야?"

"잡아먹고 싶은데, 못 잡아먹으니까."

"저질."

손을 잡고 걷다가 보도 옆의 벤치에 앉으려고 했지만 이슬이 내려서 벤치가 젖어 있었다. 하는 수 없이 그들은 차에 올라탔다.

"말해줘. 내가 어떻게 해야 네가 내 말을 들을 건지."

준희가 못 참겠다는 듯 그녀를 재촉했다.

"공부를 마치고 와. 네가 그때까지 마음이 변하지 않는다면 너와 결혼할 수 있을 거 같아. 그렇게 한다면 네가 원하는 대로 아르바이트하지 않고, 네가 주는 장학금으로 얌전히 공부만 하면서 너 기다리고 있을게."

다원의 말에 준희는 입을 반쯤 벌리고 아무 말도 못하고 멍하니 다원을 바라보았다. 그는 곧 창턱에 팔꿈치를 고인 채 다원에게서 고개를 돌려 버렸다.

"너 나 좋아하긴 하니? 왜 이렇게 떨어져 있지 못해 안달이야. 정말 나를 보내고 싶어? 진심으로?"

그가 화를 냈으므로 다원은 입을 다물었다. 화가 날 만도 했다. 하지만 아무리 생각해도 그가 자신 때문에 학교를 옮기는 것은 찬

성할 수가 없었다. 그리고 사실은 그를 시험해 보고 싶은 마음도 있었다.

"증명해 보이라는 말이지? 내 마음을?"

준희가 한참이나 침묵을 지킨 후에 차분해진 목소리로 물었다. 그도 다원의 마음을 눈치챈 것이다.

"믿을 수가 없는 거지? 나라는 인간을."

그가 입가에 자조적인 미소를 지으며 말했다. 어스름한 새벽의 여명에 비친 그는 묘하게 아름다운 얼굴을 하고 있었다. 그 얼굴은 아무 노력을 하지 않아도 사람을 끌어당기는 힘을 가지고 있었다. 그런 위험한 매력을 가진 남자를, 떠나보내도 되는 걸까. 다원은 잠시 갈등에 휩싸였다.

살아가면서 그는 수없이 많은 유혹을 받아야 하는 운명을 가지고 태어난 사람이었다. 스스로 자신을 지키지 않는다면 그를 숨겨두고 혼자 보지 않는 이상, 같이 있으나 떨어져 있으나 차이가 없으리라.

"아니라고 하고 싶지만 사실은 그래."

다원은 괴로운 심정으로 사실대로 말했다. 그녀는 그에게 미안해져서 고개를 숙였다. 도대체 마음을 증명해 보이라는 말처럼 억지스러운 말이 또 있을까. 다원은 자신의 행동이 유치하게 여겨졌지만 생각을 바꿀 수는 없었다.

"좋아. 네 말대로 할게."

준희는 한참을 차창 밖의 허공을 노려보며 생각에 잠겨 있더니 이윽고 그렇게 말했다. 어이없게도 그 말을 듣는 순간 다원은 바로 자신의 결정을 후회했다. 그런 스스로에게 화가 나서 그녀는 입술을 아프게 물었다. 저절로 한숨이 나왔다.

"네 말대로 미국으로 가서 학교를 마치고 돌아올게. 그럼 되는 거지? 그래, 뭐 길게 생각하면 인생에서 그깟 3년 금방이지. 평생 같이 살 건데, 그지?"

그가 결심을 굳힌 듯 가벼워진 어투로 말하며 미소를 지었다. 다원은 그런 그를 불안한 눈으로 바라보았다. 나 잘하고 있는 거 맞니? 다원은 스스로에게 물었지만 어떤 대답도 해줄 수가 없었다.

여름 별장은 더할 수 없이 아름답고 고즈넉했다. 신 비서가 다원이 부탁한 대로 미리 준비를 해놓고 돌아갔으므로 다원은 준희를 데리고 별장으로 가기만 하면 되었다.

이틀 후에 그가 가을학기에 등록하기 위해 미국으로 떠날 예정이었으므로 다원은 그에게 선물을 주기로 했다.

부끄러웠지만 그를 위해 생전 처음으로 조금은 야한 디자인의 하얀색 속옷을 사고 남녀의 교합에 대한 사전 지식을 좀 더 자세히 알기 위해 가장 리얼하게 만들어졌다는 19금 영화를 다운받아 보며 실전을 대비를 했지만 원래 알던 것 이상을 알아내지는 못했다.

다원이 언젠가 태주와 셋이 갔던 별장으로 놀러 가고 싶다고 말하자 그는 뭔가 의미심장한 눈빛으로 다원을 바라보았다. 아마 그도 눈치를 챘을 거라고 다원은 생각했다.

그래서 그랬는지 그가 모는 컨버터블을 타고 별장으로 가는 동안 두 사람은 긴장한 얼굴로 서로 말을 아꼈다.

저녁에 태풍이 올 거라는 예보가 있었지만 아직은 날씨가 더없이 청명했고, 그저 바람만 좀 더 세게 불었다. 그는 별장에 도착할 때까지 그녀의 손을 한 번도 놓지 않았다.

선글라스를 낀 그의 옆모습은 감탄이 나올 정도로 근사해서 다원은 자주 넋을 잃고 그를 바라보았다. 그럴 때마다 그도 그녀를 돌아보며 그녀의 손에 입을 맞추었다.

별장에 도착하자 그들은 계획대로 수영복을 갈아입고 호숫가 선착장에 매어놓은 보트에 올라탔다. 수영복을 입은 그는 약간 말랐지만 완벽한 비율의 몸매 때문에 아주 멋있어 보였다. 어깨와 다리와 가슴 쪽에 흉터가 있었지만 너무 곱게 생긴 그에게는 오히려 그것들이 장점이 되었다. 고통을 이겨낸 남자의 섹시함이 그의 완벽한 외모에 더해져서 그마저도 환상적으로 보였다. 다원은 흑백의 줄무늬 프린트의 비키니를 입고 그 위에 엉덩이를 살짝 가리는 길이의 언뜻언뜻 속이 비치는 비치웨어를 걸치고 챙 넓은 모자를 썼다.

보트가 호수 한가운데에 도착하자 선크림을 서로에게 다시 한번 꼼꼼히 발라주고 호수로 뛰어들었다. 호수에서 수영이 금지되어 있었지만 둘 다 수영에는 자신이 있었으므로 그들은 아무 문제

없이 한 시간가량 수영을 즐겼다. 수영을 하다가 힘이 들면 간간이 보트에 매어놓은 튜브에 매달려 길고 뜨거운 키스를 나누었다.

호수 물이 차가워 한 시간이 지나자 두 사람 모두 입술이 새파래졌으므로 커다란 비치타월을 둘러쓰고 서둘러 별장으로 돌아왔다.

늦은 점심으로 샌드위치를 먹고 그들은 낮잠을 잤다. 평화롭고 조용한 시간이 흘러갔다. 서로 바라보는 것만으로 행복했다. 둘이 함께 나누는 시간만으로 영혼이 따뜻하게 위로 받는 기분이 들었기 때문에 굳이 무엇을 시도할 필요도 느끼지 못했다.

저녁을 만들어 먹고 그가 뒷정리를 하는 동안 다원은 이 층에 마련된 그들의 침실로 가서 오랫동안 꼼꼼히 샤워를 하고 나왔다. 막 머리를 말리려고 할 때 준희가 계단을 올라오는 발소리가 들렸다. 다원은 바짝 긴장해서 화장대 거울을 통해 방으로 들어서는 준희의 얼굴을 바라보다가 그와 눈이 마주치자 얼굴을 붉히며 황급히 시선을 돌렸다.

그는 다원에게 다가오더니 드라이어를 받아 들고 그녀의 머리를 말리기 시작했다. 그의 손가락이 귓가를, 목덜미를 스칠 때마다 온몸에 전율이 일었다. 머리를 다 말리고 나자 그는 장난스러운 표정으로 윙크를 날리더니 윗도리를 훌렁 벗으며 욕실로 들어갔다.

다원은 욕실 가운을 벗고 오늘을 위해 준비한 하늘거리고 매끄러운 실크 슬립을 머리에서부터 뒤집어써서 입고 재빨리 새로 빨

시트가 깔려 있는 침대로 들어가 누웠다. 가슴은 이미 미친 듯이 뛰고 있었고 침을 아무리 발라도 입술이 자꾸만 타들어가는 듯했다.

드디어 욕실 문이 열리며 준희가 나왔다. 다원은 이유 없이 놀라서 이불을 머리끝까지 뒤집어썼다가 곧 무안해져서 눈만 빼꼼 내놓고 그를 바라보았다.

준희의 얼굴에는 설레는 듯한 엷은 미소가 떠올라 있었다. 그는 얇고 부드러운 면소재의 헐렁한 실내복을 입은 채로 침대 위로 올라왔다.

새 이불에서 나는 바스락대는 소리를 내며 그는 다원의 옆에 몸을 누이더니 떨고 있는 그녀에게 팔을 내밀었다. 그녀는 조심스럽게 몸을 말아 그의 팔을 베고 품속으로 부드럽게 안겨 들어갔다.

"내가 얼마나 인내심이 강한 놈인지 오늘 보여주겠어."

준희는 다원을 끌어안으며 스스로에게 다짐이라도 하는 것처럼 말했다.

"무슨 소리야?"

다원이 그의 가슴에 묻었던 얼굴을 들며 물었다.

"말했잖아. 결혼할 때까지 널 지켜주겠다고. 그 약속을 꼭 지킬 거야. 웃을지도 모르지만 그 약속을 했기 때문에 너를 가질 수 있게 된 거 같다는 생각이 들었어. 그런 신성한 약속을 어기면 너를 잃을지도 몰라."

다원은 처음에 그가 장난을 하는 줄 알았지만, 그가 끝까지 진지한 태도를 보이자 진심이라는 것을 알고 경악한 얼굴로 그를 바라보았다.

"장난하지 마."

"장난 아니야. 몸에서 사리 한 박스는 나오게 생겼네. 3년이나 도를 닦아야 하다니, 눈앞이 캄캄하다. 너무 참으면 뇌에 안 좋다는 말을 들은 것도 같은데 정말 바보가 되는 거 아니야?"

그가 장탄식을 늘어놓으며 그녀를 끌어안고 눈을 감았다.

"그냥 잔다고?"

"꼼지락거리지 말고 얼른 자. 돕고 싶다면."

그가 잇새로 염불이라도 외우듯이 같은 톤으로 낮게 중얼거렸다. 그는 상체는 다원을 안고 있었지만 하체는 그녀에게 닿지 않도록 엉덩이를 뒤로 뺀 자세로 누워 있었다.

다원은 그가 하는 짓이 귀엽기도 하고 기특하기도 해서 처음에는 그냥 그가 하자는 대로 얌전히 누워 잠을 청했지만 점차 장난기가 발동하기 시작했다.

다원은 돌아눕는 척하며 자신의 목 뒤에 둘러져 있던 그의 팔을 잡아 우연인 듯 제 가슴에 닿게 만들었다. 그가 다원이 느낄 수 있을 만큼 움찔 놀라는 것이 느껴졌다. 다원은 웃음이 터지는 것을 간신히 참으며 그의 가슴에 등을 댄 자세로 다시 얌전해졌다.

등 뒤에서 그의 숨결이 점점 더 거칠어지고 있는 것이 느껴졌다. 잠자리에 누워 잠을 청하는 사람의 숨결이라고는 믿을 수 없게 그의 숨소리는 점점 불안정하고 거칠어져만 갔다. 마치 가파른 산등성이를 오르는 사람의 숨소리 같았다.

그 소리를 듣고 있던 다원도 덩달아 몸이 달아올라 두 사람의 떨리는 듯 관능적인 숨소리가 조용한 방 안에 가득 차고 말았다.

"다원아, 우리 따로 자야 할 거 같아. 아무래도 안 되겠어."

그가 떨리는 목소리로 중얼거렸지만, 말과는 달리 그녀를 으스러질 듯이 등 뒤에서 껴안았다. 그 바람에 터질 듯이 우뚝 솟은 그의 하체가 그녀의 엉덩이 사이에 정확히 자리를 잡고 엄청난 압력을 가하기 시작했다. 다원은 잠들어 있던 원초적인 본능을 흔들어 깨우는 듯한 그 생경한 질감에 정신이 아득해졌다.

"읍!"

그녀는 터져 나오려는 신음 소리를 입술을 물고 참았다.

"죽을 거 같아."

그가 더욱더 그녀를 세게 끌어안으며 애원하듯이 말했다. 그에 못지않게 다원도 자제할 수 없을 정도로 달아올랐다.

그녀는 온몸으로 그를 원하고 있는 제 마음을 부끄러움을 무릅쓰고 인정을 했다.

그를 갖고 싶었다. 미칠 듯이 그와 하나가 되고 싶은 갈망이 온몸 구석구석의 세포들을 일으켜 세우는 듯했다. 자신의 내부 어디쯤이 그를 받아들이려고 물을 한껏 머금은 꽃처럼 피어나고 있는 느낌이 들었다. 본능적으로 간절히 그를 원하고 있는 제 몸의 변화에 놀란 것도 잠시 그녀는 더욱더 그에게로 몸을 밀착시키며 신음을 삼켰다.

"준희야…… 원해. 널 갖고 싶어."

"그렇지만 나는, 내 약속을……"

준희가 숨을 헐떡거리며 못 알아들을 소리를 중얼거렸다. 다원이 재촉하듯이 그의 손을 끌어다 누구의 손길도 닿지 않은 부드러운 공처럼 솟아 있는 제 가슴을 덮자 꼿꼿하게 일어선 연한 분홍빛 유두가 그의 손바닥에 눌려졌다. 순간, 그는 불에 덴 듯이 몸을 떨더니 괴로운 듯 신음 소리를 내뱉었다. 그의 분신이 닿아 있는 엉덩이 쪽이 축축하게 젖어들었다.

"오, 마이 갓."

등 뒤에서 그의 낭패한 목소리가 들려왔다.

"해버렸어."

그가 억울하고 부끄럽다는 듯 그녀의 귓가에 속삭였다. 다원이 웃음을 터뜨리자 응징이라도 하듯이 그가 아직도 굳건히 서 있는 제 분신을 그녀의 엉덩이에 아프게 눌러댔다.

"이건 실수야. 이렇게 힘없지 않아. 기대해도 돼. 나 아주 잘하는 편이라고. 정말이야."

그가 마구 변명을 늘어놓으며 깔깔 웃고 있는 그녀의 귀여운 턱을 벌이라도 주듯이 깨물자 그녀가 비명을 질러댔다. 그는 어느덧 그녀의 위로 올라가 온몸을 감싸듯이 끌어안고 입술로 그녀의 얼굴을 구석구석 애무하기 시작했다.

이미 약속이고 뭐고 일 초 후의 일도 더는 생각할 수 없는 얼굴로 그는 깊고 뜨겁게 그녀에게 몰입했다.

창밖에는 예고하던 태풍이 몰려와, 비바람이 창문을 부술 듯이 거세게 몰아치기 시작했지만, 그들은 아무것도 알아차리지 못했다. 이미 그들만의 폭풍에 깊이 휩쓸린 후였다.

에필로그

준희는 잠결에 몸을 뒤척이다가 따뜻하고 보드라운 살이 다리
에 닿자 잠이 확 달아났다. 어느새 침대로 들어왔는지 다원은 새
우처럼 몸을 구부리고 그의 옆구리에 코를 묻고 깊이 잠들어 있
다. 그는 팔을 뻗어 그녀의 몸을 끌어안고 가는 끈이 걸린 그녀의
매끄러운 어깨에 입을 맞추었다. 달콤하고 매혹적인 체취가 그를
황홀하게 만들었다. 의도치 않게 순식간에 아랫도리가 돌처럼 묵
직하게 일어섰다. 그는 깊이 그녀의 살 냄새를 들이마시며 그녀의
흰 목덜미를 부드럽게 애무했다.

다원은 잠결에 돌아누우며 천사처럼 달콤하게 미소 지었다. 그
는 손을 슬립 아래로 집어넣어 그녀의 탄력 있는 가슴을 부드럽게

감싸 쥐었다. 깃털처럼 부드럽고 따뜻한 그녀의 몸은 그에게 더할 수 없는 위안과 희열을 안겨주었다. 그녀의 몸을 안는 것만으로 가슴이 벅차고 삶이 충만해지는 만족감에 발가락 끝까지 뻐근해졌다.

그녀로 인해 자신이 새로 태어났다고 그는 생각했다. 이제 그는 다원을 통해서만 세상을 보고, 듣고, 느낄 수 있었다.

다원의 옆에 있으면, 오랫동안 들러붙어 있어 제 몸인 듯 느껴지던 외로움도, 허무도 흔적 없이 사라져 버렸다. 그것을 잊으려고 미친 짓을 하지 않아도 된다는 사실만으로 그는 여유가 생겼고 행복했다.

그녀의 몸은 잠결에도 그의 애무를 받자 작고 귀여운 유두가 단단하게 일어섰다. 그녀는 귀찮았던지 그의 손을 제지하며 얼른 자라고 쉰 목소리로 중얼거렸지만 완전히 잠에서 깨지는 않았다. 준희는 은은한 플로럴 향이 나는 그녀의 머리카락에 코를 묻으며 뒤에서 더욱더 단단히 끌어안았다.

단단히 일어선 그의 분신은 어서 그녀의 몸 안으로 들어가고 싶은 욕망으로 뜨겁게 달아올라 꿈틀거렸다. 그는 그녀가 피곤할 것이라는 것을 알고 있었지만 더는 참을 수 없어서 그녀의 손바닥만 한 팬티 속으로 손을 집어넣었다. 손바닥 아래 그녀의 탐스러운 숲이 만져지자 그는 작게 신음을 내뱉으며 부드럽게 그곳을 감싸 쥐었다.

"피곤해."

다원이 잠꼬대처럼 중얼거리며 그의 손목을 잡았다. 그는 아랑 곳없이 가운뎃손가락을 그녀의 좁은 입구에 가져다 대고 부드럽게 문질렀다.

그곳은 이내 샘이 솟듯 촉촉이 젖기 시작했다. 그녀는 잠에 쫓겨 귀찮았던지, 포기를 하고 그가 하는 대로 내버려 두었다.

그는 옆으로 누운 그녀의 몸을 조심스럽게 눌러 바로 눕히고 팬티를 발목 아래로 끌어 내렸다. 정원에서 비쳐 들어오는 보안등 불빛에 그녀의 희고 늘씬한 다리가 드러났다. 준희는 그녀의 무릎을 잡아 다리를 벌리고 그 사이에 자리를 잡았다.

그는 그녀의 입술에 키스를 하다 말고, 고개를 들어 아직 잠에 취해 눈을 감고 있는 그녀를 내려다보았다.

"내버려 둬?"

그가 장난스럽게 그녀의 코를 입을 맞추며 묻자, 그녀는 눈을 감은 채 고개를 끄덕였다. 그러더니 새우처럼 몸을 말며 옆으로 누우려고 했다. 준희는 그런 그녀가 사랑스러워 온몸으로 가녀린 몸을 덮어 누르며 귓불을 잘근잘근 깨물었다. 그녀가 작게 비명을 지르며 귀엽게 미간을 찡그렸다.

그는 몸을 내려 그녀의 허벅지 안쪽을 손으로 훑어 내리다가 옆으로 활짝 벌렸다. 다리 사이로 얼굴을 가져가 은밀한 곳을 혀로 스윽 핥자 그녀가 허리를 달싹이며 작게 신음을 냈다. 그는 그 소리가 듣기 좋아서 유혹하듯 샘이 흘러넘치는 숲 속을 헤치고 그녀의 몸속 깊이 혀를 집어넣었다. 다원이 공격받은 작은 짐승처럼 숨을 들이켜며 몸을 움찔 떨었다. 그의 혀는 현란하게 그녀의 다리 사이를 애무하기 시작했다. 그녀가 더 이상 참을 수 없다는 듯 그의 손을 잡아 위로 끌어 올리자 그는 만족스러운 미소를 지으며 윗몸을 일으켜 세우고 그녀의 욕망으로 흐려진 눈빛을 사랑스럽다는 듯 내려다보았다.

"정말 내버려 둬? 응?"

그가 장난스럽게 그녀의 입술에 입을 맞추며 속삭였다. 그녀는 밉다는 듯 고개를 살짝 외로 꼬며 얼굴을 붉혔다.

"아니……."

다원이 손을 아래로 내려 터질 듯이 부풀어 오른 그의 분신을 손안 가득 부드럽게 감싸 쥐었다. 그녀는 손을 부드럽게 위아래로 움직이며 그의 눈을 지그시 올려다보았다.

그는 다원의 매혹적인 눈빛과 제 분신을 애무하는 아찔한 감각에 정신이 아득해졌지만 장난기가 발동했다.

"정중하게 부탁해 봐."

"약 올리지 마."

다원이 잠겨서 섹시하게 들리는 목소리로 맞받아치며 손에 힘을 주었다. 그는 움찔 놀라 그녀의 손목을 잡았다.

"네가 애원하면 죽을 거 같거든."

"흐응……."

다원이 부끄러운 듯이 콧소리를 내며 엉덩이를 들어 올려 그의 분신을 자신의 몸에 맞추자 그는 고개를 숙여 그녀에게 깊숙이 키스를 하는 동시에 더는 참을 수 없어서, 단단히 일어선 자신의 물건을 그녀의 촉촉하게 젖은 몸속으로 미끄러지듯이 깊이 밀어 넣었다. 그녀의 허리가 둥글게 휘어졌다가 가라앉았다.

밧줄처럼 탄탄하고 힘찬 그의 허리가 정신이 아찔하도록 세게 혹은 감질 맛이 나도록 부드럽게 그녀의 몸속을 드나들기 시작하자 그녀는 이내 정염에 휩싸여 허리를 비틀며 기분 좋은 신음을 내뱉었다. 그는 만족스러운 미소를 지으며 허리를 더욱더 현란하고 힘차게 움직이기 시작했다.

그가 전에 한 말은 빈말이 아니었다. 그의 말마따나 그는 아주, 잘하는 편이었다. 물론 키스와 마찬가지로 비교 대상이 없다는 것이 함정이었지만, 굳이 비교하지 않아도 알 수 있는 것이 있다. 다원은 그와 몸을 섞을 때마다 몇 번이고 절정을 맛보았고, 준희 못지않게 그와 사랑을 나누는 것을 즐겼다.

그가 미국에서 3년여 간의 학업을 마치고 돌아온 지 일주일이 지났다.

사실 준희는 학기 중에도 한 달이 멀다 하고 다녀갔으므로 오랫동안 얼굴을 못 봐서 그리워하는 그런 상태도 아니었지만 그들은 몇 년 만에 만난 부부처럼 하루에도 몇 번씩 밤낮을 가리지 않고 침실로 뛰어들어 문을 걸어 잠그곤 했다.

두 사람의 뜨겁고 관능적인 숨소리가 방 안을 가득 메우고, 막 절정을 향해 치닫고 있을 때 갑자기 문 두드리는 소리가 들렸다.

준희는 격렬하게 몸을 움직이느라 미처 그 소리를 못 들은 듯했다. 숨을 헐떡이며 그의 팔을 잡고 입에 검지를 갖다 댄 것은 다원이었다.

다시 문 두드리는 소리가 들려왔다. 준희가 그제야 움직임을 멈추고 숨을 몰아쉬며 얼굴을 찌푸렸다.

"준희야, 엄마 죽겠다. 일어나 애 좀 봐. 이 녀석이 또 깨서 잘 생각을 않는다."

문 밖에서 민 여사의 목소리가 들려왔고, 그 뒤를 이어 기다렸다는 듯이 아기 울음소리가 따라왔다.

"알았어요. 금방 가요."

준희가 밖에 대고 소리를 질렀다. 그는 괴롭다는 듯 인상을 쓰며, 그녀의 몸에서 제 분신을 조심스럽게 빼냈다. 그는 아쉬운 얼굴로 그녀의 입에 길게 입을 맞추고 그녀의 몸에서 내려왔다. 그는 화장실로 가서 씻고 세수를 한 후에 침대로 돌아와 노곤한 얼굴로 누워 있는 다원을 사랑스럽다는 듯 내려다보았다.

"저 녀석, 불효자 맞지? 민 여사가 맨날 너 같은 아들 낳으라 그러더니, 그 말이 씨가 됐나 봐? 아, 자식이 엄마, 아빠가 좋은 시간 좀 가져보겠다는데 꼭 방해를 해. 가서 금방 재우고 올게. 못다 한 건 이따가 마저 하자. 자고 있어."

그녀가 사랑스러운 눈빛으로 올려다보며 작게 고개를 끄덕였다. 그는 그녀의 머리를 쓰다듬으며 살짝 벌어진 달콤한 그녀의 입술에 다시 한 번 입을 맞춘 후 떨어지지 않는 발걸음으로 침실을 나섰다.

민 여사가 그들의 방문 밖에서 이제 7개월이 된 손자를 안고 어르고 달래고 있다가 준희를 보자 넋두리를 늘어놓았다.

"이 녀석, 밤잠 없는 것까지 지 애비를 빼닮았다. 두 시간도 안 자고 깨네. 할미를 죽일 셈이야. 아이구, 온 삭신이 다 쑤시네."

"그러니까 보모를 구하자고 했잖아요. 밤마다 잠도 못 자고 이게 뭐예요. 사람이 잠은 자야지."

준희가 투덜대며 손을 내밀었지만, 민 여사는 정작 아이를 준희에게 건네주지는 않았다.

"남의 손에 우리 귀한 손자를 어떻게 맡겨? 아무도 안 볼 때 뭔 짓을 할지 어떻게 알고."

"그렇다고 언제까지 이래요? 다원이도 애 보느라 자꾸 살 빠지고, 엄마도 잠 못 자니까 늙었어. 엄마 늙는 거 싫어하잖아."

"할머닌데, 늙지 않고 배겨? 이 나이에 할머니 만들고 잘했다, 이놈아. 아이구, 불효막심한 놈. 건우야, 너는 저런 건 배우면 안 된다, 알겠지? 아이고머니나, 알아들었는가 보다. 애 눈 말똥말똥 뜨고 쳐다보는 것 좀 봐라. 아이구, 똘똘한 우리 강아지, 기특도 하지."

민 여사가 품에 안은 아기를 들여다보며 입을 다물지 못하는 것을 보고 준희는 픽 웃었다.

"엄마, 들어가 자요. 내가 건우 볼 테니까."

"됐다. 저번처럼 또 애보다 먼저 자서 애 혼자 놀게 하려고 그러지?"

민 여사가 어림없다는 듯이 눈을 흘겼다.

"그럼 왜 불러냈어. 한참 자고 있는데."

준희가 신경질을 내자, 민 여사가 눈을 흘겼다.

"자고 있는 거 좋아하네, 이놈아, 아무리 그래도 다원이 잠은 재워야 할 거 아니야. 낮에는 건우한테 시달리고 밤에는 네 녀석한테 시달리고 어디 살겠디? 애가 반쪽이 된 게 건우 탓만이야? 이거는 집 안에 누가 있든 없든, 짐승이여 뭐여. 시도 때도 없이 애를 방으로 끌고 들어가니 고용인들 보기 내가 다 민망해. 작작 좀해."

정 여사가 벼르고 있었던 듯 잔소리를 늘어놓자 준희가 하품을하다 말고 인상을 찌푸렸다.

"그럼 알면서 불러냈다는 말이야? 와, 갑자기 소름 돋네. 엄마,사이코 시어머니 되는 거 아니야? 알면서 불러내다니. 이거 사생활 침해야. 엄마 문에 귀 대고 듣고 있는 거 아니야?"

준희의 말에 민 여사가 준희의 정강이를 걷어찼다.

"굳이 귀 기울이지 않아도 다 들려. 적당히 해. 신혼 혼자 치러?아이구, 배운 데 없는 것들."

"엄마 이럴까 봐 같이 안 산다고 한 거야."

"뭐? 같이 안 살아? 너 없는 동안, 임신한 다원이 누가 돌봤어?애 낳을 때 내가 옆에 없었으면 어떡할 뻔했느냐고. 엄마 없었으면 다원이가 버텨냈을 줄 알아? 고맙다고 절을 해도 모자랄 판에,뭐 같이 안 살아? 싸가지 없는 놈."

민 여사가 흥분을 해서 소리를 지르자 준희가 그녀의 입을 막으며 아이 방이 꾸며진 민 여사의 방으로 밀고 들어갔다.

민 여사는 이 년 만에 가석방으로 풀려난 후부터 계속 다원과 둘이 지냈다. 다원이 그녀가 교도소에 있는 동안 계속 면회 갔고 두 사람은 천천히 가까워졌다.

이제는 며느리와 시어머니라기보다는 친정어머니와 딸의 관계에 더 가까워 보이기도 했다. 준희는 그것이 고맙기도 하고 서운하기도 했다. 다원이 문제가 생기면 저보다 민 여사에게 먼저 의논을 하는 것이 싫었다. 누구와도, 심지어 갓 태어난 아들과도 다원을 공유하고 싶지 않다는 생각을 속으로 숨기고 있는 철없는 아빠였으므로 당연한 일이었다.

"생색 좀 그만 내. 그러니까 같이 살고 있잖아. 아무튼 부부 생활에 너무 깊이 간섭하지 마요. 다원이는 몰라도 난 그런 건 못 참아."

"나쁜 놈. 내가 이런 녀석을 낳고 미역국을 먹었어. 사내 놈들은 키워봐 봤자 아무 소용이 없어. 피 한 방울 안 섞인 다원이보다 못해, 너는."

민 여사가 아이를 침대에 눕히며 넋두리를 늘어놓았다. 준희는 제가 너무했나 싶어 등 뒤에서 그녀를 덥석 안았다.

"민 여사, 왜 이래? 내가 사랑하는 거 다 알면서."

"아이구, 징그러워. 이 녀석이 어디서 되도 않게 애교질이야."

민 여사는 준희의 팔을 때리며 말했지만, 싫지 않은 얼굴이었다.

준희는 침대에서 방긋방긋 웃고 있는 건우를 안아 들었다.

"강건우. 이제 아빠가 놀아줄게. 할머니 주무세요, 해. 와, 애 잘 눈이 아닌데? 이 녀석 낮에 재우지 말아야겠어."

"자는 녀석을 무슨 수로? 졸린데 못 자게 하면 또 얼마나 생떼를 부리는지 아무도 못 이긴다. 돌 지나야 좀 나아질 거야. 그동안은 하는 수 있니? 요 작은 깡패한테 휘둘릴 수밖에."

민 여사가 귀여워 못 견디겠다는 듯이 건우의 볼을 살짝 잡고 흔들었다.

준희는 민 여사가 침대로 가서 눕는 걸 보고, 건우를 안고 방을 나왔다. 그는 아이를 안고 거실을 천천히 걷기 시작했다. 건우는 규칙적인 흔들림이 기분 좋았는지 손을 올려 그의 코를 만지며 뭐라고, 뭐라고 옹알이를 하기 시작했다.

"이봐, 친구. 그만 좀 자지 그래? 지금 새벽 4시라구. 네 녀석 때문에 아빠가 요즘 심기가 편치 않아. 엄마가 나보다 너를 더 사랑하는 거 같아서 화가 날 때가 한두 번이 아니라구. 내내 엄마를 독차지했으면 밤에라도 돌려줘야지. 너무한다는 생각 안 들어? 응? 젖만 떼면 얄짤 없어."

그는 어린 아들의 사랑스럽고 포동포동한 얼굴에 마구 뽀뽀를 퍼부으며 항의를 했다. 달큼한 젖비린내가 좋아서 그는 아이의 작은 가슴에 코를 묻었다. 아이가 간지러웠는지 앙증맞은 손으로 그의 머리카락을 움켜잡으며 캬드득, 웃음을 터뜨렸다.

다원은 커튼 사이로 비쳐 들어오는 햇살에 눈이 부셔 잠에서 깼다. 일어나려고 이불을 들추다가 그녀는 깜짝 놀라서 도로 이불을 가슴 위로 끌어올렸다. 새벽에 준희와 사랑을 나누던 그대로 맨몸으로 자고 있었다는 걸 잊고 있었다.

밤마다 준희는, 젖을 입에 물어야 잠이 드는 아들 때문에 다원을 아이에게 빼앗기고 혼자 쓸쓸히 잠이 들곤 했다. 다원이 겨우 아이를 재우고 침실로 가보면 그는 기다리다 지쳐 잠이 들어 있었다. 준희는 틈만 나면 아들보다 더 보채며 어서 젖을 끊으라고 채근을 했지만 다원은 돌까지는 모유를 먹이겠다고 고집을 부려서 준희를 삐지게 만들었다. 그녀는 잔뜩 심통이 나서 눈에 힘을 주고 있는 준희를 떠올리자 웃음이 나왔다. 아직 한 살도 되기 전인 아들과 경쟁이라도 하듯이 귀엽기가 이를 데가 없었다.

그녀는 팔을 쭉 뻗어 기지개를 켜고 나서 욕실로 들어가 샤워를 했다. 그녀는 가운 차림으로 거실로 나갔다. 거실의 소파에 준희가 아이를 배 위에 안은 채로 잠이 들어 있었다. 그 모습이 어찌나 평화로워 보이는지 다원은 머리를 말았던 수건이 흘러내리는 것도 모르고 넋을 잃고 바라보았다. 아이는 아빠의 심장에 귀를 대고 순하고 규칙적인 숨소리를 냈다. 그녀는 자석에 끌리듯이 그들에게 다가가 바닥에 무릎을 대고 차례로 부자의 이마에 입을 맞추었다.

잠에 취한 눈을 힘겹게 뜬 준희는 손을 뻗어 그녀의 등을 끌어안으며 걱정스러운 듯 물었다.

"더 자지 왜 벌써 일어났어?"

"벌써 11시인걸?"

"그래? 이 녀석이 정말 밤낮이 바뀌었나 봐. 끈질기게 안 자더라고."

준희는 눈이 부신 듯 한쪽 눈만 겨우 뜨고 다원을 올려다보며 말했다.

"울 서방님, 힘들었겠네."

"전혀."

그가 거짓말을 했다. 다원은 풋 웃음을 터뜨리며 그에게 입을 맞추었다. 준희가 그대로 그녀의 목 뒤로 부드럽게 손을 넣어 끌어당기며 깊이 키스를 했다. 머리카락에서 흘러내린 물방울이 그의 목을 타고 흘렀다.

간간이 서로의 눈을 바라보기 위해 입을 떼기도 하고, 장난스러운 웃음을 터뜨리기도 하며 둘의 키스는 오래오래 계속되었다.

THE END ✽

작가 후기

책 나올 때마다 작가 후기 쓰는 일이 어렵게 여겨져서 한 번밖에 쓰지 않았는데, 지나고 나니 아쉬운 생각이 들었어요.

그 책이 나올 때 내가 무슨 생각을 하고 있었는지 나중에 들춰봐도 재미있을 텐데 하는 아쉬움 말이지요. 그래서 이제부터 꼭 쓰기로 했습니다. ^^

이 글은 곡절이 많았습니다. 첫 연재 당시 제목은 『자작나무 숲』이었어요. 시점을 바꾸느라 연재를 쉬기도 했고, 처음 의도했던 대로 써지지 않아, 완결한 후에 완전히 다시 쓰느라 시간도 오래 걸렸고, 다른 때보다 더 많이 힘들었던 것 같아요.

『서툰 우리 사랑은』의 준희가 나쁜 남자로 바뀌는 바람에 『자작나무 숲』의 착한 준희가 더 좋았다는 분들의 항의를 받기도 했습니다. ^^;

두 글이 완전히 다르기 때문에 나중에 착한 준희 버전을 전자책으로 내볼까 하는 생각도 해봅니다.

어쨌거나 힘들게 썼던 만큼 그 결실을 보니 두 배로 기쁘네요.

지면을 빌어 감사한 분들께 인사를 할 수 있어서 이것 또한 기쁩니다.

전혀 희망을 가질 수 없을 때도 꿈을 떠올리도록 옆에서 갈궈준 동생과 부족한 아내랑 사느라 힘들 텐데, 변함없이 좋아해 주는 남편, 보기만 해도 웃음이 나는 내 빛나는 보물, 두 아이에게 사랑을 전합니다.

[첫눈 속을 걷다] 가족분들, 손잡고 함께 헤매주시는 작가님들 감사합니다.

예쁜 책으로 내주신, 예원북스 관계자분들과 유경화 실장님께도 감사의 인사를 드립니다.

마지막으로 외롭고 막막할 때도, 즐겁고 행복할 때도 변함없이 옆에서 의지와 힘이 되어주시는 봄님께 사랑과 감사를 전합니다.

벌써 네 번째 종이책입니다. 발전 없이 책 권수만 늘어나는 것 같아 부끄럽습니다. 이 부끄러움이 조금이라도 옅어질 수 있도록 노력하겠습니다.

글을 읽어주시고, 응원해 주시는 독자님들이 계시기에 없는 용기를 짜내어 오늘도 글을 씁니다. 감사합니다.

예원북스에서는
로맨스 작가님의 소중한 원고를 기다립니다.

투고해 주실 메일 주소는
yewonbooks@naver.com 입니다.
많은 관심 부탁드립니다.